老舍

中国现代
作家选集
典藏丛书

选集 老舍 中

人民文学出版社

目　录

不说谎的人	001
新爱弥耳	009
且说屋里	017
东西	034
牛老爷的痰盂	047
我这一辈子	053
兔	115
小人物自述（未完）	133
人同此心	154
一封家信	165
不成问题的问题	173
一筒炮台烟	210
正红旗下（未完）	224

不说谎的人

一个自信是非常诚实的人,像周文祥,当然以为接到这样的一封信是一种耻辱。在接到了这封信以前,他早就听说过有个瞎胡闹的团体,公然扯着脸定名为"说谎会"。在他的朋友里,据说,有好几位是这个会的会员。他不敢深究这个"据说"。万一把事情证实了,那才怪不好意思:绝交吧,似乎太过火;和他们敷衍吧,又有些对不起良心。周文祥晓得自己没有什么了不得的才干,但是他忠诚实在,他的名誉与事业全仗着这个;诚实是他的信仰。他自己觉得像一块笨重的石头,虽然不甚玲珑美观,可是结实硬棒。现在居然接到这样的一封信:

"……没有谎就没有文化。说谎是最高的人生艺术。我们怀疑一切,只是不疑心人人事事都说谎这件事。历史是谎言的纪录簿,报纸是谎言的播音机。巧于说谎的有最大的幸福,因为会说谎就是智慧。想想看,一天之内,要是不说许多谎话,得打多少回架;夫妻之间,不说谎怎能平安的度过十二小时。我们的良心永远不责备我们在情话情书里所写的——一片谎言!然而恋爱神圣啊!胜者王侯败者贼,是的,少半在乎说谎的巧拙。文化是谎的产物。文质彬彬，然后君子——最会扯谎的家伙。最好笑的是人们一天到晚没法掩藏这个宝物，像孕妇故意穿起肥大的风衣那样。他们仿佛最怕被人家知道了他们时时在扯谎，于是谎上加谎，成为最大的谎。我们不这样，我们知道谎的可贵，与谎的难能，所以我们诚实的扯谎，艺术的运用谎言，我们组织说谎会，为的是研究它的技巧，与宣传它的好处。我们知道大家都说谎，更愿意使大家以后说谎不像现在这么拙劣，……素仰先生惯说谎，深愿彼此琢磨，以增高人生幸福，光大东西文化！倘蒙不弃……"

没有念完，周文祥便把信放下了。这个会，据他看，是胡闹；这封信也是胡闹。但是他不能因为别人胡闹而幽默的原谅他们。他不能原谅这样闹到他自己头上来的人们，这是污辱他的人格。"素仰先生惯于说谎"？他不记得自己说过谎。即使说过，也必定不是故意的。他反对说谎。他不能承认报纸是制造谣言的，因为他有好多意见与知识都是从报纸得来的。

说不定这封信就是他所认识的，"据说"是说谎会的会员的那几个人给他写来的，故意开他的玩笑，他想。可是在信纸的左上角印着"会长唐翰卿；常务委员林德文，邓道纯，费穆初；会计何兆龙。"这些人都是周文祥知道而愿意认识的，他们在社会上都有些名声，而且是有些财产的。名声与财产，在周文祥看，绝对不能是由瞎胡闹而来的。胡闹只能毁人。那么，由这样有名有钱的人们所组织的团体，按理说，也应当不是瞎闹的。附带着，这封信也许有些道理，不一定是朋友们和他开玩笑。他又把信拿起来，想从新念一遍。可是他只读了几句，不能再往下念。不管这些会长委员是怎样的有名有福,这封信到底是荒唐。这是个恶梦!一向没遇见这样矛盾,这样想不出道理的事!

周文祥是已经过了对于外表勤加注意的年龄。虽然不是故意的不修边幅,可是有时候两三天不刮脸而心中可以很平静;不但平静,而且似乎更感到自己的坚实朴简。他不常去照镜子;他知道自己的圆脸与方块的身子没有什么好看;他的自爱都寄在那颗单纯实在的心上。他不愿拿外表显露出内心的聪明,而愿把面貌体态当作心里诚实的说明书。他好像老这么说:"看看我!内外一致的诚实!周文祥没别的,就是可靠!"

把那封信放下,他可是想对镜子看看自己;长久的自信使他故意的要从新估量自己一番,像极稳固的内阁不怕,而且欢迎,"不信任案"的提出那样。正想往镜子那边去,他听见窗外有些脚步声。他听出来那是他的妻来了。这使他心中突然很痛快,并不是欢迎太太,而是因为他听出她的脚步声儿。家中的一切都有定规,习惯而亲切,"夏至"那天必定吃卤面,太太走路老是那个声儿。但愿世界上所有的事都如此,都使他习惯而且觉得亲切。假如太太有朝一日不照着他所熟习的方法走路,那要多么惊心而没有一点办法!他说不上爱他的太太不爱,不过这些熟习的脚步声儿仿佛给他一种力量,使他深信生命并不是个乱七八糟的恶梦。他知道她的走路法,正如知道他的茶碗上有两朵鲜红的牡丹花。

他忙着把那封使他心中不平静的信收在口袋里,这个举动作得很快很自然,几乎是本能的;不用加什么思索,他就马上决定了不能让她看见这样胡闹的一封信。

"不早了,"太太开开门,一只脚登在门坎上,"该走了吧?"

"我这不是都预备好了吗?"他看了看自己的大衫,很奇怪,刚才净为想那封信，已经忘了是否已穿上了大衫。现在看见大衫在身上，想不起是什么时候穿上的。既然穿上了大衫，无疑的是预备出去。早早出去，早早回来，为一家大小去挣钱吃饭，是他的光荣与理想。实际上，为那封信，他实在忘了到公事房去，可是让太太这一催问，他不能把生平的光荣与理想减损一丝一毫："我这不是预备走吗？"他戴上了帽子。"小春走了吧？"

"他说今天不上学了，"太太的眼看着他，带出作母亲常有的那种为难的样子，既不愿意丈夫发脾气，又不愿儿子没出息，可是假若丈夫能不发脾气呢，儿子就是稍微有点没出息的倾向也没多大的关系。"又说肚子有点痛。"

周文祥没说什么，走了出去。设若他去盘问小春，而把小春盘问短了——只是不爱上学而肚子并不一定疼。这便证明周文祥的儿子会说谎。设若不去管儿子，而儿子真是学会了扯谎呢，就更糟。他只好不发一言，显出沉毅的样子；沉毅能使男人在没办法的时候显出很有办法，特别是在妇女面前。周文祥是家长，当然得显出权威，不能被妻小看出什么弱点来。

走出街门，他更觉出自己的能力本事。刚才对太太的一言不发等等，他作得又那么简净得当，几乎是从心所欲，左右逢源。没有一点虚假，没有一点手段，完全是由生平的朴实修养而来的一种真诚，不必考虑就会应付裕如。想起那封信，瞎胡闹！

公事房的大钟走到八点三十二分，他迟到了两分钟。这是一个新的经验；十年来，他至迟是八点二十八分到，他在作梦的时候，钟上的长针也总是在半点的"这"一边。世界好像宽出二分去，一切都变了样！

他忽然不认识自己了，自己一向是八点半"这"边的人；生命是习惯的积聚，新床使人睡不着觉；周文祥把自己丢失了，丢失在两分钟的外面，好似忽然走到荒凉的海边上。

可是，不大一会儿，他心中又平静起来，把自己从迷途上找回来。他想责备自己，不应该为这么点事心慌意乱；同时，他觉得应夸奖自己，为这点小事着急正自因为自己一向忠诚。

坐在办公桌前，他可是又想起点不大得劲的事。公司的规则，规则，是不许迟到的。他看见过同事们受经理的训斥，因为迟到；还有的扣罚薪水，因为迟到。哼，这并不是件小事！自然，十来年的忠实服务是不能因为迟到一次而随便一笔抹杀的，他想。可是假若被经理传去呢？不必说是受申斥或扣薪，就是经理不说什么，而只用食指指周文祥——他轻轻的叫着自己——一下，这就受不了；不是为这一指的本身，而是因为这一指便把十来年的荣誉指化了，如同一股热水浇到雪上！

是的，他应当自动的先找经理去，别等着传唤。一个忠诚的人应当承认自己的错误，受申斥或惩罚是应该的。他立起来，想去见经理。

又站了一会儿，他得想好几句话。"经理先生，我来晚了两分钟，几年来这是头一次，可是究竟是犯了过错！"这很得体，他评判着自己的忏悔练习。不过，万一经理要问有什么理由呢？迟到的理由不但应当预备好，而且应当由自己先说出来，不必等经理问。有了："小春，我的男小孩——肚子疼，所以……"这就非常的圆满了，而且是真事。他并且想到就手儿向经理请半天假，因为小春的肚子疼也许需要请个医生诊视一下。他可是没有敢决定这么作，因为这么作自然显着更圆到，可是也许是太过火一点。还有呢，他平日老觉得非常疼爱小春，也不知怎的现在他并不十分关心小春的肚子疼,虽然按着自己的忠诚的程度说,他应当相信儿子的腹痛,并且应当马上去给请医生。

他去见了经理,把预备好的言语都说了,而且说得很妥当,既不太忙,又不吞吞吐吐的惹人疑心。他没敢请半天假,可是稍微露了一点须请医生的意思。说完了,没有等经理开口,他心中已经觉得很平安了,因为他在事前没有想到自己的话能说得这么委婉圆到。他一向因为看自己忠诚,所以老以为自己不长于谈吐。现在居然能在经理面前有这样的口才,他开始觉出来自己不但忠诚,而且有些未经发现过的才力。

正如他所期望的,经理并没有申斥他,只对他笑了笑。"到底是诚实人!"周文祥心里说。

微笑不语有时候正像怒视无言,使人转不过身来。周文祥的话已说完,经理的微笑已笑罢,事情好像是完了,可是没个台阶结束这一场。周文祥不能一语不发的就那么走出去,而且再站在那里也不大像话。似乎还得说点什么,但又不能和经理瞎扯。一急,他又想起儿子。"那么,经理以为可以的话,我就请半天假,回家看看去!"这又很得体而郑重,虽然不知道儿子究竟是否真害肚疼。

经理答应了。

周文祥走出公司来,心中有点茫然。即使是完全出于爱儿子,这个举动究竟似乎差点根据。但是一个诚实人作事是用不着想了再想的,回家看看去好了。

走到门口,小春正在门前的石墩上唱"太阳出来上学去"呢,脸色和嗓音都足以证明他在最近不能犯过腹痛。

"小春,"周文祥叫,"你的肚子怎样了?"

"还一阵阵的疼,连唱歌都不敢大声的喊!"小春把手按在肚脐那溜儿。

周文祥哼了一声。

见着了太太,他问:"小春是真肚疼吗?"

周太太一见丈夫回来,心中已有些不安,及至听到这个追问,更觉得自己是处于困难的地位。母亲的爱到底使她还想护着儿子,真的爱是无暇选取手段的,她还得说谎:"你出去的时候,他真是肚子疼,疼得连颜色都转了,现在刚好一点!"

"那么就请个医生看看吧?"周文祥为是证明他们母子都说谎,想起这个方法。虽然他觉得这个方法有点欠诚恳,可是仍然无损于他的真诚,因为他真想请医生去,假如太太也同意的话。

"不必请到家来了吧,"太太想了想:"你带他看看去好了。"

他没想到太太会这么赞同给小春看病。他既然这么说了,好吧,医生不会给没病的孩子开方子,白去一趟便足以表示自己的真心爱子,同时暴露了母子们的虚伪,虽然周家的人会这样不诚实是使人痛心的。

他带着小春去找牛伯岩——六十多岁的老儒医,当然是可靠的。牛老医生闭着眼,把带着长指甲的手指放在小春腕上,诊了有十来分钟。

"病不轻!"牛伯岩摇着头说,"开个方子试试吧,吃两剂以后再来诊一诊吧!"说完他开着脉案,写得很慢,而字很多。

小春无事可作,把垫腕子的小布枕当作沙口袋,双手扔着玩。

给了诊金,周文祥拿起药方,谢了谢先生。带着小春出来;他不能决定,是去马上抓药呢,还是干脆置之不理呢?小春确是,据他看,没有什么病。那么给他点药吃,正好是一种惩罚,看他以后还假装肚子疼不！可是，小春既然无病，而医生给开了药方，那么医生一定是在说谎。他要是拿着这个骗人的方子去抓药，就是他自己相信谎言，中了医生的诡计。小春说谎，太太说谎，医生说谎，只有自己诚实。他想起"说谎会"来。那封信确有些真理，他没法不这么承认。但是，他自己到底是个例外，所以他不能完全相信那封信。除非有人能证明他——周文祥——说谎，他才能完全佩服"说谎会"的道理。可是，只能证明自己说谎是不可能的。他细细的想过去的一切，没有可指摘的地方。由远而近，他细想今天早晨所作过的那些事，所说过的那些话，也都无懈可击，因为所作所说的事都是凭着素日诚实的习惯而发的，没有任何故意绕着作出与说出来的地方，只有自己能认识自己。

他把那封信与药方一起撕碎，扔在了路上。

（原载1936年5月3日天津《益世报·文艺周》第一期）

新爱弥耳

虽然我的爱弥耳活到八岁零四个月十二天就死了,我并不怀疑我的教育方法有什么重大的错误;小小的疏忽或者是免不了的,可是由大体上说,我的试验是基于十分妥当的原理上。即使他的死是由于某一个小疏忽,那正是试验工作所应有的;科学的精神不怕错误,而怕不努力改正错误。设若我将来有个"新爱弥耳第二",我相信必能完全成功,因为我已有了经验,知道避免什么和更注意什么。那么,我的爱弥耳虽不幸死去,我并不伤心;反之,我却更高兴的等待着我将来的成功。在这种培养儿童的工作上,我们用不着动什么感情。

可惜我很忙,不能把我的经验完全写下来;我只能粗枝大叶的写下一点,等以后有工夫再作那详细的报告。不过,我确信这一点点纪录也满可以使世人永不再提起卢梭那部著作了。

爱弥耳生下来的时候是体重六磅半,不太大,也不太小,正合适。刚一出世,他就哭了。我马上教训了他一番:朋友!闭上你的嘴!生命就是奋斗,战争;哭便是示弱,你当然知道这个;那么,这第一次的也就是,我命令你,第末次的毛病!他又呀呀了几声,就不再哭了。从此以后直到他死,他永没再哭出声来过;我的勇敢的爱弥耳!(请原谅我的伤感！）

  过了三天，我便把他从母亲怀中救出来，由我负一切的教养责任。多么有教育与本事的母亲也不可靠，既是母亲——大学教育系毕业的正如一字不识的愚妇——就有母亲的恶天性；人类的退化应归罪于全世界的母亲。每逢我看见一个少妇抱着肥胖的小孩，我就想到圣母与圣婴。即使那少妇是个社会主义者，那小娃娃将来至多也不过成个基督教社会主义者，也许成为个只有长须而不抵抗的托尔司太。我不能教爱弥耳在母乳旁乞求生命，乖乖宝宝的被女人吻着玩着，像个小肥哈巴狗。我要他成为战士，有钢板硬的腮与心，永远把吻他的人的臭嘴碰得生疼。

  我断了他的奶。母乳变成的血使人软如豆腐，使男人富于女性。爱弥耳既是男的，就得有男儿气。牛奶也不能吃，为是避免"牛乳教育"。代替奶的最好的东西当然是面包，所以爱弥耳在生下的第四天就开始吃面包了；他将来必定会明白什么是面包问题与为什么应为面包而战。我知道面包的养分不及母乳与牛乳的丰富，可是我一点也不可怜爱弥耳的时时喊饿；饿是革命的原动力，他必须懂得饿，然后才知道什么是反抗。每当他饿的时候，我就详细的给他讲述反抗的方法与策略；面包在我手中拿着，我说什么他都得静静的听着；到了我看见他头上已有虚汗，我才把面包给他，以免他昏过去。每逢看见面包，他的眼睛是那么发光，使我不能不满意，他的确是明白了面包的价值。当他刚学会几句简单言语的时候，他已会嚷"我要面包！"嚷得是那样动心与激烈，简直和革命首领的喊口号一个味儿了。

  因为他时常饿得慌，所以免不了的就偷一些东西吃，我并不禁止他。反之，我却惩罚他，设若他偷的不得法，或是偷了东西而轻易的承认。

我下毒手打他，假如他轻易承认过错。我要养成他的狡猾。每一个战士都须像一个狐狸。为正义而战的革命者都得顶狡猾，以最卑鄙的手段完成最大的工作。可惜，爱弥耳有时候把这个弄错，而只为自己的口腹对我要坏心路。可是，这实在是因为他年纪太小，还不完全明白我所讲说的。假若他能活到十五岁——不用再往多了说——我想他一定能够更伟大，绝对不会只为自己的利益而狡猾的。行为是应以所要完成的事业分善恶的，腐朽的道德观念使人成为废物，行为越好便越没出息。我的爱弥耳的行动已经有了明日之文化的基本训练，可惜他死得那么早，以至于他的行动不能完全证明出他的目的，那远大的目的。

爱弥耳到满了三岁的时候，不但小孩子们不喜欢跟他在一块儿玩耍，就是成人们也没有疼爱他的。这是我最得意的一点。自从他一学说话起，我就用尽了力量，教给他最正确的言语，决不许他知道一个字而不完全了解它的意义，也决不给他任何足以引起幻想的字。所以，他知道多少话就是知道了多少事，没有一点折扣，也没有一点虚无缥缈的地方。比如说吧，教给他说"月"，我就把月的一切都详细的告诉他：月的大小，月的年龄，它当初怎么形成的，和将来怎样碎裂……这都是些事实。与事实相反的都除外：月就是月；"月亮"，还有什么"月亮爷"，都不准入爱弥耳的耳朵。谁都知道月的光得自日，那么"月亮"就不通；"月亮爷"就越发胡闹了。我不能教我的爱弥耳把那个死静的月称作"爷"。至于月中有个大兔，什么嫦娥奔月等等的胡言谵语，更一点儿也不能教他知道。传说和神话是野蛮时代的玩艺儿；爱弥耳是预备创造明日之文化的，他必得说人话。是的，我也给他说故事，但不是嫦娥奔月那一类的。我给他说秦始皇，汉武帝，亚力山大，拿破仑等人的事，而尽我所能的把这些所谓的英雄形容成非常平凡的人,而且不必是平凡的好人。爱弥耳在三岁时就明白拿破仑的得志只是仗着一些机会。他不但因此而正确的明白了历史,他的地理知识也足以惊人。在我给他讲史事的时候,随时指给他各国的地图。我们也有时候讲说植物或昆虫,可是决没有青蛙娶亲,以荷叶作轿那种惑乱人心的胡扯。我们讲到青蛙,就马上捉来一只,细细的解剖开,由我来说明青蛙的构造。这样,不但他正确的明白了青蛙,而且因用小刀剖开它,也就减除了那些虚伪的爱物心。将来的人是不许有伤感的。就是对于爱弥耳自己身上的一切,我也是这样照实的给他说明。在他五岁的时候,他已有了不少的性的知识。他知道他是母亲生的,不是由树上落下来的。他晓得他的生殖器是作什么用的,正如他明白他的嘴是干什么的。五岁的爱弥耳,我敢说,实在比普通的十八九岁的大孩子还多知多懂。

可是,正因为他知道的多,知道的正确,人们可就不大喜爱他了。自然,这不是他的过错。小孩子们不能跟他玩耍,因为他明白,而他们糊涂。比如一群男女小孩在那儿"点果子名"玩,他便也不待约请而蹲在他们之中,可是及至首领叫:"我的石榴轻轻慢慢的过来打三下,"他——假若他是被派为石榴——一动也不动,让大家干着急。"人不能是石榴,石榴是植物!"是他的反抗。大家当然只好教他请出了。啊!理智的胜利,与哲人的苦难! 中古世纪的愚人们常常把哲人烧死,称之为魔术师,拍花子的等等。我的爱弥耳也逃不了这个灾厄呀! 那些孩子所说的所玩的以"假装"为中心,假装你是姑娘,假装你是小兔,爱弥耳根本不敢假装,因为怕我责罚他。我并不反对艺术,爱弥耳设若能成个文学家,我决不会阻止他。不过,我可不能任着他成个说梦话的,一天到晚闹幻想的文学家。想象是文学因素之一，这已是前几世纪的话了。人类的进步就是对实事的认识增多了的意思；而文学始终没能在这个责任上有什么帮助。爱弥耳能成个文学家与否，我还不晓得，不过假若他能成的话，他必须不再信任想象。在我的教育程序中，从一开头儿我就不准他想象。一就是一，二就是二，假若爱弥耳把一当作二，我宁可杀了他！是的，他失掉了小朋友们，有时候显着寂苦，但这有什么关系呢，"朋友"根本是布尔乔亚的一个名词，那么爱弥耳自幼没朋友就正好。

小孩们不愿意和他玩，他们的父母也讨厌他。这是当然的，因为设若爱弥耳的世界一旦来到，这群只会教儿女们"假装"这个，"假装"那个的废物们都该一律灭绝。他们不许他们的儿女跟爱弥耳玩，因为爱弥耳太没规矩。第一样使他们以为他没规矩的就是他永远不称呼他们大叔二婶，而直接的叫"秃子的妈"，或"李顺的爸"；遇上没儿没女的中年人，他便叫"李二的妻"，或"李二"。这不是最正确的么？然而他们不爱听。他们教给孩子们见人就叫"大爷"，仿佛人们都没有姓名似的。他们只懂得教子女去谄媚，去服从——称呼人家为叔为伯就是得听叔伯的话的意思。爱弥耳是个"人"，他无须听从别人的话。他不是奴隶。没规矩，活该！第二样惹他们不喜欢而叫他野孩子的，是因为他的爽直。在我的教导监护下，而爱弥耳要是会谦恭与客气，那不是证明我的教育完全没用么？他的爽直是因为他心里充实。我敢说，他的心智与爱好在许多的地方上比成人还高明。凡是一切假的，骗人的东西，他都不能欣赏。比如变戏法，练武卖艺的一般他看见，他当时就会说，这都是假的。即使卖艺的拿着真刀真枪，他也能知道他们只是瞎比划，而不真杀真砍。他自生下来至死，没有过一件玩物：娃娃是假的，小刀枪假的，小汽车假的；

我不给他假东西。他要玩,我教他用锤子砸石头,或是拿簸箕搬煤,在游戏中老与实物相接触,在玩耍中老有实在的用处。况且他也没有什么工夫去玩耍,因为我时时在教导他,训练他;我不许他知道小孩子是应该玩耍的,我告诉他工作劳动是最高的责任。因此,他不能不常得罪人。看见邻居王大的老婆脸上擦着粉,马上他会告诉她,那是白粉呀,脸原来不白呀。看见王二的女儿戴着纸花,他同样的指出来,你的花不香呀,纸作的,哼!他有成人们的知识,而没有成人们的客气,所以他的话像个故意讨人厌的老头子的。这自然是必不可免的,而且也是我所希望的。我真爱他小大人似的皱皱着鼻子,把成人们顶得一愣一愣的。人们骂他"出窝老",哪里知道这正是我的骄傲啊。

因为所得的知识不同,所以感情也就不同。感情是知识的汁液,仿佛是。爱弥耳的知识既然那么正确实在,他自自然然的不会有虚浮的感情。他爱一切有用的东西,有用的东西,对于他,也就是美的。一般人的美的观念几乎全是人云亦云,所以谁也说不出到底美是什么。好像美就等于虚幻。爱弥耳就不然了,他看得出自行车的美,而决不假装疯魔的说:"这晚霞多么好看呀!"可是,他又因此而常常得罪人了,因为他不肯随着人们说:这玫瑰美呀,或这位小姐面似桃花呀。他晓得桃子好吃,不管桃花美不美;至于面似桃花,还是面似蒲公英,就更没大关系了。

对于美是如此,在别的感情上他也自然与众不同。他简直的不大会笑。我以为人类最没出息的地方便是嬉皮笑脸的笑,而大家偏偏爱给孩子们说笑话听,以至养成孩子们爱听笑话的恶习惯。算算看吧,有媚笑,有冷笑,有无聊的笑,有自傲的笑,有假笑,有狂笑,有敷衍的笑;可是,谁能说清楚了什么是真笑?大概根本就没有所谓真笑这么回事吧?

那么，为什么人们还要笑呢？笑的文艺，笑的故事，只是无聊，只是把郑重的事与该哭的事变成轻微稀松，好去敷衍。假若人类要想不再退化，第一要停止笑。所以我不准爱弥耳笑，也永不给他说任何招笑的故事。笑是最贱的麻醉，会郑重思想的人应当永远咬着牙，不应以笑张开嘴。爱弥耳不会笑，而且看别人笑非常的讨厌。他既不哭，也不笑，他才真是铁石作的人，未来的人，永远不会错用感情的人，别人爱他与否有什么要紧，爱弥耳是爱弥耳就完了。

到了他六岁的时候，我开始给他抽象的名词了，如正义，如革命，如斗争等等。这些自然较比的难懂一些，可是教育本是一种渐进的习染，自幼儿听惯了什么，就会在将来明白过来，我把这些重要深刻的思想先吹送到他的心里，占据住他的心，久后必定会慢慢发芽，像把种子埋在土里一样，不管种子的皮壳是多么硬，日子多了就会裂开。我给他解说完了某一名词，就设法使他应用在日常言语中；并不怕他用错了。即使他把"吃饭"叫作"革命"，也好，因为他至少是会说了这么两个字。即使他极不逻辑的把一些抽象名词和事实联在一处，也好，因为这只是思想还未成熟，可是在另一方面足以见出他的勇敢的精神。好比说，他因厌恶邻家的二秃子而喊"打倒二秃子就是救世界"，好的。纵使二秃子的价值没有这么高，可是爱弥耳到底有打倒他的勇气，与救世界的精神。说真的，在革命的行为与思想上，精神实在胜于逻辑。我真喜欢听爱弥耳的说话，才六七岁他就会四个字一句的说一大片悦耳的话，精炼整齐如同标语，爱弥耳说："我们革命，打倒打倒，牺牲到底，走狗们呀，流血如河，淹死你们……"有了他以前由言语得来的正确知识，加上这自六岁起培养成的正确意识，我敢说这是个绝大的成功。这是一种把孩子的肉全剥掉，血全吸出来，而给他根本改造的办法。他不会哭笑，像机器一样的等待作他所应作的事。只有这样，我以为，才能造就出一个将来的战士。这样的战士应当自幼儿便把快乐牺牲净尽，把人性连根儿拔去。除了这样，打算由教育而改善人类才真是作梦。

在他八岁那年，我开始给他讲政治原理。他很爱听，而且记住了许多政治学的名词。可惜，不久他就病了。可是我决没想到他会一病不起。以前他也害过病，我总是一方面给他药吃，一方面继续教他工作。小孩子是娇惯不得的，有点小病就马上将就他，放纵他，他会吃惯了甜头而动不动的就装病玩。我不上这个当。病了也要工作，他自然晓得装着玩是没好处的。这回他的病确是不轻，我停止了他的工作，可是还用历史与革命理论代替故事给他解闷，药也吃了不少。谁知道他就这么死了呢！到现在想起来，我大概是疏忽了他的牙齿。他的牙还没都换完，容或在槽牙那边儿有了什么大毛病，而我只顾了给他药吃，忘了细细检查他的牙。不然的话，我想无论如何他也不会死，所以当他呼吸停止了的时候，我简直不能相信那能是真事！我的爱弥耳！

我没工夫细说他的一切；想到他的死，我也不愿再说了！我一点不怀疑我的教育原理与方法，不过我到底不能完全控制住自己的感情，我的弱点！可是爱弥耳那孩子也是太可爱了！这点伤心可不就是灰心，我到底因爱弥耳而得了许多经验，我应当高高兴兴的继续我的研究与试验；我确信我能在第二个爱弥耳身上完成我的伟大计划。

（原载1936年7月《文学》第七卷第一号）

且说屋里

一个二十世纪的中国人所能享受与占有的,包善卿已经都享受和占有过,现在还享受与占有着。他有钱,有洋楼,有汽车,有儿女,有姨太太,有古玩,有可作摆设用的书籍,有名望,有身分,有一串可以印在名片上与讣闻上的官衔,有各色的朋友,有电灯、电话、电铃、电扇,有寿数,有胖胖的身体和各种补药。

设若他稍微能把心放松一些,他满可以胖胖的躺在床上,姨太太与儿女们把他伺候得舒舒服服的。即使就这么死去,他的财产也够教儿孙们快乐一两辈子的,他的讣闻上也会有许多名人的题字与诗文,他的棺材也会受得住几十年水土的侵蚀,而且会有六十四名杠夫抬着他游街的。

可是包善卿不愿休息。他有他的"政治生活"。他的"政治生活"不包括着什么主义、主张、政策、计划与宗旨。他只有一个决定,就是他不应当闲着。他要是闲散无事,就是别人正在活动与拿权,他不能受这个。他认为自己所不能参预的事都是有碍于他的,他应尽力地去破坏。反之,凡是足以使他活动的,他都觉得不该放过机会。像一只渔船,他用尽方法利用风势,调动他的帆,以便早些达到鱼多的所在。他不管那些风是否有害于别人,他只为自己的帆看风,不管别的。

看准了风,够上了风,便是他的"政治生活"。够上风以后,他可以用极少的劳力而获得一个中国"政治家"所应得的利益。所以他不愿休息,也不肯休息;平白无故地把看风与用风这点眼力与天才牺牲了,太对不起自己。越到老年,他越觉出自己的眼力准确,越觉出别人的幼稚;按兵不动是冤枉的事。况且他才刚交六十;他知道,只要有口气,凭他的经验与智慧,就是坐在那儿呼吸呼吸,也应当有政治的作用。

他恨那些他所不熟识的后起的要人与新事情,越老他越觉得自己的熟人们可爱,就是为朋友们打算,他也应当随手抓到机会扩张自己的势力。对于新的事情他不大懂,于是越发感到自己的老办法高明可喜。洋人也好,中国人也好,不论是谁,自要给他事作,他就应当去拥护。同样,凡不给他权势的便是敌人。他清清楚楚地承认自己的宽宏大度,也清清楚楚地承认自己的嫉妒与褊狭;这是一个政治家应有的态度。他十分自傲有这个自知之明,这也就是他的厉害的地方;"得罪我与亲近我,你随便吧!"他的胖脸上的微笑表示着这个。

刚办过了六十整寿,他的像片又登在全国的报纸上,下面注着:"新任建设委员会会长包善卿。"看看自己的像,他点了点头:"还得我来!"他想起过去那些政治生活。过去的那些经验使他压得住这个新头衔,这个新头衔既能增多他的经验,又能增高了身分,而后能产生再高的头衔。因将来的光荣与势力,他微微感到满意于现在。有一二年他的像片没这么普遍地一致地登在各报纸上了;看到这回的,他不能不感到满意;这个六十岁的照像证明出别的政客的庸碌无能,证明了自己的势力的不可轻视与必难消灭。新人新事的确出来不少,可是包善卿是青松翠柏,越老越绿。世事原无第二个办法,包善卿的办法是唯一的,过去如此,现在如此，将来还如此！他的方法是官僚的圣经，他一点不反对"官僚"这两个字；"只有不得其门而入的才叫我官僚，"他在四十岁的时候就这么说过。

看着自己的像片，他觉得不十分像自己。不错，他的胖脸，大眼睛，短须，粗脖子，与圆木筒似的身子，都在那里，可是缺乏着一些生气。这些不足以就代表包善卿。他以几十年的经验知道自己的表情与身段是怎样的玲珑可喜，像名伶那样晓得自己哪一个姿态最能叫好；他不就是这么个短粗胖子。至少他以为也应该把两个姿态照下来，两个最重要的，已经成为习惯而仍自觉地利用着，且时时加以修正的姿态。一个是在面部：每逢他遇到新朋友，或是接见属员，他的大眼会像看见个奇怪的东西似的，极明极大极傻地瞪那么一会儿，腮上的肉往下坠；然后腮上的肉慢慢往上收缩，大眼睛里一层一层的增厚笑意，最后成为个很妩媚的微笑。微笑过后，他才开口说话，舌头稍微团着些，使语声圆柔而稍带着点娇憨，显出天真可爱。这个，哪怕是个冰人儿，也会被他马上给感动过来。

第二个是在脚部。他的脚很厚，可是很小。当他对地位高的人趋进或辞退，他会极巧妙地利用他的小脚：细逗着步儿，弯着点腿，或前或后，非常的灵动。下部的灵动很足给他一身胖肉以不少的危险，可是他会设法支持住身体，同时显出他很灵利，和他的恭敬谦卑。

找到这两点，他似乎才能找到自己。政治生活是种艺术，这两点是他的艺术的表现。他愿以这种姿态与世人相见，最好是在报纸上印出来。可是报纸上只登出个迟重肥胖的人来，似乎是美中不足。

好在，没大关系。有许多事，重大的事，是报纸所不知道的。他想到末一次的应用"脚法":建设委员会的会长本来十之六七是给王荸老的,可是包善卿在山木那里表现了一番。王荸老所不敢答应山木的,包善卿亲手送过去:"你发表我的会长,我发表你的高等顾问!"他向山木告辞时,两脚轻快地细碎地往后退着,腰儿弯着些,提出这个"互惠"条件。果然,王荸老连个委员也没弄到手,可怜的荸老! 不论荸老怎样固执不通,究竟是老朋友。得设法给他找个地位! 包善卿作事处处想对得住人,他不由地微笑了笑。

王荸老未免太固执! 太固执! 山木是个势力,不应当得罪。况且有山木作顾问,事情可以容易办得多。他闭上眼想了半天,想个比喻。想不出来。最后想起一个:姨太太要东西的时候,不是等坐在老爷的腿儿上再说吗? 但这不是个好比喻。包善卿坐在山木的腿上? 笑话! 不过呢,有山木在这儿,这次的政治生活要比以前哪一次都稳当、舒服、省事。东洋人喜欢拿权,作事;和他们合作,必须认清了这一点;认清这一点就是给自己的事业保了险。奇怪,王荸老作了一辈子官,连这点还看不透! 王荸老什么没作过? 教育、盐务、税务、铁道……都作过,都作过,难道还不明白作什么也不过是把上边交下来的,再往下交。把下边呈上来的再呈上去,只须自己签个押? 为什么这次非拒绝山木不可呢? 奇怪! 也许是另有妙计? 不能吧? 打听打听看;老朋友,但是细心是没过错的。

"大概王荸老总不至于想塌我的台吧? 老朋友!"他问自己。他的事永远不愿告诉别人,所以常常自问自答。"不能,王荸老不能!"他想,会长就职礼已平安地举行过;报纸上也没露骨地说什么;委员们虽然有请病假的,可是看我平安无事地就了职,大概一半天内也就会销假的。

山木很喜欢，那天还请大家吃了饭，虽然饭菜不大讲究，可是也就很难为了一个东洋人！过去的都很顺当；以后的，有山木作主，大概不会出什么乱子的。是的，想法子安置好王荦老吧；一半因为是老朋友，一半因为省得单为这个悬心。至于会里用人，大致也有了个谱儿，几处较硬的介绍已经敷衍过去，以后再有的，能敷衍就敷衍，不能敷衍的好在可以往山木身上推。是的，这回事儿真算我的老运不错！

想法子给山木换辆汽车，这是真的，东洋人喜欢小便宜。自己的车也该换了，不，先给山木换，自己何必忙在这一时！何不一齐呢，真！我是会长，他是顾问，不必，不必和王荦老学，总是让山木一步好！

决定了这个，他这回的政治生活显然是一帆风顺，不必再思索什么了。假如还有值得想一下的，倒是明天三姨太太的生日办不办呢？办呢，她岁数还小，怕教没吃上委员会的家伙们有所借口，说些不三不四的。不办呢，又怕临时来些位客人，不大合适。"政治生活"有个讨厌的地方，就是处处得用"思想"，不是平常人所能干的。在很小的地方，正如在很大的地方，漏了一笔就能有危险。就以娶姨太太说，过政治生活没法子不娶，同时姨太太能给人以许多麻烦。自然，他想自己在娶姨太太这件事上还算很顺利，一来是自己的福气大，二来是自己有思想，想起在哈尔滨作事时候的俄国姨太太——后来用五百元打发了的那个——他微笑了笑。再不想要洋毛子，看着那么白，原来皮肤更粗，处处带着小黄毛。最难堪的是来月信的时候，只用纸卷个小筒一塞！啵！他不喜欢看外国电影片，多一半是因为这个。连中国电影也算上，那些明星没有一个真正漂亮的。娶姨太太还是到苏杭一带找个中等人家的雏儿，林黛玉似的又娇又嫩。三姨太太就是这样，比女儿还小着一岁，比女儿美得多。似乎应当给她办生日,怪可怜的。况且,乘机会请山木吃顿饭也显着不是故意的请客。是的,请山木首席,一共请三四桌人,对大家不提办生日,又不至太冷淡了小姨太太,这是思想!

福命使自己腾达,思想使自己压得住富贵,自己的政治生活和家庭生活是个有力的证明。太太念佛吃斋,老老实实。大儿有很好的差事,长女上着大学。二太太有三个小少爷,三太太去年冬天生了个小女娃娃。理想的家庭,没闹过一桩满城风雨的笑话,好容易!最不放心的是大儿大女,在外边读书,什么坏事学不来!可是,大儿已有了差事,不久就结婚;女儿呢,只盼顺顺当当毕了业,找个合适的小人嫁出去;别闹笑话!过政治生活的原不怕闹笑话,可是自己是老一辈的人,不能不给后辈们立个好榜样,这是政治道德。作政治没法不讲道德,政治舞台是多么危险的地方,没有道德便没有胆量去冒险。自己六十岁了,还敢出肩重任,道德不充实可能有这个勇气?自己的道德修养,不用说,一定比自己所能看到的还要高着许多,一定。

他不愿再看报纸上那个像片,那不过是个短粗而无生气的胖子,而真正的自己是有思想有道德有才具有经验有运气的政治家!认清了这个,他心里非常平静,像无波的秋水映着一轮明月。他想和姨太太们凑几圈牌,为是活动活动自己的心力,太平静了。

"老爷,方委员,"陈升轻轻的把张很大的名片放在小桌上。

"请,"包善卿喜欢方文玉,方文玉的委员完全仗着他的力量。方文玉来的时间也正好,正好二男二女——两个姨太太——凑几圈儿。

方文玉进来,包善卿并没往起立,他知道方文玉不会恼他,而且会把这样的不客气认成为亲热的表示。可是他的眼睛张大,而后渐渐地一层层透出笑意，他知道这足以补足没往起立的缺欠，而不费力地牢笼住方文玉的心。搬弄着这些小小的过节，他觉得出自己的优越，有方文玉在这儿比着，他不能不承认自己的经验与资格。

"文玉！坐，坐！懒得很，这两天够我老头子……哈哈！"他必须这样告诉文玉，表示他并没在家里闲坐着，他最不喜欢忙乱，而最爱说他忙；会长要是忙，委员当然知道应当怎样勤苦点了。

"知道善老忙，现在，我——"方文玉不敢坐下，作出进退两难的样子，唯恐怕来的时间不对而讨人嫌。

"坐！来得正好！"看着方文玉的表演，他越发喜欢这个人，方文玉是有出息的。

方文玉有四十多岁，高身量，白净子脸，带着点烟气。他没别的嗜好，除了吃口大烟。在包善卿眼中，他是个有为的人，精明，有派头，有思想，可惜命不大强，总跳腾不起去。这回很卖了些力气给他弄到了个委员，很希望他能借着这一步而走几年好运。

"文玉，你来得正好，我正想凑几圈，带着硬的呢？"包善卿团着舌尖，显出很天真淘气。

"伺候善老，输钱向来是不给的！"方文玉张开口，可是不敢高声的笑，露出几个带烟釉的长牙来。及至包善卿哈哈笑了，他才接着出了声。

"本来也是，"包善卿笑完，很郑重地说，"一个委员拿五百六，没车马费，没办公费，苦事！不过，文玉你得会利用，眼睛别闲着；等山木拟定出工作大纲来，每个县城都得安人；留点神，多给介绍几个人。这些人都有县长的希望，可不能只靠着封介绍信！这或者能教你手里松动一点，不然的话，你得赔钱；五百六太损点，五百六！"他的大眼睛看着自己的小胖脚尖,不住地点头。待了一会儿:"好吧,今天先记你的账好了。有底没有?"

"有!小刘刚弄来一批地道的,请我先尝尝,烟倒是不坏,可是价儿也够瞧的。"方文玉摇了摇头,用烧黄的手指夹起支"炮台"来。

"我这也有点,也不坏,跟二太太要好了;她有时候吃一口。我不准她多吃!咱们里院去吧?"包善卿想立起来。

他还没站利落,电话铃响了。他不爱接电话。许多电玩艺儿,他喜欢安置,而不愿去使用。能利用电力是种权威,命令仆人们用电话叫菜或买别的东西,使他觉得他的命令能够传达很远,可是他不愿自己去叫与接电话。他知道自己不是破命去坐飞机的那种政治家。

"劳驾吧,"他立好,小胖脚尖往里一逗,很和蔼地对方文玉说。

方文玉的长腿似乎一下子就迈到了电机旁,拿起耳机,回头向包善卿笑着:"喂,要哪里?包宅,啊,什么?呕,墨老!是我,是的!跟善老说话?啊,您也晓得善老不爱接电,嘻嘻,好,我代达!……好,都听明白了,明天见,明天见!"看了耳机一下,挂上。

"墨山?"包善卿的下巴往里收,眼睛往前努,作足探问的姿势。

"墨山,"方文玉点了点头,有些不大愿意报告的样子。"教我跟善老说两件事,头一件,明天他来给三太太贺寿,预备打几圈。"

"记性是真好,真好!"包善卿喜欢人家记得小姨太太的生日。"第二件?"

"那什么,那什么,他听说,听说,未必正确,大概学生又要出来闹事!"

"闹什么?有什么可闹的?"包善卿声音很低,可是很清楚,几乎是一字一字地说。

"墨老说，他们要打倒建设委员会呢！"

"胡闹吗！"包善卿坐下，脚尖在地上轻轻地点动。

"那什么，善老，"方文玉就着烟头又点着了一支新的，"这倒要防备一下。委员会一切都顺利；不为别的，单为求个吉利，也不应当让他们出来，满街打着白旗，怪丧气的。好不好通知公安局，先给您这儿派一队人来，而后让他们每学校去一队，禁止出入？"

"我想想看，想想看，"包善卿的脚尖点动得更快了，舌尖慢慢地舐着厚唇，眨巴着眼。过了好大一会儿，他笑了："还是先请教山木，你看怎样？"

"好！好！"方文玉把烟灰弹在地毯上，而后用左手捏了鼻子两下，似乎是极深沉地搜索妙策："不过，无论怎说，还是先教公安局给您派一队人来，有个准备，总得有个准备。要便衣队，都带家伙，把住胡同的两头。"他的带烟气的脸上露出青筋，离离光光的眼睛放出一些浮光。"把住两头，遇必要时只好对不起了，啪啪一排枪。啪啪一排枪，没办法！"

"没办法！"包善卿也挂了气，可是还不像方文玉那么浮躁。"不过总是先问问山木好，他要用武力解决呢，咱们便问心无愧。他主张和平呢，咱们更无须乎先表示强硬。我已经想好，明天请山木吃饭，正好商量商量这个。"

"善老，"方文玉有点抱歉的神气，"请原谅我年轻气浮，明天万一太晚了呢？即使和山木可以明天会商。您这儿总是先来一队人好吧？"

"也好，先调一队人来，"包善卿低声地像对自己说。又待了一会儿，他像不愿说，而又不得不说的，看了方文玉一眼；仿佛看准方文玉是可与谈心的人，他张开了口。"文玉，事情不这么简单。我不能马上找山木去。为什么？你看，东洋人处处细心。我一见了他，他必先问我，谁是主动人？你想啊，一群年幼无知的学生懂得什么，背后必有人鼓动。你大概要说××党？"他看见方文玉的嘴动了下。"不是！不是！"极肯定而有点得意地他摇了摇头。"中国就没有××党，我活了六十岁，还没有看见一个××党。学生背后必有主动人，弄点糖儿豆儿的买动了他们，主动人好上台，代替你我，你 —— 我 ——"他的声音提高了些，胖脸上红起来。"咱们得先探听明白这个人或这些人是谁，然后才不至被山木问住。你看，仿佛吧山木这么一问，谁是主动人？我答不出；好，山木满可以撅着小黑胡子说：谁要顶你，你都不晓得？这个，我受不了。怎么处置咱们的敌人，可以听山木的；咱们可得自己找出敌人是谁。是这样不是？是不是？"

方文玉的长脑袋在细脖儿上绕了好几个圈，心中"很"佩服，脸上"极"佩服，包善老。"我再活四十多也没您这个心路，善老！"

善老没答碴，眼皮一搭拉，接受对他的谀美。"是的，擒贼先擒王，把主动人拿住。学生自然就老实了。这就是方才说过的了：和平呢还是武力呢，咱们得听山木的，因为主动人的势力必定小不了。"他又想了想："假如咱们始终不晓得他是谁，山木满可以这么说，你既不知道为首的人，那就只好拿这回事当作学潮办吧。这可就糟了，学潮，一点学潮，咱们还办不了，还得和山木要主意？这岂不把乱子拉到咱们身上来？你说的不错，啪啪一排枪，准打回去，一点不错；可是啪啪一排枪犯不上由咱们放呀。山木要是负责的话，管他呢，啪啪一排开花炮也可以！是不是，文玉，我说的是不是？"

"是极！"方文玉用块很脏的绸子手绢擦了擦青眼圈儿。"不过，善老，就是由咱们放枪也无所不可。即使学生背后有主动人，也该惩罚他们——不好好读书，瞎闹哄什么呢！东洋朋友，中国朋友，商界，工界，农民，都拥护我们。除了学生，除了学生！不能不给小孩子们个厉害！我们出了多少力，费了多少心血，才有今日，临完他们喊打倒，善老？"看着善老连连点头，他那点吃烟人所应有的肝火消散了点。"这么办吧，善老，我先通知公安局派一队人来，然后咱们再分头打电打听打听谁是为首的人。"他的眼忽然一亮，"善老，好不好召集全体委员开个会呢！"

"想想看，"包善卿决定不肯被方文玉给催迷了头，在他的经验里，没有办法往往是最好的办法，而延宕足以杀死时间与风波。"先不用给公安局打电；他们应当赶上咱们来，这是他们当笔好差事的机会，咱们不能迎着他们去。至于开会，不必：一来是委员们都没在这儿，二来委员不都是由你我荐举的，开了会倒麻烦，倒麻烦。咱们顶好是先打听为首之人；把他打听到，"包善卿两只肥手向外一推，"一股拢总全交给山木。省心，省事，不得罪人！"

方文玉刚要张嘴，电话铃又响了。

这回。没等文玉表示出来愿代接电的意思，包善卿的小胖脚紧动慢动地把自己连跑带转地挪过去，像个着了忙的鸭子。摘下耳机，他张开了大嘴喘了一气。"哪里？呃，冯秘书，近来好？啊，啊，啊！局长呢？呃，我忘了，是的，局长回家给老太太作寿去了，我的记性太坏了！那……嗯……请等一等，我想想看，再给你打电，好，谢谢，再见！"挂上耳机。他仿佛接不上气来了。一大堆棉花似的瘫在大椅子上。闭了会儿眼，他低声地说："记性太坏了，那天给常局长送过去了寿幛，今天就会忘了,要不得! 要不得!"

"冯秘书怎么说?"方文玉很关切地问。

"哼,学生已经出来了,冯子才跟我要主意!"包善卿勉强着笑了笑。"我刚才说什么来着? 咱们还没教他们派人来呢,他们已经和我要主意;要是咱们先张了嘴,公安局还不搬到我这儿来办公? 跟我要主意,他们是干什么的?"

"可是学生已经出来了!"方文玉也想不出办法,可是因为有嗜好,所以胆子更小一点。"您想怎样回复冯子才呢?"

"他当然会给常局长打电报要主意;我不挣那份钱,管不着那段事。"包善卿看着桌上的案头日历。

"您这儿没人保护可不行呀!"方文玉又善意地警告。

"那,我有主意,"包善卿知道学生已经出来,不能不为自己的安全设法了。"文玉,你给张七打个电话,教他马上送五十打手来,都带家伙,每人一天八毛,到委员会领钱,他们比巡警可靠!"

方文玉放了点心,马上给张七打了电话。包善卿也似乎无可顾虑了,躺在沙发上闭了眼。方文玉看着善老,不愿再思索什么,可是总惦记着冯秘书。善老真稳,怎么不给冯回电呢? 包善卿早把冯子才忘了,他早知道冯子才若是看事不妙必会偷偷地跑掉,用不着替他担忧,他心中正一一地数点家里的人,自要包家的人都平安,别的都没大关系。他忽然睁开眼,坐起来,按电铃。一边按一边叫:"陈升! 陈升!"

陈升轻快地跑进来。

"陈升,大小姐回来没有?"他探着脖,想看桌上的日历:"今天不是礼拜天吗?"

"是礼拜,大小姐没回家。"陈升一边回答,一边倒茶。

"给学校打电,叫她回来,快!"包善卿十分着急地说。"等等再倒茶,先打电!"对于儿女,他最爱的是大小姐,最不放心的也是大小姐。她是大太太生的,又是个姑娘,所以他对于她特别地慈爱,慈爱之中还有些尊重的意思,姨太太们生的小孩自然更得宠爱,可是止于宠爱;在大姑娘身上,只有在她身上,他仿佛找到了替包家维持家庭间的纯洁与道德的负责人。她是"女儿",非得纯美得像一朵水仙花不可。这朵水仙花供给全家人一些清香,使全家人觉得他们有个鲜花似的千金小姐,而不至于太放肆与胡闹了。大小姐要是男女混杂地也到街上去打旗瞎喊,包家的鲜花就算落在泥中了,因为一旦和男学生们接触,女孩子是无法保持住纯洁的。

"老爷,学校电话断了!"陈升似乎还不肯放手耳机,回头说完这句,又把耳机放在耳旁。

"打发小王去接! 紧自攥着耳机干什么呀!"包善卿的眼瞪得极大,短胡子都立起来。陈升跑出去,门外汽车嘟嘟起来。紧跟着,他又跑回:"老爷,张七带着人来了。"

"叫他进来!"包善卿的手微微颤起来,"张七"两个字似乎与祸乱与厮杀有同一的意思,祸乱来在自己的门前,他开始害了怕;虽然他明知道张七是来保护他的。

张七没敢往屋中走,立在门口外:"包大人,对不起您,我才带来三十五个人;今天大家都忙,因为闹学生,各处用人;我把这三十五个放在您这儿,马上再去找,误不了事,掌灯以前,必能凑齐五十名。"

"好吧,张七,"包善卿开开屋门,看了张七一眼:"他们都带着家伙哪？好！赶快去再找几名来！钱由委员会领；你的，我另有份儿赏！"

"您就别再赏啦，常花您的！那么，我走了，您没别的盼咐了？"张七要往外走。

"等等，张七，汽车接大小姐去了，等汽车回来你再走；先去看看那些人们，东口西口和门口分开了站！别都扎在一堆儿！"

张七出去检阅，包善卿回头看了看方文玉，"文玉，你看怎样！不要紧吧？"关上屋门，他背着手慢慢地来回走。

"没准儿了！"方文玉也立起来，脸上更灰暗了些。"毛病是在公安局。局长没在这儿，冯子才大概——"

"大概早跑啦！"包善卿接过去。"空城计，非乱不可，非乱不可，这玩艺，这玩艺，咱们始终不知为首的是谁，有什么办法呢？"

电话！方文玉没等请示，抓下耳机来。"谁？小王？……等等！"偏着点头："善老，车夫小王在街上借的电话。学生都出去了，大小姐大概也随着走了；街上很乱，打上了！"

"叫小王赶紧回来！"

"你赶紧回来！"方文玉很凶狠的挂上耳机，心中很乱，想烧口烟吃。

"陈升！"包善卿向窗外喊："叫张七来！"

这回，张七进了屋中，很规矩地立着。

"张七，五十块钱的赏，去把大小姐给找来！你知道她的学校？"

"知道！可是，包大人，成千成万的学生哪儿去找呢？我一个人，再添上俩，找到小姐也没法硬拉出来呀！"

"你去就是了，见机而作！找了来，我另给你十块！"方文玉看着善老，交派张七。

"好吧，我去碰碰！"张七不大乐观地走出去。

"小王回来了，老爷。"陈升进来报告。

"那什么，陈升，把帽子给我。"包善卿楞了会儿，转向方文玉："文玉，你别走，我出去看看，一个女孩子人家，不能——"

"善老！"方文玉抓住了善老的手，手很凉。"您怎能出去呢！让我去好了。认识我的少一点，您的像片——"

二人同时把眼转到桌上的报纸上。

"文玉你也不能出去！"包善卿腿一软，坐下了。"找山木想办法行不行？这不能算件小事吧？我的女儿！他要是派两名他的亲兵，准能找回来！"

"万一他不管，可不大得劲儿！"方文玉低声地说。

"听！"包善卿直起身来。

包宅离大街不十分远，平常能听得见汽车的喇叭声。现在，像夏日大雨由远而近地那样来了一片继续不断的，混乱而低切的吵嚷，分析不出是什么声音，只是那么流动的，越来越近的一片。一种可怕的，像卷着什么血肉的一团火，或一股怒潮，向前滚进。

方文玉的脸由灰白而惨绿，猛然张开口，咽了一口气。"善老，咱们得逃吧？"

包善卿的嘴动了动，没说出什么来，脸完全紫了。怒气与惧怕往两下处扯他的心，使他说不出话来。"学生！学生！一群毛孩子！"他心里说："你们懂得什么！懂得什么！包善卿的政治生活非生生让你们吵散不可！包善卿有什么对不起人的地方！混账，一群混账！"

张七拉开屋门，没顾得摘帽子："大人，他们到了！我去找大小姐，恰好和他们走碰了头!"

"西口把严没有?"包善卿好容易说出话来。

"他们不上这儿来,上教场去集合。"

"自要进来,开枪,我告诉你!"包善卿听到学生们不进胡同,强硬了些。

"听!"张七把屋门推开。

"打倒卖国贼!"千百条嗓子同时喊出。

包善卿的大眼向四下里找了找,好似"卖国贼"三个字像个风筝似的从空中落了下来。他没找到什么,可是从空中又降下一声:"打倒卖国贼!"他看了看方文玉,看了看张七,勉强地要笑笑,没笑出来。"七,""张"字没能说利落:"大小姐呢?我教你去找大小姐!"

"这一队正是大小姐学校里的,后面还有一大群男学生。"

"看见她了?"

"第一个打旗的就是大小姐!"

"打倒卖国贼!"又从空中传来一声。

在这一声里,包善卿仿佛清清楚楚地听见了自己女儿的声音。

"好,好!"他的手与嘴唇一劲儿颤。"无父无君,男盗女娼的一群东西!我会跟你算账,甭忙,大小姐!别人家的孩子我管不了,你跑不出我的手心去!爸爸是卖国贼,好!"

"善老!善老!"方文玉的烟瘾已经上来,强挣扎着劝慰:"不必生这么大的气,大小姐年轻,一时糊涂,不能算是真心反抗您,绝对不能!"

"你不知道!"包善卿颤得更厉害了。"她要是想要钱,要衣裳,要车,都可以呀,跟我明说好了;何必满街去喊呢! 疯了? 卖国贼,爸爸是卖国贼,好听? 混账,不要脸!"

电话! 没人去接。方文玉已经瘾得不爱动,包善卿气得起不来。

张七等铃响了半天,搭讪着过去摘下耳机。"……等等。大人,公安局冯秘书。"

"挂上,没办法!"包善卿躺在沙发上。

"陈升! 陈升!"方文玉低声地叫。

陈升就在院里呢,赶快进来。

方文玉向里院那边指了指,然后撅起嘴唇,像叫猫似的轻轻响了几下。

陈升和张七一同退出去。

[原载1936年7月开明书店创业十周年纪念集《十年》(正编)]

东　西

晚饭吃过了好久，电报还没有到；鹿书香和郝凤鸣已等了好几点钟——等着极要紧的一个电报。

他俩是在鹿书香的书房里。屋子很大，并没有多少书。电灯非常的亮，亮得使人难过。鹿书香的嘴上搭拉着支香烟，手握在背后，背向前探着些；在屋中轻轻的走。中等身材，长脸，头顶上秃了一小块；脸上没什么颜色，可是很亮。光亮掩去些他的削瘦；大眼，高鼻梁，长黑眼毛，显出几乎是俊秀的样子。似乎是欣赏着自己的黑长眼毛，一边走一边连连的眨巴眼。每隔一会儿，他的下巴猛的往里一收，脖子上抽那么一下，像噎住了食。每逢一抽，他忽然改变了点样儿，很难看，像个长脸的饿狼似的。抽完，他赶快又眨巴那些黑美的眼毛，仿佛为是恢复脸上的俊秀。

烟卷要掉下来好几回，因为他抽气的时候带累得嘴唇也咧一咧；可是他始终没用手去扶，没工夫顾及烟卷。烟卷到底被脖子的抽动给弄掉了，他眨巴着眼用脚把它揉碎。站定，似乎想说话；脖子又噎了一下，忘了说什么。

郝凤鸣坐在写字台前的转椅上，脸朝着玻璃窗出神。他比鹿书香年轻着好些,有三十五六岁的样子,圆头圆脸圆眼睛,有点傻气,可是傻得挺精神,像个吃饱了的笨狗似的。洋服很讲究,可是被他的面貌上体态减少了些衣服的漂亮。自膝以下都伸在写字台的洞儿里,圆满得像俩金橘似的手指肚儿无声的在膝上敲着。他早就想说话,可是不便开口。抽冷子院中狗叫了一声,他差点没由转椅上出溜下去,无声的傻笑了一下,向上提了提身子,继续用手指敲着膝盖。

在饭前,虽然着急,还能找到些话说;即使所说的不都入耳,也愿意活动着嘴唇,掩饰着心中的急躁。现在,既然静默了许久,谁也不肯先开口了,谁先开口仿佛就是谁沉不住气。口既张不开,而着急又无济于事,他们都想用一点什么别的事岔开心中的烦恼。那么,最方便的无过于轻看或甚至于仇视面前的人了。郝凤鸣看着玻璃,想起自己当年在英国的一个花园里,伴着个秀美的女友,欣赏着初夏的樱花。不敢顺着这个景色往下想,他撩了鹿书香一眼 —— 在电灯下立着,头顶上秃的那一块亮得像个新铸的铜子。什么东西!他看准了这个头上秃了一块的家伙。心中咒骂,手指在膝盖上无声的击节:小小的个东洋留学生,人模狗样的竟自把个地道英国硕士给压下去,什么玩艺!

郝凤鸣真是不平,凭自己的学位资格,地道西洋留学生,会来在鹿书香这里打下手,作配角;鹿书香不过上东洋赶过几天集,会说几个什么什么"一马司"!他不敢再想在英国时候那些事,那些女友,那些志愿。过去的一切都是空的。把现在的一切调动好了才算好汉。是的,现在他有妻小,有包车,有摆着沙发的客厅,有必须吃六角钱一杯冰激凌的友人……这些凑在一块才稍微像个西洋留学生,而这一切都需要钱,越来越需要更多的钱。为满足太太,为把留学生作到家,他得来敷衍向来他所轻视的鹿书香,小小的东洋留学生!

　　他现在并非没有事作,所以他不完全惧怕鹿书香。不过,他想要进更多的钱,想要再增高些地位,可就非仗着鹿书香不可。鹿书香就是现在不作事,也能极舒服的过活,这个,使他羡慕,由羡慕而忌妒。鹿书香可以不作事而还一天到晚的跳腾,这几乎是个灵感;鹿书香,连鹿书香还不肯闲着,郝凤鸣就更应当努力;以金钱说,以地位说,以年纪说,他都应当拚命的往前干,不能知足,也不许知足。设若光是由鹿书香得到这点灵感,他或者不会怀恨,虽然一向看不起这个东洋留学生。现在,他求到鹿书香的手里,他的更好的希望是仗着鹿书香的力量才能实现,难堪倒在其次,他根本以为不应当如此,一个西洋留学生就是看洋楼也比留东洋的多看见过几所,先不用说别的! 他不平。可是一时无法把他与鹿书香的上下颠倒过来。走着瞧吧,有朝一日,姓郝的总会教鹿书香认识清楚了!

　　又偷偷看了鹿书香一眼,他想起韵香——他的太太。鹿书香的叔伯妹妹。同时,他也想起在英国公园里一块玩耍的那个女郎,心中有点迷糊。把韵香与那个女郎都搀在一处,仿佛在梦中那样能把俩人合成一个人,他不知是应当后悔好,还是……不,娶了就是娶了,不便后悔;韵香又清楚的立在目前。她的头发,烫一次得十二块钱;她的衣服,香粉,皮鞋,手提包……她可是怪好看呢! 花钱,当然得花钱,不成问题。天下没有不费钱的太太。问题是在自己得设法多挣。想到这儿,他几乎为怜爱太太而也想对鹿书香有点好感。鹿书香也的确有好处:永远劝人多挣钱,永远教给人见缝子就钻……郝凤鸣多少是受了这个影响,所以才肯来和他一同等着那个电报。有这个大舅子,正如有那么个漂亮的太太，也并不是件一希望就可以作到的事。到底是自己的身分；当然，地道留英的学生再弄不到这么点便宜，那还行！

即使鹿书香不安着好心，利用完了个英国硕士而过河拆桥，郝凤鸣也不怕，他是鹿家的女婿，凭着这点关系他敢拍着桌子，指着脸子，和鹿书香闹。况且到必要的时候，还可以把韵香搬了来呢！是的，一个西洋留学生假若干不过东洋留学生的话，至少一个妹夫也可以挟制住个大舅子。他心中平静起来，脸上露出点笑容，像夏天的碧海，只在边岸上击弄起一线微笑的白花。他闭上了眼。

狗叫起来，有人去开大门，郝凤鸣猛的立起来，脸上忽然发了热。看看窗外，很黑；回过头来看鹿书香，鹿书香正要点烟，右手拿着火柴，手指微微的哆嗦；看着黑火柴头，连噎了三口气。

张顺推门进来，手里拿着个白纸封，上面画着极粗的蓝字。亮得使人难过的电灯似乎把所有的光全射在那个白纸封儿上。鹿书香用手里的火柴向桌上一指。等张顺出去，他好像跟谁抢夺似的一把将电报抓到手中。

郝凤鸣不便于过来，英国绅士的气派使他管束住心中的急切。可是，他脸上更热了。这点热气使他不能再呆呆的立候，又立了几秒钟，他的绅士气度被心中的热气烧散，他走了过来。

鹿书香已把电报看了两遍，或者不止两遍，一字一字的细看，好像字字都含着些什么不可解的意思。似乎没有可看的了，他还不肯撒手；郝凤鸣立在他旁边，他觉得非常的可厌。他一向讨厌这个穿洋服的妹夫，以一个西洋留学生而处处仗着人，只会吃冰激凌与跳舞，正事儿一点也不经心。这位留学生又偏偏是他的妹丈，为鹿家想，为那个美丽的妹妹想，为一点不好说出来的嫉妒想，他都觉得这个傻蛋讨厌，既讨厌而又幸运；他猜不透为什么妹妹偏爱这么个家伙，妹妹假若真是爱他，那么他——鹿书香——似乎就该讨厌他，说不出道理来，可是只有这么着心里才舒服一点。他把电报扔在桌子上，就手儿拿起电报的封套来，也细细的看了看。然后，似乎忘了郝凤鸣的讨厌，又从郝的手里看了电报一遍，虽然电报上的几个字他已能背诵出来，可还细心的看，好似那些蓝道子有什么魔力。

郝凤鸣也至少细细看了电报两遍。觉出鹿书香是紧靠在他的身旁，他心中非常憋闷得慌：纸上写的是鹿书香，身旁立着的是鹿书香，一切都是鹿书香，小小的东洋留学生，大舅子！

"怕什么偏有什么，怕什么……"鹿书香似乎没有力量说完这句话，坐下，噎了口气。

"可不是，"郝凤鸣心中几乎有点快活，鹿书香的失败正好趁了他的心愿，不过，鹿的失败也就是自己的失败，他不能完全凭着情感作事，他也皱上了眉。

鹿书香闭上了眼，仿佛极疲倦了似的。过了一会儿，脸上又见了点血色，眼睛睁开，像和自己说似的："副局长！副——局长！"

"电码也许……"郝凤鸣还没有放手那个电报，开始心里念那些数目字，虽然明知一点用处没有。

"想点高明的会不会！"鹿书香的话非常的难听。他很想说："都是你，有你，什么事也得弄哗拉了！"可是他没有往外说，一来因为现在不是闹脾气的时候，二来面前没有别人，要泄泄怒气还是非对郝凤鸣说说不可；既然想对他说说，就不能先开口骂他。他的话转到正面儿来："局长，好；听差，也好；副局长，哼！我永不嫌事小，只要独当一面就行。副局长，副师长，副总统，副的一切，凡是副的都没用！递给我支烟！"

"电报是犬稜发的，正式的命令还没有到。"郝凤鸣郑重的说。对鹿书香的人，他看不大起；对鹿书香的话，他可是老觉得有些价值。鹿书香的话总是由经验中提炼出来的，老能够赤裸裸的说到事情的根儿上，就事论事，不带任何无谓的感情与客气。郝凤鸣晓得自己没这份儿本事，所以不能不佩服大舅子的话，大舅子的话比英国绅士的气度与文化又老着几个世纪，一点虚伪没有，伸手就碰在痒痒筋儿上。

"什么正式的命令？你这人没办法！"鹿书香很想发作一顿了，可是又管住了自己，而半恼半亲近的加了点解释："犬稜的电报才算事，命令？屁！"

郝凤鸣依然觉得这种话说得很对，不过像"屁"字这类的字眼不大应该出自个绅士的口中。是的，他永远不能佩服鹿书香的态度与举动——永成不了个英国人所谓的"贞头曼"；大概西洋留学生的这点陶冶永远不是东洋留学生所能及的。好吧，不用管这个，先讨论事情呢："把政府放在一边，我们好意思驳回犬稜？"

"这就是你不行的地方！什么叫好意思不好意思？无所谓！"鹿书香故意的笑了一下。"合我的适便作，反之就不作；多咱你学会这一招，你就会明白我的伟大了。你知道，我的东洋朋友并不止是犬稜？"

郝凤鸣没说出什么来。他没法不佩服鹿书香的话，可又没法改变他一向轻视这位内兄的心理，他没了办法。

鹿书香看妹丈没了话，心中高兴了些："告诉你，凤鸣，我若是只弄到副局长，那就用不着说，正局长必定完全是东洋那边的；我坏在摆脱不开政府这方面。你记住了：当你要下脚的时候，得看清楚哪边儿硬！"

"那么正局长所靠着的人也必定比犬稜还硬？"郝凤鸣准知道这句说对了地方，圆脸上转着遭儿流动着笑意。

鹿书香哑摸着味儿点了点头："这才像句话！所以我刚才说，我的东洋朋友并不止是犬稜。你要知道，自从九一八以后，东洋人的势力也并不集中，谁都想建功争胜，强中自有强中手。在这种乱动的局面中，不能死靠一个人。作事，如同游泳，如同驶船，要随着水势，随时变动。按说，我和犬稜的关系不算不深，我给他出主意，他不能不采纳；他给我要位置，我一点也不能怀疑。无奈，他们自己的争斗也非常的激烈，咱们可就吃了诖落！现在的问题是我还是就职呢，还是看看再说？"

"土地局的计划是我们拟就的，你要是连副局长都推了，岂不是连根儿烂？"郝凤鸣好似受了鹿书香的传染，也连连的眨巴眼。"据我看，即使一点实权拿不到，也跟他们苦腻。这，一来是不得罪犬稜，二来是看机会还得把局长抓过来，是不是？"

"也有你这么一说，也有你这么一说，"鹿书香轻轻的点着头。"可是有一样，我要就了副局长，空筒子的副局长，你可就完了。你想呀，有比犬稜还硬的人立在正局长背后，还有咱们荐人的份儿？我挂上个名，把你甩了，何苦！我闲也还闲得起，所以不肯闲着的原因，一来是我愿意提拔一些亲友，造成咱们自己的势力，为咱们的晚辈设想，咱们自己不能不多受点累。二来是我有东洋朋友，我知道东洋的事，这点知识与经验不应当随便扔弃了。妒恨我的也许叫我卖国贼，其实我是拿着自己的真本领去给人民作点事，况且东洋人的办法并不像大家所说的那么可恶，人家的确是有高明人；老实不客气的说，我愿意和东洋人合作；

卖国贼？盖棺论定，各凭良心吧！"他闭上眼，缓了一口气。"往回说吧，你要是教我去作副局长，而且一点不抱怨我不帮忙你，我就去；你若是不谅解我呢，吹，我情愿得罪了犬稜，把事推了！怎样？"

郝凤鸣的气不打一处来。倒退——不用多了——十年，他一定会对着鹿书香的脸，呐喊一声卖国贼。现在，他喊不出来。现在，他只知道为生活而生活着；他，他的太太，都短着许多许多的东西；没有这些东西，生活就感到贫窘，难堪，毫无乐趣。比如说，夫妇们商议了多少日子了，始终也没能买上一辆小汽车；没有这辆小汽车，生活受着多么大的限制，几乎哪里也不敢去，一天的时间倒被人力车白白费去一半！为这辆小汽车，为其他好些个必需的东西，使生活丰富的东西，他不能喊卖国贼；他现在知道了生命的意义，认识了生活的趣味；少年时一切理想都是空的，现在也只知道多挣钱，去丰富生命。可是受了骗，受了大舅子的骗，他不能忍受，他喊不出卖国贼这三个字，可是也不甘心老老实实的被大舅子这么玩弄。

他恨自己，为什么当初要上英国去读书，而不到东洋去。看不起东洋留学生是真的，可是事实是事实，现在东洋留学生都长了行市，他自己落了价。假若是他会说日语，假若他有东洋朋友，就凭鹿书香？哼，他也配！

不，不能恨自己。到底英国留学生是英国留学生；设若鹿书香到过英国，也许还不会坏到这个地步！况且，政治与外交是变化多端的，今年东洋派抬头，焉知明年不该留欧的走运呢？是的，真要讲亡国的话，似乎亡在英国人手里还比较的好一些。想到这里，郝凤鸣的气消了一些，仿佛国家亡在英人手里是非常的有把握，而自己一口气就阔起来，压倒鹿书香，压倒整个的东洋派，买上汽车，及一切需要的东西，是必能作到的。

气消了一些，他想要大仁大义的劝鹿书香就职，自己情愿退后，以后再也不和大舅子合作；好说好散，贞头曼！

他刚要开口，电话铃响了。本不想去接，可是就这么把刚才那一场打断，也好，省得再说什么。他拿下耳机来："什么局长？ 方？ 等等。"一手捂住口机，"大概是新局长，姓方。"

鹿书香极快的立起来："难道是方佐华？"接过电话机来："喂，方局长吗？"声音非常的温柔好听，眼睛像下小雨似的眨巴着。"啊？ 什么？"声音高了些，不甚好听了。"呕，局长派我预备就职礼，派——我；嗯，晓得！"猛的把耳机挂上了。"你怎么不问明白了！ 什么东西，一个不三不四的小职员敢给我打电话，还外带着说局长派我，派——我！"他深深的噎了一口气。

"有事没事？"郝凤鸣整着脸问，"没事，我可要走啦；没工夫在这儿看电话！"

鹿书香仿佛没有听见，只顾说他自己的："哼，说不定教我预备就职典礼就是瞧我一手儿呢！ 厉害！ 挤我！ 我还是干定了，凤鸣你说对了，给他们个苦腻！"说完，向郝凤鸣笑了笑。

"预备个会场，还不就是摆几把椅子的事？"郝凤鸣顺口答音的问了句，不希望得到什么回答，他想回家，回家和韵香一同骂书香去。

"我说你不行，你老不信，坐下，不忙，回头我用车送你去。"看郝凤鸣又坐下，他闭了会儿眼才说："光预备几把椅子可不行！ 不行！ 挂国旗与否，挂遗嘱与否，都成问题！ 挂呢。"右手的中指搬住左手的大指,"显出我倾向政府。犬稜们都是细心的人。况且,即使他们没留神,方佐华们会偷偷的指点给他们。不挂呢,"中指点了点食指,"方佐华会借题发挥,向政府把我刷下来,先剪去我在政府方面的势力。你看,这不是很有些文章吗?"

郝凤鸣点了点头,他承认了自己的不行。不错,这几年来,他已经把少年时的理想与热气扫除了十之八九,可是到底他还是太直爽简单。他"是"得和鹿书香学学,即使得不到什么实际的利益,学些招数也是极可宝贵的。

"现在的年月,作事好不容易!"鹿书香一半是叹悔自己这次的失败,一半是——比起郝凤鸣来——赞美自己的精明。"我们这是闲谈,闲谈。你看,现在的困难是,人才太多,咱们这边和东洋那边都是人多于事。于是,一人一个主意,谁都设法不教自己的主意落了空。主意老在那儿变动。结果弄成谁胳臂粗谁得势,土地局是咱们的主意,临完教别人把饭锅端了去。我先前还力争非成厅不可,哼,真要是被人家现成的把厅长端去,笑话才更大呢!我看出来了,我们的主意越多,东洋人的心也就越乱,他们的心一乱,咱们可就抓不着了头。你说是不是?为今之计,咱们还得打好主意。只要有主意,不管多么离奇,总会打动东洋人——他们心细,不肯轻易放过一个意见;再加上他们人多,咱们说不动甲,还可以献计给乙,总会碰到个愿意采纳的。有一个点头的,事情就有门儿。凤鸣,别灰心,想好主意。你想出来,我去作;一旦把正局长夺回来,你知道我不会白了你。我敢起誓!"

"上回你也起了誓!"郝凤鸣横着来了一句。

"别,别,咱俩不过这个!"鹿书香把对方的横劲儿往竖里扯。"你知道我是副局长,你也知道副局长毫无实权,何苦呢! 先别捣乱,想高明的,想! 只要你说出这道儿,我就去,我不怕跑腿;这回干脆不找犬稜,另起炉灶,找沉重的往下硬压。我们本愿规规矩矩的作,不过别人既是乱抄家伙,我们还能按规矩作吗? 先别气馁,人家乱,咱们也跟着乱就是了,这就叫做时势造英雄! 我就去就副局长的职,也尝尝闲职什么味儿。假若有好主意的话。也许由副而正,也许一高兴另来个机关玩玩。反正你我的学问本领不能随便弃而不用,那么何不多跑几步路呢?"

"我要是给你一个主意,你给我什么?"郝凤鸣笑着,可是笑得僵不吃的。"这回我不要空头支票,得说实在的。比如说,韵香早就跟我要辆小汽车……"

"只要你肯告诉我,灵验了以后,准有你的汽车。我并非没有主意,不过是愿意多搜集一些。谁知道哪一个会响了呢。"

"一言为定? 我回去就告诉她! 你知道姑奶奶是不好惹的?"

"晓得呀,还用你说!"

"你听这个怎样,"郝凤鸣的圆眼睛露出点淘气的神气,"掘墓行不行?"

"什么?"

"有系统的挖坟。"郝凤鸣笑了,承认这是故意的开玩笑。

"有你这么一说,"鹿书香的神气可是非常的郑重,"有你这么一说! 你怎么想起来的。是不是因为土地局而联想到坟墓?"

"不是快到阴历十月一了。"郝凤鸣把笑意收起去,倒觉得有点不大好意思了。"想起上坟烧纸,也就想起盗墓来,报纸上不是常登着这种事儿?"

"你倒别说,这确是个主意!"鹿书香立起来,伸出右手,仿佛是要接过点什么东西来似的。"这个主意你给我了?"

"送给你了;灵验之后,跟你要辆汽车! 不过,我想不起这个主意能有什么用处。就是真去实行,也似乎太缺德,是不是?"郝凤鸣似乎有点后悔。

"可惜你这个西洋留学生!"鹿书香笑着坐下了。"坟地早就都该平了! 民食不足,而教坟墓空占着那么多地方,岂不是愚蠢? 我告诉你,我先找几个人去调查一下,大概的哪怕先把一县的地亩与坟地的比例弄出来呢,报上去,必足以打动东洋人,他们想开发华北,这也是一宗事业,只须把坟平了,平白的就添出多少地亩,是种棉、种豆,或是种鸦片,谁管它种什么呢,反正地多出产才能多! 这是一招。假如他们愿意,当然愿意,咱们就有第二招:既然要平坟,就何不一打两用,把坟里埋着的好东西就手儿掘出来? 这可又得先调查一下,大概的能先把一县的富家的茔地调查清了,一报上去就得教他们红眼。怎么说呢,平坟种地需要时间,就地抠饼够多么现成? 真要是一县里挖出几万来,先不用往多里说,算算看,一省该有多少? 况且还许挖出些件无价之宝来呢? 哼!我简直可以保险,平坟的主意假若不被采纳,拣着古坟先掘几处一定能行! 说不定,因此咱们还许另弄个机关——譬如古物之类的玩艺——专办这件事呢? 你要知道,东洋人这二年来的开发计划,都得先投资而后慢慢的得利;咱们这一招是开门见山,手到擒来! 就是大爵儿们不屑于办,咱们会拉那些打快杙子的,这不比走私省事? 行,凤鸣! 你的汽车十之八九算是妥当了!"

"可是,你要真能弄成个机关,别光弄辆破汽车搪塞我;你的会长,我至少得来个科长！"郝凤鸣非常的后悔把这么好的主意随便的卖出去。

"你放心吧，白不了你！只要你肯用脑子，肯把好主意告诉我，地位金钱没问题！谁教咱们赶上这个乱世呢，咱们得老别教脑子闲着，腿闲着。只要不怕受累，话又往回来说，乱世正是给我们预备的，乱世才出英雄！"

郝凤鸣郑重的点了点头，东西两位留学生感到有合作的必要，而前途有无限的光明！

（原载1937年2月1日《文学》第八卷第二号）

牛老爷的痰盂

牛博士，老爷，大人，什么什么委员，这个长那个长，是个了不得的人物。少年中过秀才，二十八岁在美得过博士，三十岁以后做过各样的高官，四十以后有五位姨太太，大量的吸食鸦片，至今还没死，还挺有造化。

牛博士的学问不深，可是博，博得很。因为博学，所以对物物留神，事事细心；虽做着高官尚心细如发，细巨不遗；躺在床上吸鸦片的时候还想这家事国事天下事。

这样的官儿是干才，所以不好伺候。牛博士到哪里为官，都发着最大的脾气，而使手下人战战兢兢，在穿着夏布大衫的天气还要发抖。大家越发抖，牛老爷越威风，他晓得自己是了不得的人物，而大家是庸才。大家无论怎样的殷勤巴结，总是讨不出好来的，因为牛大人的思想是那么高明复杂，平常人无论如何是猜不到好处的。平常人，懂得老事儿的，不懂得新事儿；懂得新事儿的，又不懂得老事儿；而牛老爷是博通今古，学贯中西，每一个主意都出经入史，官私两便，还要合于物理化学与社会经济！

牛老爷在做税关监督的时候，曾经亲手打过庶务科科长两个很响的嘴巴，不但科长到医院去检查牙齿，牛监督也到医院去打强心针——他是用了全力打的那两个嘴巴，要不然也不会那么响！虽然打了强心针，牛老爷可是很快活，因为这次的嘴巴实在是打破了纪录。况且医院的药单是照例送到庶务科去，牛老爷并不因为看病而损失一点什么。

打嘴巴的原因是由于买汽车。庶务科科长是个摩登人物，很晓得汽车的式样，构造，舒适，速度，与怎样拿扣头。这回，可碰了钉子。车，设若完全由一般的摩登人物来看，真是辆好车，式样新，座位舒服，走得稳而快。可是他不像监督那样博古通今；他只顾了摩登，而忘却了监督少年曾中过秀才。

科长押着新车，很得意的开到监督门外。监督正在书房里看书。所谓看书，就是在床上躺着吸烟，而枕旁放着一本书；这本书是中国书而西式装订起来的，遇到客人来，监督便吸一气烟，翻一翻书，正和常人一边吸烟卷一边看书那样。客人要是老派的呢，他便谈洋书；反之，客人要是摩登的呢，他便谈旧学问；他这本西装的中书，几乎是本天书，包罗万象，而随时变化。

科长进了书房，监督可是并没去翻那本天书。科长不是客人，监督用不着客气。连连吸了好几气烟，监督发了话：

"你知道我干吗买这辆车？"

"衙门的那辆太旧了，"科长试着步儿说，"那还是——"他要说，"那还是去年买的呢，"可是觉出"去年"与那"还"字间的文气不甚顺溜。

监督摇了头："一点也不对！我为是看看你办事的能力怎样。老实不客气的对你讲，我的那一片履历是我的精明给我挣来的。到处，我办事是非常认真的！真金不怕火炼，我的属员得经得住我的试炼。第一件我要问你的,你知道我的房子是新赁的,而没有车棚,同时你又晓得我得坐汽车,为什么不先派人来先造车棚子呢?"

"马上我就派人来修!马上——"科长的嘴忽然有点结巴。

"马上?你早干什么来着?先看看车去!"

科长急忙往外走,心里轻松了一点,以为一看见车,监督必能转怒为笑的。

看了车里边一眼,监督给了科长两个嘴巴。牛监督从中外的学问里研究出来的:做大官的必不许带官僚气,而对于属员应有铁般的纪律。

"我问你,"监督用热辣辣的手指,指着科长热辣辣的脸蛋:"你晓得不晓得我这老一点的人有时候是要吐痰的?痰要是吐在车里是否合于卫生?那么,为什么不在车里安个痰盂?"

"马上就去安一个!"科长遮着脸说。

"安什么样子的?怎么个安法?我问你!"监督的绿脸上满跳起更绿的筋,像一张不甚体面的倭瓜叶似的。

"买一只小白铜的,大概——"

"买一只,还大概?你这个东西永远不会发达了,你根本不拿事当事做!你进来!"

科长随着监督又进了书房,房中坐着位年轻的女子,监督的三姨太太。见姨太太在屋中,监督的神气柔和了许多,仿佛是表示给科长,他是很尊重妇女的。

"我告诉过你了,叫你办这点事是为看看你的办事能力怎样。"监督又躺在床上,可是没有顾得吸烟。"你要知道,中国的衰败,都是因为你们这些后生不肯吃苦做事,不肯用脑子想事,你们只管拿薪水,闹恋爱,胡扯八光!"

科长遮着脸,看了姨太太一眼,心中平静了一些。

监督很想把姨太太支出去,以便尽兴的发挥,终于被尊重女子的精神给阻止住。喝了口酽茶,喘了口气,继续训话:

"就拿安一只痰盂说,这里有多少学问与思想!买一只,还大概?哼!以科学的态度来讲,凡事不准说大概!告诉你,先以艺术的观点来说,这只痰盂必须做得极美,必定不能随便买一只。它的质,它的形,都须研究一番。据我看,铜的太亮,铁的太蠢,镀银的太俗,顶好是玉的。中国制玉是天下驰名的,你也许晓得?至于形,有仿古与新创两种。若是仿古呢,不妨仿制古代的壶或卣,上面刻上钟鼎文,若是新创呢,就应当先绘图,看了图再决定上面雕刻什么。不过,质与形之外,还要顾到卫生的条件。它下面必须有一条不碍事的皮管或钢管,通到车外,使痰滑到车外,落在街上,而不能长久的积在盂中。这需要机械学的知识。与此相关的,还要研究痰盂的位置与安法;位置,不用说,必须极方便;安法,不用说必须利用机械学的知识,盖儿自动的起落,盂的本身也能转动,以备车里有二人以上的时候都不费事而能吐痰,我这不过是指示个大概,可已经包括好几种学问在内;要是安心去细想,问题还多的很呢!你呀,年轻的人,就是吃亏在不会用这个。"监督指了指脑袋。

姨太太自动的出去了。科长仿佛没有听见监督说了些什么,而"嗯"了一声。

"嗯什么?"监督见姨太太出去,又强硬起来:"我说你没有脑子!"

科长摸不着头脑,一手遮脸,一手抓头。

监督叹了口气。"你回去吧,先派四名木匠,四名泥水匠,两名漆匠,两名机器匠来。我用不着你,我自己会告诉他们怎么办。车棚,痰盂,地板,浴室,小孩的玩具,都得收拾与建造,全用不着你分心了,我自己会办!回去,赶快把工人们先派来。这几名工人都要常川的在这里工作,好省你们的事!"监督决定不再说什么,因为已经非常的疲倦。

科长先把木匠们派来,而后到医院去看牙。虽然挨了打,他倒并不怀恨着牛监督。反之,下半天他又到监督宅上看看还有甚么该办的事没有。第二天、第三天,几乎是天天,他总到监督宅里去看一眼,仿佛他很喜欢牛监督似的。

在监督宅里,他遇见了会计科长。他一猜便猜着了,监督是要看看会计科科长办事的能力如何。对会计科长他是相当的佩服,因为会计科科长不但没挨嘴巴,并且连监督家中的厨子与男女仆的工钱也蒙监督允准由衙门里代开;关于那十几个匠人的工资自然更没有问题。十几个工人几乎是昼夜不停的工作,连监督的小孩坐着玩的小板凳都由监督自出花样,用红木做面,精嵌蛤蚌的花儿。

他可是没看见他们做那个艺术的科学的卫生的痰盂。后来才打听出来,原来监督已决定到福建定作五十个闽漆嵌银的,科长放了点心,他晓得这么办可以省他许多的事,只须定活一到,他把货呈上去而后把账条交给会计科就行了。

闽漆的痰盂来到以后,牛监督——虽然那么大的脾气——感到一点满意;把痰盂留下五个,其余的全送给了朋友们。于是全城里有汽车的人都有了一个精美的痰盂,好看,好用,而且很光荣,因为是监督送给的。不久,由一城传到另一城,汽车里要是没一个"监督痰盂"就差些气派。由监督的秘书计算,在一个月里,监督接到五百多封信,其中有一百二十五封是恳切的请求监督赏个痰盂的。牛监督只好又定作了二百个，比头一批又精巧了许多，价钱也贵了三分之一；科长也照样把账单送交了会计科。

痰盂而外，牛监督还有许多发明，都是艺术，科学，卫生的化合物，中西文化沟通的创作品。监督到哪里做官，都会就地取材发明一些东西，并且拿这些东西的监制与上账看看属员们办事的能力。

在这些发明之中，"监督痰盂"总得算个得意之作。不过，现今牛老爷可不许任何人再提这件事。这倒并不是由于他已不作监督，嫌"监督痰盂"已成为过去的名词，而是因为在第二批痰盂来到，他正忙着分送朋友们的时节，三姨太太也不再知怎么偷偷的跑出去了，始终没有再回来。他因此不准人再提起这些痰盂，到处为官他也不再打庶务科长的嘴巴了，虽然脾气还是很大。

（原载1937年3月13日青岛《民众日报·文艺》第一期）

我这一辈子

一

我幼年读过书，虽然不多，可是足够读七侠五义与三国志演义什么的。我记得好几段聊斋，到如今还能说得很齐全动听，不但听的人都夸奖我的记性好，连我自己也觉得应该高兴。可是，我并念不懂聊斋的原文，那太深了；我所记得的几段，都是由小报上的"评讲聊斋"念来的——把原文变成白话，又添上些逗哏打趣，实在有个意思！

我的字写得也不坏。拿我的字和老年间衙门里的公文比一比，论个儿的匀适，墨色的光润，与行列的齐整，我实在相信我可以作个很好的"笔帖式"。自然我不敢高攀，说我有写奏折的本领，可是眼前的通常公文是准保能写到好处的。

凭我认字与写的本事，我本该去当差。当差虽不见得一定能增光耀祖，但是至少也比作别的事更体面些。况且呢，差事不管大小，多少总有个升腾。我看见不止一位了，官职很大，可是那笔字还不如我的好呢，连句整话都说不出来。这样的人既能作高官，我怎么不能呢？

可是，当我十五岁的时候，家里教我去学徒。五行八作，行行出状元,学手艺原不是什么低搭的事;不过比较当差稍差点劲儿罢了。学手艺,一辈子逃不出手艺人去,即使能大发财源,也高不过大官儿不是?可是我并没和家里闹别扭,就去学徒了;十五岁的人,自然没有多少主意。况且家里老人还说,学满了艺,能挣上钱,就给我说亲事。在当时,我想象着结婚必是件有趣的事。那么,吃上二三年的苦,而后大人似的去耍手艺挣钱,家里再有个小媳妇,大概也很下得去了。

我学的是裱糊匠。在那太平年月,裱糊匠是不愁没饭吃的。那时候,死一个人不像现在这么省事。这可并不是说,老年间的人要翻来覆去的死好几回,不干脆的一下子断了气。我是说,那时候死人,丧家要拚命的花钱,一点不惜力气与金钱的讲排场。就拿与冥衣铺有关的事来说吧,就得花上老些个钱。人一断气,马上就得去糊"倒头车"——现在,连这个名词儿也许有好多人不晓得了。紧跟着便是"接三",必定有些烧活:车轿骡马,墩箱灵人,引魂幡,灵花等等。要是害月子病死的,还必须另糊一头牛,和一个鸡罩。赶到"一七"念经,又得糊楼库,金山银山,尺头元宝,四季衣服,四季花草,古玩陈设,各样木器。及至出殡,纸亭纸架之外,还有许多烧活,至不济也得弄一对"童儿"举着。"五七"烧伞,六十天糊船桥。一个死人到六十天后才和我们裱糊匠脱离关系。一年之中,死那么十来个有钱的人,我们便有了吃喝。

裱糊匠并不专伺候死人,我们也伺候神仙。早年间的神仙不像如今晚儿的这样寒碜,就拿关老爷说吧,早年间每到六月二十四,人们必给他糊黄幡宝盖,马童马匹,和七星大旗什么的。现在,几乎没有人再惦记着关公了! 遇上闹"天花",我们又得为娘娘们忙一阵。九位娘娘得糊九顶轿子,红马黄马各一匹,九份凤冠霞帔,还得预备痘哥哥痘姐姐们的袍带靴帽，和各样执事。如今，医院都施种牛痘，娘娘们无事可作，裱糊匠也就陪着她们闲起来了。此外还有许许多多的"还愿"的事，都要糊点什么东西，可是也都随着破除迷信没人再提了。年头真是变了啊！

除了伺候神与鬼外，我们这行自然也为活人作些事。这叫作"白活"，就是给人家糊顶棚。早年间没有洋房，每遇到搬家，娶媳妇，或别项喜事，总要把房间糊得四白落地，好显出焕然一新的气象。那大富之家，连春秋两季糊窗子也雇用我们。人是一天穷似一天了，搬家不一定糊棚顶，而那些有钱的呢，房子改为洋式的，棚顶抹灰，一劳永逸；窗子改成玻璃的，也用不着再糊上纸或纱。什么都是洋式好，耍手艺的可就没了饭吃。我们自己也不是不努力呀，洋车时行，我们就照样糊洋车；汽车时行，我们就糊汽车，我们知道改良。可是有几家死了人来糊一辆洋车或汽车呢？年头一旦大改良起来，我们的小改良全算白饶，水大漫不过鸭子去，有什么法儿呢！

二

上面交代过了：我若是始终仗着那份儿手艺吃饭，恐怕就早已饿死了。不过，这点本事虽不能永远有用，可是三年的学艺并非没有很大的好处，这点好处教我一辈子享用不尽。我可以撂下家伙，干别的营生去；这点好处可是老跟着我。就是我死后，有人谈到我的为人如何，他们也必须要记得我少年曾学过三年徒。

学徒的意思是一半学手艺，一半学规矩。在初到铺子去的时候，不论是谁也得害怕,铺中的规矩就是委屈。当徒弟的得晚睡早起,得听一切的指挥与使遣,得低三下四的伺候人,饥寒劳苦都得高高兴兴的受着,有眼泪往肚子里咽。像我学艺的所在,铺子也就是掌柜的家;受了师傅的,还得受师母的,夹板儿气!能挺过这么三年,顶倔强的人也得软了,顶软和的人也得硬了;我简直的可以这么说,一个学徒的脾性不是天生带来的,而是被板子打出来的;像打铁一样,要打什么东西便成什么东西。

在当时正挨打受气的那一会儿,我真想去寻死,那种气简直不是人所受得住的!但是,现在想起来,这种规矩与调教实在值金子。受过这种排练,天下便没有什么受不了的事啦。随便提一样吧,比方说教我去当兵,好哇,我可以作个满好的兵。军队的操演有时有会儿,而学徒们是除了睡觉没有任何休息时间的。我抓着工夫去出恭,一边蹲着一边就能打个盹儿,因为遇上赶夜活的时候,我一天一夜只能睡上三四点钟的觉。我能一口吞下去一顿饭,刚端起饭碗,不是师傅喊,就是师娘叫,要不然便是有照顾主儿来定活,我得恭而敬之的招待,并且细心听着师傅怎样论活讨价钱。不把饭整吞下去怎办呢?这种排练教我遇到什么苦处都能硬挺,外带着还是挺和气。读书的人,据我这粗人看,永远不会懂得这个。现在的洋学堂里开运动会,学生跑上两个圈就仿佛有了汗马功劳一般,喝!又是搀着,又是抱着,往大腿上拍火酒,还闹脾气,还坐汽车!这样的公子哥儿哪懂得什么叫作规矩,哪叫排练呢?话往回来说,我所受的苦处给我打下了作事任劳任怨的底子,我永远不肯闲着,作起活来永不晓得闹脾气,耍别扭,我能和大兵们一样受苦,而大兵们不能像我这么和气。

再拿件实事来证明这个吧：在我学成出师以后，我和别的耍手艺的一样，为表明自己是凭本事挣钱的人，第一我先买了根烟袋，只要一闲着便捻上一袋吧唧着，仿佛很有身分，慢慢的，我又学了喝酒，时常弄两盅猫尿咂着嘴儿抿几口。嗜好就怕开了头，会了一样就不难学第二样，反正都是个玩艺吧咧。这可也就出了毛病。我爱烟爱酒，原本不算什么稀奇的事，大家伙儿都差不多是这样。可是，我一来二去的学会了吃大烟。那个年月，鸦片烟不犯私，非常的便宜；我先是吸着玩，后来可就上了瘾。不久，我便觉出手紧来了，作事也不似先前那么上劲了。我并没等谁劝告我，不但戒了大烟，而且把旱烟袋也撅了，从此烟酒不动！我入了"理门"。入理门，烟酒都不准动；一旦破戒，必走背运。所以我不但戒了嗜好，而且入了理门；背运在那儿等着我，我怎肯再犯戒呢？这点心胸与硬气，如今想起来，还是由学徒得来的。多大的苦处我都能忍受。初一戒烟戒酒，看着别人吸，别人饮，多么难过呢！心里真像有一千条小虫爬挠那么痒痒触触的难过。但是我不能破戒，怕走背运。其实背运不背运的，都是日后的事，眼前的罪过可是不好受呀！硬挺，只有硬挺才能成功，怕走背运还在其次。我居然挺过来了，因为我学过徒，受过排练呀！

提到我的手艺来，我也觉得学徒三年的光阴并没白费了。凡是一门手艺，都得随时改良，方法是死的，运用可是活的。三十年前的瓦匠，讲究会磨砖对缝，作细工儿活；现在，他得会用洋灰和包镶人造石什么的。三十年前的木匠，讲究会雕花刻木，现在得会造洋式木器。我们这行也如此，不过比别的行业更活动。我们这行讲究看见什么就能糊什么。比方说，人家落了丧事，教我们糊一桌全席，我们就能糊出鸡鸭鱼肉来。

赶上人家死了未出阁的姑娘，教我们糊一全份嫁妆，不管是四十八抬，还是三十二抬，我们便能由粉罐油瓶一直糊到衣橱穿衣镜。眼睛一看，手就能模仿下来，这是我们的本事。我们的本事不大，可是得有点聪明，一个心窟窿的人绝不会成个好裱糊匠。

　　这样，我们作活，一边工作也一边游戏，仿佛是。我们的成败全仗着怎么把各色的纸调动的合适，这是要心路的事儿。以我自己说，我有点小聪明。在学徒时候所挨的打，很少是为学不上活来，而多半是因为我有聪明而好调皮不听话。我的聪明也许一点也显露不出来，假若我是去学打铁，或是拉大锯——老么么打，老那么拉，一点变动没有。幸而我学了裱糊匠，把基本的技能学会了以后，我便开始自出花样，怎么灵巧逼真我怎么作。有时候我白费了许多工夫与材料，而作不出我所想到的东西，可是这更教我加紧的去揣摸，去调动，非把它作成不可。这个，真是个好习惯。有聪明，而且知道用聪明，我必须感谢这三年的学徒，在这三年养成了我会用自己的聪明的习惯。诚然，我一辈子没作过大事，但是无论什么事，只要是平常人能作的，我一瞧就能明白个五六成。我会砌墙，栽树，修理钟表，看皮货的真假，合婚择日，知道五行八作的行话上诀窍……这些，我都没学过，只凭我的眼去看，我的手去试验；我有勤苦耐劳与多看多学的习惯；这个习惯是在冥衣铺学徒三年养成的。到如今我才明白过来——我已是快饿死的人了！——假若我多读上几年书，只抱着书本死啃，像那些秀才与学堂毕业的人们那样，我也许一辈子就糊糊涂涂的下去，而什么也不晓得呢！裱糊的手艺没有给我带来官职和财产，可是它让我活的很有趣；穷，但是有趣，有点人味儿。

刚二十多岁，我就成为亲友中的重要人物了。不因为我有钱与身分，而是因为我办事细心，不辞劳苦。自从出了师，我每天在街口的茶馆里等着同行的来约请帮忙。我成了街面上的人，年轻，利落，懂得场面。有人来约，我便去作活；没人来约，我也闲不住：亲友家许许多多的事都托付我给办，我甚至于刚结过婚便给别人家作媒了。

给别人帮忙就等于消遣。我需要一些消遣。为什么呢？前面我已说过：我们这行有两种活，烧活和白活。作烧活是有趣而干净的，白活可就不然了。糊顶棚自然得先把旧纸撕下来，这可真够受的，没作过的人万也想不到顶棚上会能有那么多尘土，而且是日积月累攒下来的，比什么土都干，细，钻鼻子，撕完三间屋子的棚，我们就都成了土鬼。及至扎好了秫秸，糊新纸的时候，新银花纸的面子是又臭又挂鼻子。尘土与纸面子就能教人得痨病——现在叫作肺病。我不喜欢这种活儿。可是，在街上等工作，有人来约就不能拒绝，有什么活得干什么活。应下这种活儿，我差不多老在下边裁纸递纸抹浆糊，为的是可以不必上"交手"，而且可以低着头干活儿，少吃点土。就是这样，我也得弄一身灰，我的鼻子也得像烟筒。作完这么几天活，我愿意作点别的，变换变换。那么，有亲友托我办点什么，我是很乐意帮忙的。

再说呢，作烧活吧，作白活吧，这种工作老与人们的喜事或丧事有关系。熟人们找我定活，也往往就手儿托我去讲别项的事，如婚丧事的搭棚，讲执事，雇厨子，定车马等等。我在这些事儿中渐渐找出乐趣，晓得如何能捏住巧处，给亲友们既办得漂亮，又省些钱，不能窝窝囊囊的被人捉了"大头"。我在办这些事儿的时候，得到许多经验，明白了许多人情，久而久之，我成了个很精明的人，虽然还不到三十岁。

三

　　由前面所说过的去推测，谁也能看出来，我不能老靠着裱糊的手艺挣饭吃。像逛庙会忽然遇上雨似的，年头一变，大家就得往四散里跑。在我这一辈子里，我仿佛是走着下坡路，收不住脚。心里越盼着天下太平，身子越往下出溜。这次的变动，不使人缓气，一变好像就要变到底。这简直不是变动，而是一阵狂风，把人糊糊涂涂的刮得不知上哪里去了。在我小时候发财的行当与事情，许多许多都忽然走到绝处，永远不再见面，仿佛掉在了大海里头似的。裱糊这一行虽然到如今还阴死巴活的始终没完全断了气，可是大概也不会再有抬头的一日了。我老早的就看出这个来。在那太平的年月，假若我愿意的话，我满可以开个小铺，收两个徒弟，安安顿顿的混两顿饭吃。幸而我没那么办。一年得不到一笔大活，只仗着糊一辆车或两间屋子的顶棚什么的，怎能吃饭呢？睁开眼看看，这十几年了，可有过一笔体面的活？我得改行，我算是猜对了。

　　不过，这还不是我忽然改了行的唯一的原因。年头儿的改变不是个人所能抵抗的，胳臂扭不过大腿去，跟年头儿叫死劲简直是自己找别扭。可是，个人独有的事往往来得更厉害，它能马上教人疯了。去投河觅井都不算新奇，不用说把自己的行业放下，而去干些别的了。个人的事虽然很小，可是一加在个人身上便受不住；一个米粒很小，教蚂蚁去搬运便很费力气。个人的事也是如此。人活着是仗了一口气，多有点事儿，把这口气憋住，人就要抽风。人是多么小的玩艺儿呢！

　　我的精明与和气给我带来背运。乍一听这句话仿佛是不合情理，可是千真万确，一点儿不假，假若这要不落在我自己身上，我也许不大相信天下会有这宗事。它竟自找到了我；在当时，我差不多真成了个疯子。隔了这么二三十年，现在想起那回事儿来，我满可以微微一笑，仿佛想起一个故事来似的。现在我明白了个人的好处不必一定就有利于自己。一个人好，大家都好，这点好处才有用，正是如鱼得水。一个人好，而大家并不都好，个人的好处也许就是让他倒霉的祸根。精明和气有什么用呢！现在，我悟过这点理儿来，想起那件事不过点点头，笑一笑罢了。在当时，我可真有点咽不下去那口气。那时候我还很年轻啊。

哪个年轻的人不爱漂亮呢？在我年轻的时候，给人家行人情或办点事，我的打扮与气派谁也不敢说我是个手艺人。在早年间，皮货很贵，而且不准乱穿。如今晚的人，今天得了马票或奖券，明天就可以穿上狐皮大衣，不管是个十五岁的孩子还是二十岁还没刮过脸的小伙子。早年间可不行，年纪身分决定个人的服装打扮。那年月，在马褂或坎肩上安上一条灰鼠领子就仿佛是很漂亮阔气。我老安着这么条领子，马褂与坎肩都是青大缎的——那时候的缎子也不怎么那样结实，一件马褂至少也可以穿上十来年。在给人家糊棚顶的时候，我是个土鬼；回到家中一梳洗打扮，我立刻变成个漂亮小伙子。我不喜欢那个土鬼，所以更爱这个漂亮的青年。我的辫子又黑又长，脑门剃得锃光青亮，穿上带灰鼠领子的缎子坎肩，我的确像个"人儿"！

一个漂亮小伙子所最怕的恐怕就是娶个丑八怪似的老婆吧。我早已有意无意的向老人们透了个口话：不娶倒没什么，要娶就得来个够样儿的。那时候，自然还不时行自由婚，可是已有男女两造对相对看的办法。要结婚的话，我得自己去相看，不能马马虎虎就凭媒人的花言巧语。

二十岁那年，我结了婚，我的妻比我小一岁。把她放在哪里，她也得算个俏式利落的小媳妇;在定婚以前,我亲眼相看的呀。她美不美,我不敢说,我说她俏式利落,因为这四个字就是我择妻的标准;她要是不够这四个字的格儿,当初我决不会点头。在这四个字里很可以见出我自己是怎样的人来。那时候,我年轻,漂亮,作事麻利,所以我一定不能要个笨牛似的老婆。

这个婚姻不能说不是天配良缘。我俩都年轻,都利落,都个子不高;在亲友面前,我们像一对轻巧的陀螺似的,四面八方的转动,招得那年岁大些的人们眼中要笑出一朵花来。我俩竞争着去在大家面前显出个人的机警与口才,到处争强好胜,只为教人夸奖一声我们是一对最有出息的小夫妇。别人的夸奖增高了我俩彼此间的敬爱,颇有点英雄惜英雄,好汉爱好汉的劲儿。

我很快乐,说实话:我的老人没挣下什么财产,可是有一所儿房。我住着不用花租金的房子,院中有不少的树木,檐前挂着一对黄鸟。我呢,有手艺,有人缘,有个可心的年轻女人。不快乐不是自找别扭吗?

对于我的妻,我简直找不出什么毛病来。不错,有时候我觉得她有点太野;可是哪个利落的小媳妇不爽快呢?她爱说话,因为她会说;她不大躲避男人,因为这正是作媳妇所应享的利益,特别是刚出嫁而有些本事的小媳妇,她自然愿意把作姑娘时的腼腆收起一些,而大大方方的自居为"媳妇"。这点实在不能算作毛病。况且,她见了长辈又是那么亲热体贴,殷勤的伺候,那么她对年轻一点的人随便一些也正是理之当然;她是爽快大方,所以对于年老的正像对于年少的,都愿表示出亲热周到来。我没因为她爽快而责备她过。

她有了孕,作了母亲,她更好看了,也更大方了 —— 我简直的不忍再用那个"野"字！世界上还有比怀孕的少妇更可怜，年轻的母亲更可爱的吗？看她坐在门坎上，露着点胸，给小娃娃奶吃，我只能更爱她，而想不起责备她太不规矩。

到了二十四岁，我已有一儿一女。对于生儿养女，作丈夫的有什么功劳呢！赶上高兴，男子把娃娃抱起来，耍巴一回；其余的苦处全是女人的。我不是个糊涂人，不必等谁告诉我才能明白这个。真的，生小孩，养育小孩，男人有时候想去帮忙也归无用；不过，一个懂得点人事的人，自然该使作妻的痛快一些，自由一些；欺侮孕妇或一个年轻的母亲，据我看，才真是混蛋呢！对于我的妻，自从有了小孩之后，我更放任了些；我认为这是当然的合理的。

再一说呢，夫妇是树，儿女是花；有了花的树才能显出根儿深。一切猜忌，不放心，都应该减少，或者完全消灭；小孩子会把母亲拴得结结实实的。所以，即使我觉得她有点野——真不愿用这个臭字——我也不能不放心了，她是个母亲呀。

四

直到如今，我还是不能明白那到底是怎么一回事。

我所不能明白的事也就是当时教我差点儿疯了的事，我的妻跟人家跑了。

我再说一遍，到如今我还不能明白那到底是怎回事。我不是个固执的人，因为我久在街面上，懂得人情，知道怎样找出自己的长处与短处。但是，对于这件事，我把自己的短处都找遍了，也找不出应当受这种耻辱与惩罚的地方来。所以,我只能说我的聪明与和气给我带来祸患,因为我实在找不出别的道理来。

我有位师哥,这位师哥也就是我的仇人。街口上,人们都管他叫作黑子,我也就还这么叫他吧;不便道出他的真名实姓来,虽然他是我的仇人。"黑子",由于他的脸不白;不但不白,而且黑得特别,所以才有这个外号。他的脸真像个早年间人们揉的铁球,黑,可是非常的亮;黑,可是光润;黑,可是油光水滑的可爱。当他喝下两盅酒,或发热的时候,脸上红起来,就好像落太阳时的一些黑云,黑里透出一些红光。至于他的五官,简直没有什么好看的地方,我比他漂亮多了。他的身量很高,可也不见得怎么魁梧,高大而懈懈松松的。他所以不至教人讨厌他,总而言之,都仗着那一张发亮的黑脸。

我跟他是很好的朋友。他既是我的师哥,又那么傻大黑粗的,即使我不喜爱他,我也不能无缘无故的怀疑他。我的那点聪明不是给我预备着去猜疑人的;反之,我知道我的眼睛里不容砂子,所以我因信任自己而信任别人。我以为我的朋友都不至于偷偷的对我掏坏招数。一旦我认定谁是个可交的人,我便真拿他当个朋友看待。对于我这个师哥,即使他有可猜疑的地方,我也得敬重他,招待他,因为无论怎样,他到底是我的师哥呀。同是一门儿学出来的手艺,又同在一个街口上混饭吃,有活没活,一天至少也得见几面;对这么熟的人,我怎能不拿他当作个好朋友呢?有活,我们一同去作活;没活,他总是到我家来吃饭喝茶,有时候也摸几把索儿胡玩——那时候"麻将"还不十分时兴。我和蔼,他也不客气;遇到什么就吃什么,遇到什么就喝什么,我一向不特别为他预备什么,他也永远不挑剔。他吃的很多,可是不懂得挑食。看他端着大碗，跟着我们吃热汤儿面什么的，真是个痛快的事。他吃得四脖子汗流，嘴里西啦胡噜的响，脸上越来越红，慢慢的成了个半红的大煤球似的；谁能说这样的人能存着什么坏心眼儿呢！

一来二去，我由大家的眼神看出来天下并不很太平。可是，我并没有怎么往心里搁这回事。假若我是个糊涂人，只有一个心眼，大概对这种事不会不听见风就是雨，马上闹个天昏地暗，也许立刻把事情弄个水落石出，也许是望风捕影而弄一鼻子灰。我的心眼多，决不肯这么糊涂瞎闹，我得平心静气的想一想。

先想我自己，想不出我有什么不对的地方来，即使我有许多毛病，反正至少我比师哥漂亮，聪明，更像个人儿。

再看师哥吧，他的长像，行为，财力，都不能教他为非作歹，他不是那种一见面就教女人动心的人。

最后，我详详细细的为我的年轻的妻子想一想：她跟了我已经四五年，我俩在一处不算不快乐。即使她的快乐是假装的，而愿意去跟个她真喜爱的人——这在早年间几乎是不能有的——大概黑子也绝不会是这个人吧？他跟我都是手艺人，他的身分一点不比我高。同样，他不比我阔，不比我漂亮，不比我年轻；那么，她贪图的是什么呢？想不出。就满打说她是受了他的引诱而迷了心，可是他用什么引诱她呢，是那张黑脸，那点本事，那身衣裳，腰里那几吊钱？笑话！哼，我要是有意的话吗，我倒满可以去引诱引诱女人；虽然钱不多，至少我有个样子。黑子有什么呢？再说，就是说她一时迷了心窍，分别不出好歹来，难道她就肯舍得那两个小孩吗？

我不能信大家的话，不能立时疏远了黑子，也不能傻子似的去盘问她。我全想过了,一点缝子没有,我只能慢慢的等着大家明白过来他们是多虑。即使他们不是凭空造谣,我也得慢慢的察看,不能无缘无故的把自己,把朋友,把妻子,都卷在黑土里边。有点聪明的人作事不能鲁莽。

可是,不久,黑子和我的妻子都不见了。直到如今,我没再见过他俩。为什么她肯这么办呢?我非见着她,由她自己吐出实话,我不会明白。我自己的思想永远不够对付这件事的。

我真盼望能再见她一面,专为明白明白这件事。到如今我还是在个葫芦里。

当时我怎样难过,用不着我自己细说。谁也能想到,一个年轻漂亮的人,守着两个没了妈的小孩,在家里是怎样的难过;一个聪明规矩的人,最亲爱的妻子跟师哥跑了,在街面上是怎么难堪。同情我的人,有话说不出,不认识我的人,听到这件事,总不会责备我的师哥,而一直的管我叫"王八"。在咱们这讲孝悌忠信的社会里,人们很喜欢有个王八,好教大家有放手指头的准头。我的口闭上,我的牙咬住,我心中只有他们俩的影儿和一片血。不用教我见着他们,见着就是一刀,别的无须乎再说了。

在当时,我只想拚上这条命,才觉得有点人味儿。现在,事情过去这么多年了。我可以细细的想这件事在我这一辈子里的作用了。

我的嘴并没闲着,到处我打听黑子的消息。没用,他俩真像石沉大海一般。打听不着确实的消息,慢慢的我的怒气消散了一些;说也奇怪,怒气一消,我反倒可怜我的妻子。黑子不过是个手艺人,而这种手艺只能在京津一带大城里找到饭吃,乡间是不需要讲究的烧活的。那么,假若他俩是逃到远处去,他拿什么养活她呢? 哼,假若他肯偷好朋友的妻子,难道他就不会把她卖掉吗? 这个恐惧时常在我心中绕来绕去。我真希望她忽然逃回来,告诉我她怎样上了当,受了苦处;假若她真跪在我的面前,我想我不会不收下她的,一个心爱的女人,永远是心爱的,不管她作了什么错事。她没有回来,没有消息,我恨她一会儿,又可怜她一会儿,胡思乱想,我有时候整夜的不能睡。

过了一年多,我的这种乱想又轻淡了许多。是的,我这一辈子也不能忘了她,可是我不再为她思索什么了。我承认了这是一段千真万确的事实,不必为它多费心思了。

我到底怎样了呢? 这倒是我所要说的,因为这件我永远猜不透的事在我这一辈子里实在是件极大的事。这件事好像是在梦中丢失了我最亲爱的人,一睁眼,她真的跑得无影无踪了。这个梦没法儿明白,可是它的真确劲儿是谁也受不了的。作过这么个梦的人,就是没有成疯子,也得大大的改变;他是丢失了半个命呀!

五

最初,我连屋门也不肯出,我怕见那个又明又暖的太阳。

顶难堪的是头一次上街:抬着头大大方方的走吧,准有人说我天生来的不知羞耻。低着头走,便是自己招认了脊背发软。怎么着也不对。我可是问心无愧,没作过一点对不起人的事。

我破了戒,又吸烟喝酒了。什么背运不背运的,有什么再比丢了老婆更倒霉的呢? 我不求人家可怜我,也犯不上成心对谁耍刺儿,我独自吸烟喝酒,把委屈放在心里好了。再没有比不测的祸患更能扫除了迷信的;以前,我对什么神仙都不敢得罪;现在,我什么也不信,连活佛也不信了。迷信,我咂摸出来,是盼望得点意外的好处;赶到遇上意外的难处,你就什么也不盼望,自然也不迷信了。我把财神和灶王的龛——我亲手糊的——都烧了。亲友中很有些人说我成了二毛子的。什么二毛子三毛子的,我再不给谁磕头。人若是不可靠,神仙就更没准儿了。

我并没变成忧郁的人。这种事本来是可以把人愁死的,可是我没往死牛犄角里钻。我原是个活泼的人,好吧,我要打算活下去,就得别丢了我的活泼劲儿。不错,意外的大祸往往能忽然把一个人的习惯与脾气改变了;可是我决定要保持住我的活泼。我吸烟,喝酒,不再信神佛,不过都是些使我活泼的方法。不管我是真乐还是假乐,我乐!在我学艺的时候,我就会这一招,经过这次的变动,我更必须这样了。现在,我已快饿死了,我还是笑着,连我自己也说不清这是真的还是假的笑,反正我笑,多咱死了多咱我并上嘴。从那件事发生了以后,直到如今,我始终还是个有用的人,热心的人,可是我心中有了个空儿。这个空儿是那件不幸的事给我留下的,像墙上中了枪弹,老有个小窟窿似的。我有用,我热心,我爱给人家帮忙,但是不幸而事情没办到好处,或者想不到的扎手,我不着急,也不动气,因为我心中有个空儿。这个空儿会教我在极热心的时候冷静,极欢喜的时候有点悲哀,我的笑常常和泪碰在一起,而分不清哪个是哪个。

这些,都是我心里头的变动,我自己要是不说——自然连我自己也说不大完全——大概别人无从猜到。在我的生活上,也有了变动,这是人人能看到的。我改了行,不再当裱糊匠,我没脸再上街口去等生意，同行的人，认识我的，也必认识黑子；他们只须多看我几眼，我就没法再咽下饭去。在那报纸还不大时行的年月，人们的眼睛是比新闻还要厉害的。现在，离婚都可以上衙门去明说明讲，早年间男女的事儿可不能这么随便。我把同行中的朋友全放下了，连我的师傅师母都懒得去看，我仿佛是要由这个世界一脚跳到另一个世界去。这样，我觉得我才能独自把那桩事关在心里头。年头的改变教裱糊匠们的活路越来越狭，但是要不是那回事，我也不会改行改得这么快，这么干脆。放弃了手艺，没什么可惜；可是这么放弃了手艺，我也不会感谢"那"回事儿！不管怎说吧，我改了行，这是个显然的变动。

决定扔下手艺可不就是我准知道应该干什么去。我得去乱碰，像一只空船浮在水面上，浪头是它的指南针。在前面我已经说过，我认识字，还能抄抄写写，很够当个小差事的。再说呢，当差是个体面的事，我这丢了老婆的人若能当上差，不用说那必能把我的名誉恢复了一些。现在想起来，这个想法真有点可笑；在当时我可是诚心的相信这是最高明的办法。"八"字还没有一撇儿，我觉得很高兴，仿佛我已经很有把握，既得到差事，又能恢复了名誉。我的头又抬得很高了。

哼！手艺是三年可以学成的；差事，也许要三十年才能得上吧！一个钉子跟着一个钉子，都预备着给我碰呢！我说我识字，哼！敢情有好些个能整本背书的人还挨饿呢。我说我会写字，敢情会写字的绝不算出奇呢。我把自己看得太高了。可是，我又亲眼看见，那作着很大的官儿的，一天到晚山珍海味的吃着，连自己的姓都不大认得。那么，是不是我的学问又太大了，而超过了作官所需要的呢？我这个聪明人也没法儿不显着糊涂了。

慢慢的,我明白过来。原来差事不是给本事预备着的,想做官第一得有人。这简直没了我的事,不管我有多么大的本事。我自己是个手艺人,所认识的也是手艺人;我爸爸呢,又是个白丁,虽然是很有本事与品行的白丁。我上哪里去找差事当呢?

事情要是逼着一个人走上哪条道儿,他就非去不可,就像火车一样,轨道已摆好,照着走就是了,一出花样准得翻车! 我也是如此。决定扔下了手艺,而得不到个差事,我又不能老这么闲着。好啦,我的面前已摆好了铁轨,只准上前,不许退后。

我当了巡警。

巡警和洋车是大城里头给苦人们安好的两条火车道。大字不识而什么手艺也没有的,只好去拉车。拉车不用什么本钱,肯出汗就能吃窝窝头。识几个字而好体面的,有手艺而挣不上饭的,只好去当巡警;别的先不提,挑巡警用不着多大的人情,而且一挑上先有身制服穿着,六块钱拿着;好歹是个差事。除了这条道,我简直无路可走。我既没混到必须拉车去的地步,又没有作高官的舅舅或姐丈,巡警正好不高不低,只要我肯,就能穿上一身铜钮子的制服。当兵比当巡警有起色,即使熬不上军官,至少能有抢劫些东西的机会。可是,我不能去当兵,我家中还有俩没娘的小孩呀。当兵要野,当巡警要文明;换句话说,当兵有发邪财的机会,当巡警是穷而文明一辈子;穷得要命,文明得稀松!

以后这五六十年的经验,我敢说这么一句:真会办事的人,到时候才说话,爱张罗办事的人 —— 像我自己 —— 没话也找话说。我的嘴老不肯闲着,对什么事我都有一片说词,对什么人我都想很恰当的给起个外号。我受了报应:第一件事,我丢了老婆,把我的嘴封起来一二年!

第二件是我当了巡警。在我还没当上这个差事的时候,我管巡警们叫作"马路行走","避风阁大学士"和"臭脚巡"。这些无非都是说巡警们的差事只是站马路,无事忙,跑臭脚。哼!我自己当上"臭脚巡"了!生命简直就是自己和自己开玩笑,一点不假!我自己打了自己的嘴巴,可并不因为我作了什么缺德的事;至多也不过爱多说几句玩笑话罢了。在这里,我认识了生命的严肃,连句玩笑话都说不得的!好在,我心中有个空儿;我怎么叫别人"臭脚巡",也照样叫自己。这在早年间叫作"抹稀泥",现在的新名词应叫着什么,我还没能打听出来。

我没法不去当巡警,可是真觉得有点委屈。是呀,我没有什么出众的本事,但是论街面上的事,我敢说我比谁知道的也不少。巡警不是管街面上的事情吗?那么,请看看那些警官儿吧:有的连本地的话都说不上来,二加二是四还是五都得想半天。哼!他是官,我可是"招募警";他的一双皮鞋够开我半年的饷!他什么经验与本事也没有,可是他作官。这样的官儿多了去啦!上哪儿讲理去呢?记得有位教官,头一天教我们操法的时候,忘了叫"立正",而叫了"闸住"。用不着打听,这位大爷一定是拉洋车出身。有人情就行,今天你拉车,明天你姑父作了什么官儿,你就可以弄个教官当当;叫"闸住"也没关系,谁敢笑教官一声呢!这样的自然是不多,可是有这么一位教官,也就可以教人想到巡警的操法是怎么稀松二五眼了。内堂的功课自然绝不是这样教官所能担任的,因为至少得认识些个字才能"虎"得下来。我们的内堂的教官大概可以分为两种:一种是老人儿们,多数都有口鸦片烟瘾;他们要是能讲明白一样东西,就凭他们那点人情,大概早就作上大官儿了;唯其什么也讲不明白,所以才来作教官。另一种是年轻的小伙子们,讲的都是洋事，什么东洋巡警怎么样，什么法国违警律如何，仿佛我们都是洋鬼子。这种讲法有个好处，就是他们信口开河瞎扯，我们一边打盹一边听着，谁也不准知道东洋和法国是什么样儿，可不就随他的便说吧。我满可以编一套美国的事讲给大家听，可惜我不是教官罢了。这群年轻的小人们真懂外国事儿不懂，无从知道；反正我准知道他们一点中国事儿也不晓得。这两种教官的年纪上学问上都不同，可是他们有个相同的地方，就是他们都高不成低不就，所以对对付付的只能作教官。他们的人情真不小，可是本事太差，所以来教一群为六块洋钱而一声不敢出的巡警就最合适。

教官如此，别的警官也差不多是这样。想想：谁要是能去作一任知县或税局局长，谁肯来作警官呢？前面我已交代过了，当巡警是高不成低不就，不得已而为之。警官也是这样。这群人由上至下全是"狗熊耍扁担，混碗儿饭吃"。不过呢，巡警一天到晚在街面上，不论怎样抹稀泥，多少得能说会道，见机而作，把大事化小，小事化无；既不多给官面上惹麻烦，又让大家都过得去；真的吧假的吧，这总得算点本事。而作警官的呢，就连这点本事似乎也不必有。阎王好作，小鬼难当，诚然！

六

我再多说几句，或者就没人再说我太狂傲无知了。我说我觉得委屈，真是实话；请看吧：一月挣六块钱，这跟当仆人的一样，而没有仆人们那些"外找儿"；死挣六块钱，就凭这么个大人——腰板挺直，样子漂亮，年轻力壮，能说会道，还得识文断字！这一大堆资格，一共值六块钱!

六块钱饷粮,扣去三块半钱的伙食,还得扣去什么人情公议儿,净剩也就是两块上下钱吧。衣服自然是可以穿官发的,可是到休息的时候,谁肯还穿着制服回家呢;那么,不作不作也得有件大褂什么的。要是把钱作了大褂,一个月就算白混。再说,谁没有家呢? 父母——呕,先别提父母吧! 就说一夫一妻吧:至少得赁一间房,得有老婆的吃,喝,穿。就凭那两块大洋! 谁也不许生病,不许生小孩,不许吸烟,不许吃点零碎东西;连这么着,月月还不够嚼谷!

我就不明白为什么肯有人把姑娘嫁给当巡警的,虽然我常给同事的做媒。当我一到女家提说的时候,人家总对我一撇嘴,虽不明说,但是意思很明显,"哼! 当巡警的!"可是我不怕这一撇嘴,因为十回倒有九回是撇完嘴而点了头。难道是世界上的姑娘太多了吗? 我不知道。

由哪面儿看,巡警都活该是鼓着腮帮子充胖子而教人哭不得笑不得的。穿起制服来,干净利落,又体面又威风,车马行人,打架吵嘴,都由他管着。他这是差事;可是他一月除了吃饭,净剩两块来钱。他自己也知道中气不足,可是不能不硬挺着腰板,到时候他得娶妻生子,还是仗着那两块来钱。提婚的时候,头一句是说:"小人呀当差!"当差的底下还有什么呢? 没人愿意细问,一问就糟到底。

是的,巡警们都知道自己怎样的委屈,可是风里雨里他得去巡街下夜,一点懒儿不敢偷;一偷懒就有被开除的危险;他委屈,可不敢抱怨,他劳苦,可不敢偷闲,他知道自己在这里混不出来什么,而不敢冒险搁下差事。这点差事扔了可惜,作着又没劲;这些人也就人儿似的先混过一天是一天,在没劲中要露出劲儿来,像打太极拳似的。

世上为什么应当有这种差事，和为什么有这样多肯作这种差事的人？我想不出来。假若下辈子我再托生为人，而且忘了喝迷魂汤，还记得这一辈子的事，我必定要扯着脖子去喊：这玩艺儿整个的是丢人，是欺骗，是杀人不流血！现在，我老了，快饿死了，连喊这么几句也顾不及了，我还得先为下顿的窝窝头着忙呀！

自然在我初当差的时候，我并没有一下子就把这些都看清楚了，谁也没有那么聪明。反之，一上手当差我倒觉出点高兴来：穿上整齐的制服，靴帽，的确我是漂亮精神，而且心里说：好吧歹吧，这是个差事；凭我的聪明与本事，不久我必有个升腾。我很留神看巡长巡官们制服上的铜星与金道，而想象着我将来也能那样。我一点也没想到那铜星与金道并不按着聪明与本事颁给人们呀。

新鲜劲儿刚一过去，我已经讨厌那身制服了。它不教任何人尊敬，而只能告诉人："臭脚巡"来了！拿制服的本身说，它也很讨厌：夏天它就像牛皮似的，把人闷得满身臭汗；冬天呢，它一点也不像牛皮了，而倒像是纸糊的；它不许谁在里边多穿一点衣服，只好任着狂风由胸口钻进来，由脊背钻出去，整打个穿堂！再看那双皮鞋，冬冷夏热，永远不教脚舒服一会儿；穿单袜的时候，它好像是两大篓子似的，脚指脚踵都在里边乱抓弄，而始终找不到鞋在哪里；到穿棉袜的时候，它们忽然变得很紧，不许棉袜与脚一齐伸进去。有多少人因包办制服皮鞋而发了财，我不知道，我只知道我的脚永远烂着，夏天闹湿气，冬天闹冻疮。自然，烂脚也得照常的去巡街站岗，要不然就别挣那六块洋钱！多么热，或多么冷，别人都可以找地方去躲一躲，连洋车夫都可以自由的歇半天，巡警得去巡街，得去站岗，热死冻死都活该，那六块现大洋买着你的命呢！

记得在哪儿看见过这么一句：食不饱，力不足。不管这句在原地方讲的是什么吧，反正拿来形容巡警是没有多大错儿的。最可怜，又可笑的是我们既吃不饱，还得挺着劲儿，站在街上得像个样子！要饭的花子有时不饿也弯着腰，假充饿了三天三夜；反之，巡警却不饱也得鼓起肚皮，假装刚吃完三大碗鸡丝面似的。花子装饿倒有点道理，我可就是想不出巡警假装酒足饭饱有什么理由来，我只觉得这真可笑。

人们都不满意巡警的对付事，抹稀泥。哼！抹稀泥自有它的理由。不过，在细说这个道理之前，我愿先说件极可怕的事。有了这件可怕的事，我再反回头来细说那些理由，仿佛就更顺当，更生动。好！就这样办啦。

七

应当有月亮，可是教黑云给遮住了，处处都很黑。我正在个僻静的地方巡夜。我的鞋上钉着铁掌，那时候每个巡警又须带着一把东洋刀，四下里鸦雀无声，听着我自己的铁掌与佩刀的声响，我感到寂寞无聊，而且几乎有点害怕。眼前忽然跑过一只猫，或忽然听见一声鸟叫，都教我觉得不是味儿，勉强着挺起胸来，可是心中总空空虚虚的，仿佛将有些什么不幸的事情在前面等着我。不完全是害怕，又不完全气粗胆壮，就那么怪不得劲的，手心上出了点凉汗。平日，我很有点胆量，什么看守死尸，什么独自看管一所脏房，都算不了一回事。不知为什么这一晚上我这样胆虚，心里越要耻笑自己，便越觉得不定哪里藏着点危险。我不便放快了脚步，可是心中急切的希望快回去，回到那有灯光与朋友的地方去。

忽然,我听见一排枪!我立定了,胆子反倒壮起来一点;真正的危险似乎倒可以治好了胆虚,惊疑不定才是恐惧的根源。我听着,像夜行的马竖起耳朵那样。又一排枪,又一排枪! 没声了,我等着,听着,静寂得难堪。像看见闪电而等着雷声那样,我的心跳得很快。啪,啪,啪,啪,四面八方都响起来了!

我的胆气又渐渐的往下低落了。一排枪,我壮起气来;枪声太多了,真遇到危险了;我是个人,人怕死;我忽然的跑起来,跑了几步,猛的又立住,听一听,枪声越来越密,看不见什么,四下漆黑,只有枪声,不知为什么,不知在哪里,黑暗里只有我一个人,听着远处的枪响。往哪里跑? 到底是什么事? 应当想一想,又顾不得想;胆大也没用,没有主意就不会有胆量。还是跑吧,糊涂的乱动,总比呆立哆嗦着强。我跑,狂跑,手紧紧的握住佩刀。像受了惊的猫狗,不必想也知道往家里跑。我已忘了我是巡警,我得先回家看看我那没娘的孩子去,要是死就死在一处!

要跑到家,我得穿过好几条大街。刚到了头一条大街,我就晓得不容易再跑了。街上黑黑忽忽的人影,跑得很快,随跑随着放枪。兵!我知道那是些辫子兵。而我才刚剪了发不多日子。我很后悔我没像别人那样把头发盘起来,而是连根儿烂真正剪去了辫子。假若我能马上放下辫子来,虽然这些兵们平素很讨厌巡警,可是因为我有辫子或者不至于把枪口冲着我来。在他们眼中,没有辫子便是二毛子,该杀。我没有了这么条宝贝! 我不敢再动,只能藏在黑影里,看事行事。兵们在路上跑,一队跟着一队,枪声不停。我不晓得他们是干什么呢? 待一会儿,兵们好像是都过去了，我往外探了探头，见外面没有什么动静，我就像一只夜鸟儿似的飞过了马路，到了街的另一边。在这极快的穿过马路的一会儿里，我的眼梢撩着一点红光。十字街头起了火。我还藏在黑影里，不久，火光远远的照亮了一片；再探头往外看，我已可以影影抄抄的看到十字街口，所有四面把角的铺户已全烧起来，火影中那些兵们来回的奔跑，放着枪。我明白了，这是兵变。不久，火光更多了，一处接着一处，由光亮的距离我可以断定：凡是附近的十字口与丁字街全烧了起来。

说句该挨嘴巴的话，火是真好看！远处，漆黑的天上，忽然一白，紧跟着又黑了。忽然又一白，猛的冒起一个红团，有一块天像烧红的铁板，红得可怕。在红光里看见了多少股黑烟，和火舌们高低不齐的往上冒，一会儿烟遮住了火苗；一会儿火苗冲破了黑烟。黑烟滚着，转着，千变万化的往上升，凝成一片，罩住下面的火光，像浓雾掩住了夕阳。待一会儿，火光明亮了一些，烟也改成灰白色儿，纯净，旺炽，火苗不多，而光亮结成一片，照明了半个天。那近处的，烟与火中带着种种的响声，烟往高处起，火往四下里奔；烟像些丑恶的黑龙，火像些乱长乱钻的红铁笋。烟裹着火，火裹着烟，卷起多高，忽然离散，黑烟里落下无数的火花，或者三五个极大的火团。火花火团落下，烟像痛快轻松了一些，翻滚着向上冒。火团下降，在半空中遇到下面的火柱，又狂喜的往上跳跃，炸出无数火花。火团远落，遇到可以燃烧的东西，整个的再点起一把新火，新烟掩住旧火，一时变为黑暗；新火冲出了黑烟，与旧火联成一气，处处是火舌，火柱，飞舞，吐动，摇摆，颠狂。忽然哗啦一声，一架房倒下去，火星，焦炭，尘土，白烟，一齐飞扬，火苗压在下面，一齐在底下往横里吐射，像千百条探头吐舌的火蛇。静寂，静寂，火蛇慢慢的,忍耐的,往上翻。绕到上边来,与高处的火接到一处,通明,纯亮,忽忽的响着,要把人的心全照亮了似的。

我看着,不,不但看着,我还闻着呢!在种种不同的味道里,我咂摸着:这是那个金匾黑字的绸缎庄,那是那个山西人开的油酒店。由这些味道,我认识了那些不同的火团,轻而高飞的一定是茶叶铺的,迟笨黑暗的一定是布店的。这些买卖都不是我的,可是我都认得,闻着它们火葬的气味,看着它们火团的起落,我说不上来心中怎样难过。

我看着,闻着,难过,我忘了自己的危险,我仿佛是个不懂事的小孩,只顾了看热闹,而忘了别的一切。我的牙打得很响,不是为自己害怕,而是对这奇惨的美丽动了心。

回家是没希望了。我不知道街上一共有多少兵,可是由各处的火光猜度起来,大概是热闹的街口都有他们。他们的目的是抢劫,可是顺着手儿已经烧了这么多铺户,焉知不就棍打腿的杀些人玩玩呢?我这剪了发的巡警在他们眼中还不和个臭虫一样,只须一搂枪机就完了,并不费多少事。

想到这个,我打算回到"区"里去,"区"离我不算远,只须再过一条街就行了。可是,连这个也太晚了。当枪声初起的时候,连贫带富,家家关了门;街上除了那些横行的兵们,简直成了个死城。及至火一起来,铺户里的人们开始在火影里奔走,胆大一些的立在街旁,看着自己的或别人的店铺燃烧,没人敢去救火,可也舍不得走开,只那么一声不出的看着火苗乱窜。胆小一些的呢,争着往胡同里藏躲,三五成群的藏在巷内,不时向街上探探头,没人出声,大家都哆嗦着。火越烧越旺了,枪声慢慢的稀少下来,胡同里的住户仿佛已猜到是怎么一回事,最先是有人开门向外望望，然后有人试着步往街上走。街上，只有火光人影，没有巡警，被兵们抢过的当铺与首饰店全大敞着门！……这样的街市教人们害怕，同时也教人们胆大起来；一条没有巡警的街正像是没有老师的学房，多么老实的孩子也要闹哄闹哄。一家开门，家家开门，街上人多起来；铺户已有被抢过的了，跟着抢吧！平日，谁能想到那些良善守法的人民会去抢劫呢？哼！机会一到，人们立刻显露了原形。说声抢，壮实的小伙子们首先进了当铺，金店，钟表行。男人们回去一趟，第二趟出来已挓夹上女人和孩子们。被兵们抢过的铺子自然不必费事，进去随便拿就是了；可是紧跟着那些尚未被抢过的铺户的门也拦不住谁了。粮食店，茶叶铺，百货店，什么东西也是好的，门板一律砸开。

我一辈子只看见了这么一回大热闹：男女老幼喊着叫着，狂跑着，拥挤着，争吵着，砸门的砸门，喊叫的喊叫，嗑喳！门板倒下去，一窝蜂似的跑进去，乱挤乱抓，压倒在地的狂号，身体利落的往柜台上蹿，全红着眼，全拚着命，全奋勇前进，挤成一团，倒成一片，散走全街。背着，抱着，扛着，曳着，像一片战胜的蚂蚁，昂首疾走，去而复归，呼妻唤子，前呼后应。

苦人当然出来了，哼！那中等人家也不甘落后呀！

贵重的东西先搬完了，煤米柴炭是第二拨。有的整坛的搬着香油，有的独自扛着两口袋面，瓶子罐子碎了一街，米面洒满了便道，抢啊！抢啊！抢啊！谁都恨自己只长了一双手，谁都嫌自己的腿脚太慢；有的人会推着一坛子白糖，连人带坛在地上滚，像屎壳郎推着个大粪球。

强中自有强中手，人是到处会用脑子的！有人拿出切菜刀来了，立在巷口等着："放下！"刀晃了晃。口袋或衣服，放下了；安然的，不费力的，拿回家去。"放下！"不灵验，刀下去了，把面口袋砍破，下了一阵小雪，二人滚在一团。过路的急走，稍带着说了句："打什么，有的是东西！"两位明白过来，立起来向街头跑去。抢啊，抢啊！有的是东西！

我挤在了一群买卖人的中间，藏在黑影里。我并没说什么，他们似乎很明白我的困难，大家一声不出，而紧紧的把我包围住。不要说我还是个巡警，连他们买卖人也不敢抬起头来。他们无法去保护他们的财产与货物，谁敢出头抵抗谁就是不要命，兵们有枪，人民也有切菜刀呀！是的，他们低着头，好像倒怪羞惭似的。他们唯恐和抢劫的人们——也就是他们平日的照顾主儿——对了脸，羞恼成怒，在这没有王法的时候，杀几个买卖人总不算一回事呢！所以，他们也保护着我。想想看吧，这一带的居民大概不会不认识我吧！我三天两头的到这里来巡逻。平日，他们在墙根撒尿，我都要讨他们的厌，上前干涉；他们怎能不恨恶我呢！现在大家正在兴高采烈的白拿东西，要是遇见我，他们一人给我一砖头，我也就活不成了。即使他们不认识我，反正我是穿着制服，佩着东洋刀呀！在这个局面下，冒而咕咚的出来个巡警，够多么不合适呢！我满可以上前去道歉，说我不该这么冒失，他们能白白的饶了我吗？

街上忽然清静了一些，便道上的人纷纷往胡同里跑，马路当中走着七零八散的兵，都走得很慢；我摘下帽子，从一个学徒的肩上往外看了一眼，看见一位兵士，手里提着一串东西，像一串儿螃蟹似的。我能想到那是一串金银的镯子。他身上还有多少东西，不晓得，不过一定有许多硬货，因为他走得很慢。多么自然，多么可羡慕呢！自自然然的，提着一串镯子,在马路中心缓缓的走,有烧亮的铺户作着巨大的火把,给他们照亮了全城!

兵过去了,人们又由胡同里钻出来。东西已抢得差不多了,大家开始搬铺户的门板,有的去摘门上的匾额。我在报纸上常看见"彻底"这两个字,咱们的良民们打抢的时候才真正彻底呢!

这时候,铺户的人们才有出头喊叫的:"救火呀! 救火呀! 别等着烧净了呀!"喊得教人一听见就要落泪! 我身旁的人们开始活动。我怎么办呢? 他们要是都去救火,剩下我这一个巡警,往哪儿跑呢? 我拉住了一个屠户! 他脱给了我那件满是猪油的大衫。把帽子夹在夹肢窝底下。一手握着佩刀,一手揪着大襟,我擦着墙根,逃回"区"里去。

八

我没去抢,人家所抢的又不是我的东西,这回事简直可以说和我不相干。可是,我看见了,也就明白了。明白了什么? 我不会干脆的,恰当的,用一半句话说出来;我明白了点什么意思,这点意思教我几乎改变了点脾气。丢老婆是一件永远忘不了的事,现在它有了伴儿,我也永远忘不了这次的兵变。丢老婆是我自己的事,只须记在我的心里,用不着把家事国事天下事全拉扯上。这次的变乱是多少万人的事,只要我想一想,我便想到大家,想到全城,简直的我可以用这回事去断定许多的大事,就好像报纸上那样谈论这个问题那个问题似的。对了,我找到了一句漂亮的了。这件事教我看出一点意思,由这点意思我哑摸着许多问题。不管别人听得懂这句与否,我可真觉得它不坏。

我说过了：自从我的妻潜逃之后，我心中有了个空儿。经过这回兵变，那个空儿更大了一些，松松通通的能容下许多玩艺儿。还接着说兵变的事吧！把它说完了，你也就可以明白我心中的空儿为什么大起来了。

当我回到宿舍的时候，大家还全没睡呢。不睡是当然的，可是，大家一点也不显着着急或恐慌，吸烟的吸烟，喝茶的喝茶，就好像有红白事熬夜那样。我的狼狈的样子，不但没引起大家的同情，倒招得他们直笑。我本排着一肚子话要向大家说，一看这个样子也就不必再言语了。我想去睡，可是被排长给拦住了："别睡！待一会儿，天一亮，咱们全得出去弹压地面！"这该轮到我发笑了；街上烧抢到那个样子，并不见一个巡警，等到天亮再去弹压地面，岂不是天大的笑话！命令是命令，我只好等到天亮吧！

还没到天亮，我已经打听出来：原来高级警官们都预先知道兵变的事儿，可是不便于告诉下级警官和巡警们。这就是说，兵变是警察们管不了的事，要变就变吧；下级警官和巡警们呢，夜间糊糊涂涂的照常去巡逻站岗，是生是死随他们去！这个主意够多么活动而毒辣呢！再看巡警们呢，全和我自己一样，听见枪声就往回跑，谁也不傻。这样巡警正好对得起这样警官，自上而下全是瞎打混的当"差事"，一点不假！

虽然很要困，我可是急于想到街上去看看，夜间那一些情景还都在我的心里，我愿白天再去看一眼，好比较比较，教我心中这张画儿有头有尾。天亮得似乎很慢，也许是我心中太急。天到底慢慢的亮起来，我们排上队。我又要笑，有的人居然把盘起来的辫子梳好了放下来，巡长们也作为没看见。有的人在快要排队的时候，还细细刷了刷制服，用布擦亮了皮鞋！街上有那么大的损失，还有人顾得擦亮了鞋呢。我怎能不笑呢！

到了街上，我无论如何也笑不出了！从前，我没真明白过什么叫作"惨"，这回才真晓得了。天上还有几颗懒得下去的大星，云色在灰白中稍微带出些蓝，清凉，暗淡。到处是焦糊的气味，空中游动着一些白烟。铺户全敞着门，没有一个整窗子，大人和小徒弟都在门口，或坐或立，谁也不出声，也不动手收拾什么，像一群没有主儿的傻羊。火已经停止住延烧，可是已被烧残的地方还静静的冒着白烟，吐着细小而明亮的火苗。微风一吹，那烧焦的房柱忽然又亮起来，顺着风摆开一些小火旗。最初起火的几家已成了几个巨大的焦土堆，山墙没有倒，空空的围抱着几座冒烟的坟头。最后燃烧的地方还都立着，墙与前脸全没塌倒，可是门窗一律烧掉，成了些黑洞。有一只猫还在这样的一家门口坐着，被烟熏的连连打嚏，可是还不肯离开那里。

平日最热闹体面的街口变成了一片焦木头破瓦，成群的焦柱静静的立着，东西南北都是这样，懒懒的，无聊的，欲罢不能的冒着些烟。地狱什么样？我不知道。大概这就差不多吧！我一低头，便想起往日街头上的景象，那些体面的铺户是多么华丽可爱。一抬头，眼前只剩了焦糊的那么一片。心中记得的景象与眼前看见的忽然碰到一处，碰出些泪来。这就叫作"惨"吧？火场外有许多买卖人与学徒们呆呆的立着，手揣在袖里，对着残火发愣。遇见我们，他们只淡淡的看那么一眼，没有任何别的表示，仿佛他们已绝了望，用不着再动什么感情。

过了这一带火场，铺户全敞着门窗，没有一点动静，便道上马路上全是破碎的东西，比那火场更加凄惨。火场的样子教人一看便知道那是遭了火灾，这一片破碎静寂的铺户与东西使人莫名其妙，不晓得为什么繁华的街市会忽然变成绝大的垃圾堆。我就被派在这里站岗。我的责任是什么呢？不知道。我规规矩矩的立在那里，连动也不敢动，这破烂的街市仿佛有一股凉气，把我吸住。一些妇女和小孩子还在铺子外边拾取一些破东西，铺子的人不作声，我也不便去管；我觉得站在那里简直是多此一举。

太阳出来，街上显着更破了，像阳光下的叫化子那么丑陋。地上的每一个小物件都露出颜色与形状来，花哨的奇怪，杂乱得使人憋气。没有一个卖菜的，赶早市的，卖早点心的，没有一辆洋车，一匹马，整个的街上就是那么破破烂烂，冷冷清清，连刚出来的太阳都仿佛垂头丧气不大起劲，空空洞洞的悬在天上。一个邮差从我身旁走过去，低着头，身后扯着一条长影。我哆嗦了一下。

待了一会儿，段上的巡官下来了。他身后跟着一名巡警，两人都非常的精神在马路当中当当的走，好像得了什么喜事似的。巡官告诉我：注意街上的秩序，大令已经下来了！我行了礼，莫名其妙他说的是什么？那名巡警似乎看出来我的傻气，低声找补了一句：赶开那些拾东西的，大令下来了！我没心思去执行，可是不敢公然违抗命令，我走到铺户外边，向那些妇人孩子们摆了摆手，我说不出话来！

一边这样维持秩序，我一边往猪肉铺走，为是说一声，那件大褂等我给洗好了再送来。屠户在小肉铺门口坐着呢，我没想到这样的小铺也会遭抢，可是竟自成个空铺子了。我说了句什么，屠户连头也没抬。我往铺子里望了望：大小肉墩子，肉钩子，钱筒子，油盘，凡是能拿走的吧，都被人家拿走了，只剩下了柜台和架肉案子的土台！

我又回到岗位，我的头痛得要裂。要是老教我看着这条街，我知道不久就会疯了。

大令真到了。十二名兵，一个长官，捧着就地正法的令牌，枪全上着刺刀。呕！原来还是辫子兵啊！他们抢完烧完，再出来就地正法别人；什么玩艺呢？我还得给令牌行礼呀！

行完礼，我急快往四下里看，看看还有没有捡拾零碎东西的人，好警告他们一声。连屠户的木墩都搬了走的人民，本来值不得同情；可是被辫子兵们杀掉，似乎又太冤枉。

说时迟，那时快，一个十四五岁的男孩子没有走脱。枪刺围住了他，他手中还攥住一块木板与一只旧鞋。拉倒了，大刀亮出来，孩子喊了声"妈！"血溅出去多远，身子还抽动，头已悬在电线杆子上！

我连吐口唾沫的力量都没有了，天地都在我眼前翻转。杀人，看见过，我不怕。我是不平！我是不平！请记住这句，这就是前面所说过的，"我看出一点意思"的那点意思。想想看，把整串的金银镯子提回营去，而后出来杀个拾了双破鞋的孩子，还说就地正"法"呢！天下要有这个"法"，我×"法"的亲娘祖奶奶！请原谅我的嘴这么野，但是这种事恐怕也不大文明吧？

事后，我听人家说，这次的兵变是有什么政治作用，所以打抢的兵在事后还出来弹压地面。连头带尾，一切都是预先想好了的。什么政治作用？咱不懂！咱只想再骂街。可是，就凭咱这么个"臭脚巡"，骂街又有什么用呢！

九

简直我不愿再提这回事了,不过为圆上场面,我总得把问题提出来;提出来放在这里,比我聪明的人有的是,让他们自己去细咂摸吧!

怎么会"政治作用"里有兵变?

若是有意教兵来抢,当初干吗要巡警?

巡警到底是干吗的?是只管在街上小便的,而不管抢铺子的吗?

安善良民要是会打抢,巡警干吗去专拿小偷?

人们到底愿意要巡警不愿意?不愿意吧!为什么刚要打架就喊巡警,而且月月往外拿"警捐"?愿意吧!为什么又喜欢巡警不管事:要抢的好去抢,被抢的也一声不言语?

好吧,我只提出这么几个"样子"来吧!问题还多得很呢!我既不能去解决,也就不便再瞎叨叨了。这几个"样子"就真够教我糊涂的了,怎想怎不对,怎摸不清哪里是哪里,一会儿它有头有尾,一会儿又没头没尾,我这点聪明不够想这么大的事的。

我只能说这么一句老话,这个人民,连官儿,兵丁,巡警,带安善的良民,都"不够本"!所以,我心中的空儿就更大了呀!在这群"不够本"的人们里活着,就是个对付劲儿,别讲究什么"真"事儿,我算是看明白了。

还有个好字眼儿,别忘下:"汤儿事"。谁要是跟我一样,想不出什么好办法来,顶好用这个话,又现成,又恰当,而且可以不至把自己绕糊涂了。"汤儿事",完了;如若还嫌稍微秃一点呢,再补上"真他妈的",就挺合适。

十

不须再发什么议论,大概谁也能看清楚咱们国的人是怎回事了。由这个再谈到警察,稀松二五眼正是理之当然,一点也不出奇。就拿抓赌来说吧:早年间的赌局都是由顶有字号的人物作后台老板;不但官面上不能够抄拿,就是出了人命也没有什么了不得的;赌局里打死人是常有的事。赶到有了巡警之后,赌局还照旧开着,敢去抄吗? 这谁也能明白,不必我说。可是,不抄吧,又太不像话;怎么办呢? 有主意,捡着那老实的办几案,拿几个老头儿老太太,抄去几打儿纸牌,罚上十头八块的。巡警呢,算交上了差事;社会上呢,大小也有个风声,行了。拿这一件事比方十件事,警察自从一开头就是抹稀泥。它养着一群混饭吃的人,作些个混饭吃的事。社会上既不需要真正的巡警,巡警也犯不上为六块钱卖命。这很清楚。

这次兵变过后,我们的困难增多了老些。年轻的小伙子们,抢着了不少的东西,总算发了邪财。有的穿着两件马褂,有的十个手指头戴着十个戒指,都扬扬得意的在街上扭,斜眼看着巡警,鼻子里哽哽的哼白气。我只好低下头去,本来吗,那么大的阵式,我们巡警都一声没出,事后还能怨人家小看我们吗? 赌局到处都是,白抢来的钱,输光了也不折本儿呀! 我们不敢去抄,想抄也抄不过来,太多了。我们在墙儿外听见人家里面喊"人九","对子",只作为没听见,轻轻的走过去。反正人们在院儿里头耍,不到街上来就行。哼! 人们连这点面子也不给咱们留呀! 那穿两件马褂的小伙子们偏要显出一点也不怕巡警——他们的祖父,爸爸,就没怕过巡警,也没见过巡警,他们为什么这辈子应当受巡警的气呢？—— 单要来到街上赌一场。有骰子就能开宝，蹲在地上就玩起活来。有一对石球就能踢，两人也行，五个人也行，"一毛钱一脚，踢不踢？好啦！'倒回来！'"拍，球碰了球，一毛。耍儿真不小呢，一点钟里也过手好几块。这都在我们鼻子底下，我们管不管呢？管吧！一个人，只佩着连豆腐也切不齐的刀，而赌家老是一帮年轻的小伙子。明人不吃眼前亏，巡警得绕着道儿走过去，不管的为是。可是，不幸，遇见了稽察，"你难道瞎了眼，看不见他们聚赌？"回去，至轻是记一过。这份儿委屈上哪儿诉去呢？

这样的事还多得很呢！以我自己说，我要不是佩着那么把破刀，而是拿着把手枪，跟谁我也敢碰碰，六块钱的饷银自然合不着卖命，可是泥人也有个土性，架不住碰在气头儿上。可是，我摸不着手枪，枪在土匪和大兵手里呢。

明明看见了大兵坐了车不给钱，而且用皮带抽洋车夫，我不敢不笑着把他劝了走。他有枪，他敢放，打死个巡警算得了什么呢！有一年，在三等窑子里，大兵们打死了我们三位弟兄，我们连凶首也没要出来。三位弟兄白白的死了，没有一个抵偿的，连一个挨几十军棍的也没有！他们的枪随便放，我们赤手空拳，我们这是文明事儿呀！

总而言之吧，在这么个以蛮横不讲理为荣，以破坏秩序为增光耀祖的社会里，巡警简直是多余。明白了这个，再加上我们前面所说过的食不饱力不足那一套，大概谁也能明白个八九成了。我们不抹稀泥，怎么办呢？我——我是个巡警——并不求谁原谅，我只是愿意这么说出来，心明眼亮，好教大家心里有个谱儿。

爽性我把最泄气的也说了吧：

当过了一二年差事,我在弟兄们中间已经是个了不得的人物。遇见官事,长官们总教我去挡头一阵。弟兄们并不因此而忌妒我,因为对大家的私事我也不走在后边。这样,每逢出个排长的缺,大家总对我咕唧:"这回一定是你补缺了!"仿佛他们非常希望要我这么个排长似的。虽然排长并没落在我身上,可是我的才干是大家知道的。

我的办事诀窍,就是从前面那一大堆话中抽出来的。比方说吧,有人来报被窃,巡长和我就去察看。糙糙的把门窗户院看一过儿,顺口搭音就把我们在哪儿有岗位,夜里有几趟巡逻,都说得详详细细,有滋有味,仿佛我们比谁都精细,都卖力气。然后,找门窗不甚严密的地方,话软而意思硬的开始反攻:"这扇门可不大保险,得安把洋锁吧?告诉你,安锁要往下安,门坎那溜儿就很好,不容易教贼摸到。屋里养着条小狗也是办法,狗圈在屋里,不管是多么小,有动静就会汪汪,比院里放着三条大狗还有用。先生你看,我们多留点神,你自己也得注点意,两下一凑合,准保丢不了东西了。好吧,我们回去,多派几名下夜的就是了;先生歇着吧!"这一套,把我们的责任卸了,他就赶紧得安锁养小狗;遇见和气的主儿呢,还许给我们泡壶茶喝。这就是我的本事。怎么不负责任,而且不教人看出抹稀泥来,我就怎办。话要说得好听,甜嘴蜜舌的把责任全推到一边去,准保不招灾不惹祸。弟兄们都会这一套,可是他们的嘴与神气差着点劲儿。一句话有多少种说法,把神气弄对了地方,话就能说出去又拉回来,像有弹簧似的。这点,我比他们强,而且他们还是学不了去,这是天生来的才分!

赶到我独自下夜,遇见贼,你猜我怎么办?我呀!把佩刀攥在手里,省得有响声;他爬他的墙,我走我的路,各不相扰。好吗,真要教他记恨上我,藏在黑影儿里给我一砖,我受得了吗? 那谁,傻王九,不是瞎了一只眼吗? 他还不是为拿贼呢! 有一天,他和董志和在街口上强迫给人们剪发,一人手里一把剪刀,见着带小辫的,拉过来就是一剪子。哼! 教人家记上了。等傻王九走单了的时候,人家照准了他的眼就是一把石灰:"让你剪我的发,×你妈妈的!"他的眼就那么瞎了一只。你说,这差事要不像我那么去当,还活着不活着呢? 凡是巡警们以为该干涉的,人们都以为是"狗拿耗子多管闲事",有什么法子呢?

我不能像傻王九似的,平白无故的丢去一只眼睛,我还留着眼睛看这个世界呢! 轻手蹑脚的躲开贼,我的心里并没闲着,我想我那俩没娘的孩子,我算计这一个月的嚼谷。也许有人一五一十的算计,而用洋钱作单位吧? 我呀,得一个铜子一个铜子的算。多几个铜子,我心里就宽绰;少几个,我就得发愁。还拿贼,谁不穷呢? 穷到无路可走,谁也会去偷,肚子才不管什么叫作体面呢!

十一

这次兵变过后,又有一次大的变动:大清国改为中华民国了。改朝换代是不容易遇上的,我可是并没觉得这有什么意思。说真的,这百年不遇的事情,还不如兵变热闹呢。据说,一改民国,凡事就由人民主管了;可是我没看见。我还是巡警,饷银没有增加,天天出来进去还是那一套。原先我受别人的气,现在我还是受气;原先大官儿们的车夫仆人欺负我们,现在新官儿手底下的人也并不和气。"汤儿事"还是"汤儿事",倒不因为改朝换代有什么改变。可也别说,街上剪发的人比从前多了一些，总得算作一点进步吧。牌九押宝慢慢的也少起来，贫富人家都玩"麻将"了，我们还是照样的不敢去抄赌，可是赌具不能不算改了良，文明了一些。

民国的民倒不怎样，民国的官和兵可了不得！像雨后的蘑菇似的，不知道哪儿来的这么些官和兵。官和兵本不当放在一块儿说，可是他们的确有些相像的地方。昨天还一脚黄土泥，今天作了官或当了兵，立刻就瞪眼；越糊涂，眼越瞪得大，好像是糊涂灯，糊涂得透亮儿。这群糊涂玩艺儿听不懂哪叫好话，哪叫歹话，无论你说什么；他们总是横着来。他们糊涂得教人替他们难过，可是他们很得意。有时候他们教我都这么想了：我这辈大概作不了文官或是武官啦！因为我糊涂的不够程度！

几乎是个官儿就可以要几名巡警来给看门护院，我们成了一种保镖的，挣着公家的钱，可为私人作事。我便被派到宅门里去。从道理上说，为官员看守私宅简直不能算作差事；从实利上讲，巡警们可都愿意这么被派出来。我一被派出来，就拔升为"三等警"；"招募警"还没有被派出来的资格呢！我到这时候才算入了"等"。再说呢，宅门的事情清闲，除了站门，守夜，没有别的事可作；至少一年可以省出一双皮鞋来。事情少，而且外带着没有危险；宅里的老爷与太太若打起架来，用不着我们去劝，自然也就不会把我们打在底下而受点误伤。巡夜呢，不过是绕着宅子走两圈，准保遇不上贼；墙高狗厉害，小贼不能来，大贼不便于来——大贼找退职的官儿去偷，既有油水，又不至于引起官面严拿；他们不惹有势力的现任官。在这里，不但用不着去抄赌，我们反倒保护着老爷太太们打麻将。遇到宅里请客玩牌，我们就更清闲自在：宅门外放着一片车马，宅里到处亮如白昼，仆人来往如梭，两三桌麻将，四五盏烟灯，彻夜的闹哄，绝不会闹贼，我们就睡大觉，等天亮散局的时候，我们再出来站门行礼，给老爷们助威。要赶上宅里有红白事，我们就更合适：喜事唱戏，我们跟着白听戏，准保都是有名的角色，在戏园子里绝听不到这么齐全。丧事呢，虽然没戏可听，可是死人不能一半天就抬出去，至少也得停三四十天，念好几棚经；好了，我们就跟着吃吧；他们死人，咱们就吃犒劳。怕就怕死小孩，既不能开吊，又得听着大家呕呕的真哭。其次是怕小姐偷偷跑了，或姨太太有了什么大错而被休出去，我们捞不着吃喝看戏，还得替老爷太太们怪不得劲儿的！

　　教我特别高兴的，是当这路差事，出入也随便了许多，我可以常常回家看看孩子们。在"区"里或"段"上，请会儿浮假都好不容易，因为无论是在"内勤"或"外勤"，工作是刻板儿排好了的，不易调换更动。在宅门里，我站完门便没了我的事，只须对弟兄们说一声就可以走半天。这点好处常常教我害怕，怕再调回"区"里去；我的孩子们没有娘，还不多教他们看看父亲吗？

　　就是我不出去，也还有好处。我的身上既永远不疲乏，心里又没多少事儿，闲着干什么呢？我呀，宅上有的是报纸，闲着就打头到底的念。大报小报，新闻社论，明白吧不明白吧，我全念，老念。这个，帮助我不少，我多知道了许多的事，多识了许多的字。有许多字到如今我还念不出来，可是看惯了，我会猜出它们的意思来，就好像街面上常见着的人，虽然叫不上姓名来，可是彼此怪面善。除了报纸，我还满世界去借闲书看。不过，比较起来，还是念报纸的益处大，事情多，字眼儿杂，看着开心。唯其事多字多，所以才费劲；念到我不能明白的地方，我只好再拿起闲书来了。闲书老是那一套，看了上回，猜也会猜到下回是什么事；正因为它这样，所以才不必费力，看着玩玩就算了。报纸开心，闲书散心，这是我的一点经验。

在门儿里可也有坏处：吃饭就第一成了问题。在"区"里或"段"上，我们的伙食钱是由饷银里坐地儿扣，好歹不拘，天天到时候就有饭吃。派到宅门里来呢，一共三五个人，绝不能找厨子包办伙食，没有厨子肯包这么小的买卖的。宅里的厨房呢，又不许我们用；人家老爷们要巡警，因为知道可以白使唤几个穿制服的人，并不大管这群人有肚子没有。我们怎办呢？自己起灶，作不到，买一堆盆碗锅勺，知道哪时就又被调了走呢？再说，人家门头上要巡警原为体面好看，好，我们若是给人家弄得盆朝天碗朝地，刀勺乱响，成何体统呢？没法子，只好买着吃。

这可够别扭的。手里若是有钱，不用说，买着吃是顶自由了，爱吃什么就叫什么，弄两盅酒儿伍的，叫俩可口的菜，岂不是个乐子？请别忘了，我可是一月才共总进六块钱！吃的苦还不算什么，一顿一顿想主意可真教人难过，想着想着我就要落泪。我要省钱，还得变个样儿，不能老啃干馍馍辣饼子，像填鸭子似的。省钱与可口简直永远不能碰到一块，想想钱，我认命吧，还是弄几个干烧饼，和一块老腌萝卜，对付一下吧；想到身子，似乎又不该如此。想，越想越难过，越不能决定；一直饿到太阳平西还没吃上午饭呢！

我家里还有孩子呢！我少吃一口，他们就可以多吃一口，谁不心疼孩子呢？吃着包饭，我无法少交钱；现在我可以自由的吃饭了，为什么不多给孩子们省出一点来呢？好吧，我有八个烧饼才够，就硬吃六个，多喝两碗开水，来个"水饱"！我怎能不落泪呢！

看看人家宅门里吧，老爷挣钱没数儿！是呀，只要一打听就能打听出来他拿多少薪俸，可是人家绝不指着那点固定的进项，就这么说吧，一月挣八百块的，若是干挣八百块，他怎能那么阔气呢？这里必定有文章。这个文章是这样的，你要是一月挣六块钱，你就死挣那个数儿，你兜儿里忽然多出一块钱来，都会有人斜眼看你，给你造些谣言。你要是能挣五百块，就绝不会死挣这个数儿，而且你的钱越多，人们越佩服你。这个文章似乎一点也不合理，可是它就是这么作出来的，你爱信不信！

报纸与宣讲所里常常提倡自由；事情要是等着提倡，当然是原来没有。我原没有自由；人家提倡了会子，自由还没来到我身上，可是我在宅门里看见它了。民国到底是有好处的，自己有自由没有吧，反正看见了也就得算开了眼。

你瞧，在大清国的时候，凡事都有个准谱儿；该穿蓝布大褂的就得穿蓝布大褂，有钱也不行。这个，大概就应叫作专制吧！一到民国来，宅门里可有了自由，只要有钱，你爱穿什么，吃什么，戴什么，都可以，没人敢管你。所以，为争自由，得拚命的去搂钱；搂钱也自由，因为民国没有御史。你要是没在大宅门待过，大概你还不信我的话呢，你去看看好了。现在的一个小官都比老年间的头品大员多享着点福：讲吃的，现在交通方便，山珍海味随便的吃，只要有钱。吃腻了这些还可以拿西餐洋酒换换口味；哪一朝的皇上大概也没吃过洋饭吧？讲穿的，讲戴的，讲看的听的，使的用的，都是如此；坐在屋里你可以享受全世界最好的东西。如今享福的人才真叫作享福，自然如今搂钱也比从前自由的多。别的我不敢说，我准知道宅门里的姨太太擦五十块钱一小盒的香粉，是由什么巴黎来的；巴黎在哪儿？我不知道，反正那里来的粉是很贵。我的邻居李四，把个胖小子卖了，才得到四十块钱，足见这香粉贵到什么地步了，一定是又细又香呀，一定！

好了，我不再说这个了；紧自贫嘴恶舌，倒好像我不赞成自由似的，那我哪敢呢！

我再从另一方面说几句，虽然还是话里套话，可是多少有点变化，好教人听着不俗气厌烦。刚才我说人家宅门里怎样自由，怎样阔气，谁可也别误会了人家作老爷的就整天的大把往外扔洋钱，老爷们才不这么傻呢！是呀，姨太太擦比一个小孩还贵的香粉，但是姨太太是姨太太，姨太太有姨太太的造化与本事。人家作老爷的给姨太太买那么贵的粉，正因为人家有地方可以抠出来。你就这么说吧，好比你作了老爷，我就能按着宅门的规矩告诉你许多诀窍：你的电灯，自来水，煤，电话，手纸，车马，天棚，家具，信封信纸，花草，都不用花钱；最后，你还可以白使唤几名巡警。这是规矩，你要不明白这个，你简直不配作老爷。告诉你一句到底的话吧，作老爷的要空着手儿来，满腔满馅的去，就好像刚惊蛰后的臭虫，来的时候是两张皮，一会儿就变成肚大腰圆，满兜儿血。这个比喻稍粗一点，意思可是不错。自由的搂钱，专制的省钱，两下里一合，你的姨太太就可以擦巴黎的香粉了。这句话也许说得太深奥了一些，随便吧！你爱懂不懂。

这可就该说到我自己了。按说，宅门里白使唤了咱们一年半载，到节了年了的，总该有个人心，给咱们哪怕是顿犒劳饭呢，也大小是个意思。哼！休想！人家作老爷的钱都留着给姨太太花呢，巡警算哪道货？等咱被调走的时候，求老爷给"区"里替我说句好话，咱都得感激不尽。

你看，命令下来，我被调到别处。我把铺盖卷打好，然后恭而敬之的去见宅上的老爷。看吧，人家那股子劲儿大了去啦！带理不理的，倒仿佛我偷了他点东西似的。我托咐了几句:求老爷顺便和"区"里说一声,我的差事当得不错。人家微微的一抬眼皮,连个屁都懒得放。我只好退出来了,人家连个拉铺盖的车钱也不给;我得自己把它扛了走。这就是他妈的差事,这就是他妈的人情!

十二

机关和宅门里的要人越来越多了。我们另成立了警卫队,一共有五百人,专作那义务保镖的事。为是显出我们真能保卫老爷们,我们每人有一杆洋枪,和几排子弹。对于洋枪——这些洋枪——我一点也不感觉兴趣;它又沉,又老,又破,我摸不清这是由哪里找来的一些专为压人肩膀,而一点别的用处没有的玩艺儿。我的子弹老在腰间围着,永远不准往枪里搁;到了什么大难临头,老爷们都逃走了的时候,我们才安上刺刀。

这可并非是说,我可以完全不管那枝破家伙;它虽然是那么破,我可得给它支使着。枪身里外,连刺刀,都得天天擦;即使永远擦不亮,我的手可不能闲着。心到神知! 再说,有了枪,身上也就多了些玩艺儿,皮带,刺刀鞘,子弹袋子,全得弄得利落抹腻,不能像猪八戒挎腰刀那么懈懈松松的,还得打裹腿呢!

多出这些事来,肩膀上添了七八斤的分量,我多挣了一块钱;现在我是一个月挣七块大洋了,感谢天地!

七块钱,扛枪,打裹腿,站门,我干了三年多。由这个宅门串到那个宅门,由这个衙门调到那个衙门;老爷们出来,我行礼;老爷进去,我行礼。这就是我的差事。这种差事才毁人呢：你说没事作吧，又有事；说有事作吧，又没事。还不如上街站岗去呢。在街上，至少得管点事，用用心思。在宅门或衙门，简直永远不用费什么一点脑子。赶到在闲散的衙门或汤儿事的宅子里，连站门的时候都满可以随便，挂着枪立着也行，抱着枪打盹也行。这样的差事教人不起一点儿劲，它生生的把人耗疲了。一个当仆人的可以有个盼望，哪儿的事情甜就想往哪儿去，我们当这份儿差事，明知一点好来头没有，可是就那么一天天的穷耗，耗得连自己都看不起了自己。按说，这么空闲无事，就应当吃得白白胖胖，也总算个体面呀。哼！我们并蹲不出膘儿来。我们一天老绕着那七块钱打算盘，穷得揪心。心要是揪上，还怎么会发胖呢？以我自己说吧，我的孩子已到上学的年岁了，我能不教他去吗？上学就得花钱，古今一理，不算出奇，可是我上哪里找这份钱去呢？作官的可以白占许多许多便宜，当巡警的连孩子白念书的地方也没有。上私塾吧，学费节礼，书籍笔墨，都是钱。上学校吧，制服，手工材料，种种本子，比上私塾还费的多。再说，孩子们在家里，饿了可以掰一块窝窝头吃；一上学，就得给点心钱，即使咱们肯教他揣着块窝窝头去，他自己肯吗？小孩的脸是更容易红起来的。

　　我简直没办法。这么大个活人，就会干瞪着眼睛看自己的儿女在家里荒荒着！我这辈无望了，难道我的儿女应当更不济吗？看着人家宅门的小姐少爷去上学，喝！车接车送，到门口还有老妈子丫环来接书包，抱进去，手里拿着橘子苹果，和新鲜的玩具。人家的孩子这样，咱的孩子那样；孩子不都是将来的国民吗？我真想辞差不干了。我楞当仆人去，弄俩零钱，好教我的孩子上学。

可是人就是别入了辙，入到哪条辙上便一辈子拔不出腿来。当了几年的差事 —— 虽然是这样的差事 —— 我事事入了辙，这里有朋友，有说有笑，有经验，它不教我起劲，可是我也仿佛不大能狠心的离开它。再说，一个人的虚荣心每每比金钱还有力量，当惯了差，总以为去当仆人是往下走一步，虽然可以多挣些钱。这可笑，很可笑，可是人就是这么个玩艺儿。我一跟朋友们说这个，大家都摇头。有的说，大家混的都很好的，干吗去改行？有的说，这山望着那山高，咱们这些苦人干什么也发不了财，先忍着吧！有的说，人家中学毕业生还有当"招募警"的呢，咱们有这个差事当，就算不错；何必呢？连巡官都对我说了：好歹混着吧，这是差事；凭你的本事，日后总有升腾！大家这么一说，我的心更活了，仿佛我要是固执起来，倒不大对得住朋友似的。好吧，还往下混吧。小孩念书的事呢？没有下文！

不久，我可有了个好机会。有位冯大人哪，官职大得很，一要就要十二名警卫；四名看门，四名送信跑道，四名作跟随。这四名跟随得会骑马。那时候，汽车还没出世，大官们都讲究坐大马车。在前清的时候，大官坐轿或坐车，不是前有顶马，后有跟班吗？这位冯大人愿意恢复这点官威，马车后得有四名带枪的警卫。敢情会骑马的人不好找，找遍了全警卫队，才找到了三个；三条腿不大像话，连巡官都急得直抓脑袋。我看出便宜来了：骑马，自然得有粮钱哪！为我的小孩念书起见，我得冒下子险，假如从马粮钱里能弄出块儿八毛的来，孩子至少也可以去私塾了。按说，这个心眼不甚好，可是我这是卖着命，我并不会骑马呀！我告诉了巡官，我愿意去。他问我会骑马不会？我没说我会，也没说我不会；他呢，反正找不到别人，也就没究根儿。

有胆子，天下便没难事。当我头一次和马见面的时候，我就合计好了：摔死呢，孩子们入孤儿院，不见得比在家里坏；摔不死呢，好，孩子们可以念书去了。这么一来，我就先不怕马了。我不怕它，它就得怕我，天下的事不都是如此吗？再说呢，我的腿脚利落，心里又灵，跟那三位会骑马的瞎扯巴了一会儿，我已经把骑马的招数知道了不少。找了匹老实的，我试了试，我手心里攥着把汗，可是硬说我有了把握。头几天，我的罪过真不小，浑身像散了一般，屁股上见了血。我咬了牙。等到伤好了，我的胆子更大起来，而且觉出来骑马的快乐。跑，跑，车多快，我多快，我算是治服了一种动物！

我把马治服了，可是没把粮草钱拿过来，我白冒了险。冯大人家中有十几匹马呢，另有看马的专人，没有我什么事。我几乎气病了。可是，不久我又高兴了：冯大人的官职是这么大，这么多，他简直没有回家吃饭的工夫。我们跟着他出去，一跑就是一天。他当然喽，到处都有饭吃，我们呢？我们四个人商议了一下，决定跟他交涉，他在哪里吃饭，也得有我们的。冯大人这个人心眼还不错，他很爱马，爱面子，爱手下的人。我们一对他说，他马上答应了。这个，可是个便宜。不用往多里说。我们要是一个月准能在外边白吃半个月的饭，我们不就省下半个月的饭钱吗？我高了兴！

冯大人，我说，很爱面子。当我们去见他交涉饭食的时候，他细细看了看我们。看了半天，他摇了摇头，自言自语的说："这可不行！"我以为他是说我们四个人不行呢，敢情不是。他登时要笔墨，写了个条子："拿这个见总队长去，教他三天内都办好！"把条子拿下来，我们看了看，原来是教队长给我们换制服：我们平常的制服是斜纹布的，冯大人现在教换呢子的；袖口，裤缝，和帽箍，一律要安金绦子。靴子也换，要过膝的马靴。枪要换上马枪，还另外给一人一把手枪。看完这个条子，连我们自己都觉得不合适：长官们才能穿呢衣，镶金绦，我们四个是巡警，怎能平白无故的穿上这一套呢？自然，我们不能去教冯大人收回条子去，可是我们也怪不好意思去见总队长。总队长要是不敢违抗冯大人，他满可以对我们四个人发发脾气呀！

你猜怎么着？总队长看了条子，连大气没出，照话而行，都给办了。你就说冯大人有多么大的势力吧！喝！我们四个人可抖起来了，真正细黑呢制服，镶着黄登登的金绦，过膝的黑皮长靴，靴后带着白亮亮的马刺，马枪背在背后，手枪挎在身旁，枪匣外搭拉着长杏黄穗子。简直可以这么说吧，全城的巡警的威风都教我们四个人给夺过来了。我们在街上走，站岗的巡警全都给我们行礼，以为我们是大官儿呢！

当我作裱糊匠的时候，稍微讲究一点的烧活，总得糊上匹菊花青的大马。现在我穿上这么抖的制服，我到马棚去挑了匹菊花青的马，这匹马非常的闹手，见了人是连啃带踢；我挑了它，因为我原先糊过这样的马，现在我得骑上匹活的；菊花青，多么好看呢！这匹马闹手，可是跑起来真作脸，头一低，嘴角吐着点白沫，长鬃像风吹着一垄春麦，小耳朵立着像俩小瓢儿；我只须一认镫，它就要飞起来。这一辈子，我没有过什么真正得意的事；骑上这匹菊花青大马，我必得说，我觉到了骄傲与得意！

按说，这回的差事总算过得去了，凭那一身衣裳与那匹马还不值得高高兴兴的混吗？哼！新制服还没穿过三个月，冯大人吹了台，警卫队也被解散；我又回去当三等警了。

十三

警卫队解散了。为什么？我不知道。我被调到总局里去当差，并且得了一面铜片的奖章，仿佛是说我在宅门里立下了什么功劳似的。在总局里，我有时候管户口册子，有时候管辅捐的账簿，有时候值班守大门，有时候看管军装库。这么二三年的工夫，我又把局子里的事情全明白了个大概。加上我以前在街面上，衙门口和宅门里的那些经验，我可以算作个百事通了，里里外外的事，没有我不晓得的。要提起警务，我是地道内行。可是一直到这个时候，当了十年的差，我才升到头等警，每月挣大洋九元。

大家伙或者以为巡警都是站街的，年轻轻的好管闲事。其实，我们还有一大群人在区里局里藏着呢。假若有一天举行总检阅，你就可以看见些稀奇古怪的巡警：罗锅腰的，近视眼的，掉了牙的，瘸着腿的，无奇不有。这些怪物才真是巡警中的盐，他们都有资格有经验，识文断字，一切公文案件，一切办事的诀窍，都在他们手里呢。要是没有他们，街上的巡警就非乱了营不可。这些人，可是永远不会升腾起来；老给大家办事，一点起色也没有，平生连出头露面的体面一次都没有过。他们任劳任怨的办事，一直到他们老得动不了窝，老是头等警，挣九块大洋。多咱你在街上看见：穿着洗得很干净的灰布大褂，脚底下可还穿着巡警的皮鞋，用脚后跟慢慢的走，仿佛支使不动那双鞋似的，那就准是这路巡警。他们有时候也到大"酒缸"上，喝一个"碗酒"，就着十几个花生豆儿，挺有规矩，一边往下咽那点辣水，一边叹着气。头发已经有些白的了，嘴巴儿可还刮得很光，猛看很像个太监。他们很规则，和蔼，会作事，他们连休息的时候还得穿着那双不得人心的鞋！

跟这群人在一处办事，我长了不少的知识。可是，我也有点害怕：莫非我也就这样下去了吗？他们够多么可爱，又多么可怜呢！看着他们，我心中时常忽然凉那么一下，教我半天说不上话来。不错，我比他们都年岁小，也不见得比他们不精明，可是我有希望没有呢？年岁小？我也三十六了！

这几年在局子里可也有一样好处，我没受什么惊险。这几年，正是年年春秋准打仗的时期，旁人受的罪我先不说，单说巡警们就真够瞧的。一打仗，兵们就成了阎王爷，而巡警头朝了下！要粮，要车，要马，要人，要钱，全交派给巡警，慢一点送上去都不行。一说要烙饼一万斤，得，巡警就得挨着家去切面铺和烙烧饼的地方给要大饼；饼烙得，还得押着清道夫给送到营里去；说不定还挨几个嘴巴回来！

要单是这么伺候着兵老爷们，也还好；不，兵老爷们还横反呢。凡是有巡警的地方，他们非捣乱不可，巡警们管吧不好，不管吧也不好，活受气。世上有糊涂人，我晓得；但是兵们的糊涂令我不解。他们只为逗一时的字号，完全不讲情理；不讲情理也罢，反正得自己别吃亏呀；不，他们连自己吃亏不吃亏都看不出来，你说天下哪里再找这么糊涂的人呢。就说我的表弟吧，他已当过十多年的兵，后来几年还老是排长，按说总该明白点事儿了。哼！那年打仗，他押着十几名俘虏往营里送。喝！他得意非常的在前面领着，仿佛是个皇上似的。他手下的弟兄都看出来，为什么不先解除了俘虏的武装呢？他可就是不这么办，拍着胸膛说一点错儿没有。走到半路上，后面响了枪，他登时就死在了街上。他是我的表弟，我还能盼着他死吗？可是这股子糊涂劲儿，教我也没法抱怨开枪打他的人。有这样一个例子,你也就能明白一点兵们是怎样的难对付了。你要是告诉他,汽车别往墙上开,好啦,他就非去碰碰不可,把他自己碰死倒可以,他就是不能听你的话。

在总局里几年,没别的好处,我算是躲开了战时的危险与受气。自然罗! 一打仗,煤米柴炭都涨价儿,巡警们也随着大家一同受罪,不过我可以安坐在公事房里,不必出去对付大兵们,我就得知足。

可是,在局里我又怕一辈子就窝在那里,永没有出头之日,有人情,可以升腾起来;没人情而能在外边拿贼办案,也是个路子,我既没人情,又不到街面上去,打哪儿升高一步呢? 我越想越发愁。

十四

到我四十岁那年,大运亨通,我补了巡长! 我顾不得想已经当了多少年的差,卖了多少力气,和巡长才挣多少钱;都顾不得想了。我只觉得我的运气来了!

小孩子拾个破东西,就能高兴的玩耍半天,所以小孩子能够快乐。大人们也得这样,或者才能对付着活下去。细细一想,事情就全糟。我升了巡长,说真的,巡长比巡警才多挣几块钱呢? 挣钱不多,责任可有多么大呢! 往上说,对上司们事事得说出个谱儿来;往下说,对弟兄们得又精明又热诚;对内说,差事得交得过去;对外说,得能不软不硬的办了事。这,比作知县难多了。县长就是一个地方的皇上,巡长没那个身分,他得认真办事,又得敷衍事,真真假假,虚虚实实,哪一点没想到就出蘑菇。出了蘑菇还是真糟,往上升腾不易呀,往下降可不难呢。

当过了巡长再降下来,派到哪里去也不吃香:弟兄们咬吃,喝!你这作过巡长的,……这个那个的扯一堆。长官呢,看你是刺儿头,故意的给你小鞋穿,你怎么忍也忍不下去。怎办呢?哼!由巡长而降为巡警,顶好干脆卷铺盖家去,这碗饭不必再吃了。可是,以我说吧,四十岁才升上巡长,真要是卷了铺盖,我干吗去呢?

真要是这么一想,我登时就得白了头发。幸而我当时没这么想,只顾了高兴,把坏事儿全放在了一旁。我当时倒这么想:四十作上巡长,五十——哪怕是五十呢!——再作上巡官,也就算不白当了差。咱们非学校出身,又没有大人情,能作到巡官还算小吗?这么一想,我简直的拚了命,精神百倍的看着我的事,好像看着颗夜明珠似的!

作了二年的巡长,我的头上真见了白头发。我并没细想过一切,可是天天揪着心,唯恐哪件事办错了,担了处分。白天,我老喜笑颜开的打着精神办公;夜间,我睡不实在,忽然想起一件事,我就受了一惊似的,翻来覆去的思索;未必能想出办法来,我的困意可也就不再回来了。

公事而外,我为我的儿女发愁:儿子已经二十了,姑娘十八。福海——我的儿子——上过几天私塾,几天贫儿学校,几天公立小学。字吗,凑在一块儿他大概能念下来第二册国文;坏招儿,他可学会了不少,私塾的,贫儿学校的,公立小学的,他都学来了,到处准能考一百分,假若学校里考坏招数的话。本来吗,自幼失了娘,我又终年在外边瞎混,他可不是爱怎么反就怎么反啵。我不恨铁不成钢去责备他,也不抱怨任何人,我只恨我的时运低,发不了财,不能好好的教育他。我不算对不起他们,我一辈子没给他们弄个后娘,给他们气受。至于我的时运不济,只能当巡警,那并非是我的错儿,人还能大过天去吗?

福海的个子可不小，所以很能吃呀！一顿胡搂三大碗芝麻酱拌面，有时候还说不很饱呢！就凭他这个吃法，他再有我这么两份儿爸爸也不中用！我供给不起他上中学，他那点"秀气"也没法考上。我得给他找事作。哼！他会作什么呢？

从老早，我心里就这么嘀咕：我的儿子楞可去拉洋车，也不去当巡警；我这辈子当够了巡警，不必世袭这份差事了！在福海十二三岁的时候，我教他去学手艺，他哭着喊着的一百个不去。不去就不去吧，等他长两岁再说；对个没娘的孩子不就得格外心疼吗？到了十五岁，我给他找好了地方去学徒，他不说不去，可是我一转脸，他就会跑回家来。几次我送他走，几次他偷跑回来。于是只好等他再大一点吧，等他心眼转变过来也许就行了。哼！从十五到二十，他就楞荒荒过来，能吃能喝，就是不爱干活儿。赶到教我给逼急了："你到底愿意干什么呢？你说！"他低着脑袋，说他愿意挑巡警！他觉得穿上制服，在街上走，既能挣钱，又能就手儿散心，不像学徒那样永远圈在屋里。我没说什么，心里可刺着痛。我给打了个招呼，他挑上了巡警。我心里痛不痛的，反正他有事作，总比死吃我一口强啊。父是英雄儿好汉，爸爸巡警儿子还是巡警，而且他这个巡警还必定跟不上我。我到四十岁才熬上巡长，他到四十岁，哼！不教人家开革出来就是好事！没盼望！我没续娶过，因为我咬得住牙。他呢，赶明儿个难道不给他成家吗？拿什么养着呢？

是的，儿子当了差，我心中反倒堵上个大疙疸！

再看女儿呢，也十八九了，紧自搁在家里算怎回事呢？当然，早早撮出去的为是，越早越好。给谁呢？巡警，巡警，还得是巡警？一个人当巡警，子孙万代全得当巡警，仿佛掉在了巡警阵里似的。可是，不给巡警还真不行呢：论模样，她没什么模样；论教育，她自幼没娘，只认识几个大字；论赔送，我至多能给她作两件洋布大衫；论本事，她只能受苦，没别的好处。巡警的女儿天生来的得嫁给巡警，八字造定，谁也改不了！

唉！给了就给了啵！撮出她去，我无论怎说也可以心净一会儿。并非是我心狠哪；想想看，把她摆到二十多岁，还许就剩在家里呢。我对谁都想对得起，可是谁又对得起我来着！我并不想唠里唠叨的发牢骚，不过我愿把事情都摆平了，谁是谁非，让大家看。

当她出嫁的那一天，我真想坐在那里痛哭一场。我可是没有哭；这也不是一半天的事了，我的眼泪只会在眼里转两转，简直的不会往下流！

十五

儿子有了事作，姑娘出了阁，我心里说：这我可能远走高飞了！假若外边有个机会，我楞把巡长搁下，也出去见识见识。什么发财不发财的，我不能就窝囊这么一辈子。

机会还真来了。记得那位冯大人呀，他放了外任官。我不是爱看报吗？得到这个消息，就找他去了，求他带我出去。他还记得我，而且愿意这么办。他教我去再约上三个好手，一共四个人随他上任。我留了个心眼，请他自己向局里要四名，作为是拨遣。我是这么想：假若日后事情不见佳呢，既省得朋友们抱怨我，而且还可以回来交差，有个退身步。他看我的办法不错，就指名向局里调了四个人。

这一喜可非同小喜。就凭我这点经验知识，管保说，到哪儿我也可以作个很好的警察局局长，一点不是瞎吹！一条狗还有得意的那一天呢，何况是个人？我也该抖两天了，四十多岁还没露过一回脸呢！

果然，命令下来，我是卫队长；我乐得要跳起来。

哼！也不是咱的命不好，还是冯大人的运不济；还没到任呢，又撤了差。猫咬尿泡，瞎欢喜一场！幸而我们四个人是调用，不是辞差；冯大人又把我们送回局里去了。我的心里既为这件事难过，又为回局里能否还当巡长发愁，我脸上瘦了一圈。

幸而还好，我被派到防疫处作守卫，一共有六位弟兄，由我带领。这是个不错的差事，事情不多，而由防疫处开我们的饭钱。我不确实的知道，大概这是冯大人给我说了句好话。

在这里，饭钱既不必由自己出，我开始攒钱，为是给福海娶亲——只剩了这么一档子该办的事了，爽性早些办了吧！

在我四十五岁上，我娶了儿媳妇——她的娘家父亲与哥哥都是巡警。可倒好，我这一家子，老少里外，全是巡警，凑吧凑吧，就可以成立个警察分所！

人的行动有时候莫名其妙。娶了儿媳妇以后，也不知怎么我以为应当留下胡子，才够作公公的样子。我没细想自己是干什么的，直入公堂的就留下胡子了。小黑胡子在我嘴上，我捻上一袋关东烟，觉得挺够味儿。本来吗，姑娘聘出去了，儿子成了家，我自己的事又挺顺当，怎能觉得不是味儿呢？

哼！我的胡子惹下了祸。总局局长忽然换了人，新局长到任就检阅全城的巡警。这位老爷是军人出身，只懂得立正看齐，不懂得别的。在前面我已经说过，局里区里都有许多老人们，长相不体面，可是办事多年，最有经验。我就是和局里这群老手儿排在一处的，因为防疫处的守卫不属于任何警区，所以检阅的时候便随着局里的人立在一块儿。

当我们站好了队，等着检阅的时候，我和那群老人们还有说有笑，自自然然的。我们心里都觉得，重要的事情都归我办，提哪一项事情我们都知道，我们没升腾起来已经算很委屈了，谁还能把我们踢出去吗？上了几岁年纪，诚然，可是我们并没少作事儿呀！即使说老朽不中用了，反正我们都至少当过十五六年的差，我们年轻力壮的时候是把精神血汗耗费在公家的差事上，冲着这点，难道还不留个情面吗？谁能够看狗老了就一脚踢出去呢？我们心中都这么想，所以满没把这回事放在心里，以为新局长从远处我们一眼也就算了。

局长到了，大个子胸前挂满了徽章，又是喊，又是蹦，活像个机器人。我心里打开了鼓。他不按着次序看，一眼看到我们这一排，他猛虎扑食似的就跑过来了。岔开脚，手握在背后，他向我们点了点头。然后忽然他一个箭步跳到我们跟前，抓起一个老书记生的腰带，像摔跤似的往前一拉，几乎把老书记生拉倒；抓着腰带，他前后摇晃了老书记生几把，然后猛一撒手，老书记生摔了个屁股墩。局长对准了他就是两口唾沫，"你也当巡警！连腰带都系不紧？来！拉出去毙了！"

我们都知道，凭他是谁，也不能枪毙人。可是我们的脸都白了，不是怕，是气的。那个老书记生坐在地上，哆嗦成了一团。

局长又看了看我们，然后用手指划了条长线，"你们全滚出去，别再教我看见你们！你们这群东西也配当巡警！"说完这个，仿佛还不解气，又跑到前面，扯着脖子喊："是有胡子的全脱了制服，马上走！"

有胡子的不止我一个,还都是巡长巡官,要不然我也不敢留下这几根惹祸的毛。

二十年来的服务,我就是这么被刷下来了。其实呢,我虽四十多岁,我可是一点也不显着老苍,谁教我留下了胡子呢!这就是说,当你年轻力壮的时候,你把命卖上,一月就是那六七块钱。你的儿子,因为你当巡警,不能读书受教育;你的女儿,因为你当巡警,也嫁个穷汉去吃窝窝头。你自己呢,一长胡子,就算完事,一个铜子的恤金养老金也没有,服务二十年后,你教人家一脚踢出来,像踢开一块碍事的砖头似的。五十以前,你没挣下什么,有三顿饭吃就算不错;五十以后,你该想主意了,是投河呢,还是上吊呢?这就是当巡警的下场头。

二十年来的差事,没作过什么错事,但我就这样卷了铺盖。

弟兄们有含着泪把我送出来的,我还是笑着;世界上不平的事可多了,我还留着我的泪呢!

十六

穷人的命——并不像那些施舍稀粥的慈善家所想的——不是几碗粥所能救活了的;有粥吃,不过多受几天罪罢了,早晚还是死。我的履历就跟这样的粥差不多,它只能帮助我找上个小事,教我多受几天罪;我还得去当巡警。除了说我当巡警,我还真没法介绍自己呢!它就像颗不体面的痣或瘤子,永远跟着我。我懒得说当过巡警,懒得再去当巡警,可是不说不当,还真连碗饭也吃不上,多么可恶呢!

歇了没有好久,我由冯大人的介绍,到一座煤矿上去作卫生处主任,后来又升为矿村的警察分所所长；这总算运气不坏。在这里我很施展了些我的才干与学问：对村里的工人，我以二十年服务的经验，管理得真叫不错。他们聚赌，斗殴，罢工，闹事，醉酒，就凭我的一张嘴，就事论事，干脆了当，我能把他们说得心服口服。对弟兄们呢，我得亲自去训练。他们之中有的是由别处调来的，有的是由我约来帮忙的，都当过巡警；这可就不容易训练，因为他们懂得一些警察的事儿，而想看我一手儿。我不怕，我当过各样的巡警，里里外外我全晓得；凭着这点经验，我算是没被他们给撅了。对内对外，我全有办法，这一点也不瞎吹。

假若我能在这里混上几年，我敢保说至少我可以积攒下个棺材本儿，因为我的饷银差不多等于一个巡官的，而到年底还可以拿一笔奖金。可是，我刚作到半年，把一切都布置得有个大概了，哼！我被人家顶下来了。我的罪过是年老与过于认真办事。弟兄们满可以拿些私钱，假若我肯睁着一只闭着一只眼的话。我的两眼都睁着，种下了毒。对外也是如此，我明白警察的一切，所以我要本着良心把此地的警务办得完完全全，真像个样儿。还是那句话，人民要不是真正的人民，办警察是多此一举，越办得好越招人怨恨。自然，容我办上几年，大家也许能看出它的好处来。可是，人家不等办好，已经把我踢开了。

在这个社会中办事，现在才明白过来，就得像发给巡警们皮鞋似的。大点，活该！小点，挤脚？活该！什么事都能办通了，你打算合大家的适，他们要不把鞋打在你脸上才怪。这次的失败，因为我忘了那三个宝贝字——"汤儿事"，因此我又卷了铺盖。

这回，一闲就是半年多。从我学徒时候起，我无事也忙，永不懂得偷闲。现在，虽然是奔五十的人了，我的精神气力并不比那个年轻小伙子差多少。生让我闲着，我怎么受呢？由早晨起来到日落，我没有正经事作，没有希望，跟太阳一样，就那么由东而西的转过去；不过，太阳能照亮了世界，我呢，心中老是黑糊糊的。闲得起急，闲得要躁，闲得讨厌自己，可就是摸不着点儿事作。想起过去的劳力与经验，并不能自慰，因为劳力与经验没给我积攒下养老的钱，而我眼看着就是挨饿。我不愿人家养着我，我有自己的精神与本事，愿意自食其力的去挣饭吃。我的耳目好像作贼的那么尖，只要有个消息，便赶上前去，可是老空着手回来，把头低得无可再低，真想一跤摔死，倒也爽快！还没到死的时候，社会像要把我活埋了！晴天大日头的，我觉得身子慢慢往土里陷；什么缺德的事也没作过，可是受这么大的罪。一天到晚我叨着那根烟袋，里边并没有烟，只是那么叨着，算个"意思"而已。我活着也不过是那么个"意思"，好像专为给大家当笑话看呢！

好容易，我弄到个事：到河南去当盐务缉私队的队兵。队兵就队兵吧，有饭吃就行呀！借了钱，打点行李，我把胡子剃得光光的上了"任"。

半年的工夫，我把债还清，而且升为排长。别人花俩，我花一个，好还债。别人走一步，我走两步，所以升了排长。委屈并挡不住我的努力，我怕失业。一次失业，就多老上三年，不饿死，也憋闷死了。至于努力挡得住失业挡不住，那就难说了。

我想——哼！我又想了！——我既能当上排长，就能当上队长，不又是个希望吗？这回我留了神，看人家怎作，我也怎作。人家要私钱，我也要，我别再为良心而坏了事；良心在这年月并不值钱。假若我在队上混个队长，连公带私，有几年的工夫，我不是又可以剩下个棺材本儿吗？我简直的没了大志向，只求腿脚能动便去劳动；多动不了窝，好，能有个棺材把我装上,不至于教野狗们把我嚼了。我一眼看着天,一眼看着地。我对得起天,再求我能静静的躺在地下。并非我倚老卖老,我才五十来岁;不过,过去的努力既是那么白干一场,我怎能不把眼睛放低一些,只看着我将来的坟头呢! 我心里是这么想,我的志愿既这么小,难道老天爷还不睁开点眼吗?

来家信,说我得了孙子。我要说我不喜欢,那简直不近人情。可是,我也必得说出来:喜欢完了,我心里凉了那么一下,不由的自言自语的嘀咕:"哼! 又来个小巡警吧!"一个作祖父的,按说,哪有给孙子说丧气话的,可是谁要是看过我前边所说的一大片,大概谁也会原谅我吧? 有钱人家的儿女是希望,没钱人家的儿女是累赘;自己的肚中空虚,还能顾得子孙万代,和什么"忠厚传家久,诗书继世长"吗?

我的小烟袋锅儿里又有了烟叶,叼着烟袋,我咂摸着将来的事儿。有了孙子,我的责任还不止于剩个棺材本儿了;儿子还是三等警,怎能养家呢? 我不管他们夫妇,还不管孙子吗? 这教我心中忽然非常的乱,自己一年比一年的老,而家中的嘴越来越多,哪个嘴不得用窝窝头填上呢! 我深深的打了几个嗝儿,胸中仿佛横着一口气。算了吧,我还是少思索吧,没头儿,说不尽! 个人的寿数是有限的,困难可是世袭的呢! 子子孙孙,万年永实用,窝窝头!

风雨要是都按着天气预测那么来,就无所谓狂风暴雨了。困难若是都按着咱们心中所思虑的一步一步慢慢的来,也就没有把人急疯了这一说了。我正盘算着孙子的事儿,我的儿子死了!

他还并没死在家里呀! 我还得去运灵。

福海,自从成家以后,很知道要强。虽然他的本事有限,可是他懂得了怎样尽自己的力量去作事。我到盐务缉私队上来的时候，他很愿意和我一同来，相信在外边可以多一些发展的机会。我拦住了他，因为怕事情不稳，一下子再教父子同时失业，如何得了。可是，我前脚离开了家，他紧随着也上了威海卫。他在那里多挣两块钱。独自在外，多挣两块就和不多挣一样，可是穷人想要强，就往往只看见了钱，而不多合计合计。到那里，他就病了；舍不得吃药。及至他躺下了，药可也就没了用。

把灵运回来，我手中连一个钱也没有了。儿媳妇成了年轻的寡妇，带着个吃奶的小孩，我怎么办呢？我没法再出外去作事，在家乡我又连个三等巡警也当不上，我才五十岁，已走到了绝路。我羡慕福海，早早的死了，一闭眼三不知；假若他活到我这个岁数，至好也不过和我一样，多一半许还不如我呢！儿媳妇哭，哭得死去活来，我没有泪，哭不出来，我只能满屋里打转，偶尔的冷笑一声。

以前的力气都白卖了。现在我还得拿出全套的本事，去给小孩子找点粥吃。我去看守空房；我去帮着人家卖菜；我去作泥水匠的小工子活；我去给人家搬家……除了拉洋车，我什么都作过了。无论作什么，我还都卖着最大的力气，留着十分的小心。五十多了，我出的是二十岁的小伙子的力气，肚子里可是只有点稀粥与窝窝头，身上到冬天没有一件厚实的棉袄，我不求人白给点什么，还讲仗着力气与本事挣饭吃，豪横了一辈子，到死我还不能输这口气。时常我挨一天的饿，时常我没有煤上火，时常我找不到一撮儿烟叶，可是我决不说什么；我给公家卖过力气了，我对得住一切的人，我心里没毛病，还说什么呢？我等着饿死，死后必定没有棺材，儿媳妇和孙子也得跟着饿死，那只好就这样吧！谁教我是巡警呢！我的眼前时常发黑，我仿佛已摸到了死，哼！我还笑，笑我这一辈的聪明本事,笑这出奇不公平的世界,希望等我笑到末一声,这世界就换个样儿吧!

(原载1937年7月1日《文学》第九卷第一号)

兔

一

许多人说小陈是个"兔子"。

我认识他,从他还没作票友的时候我就认识他。他很瘦弱,很聪明,很要强,很年轻,眉眼并不怎么特别的秀气,不过脸上还白净。我和他在一家公司里共过半年多的事,公司里并没有一个人对他有什么不敬的态度与举动;反之,大家都拿他当个小兄弟似的看待:他爱红脸,大家也就分外的对他客气。他不能,绝对不能,是个"兔子"。

他真聪明。有一次,公司办纪念会,要有几项"游艺",由全体职员瞎凑,好不好的只为凑个热闹。小陈红着脸说,他可以演戏,虽然没有学过,可是看见过;假若大家愿意,他可以试试。看过戏就可以演戏,没人相信。可是既为凑热闹,大家当然不便十分的认真,教他玩玩吧,唱好唱坏有什么关系呢。他唱了一出《红鸾喜》。他的嗓子就和根毛儿似的那么细,坐在最前面的人们也听不见一个字,可是他的扮相,台步,作派,身段,没有一处不好的,就好像是个嗓子已倒而专凭作工见长的老伶,处处细腻老到。他可是并没学过戏!无论怎么说吧,那天的"游艺"数着这出《红鸾喜》最"红",而且掌声与好儿都是小陈一个人得的。下了装以后,他很腼腆的,低着头说:"还会打花鼓呢,也并没有学过。"

不久,我离开了那个公司。可是,还时常和小陈见面。那出《红鸾喜》的成功,引起他学戏的兴趣。他拜了俞先生为师。俞先生是个老票友,也是我的朋友;五十多岁了,可是嗓子还很娇嫩,高兴的时候还能把胡子剃去,票出《三堂会审》。俞先生为人正直规矩,一点票友们的恶习也没有。看着老先生撅着胡子嘴细声细气的唱,小陈红着脸用毛儿似的小嗓随着学,我觉得非常有趣,所以有时候我也跟着学几句。我的嗓子比小陈的好得多,可就是唱不出味儿来,唱着唱着我自己就笑了,老先生笑得更厉害:"算了吧,你听我徒弟唱吧!"小陈微微一笑,脸向着墙"喊"了几句,声音还是不大,可是好听。"你等着,"老先生得意的对我说,"再有半年,他的嗓子就能出来! 真有味!"

俞先生拿小陈真当个徒弟对待,我呢也看他是个小朋友,除了学戏以外,我们也常一块儿去吃个小馆,或逛逛公园。我们两个年纪较大的到处规规矩矩,小陈呢自然也很正经,连句错话也不敢说。就连这么着,俞先生还时常的说:"这不过是个玩艺,可别误了正事!"

二

小陈,因为聪明,贪快贪多,恨不能一个星期就学完一出戏。俞先生可是不忙。他知道小陈聪明,但是不愿意教他贪多嚼不烂。俞先生念字的正确,吐音的清楚,是票友里很少见的。他楞可少教小陈学几个腔儿,而必须把每个字念清楚圆满了。小陈,和别的年轻人一样,喜欢花哨。有时候，他从留音机片上学下个新腔，故意的向老先生显胜。老先生虽然不说什么，可是心中不大欢喜。经过这么几次，老先生可就背地里对我说了："我看哪，大概这个徒弟要教不长久。自然喽，我并不要他什么，教不教都没多大关系。我怕的是，他学坏了，戏学坏了倒还是小事，品行，品行……不放心！我是真爱这个小人儿，太聪明！聪明人可容易上当！"

我没回答出什么来，因为我以为这一半由于老先生的爱护小陈，一半由于老先生的厌恶新腔。其实呢，我想，左不是玩玩罢咧，何必一定叫真儿分什么新旧邪正呢。我知道我顶好是不说什么，省得教老先生生气。

不久，我就微微的觉到，老先生的话并非过虑。我在街上看见了小陈同着票友儿们一块走。这种票友和俞先生完全不同：俞先生是个规规矩矩的好人，除了会唱几句，并没有什么与常人不同的地方。这些票友，恰相反，除了作票友之外，他们什么也不是。他们虽然不是职业的伶人，可也头上剃着月亮门，穿张打扮，说话行事，全像戏子，即使未必会一整出戏，可是习气十足，我把这个告诉给俞先生了，俞先生半天没说出话来。

过了两天，我又去看俞先生，小陈也在那里呢。一看师徒的神气，我就知道他们犯了拧儿。我刚坐下，俞先生指着小陈的鞋，对我说："你看看，这是男人该穿的鞋吗？葡萄灰的，软帮软底！他要是登台彩排，穿上花鞋，逢场作戏，我决不说什么。平日也穿着这样的鞋，满街去走，成什么样儿呢？"

我很不易开口。想了会儿，我笑着说，"在苏州和上海的鞋店里，时常看到颜色很鲜明，样式很轻巧的男鞋；不比咱们这儿老是一色儿黑，又大又笨。"原想这么一说，老先生若是把气收一收，而小陈也不再穿那双鞋，事儿岂不就轻轻的揭过去了么。

可是，俞先生一个心眼，还往下钉："事情还不这么简单，这双鞋是人家送给他的。你知道，我玩票二十多年了，票友儿们的那些花样都瞒不了我。今天他送双鞋，明天你送条手绢，只要伸手一接，他们便吐着舌头笑，把天好的人也说成一个小钱不值。你既是爱唱着玩，有我教给你还不够，何必跟那些狐朋狗友打联联呢？！何必弄得好说不好听的呢？！"

小陈的脸白起来，我看出他是动了气。可是我还没想到他会这么暴烈，楞了会儿，他说出很不好听的来了："你的玩艺都太老了。我有工夫还去学点新的呢！"说完，他的脸忽然红了；仿佛是为省得把那点腼腆劲儿恢复过来，低着头，抓起来帽子，走出去，并没向俞老师弯弯腰。

看着他的后影，俞先生的嘴唇颤着，"呕"了两声。

"年轻火气盛，不必——"我安慰着俞先生。

"哼，他得毁在他们手里！他们会告诉他，我的玩艺老了，他们会给他介绍先生，他们会蹿弄他'下海'，他们会死吃他一口，他们会把他鼓捣死。可惜！可惜！"

俞先生气得不舒服了好几天。

三

小陈用不着再到俞先生那里去，他已有了许多朋友。他开始在春芳阁茶楼清唱,春芳阁每天下午有"过排",他可是在星期日才能去露一出。因为俞先生,我也认识几位票友,所以星期日下午若有工夫,我也到那里去泡壶茶,听三两出戏;前后都有熟人,我可以随便的串——好观察小陈的行动。

就是在这个时候,开始有人说他是"兔子"。我不能相信。不错,他的脸白净,他唱"小嗓";可是我也知道他聪明,有职业,腼腆;不论他怎么变,决不会变成个"那个"。我有这个信心,所以我一边去观察他的行动,也一边很留神去看那些说他是"那个"的那些人们。

小陈的服装确是越来越匪气了,脸上似乎也擦着点粉。可是他的神气还是在腼腆之中带着一股正气。一看那些给他造谣的,和捧他的,我就明白过来:他打扮,他擦粉,正和他穿那双葡萄灰色的鞋一样,都并不出于他的本心,而是上了他们的套儿。俞先生的话说得不错,他要毁在他们手里。

最惹我注意的,是个黑脸大汉。头上剃着月亮门,眼皮里外都是黑的,他永远穿着极长极瘦绸子衣服,领子总有半尺来高。

据说,他会唱花脸,可是我没听他唱过一句。他的嘴里并不像一般的票友那样老哼唧着戏词儿,而是念着锣鼓点儿,嘴里念着,手脚随着轻轻的抬落;不用说,他的工夫已超过研究耍腔念字,而到了能背整出的家伙点的程度,大概他已会打"单皮"。

这个黑汉老跟着小陈,就好像老鸨子跟着妓女那么寸步不离。小陈的"戏码",我在后台看见,永远是由他给排。排在第几出,和唱哪一出,他都有主张与说法。他知道小陈的嗓子今天不得力,所以得唱出歇工儿戏;他知道小陈刚排熟了《得意缘》,所以必定得过一过。要是凑不上角儿的话，他可以临时去约。赶到小陈该露了，他得拉着小陈的手，告诉他在哪儿叫好，在哪儿偷油，要是半路嗓子不得力便应在哪个关节"码前"或"叫散"了。在必要的时候，他还递给小陈一粒华达丸。拿他和体育教员比一比，我管保说，在球队下场比赛的时候那种种嘱告与指导，实在远不及黑汉的热心与周到。

等到小陈唱完，他永远不批评，而一个劲儿夸奖。在夸奖的言词中，他顺手儿把当时最有名的旦角加以极厉害的攻击：谁谁的嗓子像个"黑头"，而腆着脸硬唱青衣！谁谁的下巴有一尺多长，脊背像黄牛那么宽，而还要唱花旦！这种攻击既显出他的内行，有眼力，同时教小陈晓得自己不但可以和那些名伶相比，而且实在自己有超过他们的地方了。因此，他有时候，我看出来，似乎很难为情，设法不教黑汉拉着他的手把他送到台上去，可是他也不敢得罪他；他似乎看出一些希望来，将来他也能变成个名伶；这点希望的实现都得仗着黑汉。黑汉设若不教他和谁说话，他就不敢违抗，黑汉要是教他擦粉，他就不敢不擦。

我看，有这么个黑汉老在小陈身旁，大概就没法避免"兔子"这个称呼吧？

小陈一定知道这个。同时，他也知道能变成个职业的伶人是多么好的希望。自己聪明，"说"一遍就会；再搭上嗓子可以对付，扮相身段非常的好；资格都有了，只要自己肯，便能伸手拿几千的包银，干什么不往这条路上走呢！什么再比这个更现成更有出息呢？

要走这条路，黑汉是个宝贝。在黑汉的口中，不但极到家的讲究戏，他也谈怎样为朋友家办堂会戏，怎样约角，怎样派份儿，怎样赁衣箱。职业的，玩票的，"使黑杵的"，全得听他的调动。他可以把谁捧起来，也可以把谁摔下去；他不但懂戏，他也懂"事"。小陈没法不听他的话，没法不和他亲近。假若小陈愿意的话，他可以不许黑汉拉他的手，可是也就不要再到票房去了。不要说他还有那个希望，就是纯粹为玩玩也不能得罪黑汉，黑汉一句话便能教小陈没地方去过戏瘾，先不用说别的了。

四

有黑汉在小陈身后，票房的人们都不敢说什么，他们对小陈都敬而远之。给小陈打鼓的决不敢加个"花键子"；给小陈拉胡琴的决不敢耍坏，暗暗长一点弦儿；给小陈配戏的决不敢弄句新"搭口"把他绕住，也不敢放胆的卖力气叫好而把小陈压下去。他们的眼睛看着黑汉而故意向小陈卖好，像众星捧月似的。他们绝不会佩服小陈——票友是不会佩服人的——可是无疑的都怕黑汉。

假如这些人不敢出声，台底下的人可会替他们说话；黑汉还不敢干涉听戏的人说什么。

听戏的人可以分作两类：一类是到星期六或星期日偶尔来泡壶茶解解闷，花钱不多而颇可以过过戏瘾。这一类人无所谓，高兴呢喊声好，不高兴呢就一声不出或走出去。另一类人是冬夏常青，老长在春芳阁的。他们都多知多懂。有的玩过票而因某种原因不能再登台，所以天天上茶楼来听别人唱，专为给别人叫"倒好"，以表示自己是老行家。有的是会三句五句的，还没资格登台，所以天天来熏一熏，服装打扮已完全和戏子一样了，就是一时还不能登台表演，而十分相信假若一旦登台必会开门红。有的是票友们的亲戚或朋友，天天来给捧场，不十分懂得戏，可是很会喊好鼓掌。有的是专为来喝茶,不过日久天长便和这些人打成一气,而也自居为行家。这类人见小陈出来就嘀咕,说他是"兔子"。

只要小陈一出来,这群人就嘀咕。他们不能挨着家儿去告诉那些生茶座儿:他是"兔子"。可是他们的嘀咕已够使大家明白过来的了。大家越因好奇而想向他们打听一下,他们便越嘀咕得紧切,把大家的耳朵都吸过来一些;然后,他们忽然停止住嘀咕,而相视微笑,大家的耳朵只好慢慢的收回去,他们非常的得意。假若黑汉能支配台上,这群人能左右台下,两道相逆的水溜,好像是,冲激那个瘦弱的小陈。

这群人里有很年轻的,也有五六十岁的。虽然年纪不同,可一律擦用雪花膏与香粉,寿数越高的越把粉擦得厚。他们之中有贫也有富,不拘贫富,服装可都很讲究,穷的也有个穷讲究——即使棉袍的面子是布的。也会设法安半截绸子里儿;即使连里子也得用布,还能在颜色上着想,衬上什么雪青的或深紫的。他们一律都卷着袖口,为是好显显小褂的洁白。

大概是因为忌妒吧,他们才说小陈是"兔子";其实据我看呢,这群人们倒更像"那个"呢。

小陈一露面,他们的脸上就立刻摆出一种神情,能伸展成笑容,也能缩敛成怒意;一伸,就仿佛赏给了他一点世上罕有的恩宠;一缩,就好像他们触犯帝王的圣怒。小陈,为博得彩声,得向他们递个求怜邀宠的眼色。连这么着,他们还不轻易给他喊个好儿。

赶到他们要捧的人上了台,他们的神情就极严肃了,都伸着脖儿听;大家喊好的时候,他们不喊;他们却在那大家不注意的地方,赞叹着,仿佛是忘形的,不能不发泄的,喝一声彩,使大家惊异,而且没法不佩服他们是真懂行。据说，若是请他们吃一顿饭，他们便可以玩这一招。显然的，小陈要打算减除了那种嘀咕，也得请他们吃饭。

我心里替小陈说，何必呢！可是他自有他的打算。

五

有一天，在报纸上，我看到小陈彩排的消息。我决定去看一看。

当然黑汉得给他预备下许多捧场的。我心里可有准儿，不能因为他得的好儿多或少去决定他的本事，我要凭着我自己的良心去判断他的优劣。

他还是以作工讨好，的确是好。至于唱工，凭良心说，连一个好儿也不值。在小屋里唱，不错，他确是有味儿；一登台，他的嗓子未免太窄了，只有前两排凑合着能听见，稍微靠后一点的，便只见他张嘴而听不见声儿了。

想指着唱戏挣钱，谈何容易呢！我晓得这个，可是不便去劝告他。黑汉会给他预备好捧场的，教他时时得到满堂的彩，教他没法不相信自己的技艺高明。我的话有什么用呢？

事后，报纸上的批评是一致的，都说他可以比作昔年的田桂凤。我知道这些批评是由哪儿来的，黑汉哪能忘下这一招呢。

从这以后，义务戏和堂会就老有小陈的戏码了。我没有工夫去听，可是心中替他担忧。我晓得走票是花钱买脸的事，为玩票而倾家荡产的并不算新奇；而小陈是个穷小子啊。打算露脸，他得有自己的行头，得找好配角，得有跟包的，得摆出阔架子来，就凭他，公司里的一个小职员？难！

不错,黑汉会帮助他;可是,一旦黑汉要翻脸和他算清账怎么办呢?俞先生的话,我现在明白过来,的确是经验之谈,一点也非过虑。

不久,我听说他被公司辞了出来,原因是他私造了收据,使了一些钱。虽说我俩并非知己的朋友,我可深知他绝不是个小滑头。要不是被逼急了,我相信他是不会干出这样丢脸的事的。我原谅他,所以深恨黑汉和架弄着小陈的那一群人。

我决定去找他,看看我能不能帮助他一把儿;几乎不为是帮助他,而是借此去反抗黑汉,要从黑汉手中把个聪明的青年救出来。

六

小陈的屋里有三四个人,都看着他作"活"呢。因为要省点钱,凡是自己能动手的,他便自己作。现在,他正作着一件背心,戏台上丫环所穿的那种。大家吸着烟,闲谈着,他一声不出的,正往背心上粘玻璃珠子——用胶水画好一大枝梅花,而后把各色的玻璃珠粘上去,省工,省钱,而穿起来很明艳。

我进去,他只抬起头来向我笑了笑,然后低下头去继续工作,仿佛是把我打入了那三四个人里边去。我既不认识他们,又不想跟他们讲话,只好呆呆的坐在那里。

那些人都年纪在四十以上,有的已留下胡子。听他们所说的,看他们的神气,我断定他们都是一种票友。看他们的衣服,他们大概都是衙门里的小官儿,在家里和社会上也许是很热心拥护旧礼教,而主张男女授受不亲的。可是，他们来看小陈作活。他们都不野调无腔，谈吐也颇文雅，只是他们的眼老溜着小陈，带出一点于心不安而又无法克服的邪味的笑意。

他们谈话儿，小陈并不大爱插嘴，可是赶到他们一提起某某伶人，或批评某某伶人的唱法，他便放下手中的活，皱起点眉来，极注意的听着，而后神气活似黑汉，斩钉截铁的发表他的意见，话不多，可是十分的坚决，指出伶人们的缺点。他并不为自己吹腾，但是这种带着坚固的自信的批判，已经足以显出他自己的优越了。他已深信自己是独一无二的旦角，除了他简直没有人懂戏。

好容易把他们耗走，我开始说我所要说的话，为省去绕弯，我开门见山的问了他一句："你怎样维持生活呢？"

他的脸忽然的红了，大概是想起被公司辞退出来的那点耻辱。看他回不出话来，我爽性就钉到家吧："你是不是已有许多的债？"

他勉强的笑了一下，可是神气很坚决："没法不欠债。不过，那不算一回事，我会去挣。假如我现在有三千块钱，作一批行头，我马上可以到上海去唱两个星期，而后，"他的眼睛亮起来，"汉口，青岛，济南，天津，绕一个圈儿；回到这儿来，我就是——"他挑起大指头。

"那么容易么？"我非常不客气的问。

他看了我一眼，冷笑了一下，不屑于回答我。

"是你真相信你的本事，还是被债逼得没法不走这条路呢？比如说，你现在已欠下某人一两千块钱，去作个小事儿决不能还上，所以你想一下子去搂几千来，而那个人也往这么引领你，是不是？"

想了一会儿，犹豫了一下，咽了一口气，没回答出什么来。我知道我的话是钉到他的心窝里。

"假若真像我刚才说的。"我往下说,"你该当想一想,现在你欠他的,那么你要是'下海',就还得向他借。他呢,就可以管辖你一辈子,不论你挣多少钱,也永远还不清他的债,你的命就交给他了。捧起你来的人,也就是会要你命的人。你要是认为我不是吓唬你,想法子还他的钱,我帮助你,找个事作,我帮助你,从此不再玩这一套。你想想看。"

"为艺术是值得牺牲的!"他没看我,说出这么一句。

这回该我冷笑了。"是的,因为你在中学毕业,所以会说这么一句话,一句话,什么意思也没有。"

他的脸又红了。不愿再跟我说什么,因为越说他便越得气馁;他的岁数不许他承认自己的错误。他向外边喊了一声:"二妹!你坐上一壶水!"

我这才晓得他还有个妹妹,我的心中可也就更不好过了;没再说什么,我走了出去。

七

"全球驰名,第一青衫花旦陈……表演独有历史佳剧……"在报纸上,街头上,都用极大的字登布出来。我知道小陈是"下了海"。

在"打炮"的两天前,他在东海饭店招待新闻界和一些别的朋友。不知为什么,他也给了我张请帖。真不愿吃他这顿饭,可是我又要看看他,把请帖拿起又放下好几回,最后我决定去看一眼。

席上一共有七八十人,有戏界的重要人物,有新闻记者,有捧角专家，有地面上的流氓。我没大去注意这些人们，我仿佛是专为看小陈而来的。

他变了样。衣服穿得顶讲究，讲究得使人看着难过，像新娘子打扮得那么不自然，那么过火。不过，这还不算出奇；最使人惊异的是右手的无名指上戴着个钻石戒指，假若是真的，须值两三千块钱。谁送给他的呢？凭什么送给他呢？他的脸上分明的是擦了一点胭脂，还是那么削瘦，可是显出点红润来。有这点假的血色在脸上，他的言语动作仿佛都是在作戏呢；他轻轻的扭转脖子，好像唯恐损伤了那条高领子；他偏着脸向人说话，每说一句话先皱一下眉，而后嘴角用力的往上兜，故意的把腮上弄成两个小坑儿。我看着他，我的脊背上一阵阵的起鸡皮疙瘩。

可是，我到底是原谅了他，因为黑汉在那里呢。黑汉是大都督，总管着一切：他拍大家的肩膀，向大家嘀咕，向小陈递眼色，劝大家喝酒，随着大家笑，出来进去，进去出来，用块极大的绸子手绢擦着黑亮的脑门，手绢上抖出一股香水味。

据说，人熊见到人便过去拉住手狂笑。我没看见过，可是我想象着那个样子必定就像这个黑汉。

黑汉把我的眼睛引到一位五十来岁的矮胖子身上去。矮胖子坐首席，黑汉对他说的话最多，虽然矮胖子并不大爱回答，可是黑汉依然很恭敬。对了，我心中一亮，我找到那个钻石戒指的来路！

再细看，我似乎认识那个胖脸。啊，想起来了，在报纸和杂志上见过：楚总长！楚总长是热心提倡"艺术"的。

不错，一定是他，因为他只喝了一杯酒，和一点汤，便离席了。黑汉和小陈都极恭敬的送出去。再回到席上，黑汉开始向大家说玩笑话了，仿佛是表示：贵人已走，大家可以随便吧。

吃了一道菜，我也溜出去了。

八

楚总长出钱，黑汉办事。小陈住着总长的别墅，有了自己的衣箱，钻石戒指，汽车。他只是摸不着钱，一切都由黑汉经手。

只要有小陈的戏，楚总长便有个包厢，有时候带着小陈的妹妹一同来；看完戏，便一同回到别墅，住下。小陈的妹妹长得可是真美。

楚总长得到个美人，黑汉落下了不少的钱，小陈得去唱戏，而且被人叫做"兔子"。

大局是这么定好了，无论是谁也无法把小陈从火坑里拉出来了。他得死在他们手里，俞先生一点也没说错。

九

事忙，我一年多没听过一次戏。小陈的戏码还常在报纸上看到，他得意与否可无从知道。

有一次，我到天津办一点事，晚上独自在旅馆里非常的无聊，便找来小报看看戏园的广告。新到的一个什么"香"，当晚有戏。我连这个什么"香"是男是女也不晓得，反正是为解闷吧，就决定去看看。对于新起来的角色，我永远不希望他得怎样的好，以免看完了失望，弄一肚子蹩扭。

这个什么"香"果然不怎么高明,排场很阔气,可是唱作都不够味儿;唱到后半截儿,简直有点支持不下去的样子。唱戏是多么不容易的事呢,我不由的想起小陈来。

正在这个时候,我看见了黑汉。他轻快的由台门闪出来,斜着身和打鼓的说了两句话,又轻快的闪了进去。

哈! 又是这小子! 我心里说。哼,我同时想到了,大概他已把小陈吸干了,又来耍这个什么"香"了! 该死的东西!

由天津回来,我遇见了俞先生,谈着谈着便谈到了小陈,俞先生的耳朵比我的灵通,刚一提起小陈,他便叹了口气:"完喽! 妹妹被那个什么总长给扔下不管了,姑娘不姑娘,太太不太太的在家里闷着。他呢,给那个黑小子挣够了钱,黑小子撒手不再管他了,连行头还让黑小子拿去多一半。谁不知道唱戏能挣钱呢,可是事儿并不那么简单容易。玩票,能被人吃光了;使黑杵,混不上粥喝;下海,谁的气也得受着,能吃饱就算不离。我全晓得,早就劝过他,可是……"俞先生似乎还有好些个话,但是只摇了摇头。

十

又过了差不多半年,我到济南有点事。小陈正在那里唱呢,他挂头牌,二牌三牌是须生和武生,角色不算很硬,可也还看得过去。这里,连由北平天桥大棚里约来的角儿还要成千论百的拿包银,那么小陈——即使我们承认他一切的弱点——总比由天桥来的强着许多了。我决定去看他的戏,仿佛也多少含着点捧捧场的意思,谁教我是他的朋友呢。

那晚上他贴的是独有的"本儿戏",九点钟就上场,文武带打,还赠送戏词。我恰好有点事,到九点一刻才起身到戏园去,一路上我还怕太晚了点,买不到票。到九点半我到了戏园,里里外外全清锅子冷灶,由老远就听到锣鼓响,可就是看不见什么人。由卖票人的神气我就看出来,不上座儿;因为他非常的和气,一伸手就给了我张四排十一号——顶好的座位。

四排以后,我进去一看,全空着呢。两廊稀稜稜的有些人,楼上左右的包厢全空着。一眼望过去,台上被水月电照得青虚虚的,四个打旗的失了魂似的立在左右,中间坐着个穿红袍的小生,都像纸糊的。台下处处是空椅子,只在前面有一堆儿人,都像心中有点委屈似的。世上最难看的是半空的戏园子——既不像戏园,又不像任何事情,仿佛是一种梦景似的。

我坐下不大会儿,锣鼓换了响声,椅垫桌裙全换了南绣的,绣着小陈的名字。一阵锣鼓敲过,换了小锣,小陈扭了出来。没有一声碰头好——人少,谁也不好意思喊。我真要落泪!

他瘦得已不成样子。因为瘦,所以显着身量高,就像一条打扮好的刀鱼似的。

并不因为人少而敷衍,反之,他的瘦脸上带出一些高傲,坚决的神气;唱,念,作派,处处用力;越没有人叫好,他越努力;就好像那宣传宗教的那么热烈,那么不怕困苦。每唱完一段,回过头去喝水的工夫,我看见他嗽得很厉害,嗽一阵,揉一揉胸口,才转过脸来。他的嗓音还是那么窄小,可是作工已臻化境,每一抬手迈步都有尺寸,都恰到好处;要一个身段,他便向台下打一眼,仿佛是对观众说:这还不值个好儿吗?

没人叫好,始终没人喊一声好!

我忽然像发了狂,用尽了力量给他喝了几声彩。他看见了我,向我微微一点头。我一直坐到了台上吹了呜嘟嘟,虽然并没听清楚戏中情节到底是怎回事;我心中很乱。

散了戏,我跑到后台去,他还上着装便握住了我的手,他的手几乎是一把骨头。

"等我卸了装,"他笑了一下,"咱们谈一谈!"

我等了好大半天,因为他真像个姑娘,事事都作得很慢很仔细,头上的每一朵花,每一串小珠子,都极小心的往下摘,看着跟包的给收好。

我跟他到了三义栈,已是夜里一点半钟。

一进屋,他连我也不顾得招待了,躺在床上,手哆嗦着,点上了烟灯。吸了两大口,他缓了缓气:"没这个,我简直活不了啦!"

我点了点头。我想不起说什么。设若我要说话,我就要说对他有些用处的,可是就凭我这个平凡的人,怎能救得了他呢? 只好听着他说吧,我仿佛成了个傻子。

又吸了一大口烟,他轻轻的掰了个橘子,放在口中一瓣。"你几儿个来的?"

我简单的告诉了他关于我自己的事,说完,我问他:"怎样?"

他笑了笑:"这里的人不懂戏!"

"赔钱?"

"当然!"他不像以前那样爱红脸了,话说得非常的自然,而且绝没有一点后悔的意思。"再唱两天吧,要还是不行,简直得把戏箱留在这儿!"

"那不就糟了?"

"谁说不是！"他嗽咳了一阵，揉了揉胸口。"玩艺好也没用，人家不听，咱有什么法儿呢？"

我要说：你的嗓子太窄，你看事太容易！可是我没说。说了又有什么用呢？他的嗓子无从改好，他的生活已入了辙，他已吸惯了烟，他已有了很重的肺病；我干吗既帮不了他，还惹他难受呢？

"在北平大概好一点？"我为是给他一点安慰。

"也不十分好，班子多，地方钱紧，也不容易，哪里也不容易！"他揉着一点橘子皮，心中不耐烦，可是要勉强着镇定。"可是，反正我对得起老郎神，玩艺地道，别的……"

是的，玩艺地道；不用说，他还是自居为第一的花旦。失败，困苦，压迫，无法摆脱，给他造成了一点自信，他只仗着这点自信活着呢。有这点自信欺骗着他自己，他什么也不怕，什么也可以一笑置之；妹妹被人家糟践了，金钱被人家骗去，自己只剩下一把骨头与很深的烟瘾；对谁也无益，对自己只招来毁灭；可是他自信玩艺儿地道。"好吧，咱们北平见吧！"我告辞走出来。

"你不等听听我的全本《凤仪亭》啦？后天就露！"他立在屋门口对我说。

我没说出什么来。

回到北平不久，我在小报上看到小陈死去的消息。他至多也不过才二十四五岁吧。

（原载 1937 年 7 月 1 日《文艺月刊》第十一卷第一期）

小人物自述（未完）

一

假若人类确是由猴子变来的，像一些聪明人有板有眼的那么讲说，我以为在介绍我自己的时候，就无须乎先搬出家谱来了。

干脆的说吧，我姓王，名叫一成。我不敢说我喜欢这个姓，也不敢说一定讨厌它。人既必须有个姓，那么我碰上哪个就是哪个吧。再说呢，张王李赵几乎可以算作四大标准姓，将来政府施行姓氏统制的时候——我相信会有这么一天的——大概我还可以省去改姓的麻烦，这无论怎说也得算一点好处。至于我的名字，我倒常想把成数加高一些，即使不便自居"十成"，反正也须来个六七成吧。不过呢，据说这个名字是父亲给起的，而且我们父子的关系好像只有这一点——因为在我活到十一个月的时候，他便死去了——那么，设若我冒然的改了名字，岂不把这点关系也打断，倒好似我根本没有过父亲么？好吧，假若用好字眼遮掩起坏心眼是件不十分对的事，我便老实的承认自己的貌小，只弄一成生命敷衍过去这一辈子吧。容或父亲，在给我起这个名字的时节，是另有心思的，比如说希望我成个什么专门家，明一经通一史，或有份专门的技艺；可是，我无从去探问这个，他既是死得那么早。我曾屡屡的问过母亲，她，连她，也一点不晓得父亲的心意。这几乎成了宇宙间小小的一个谜。即使我嫌它的成数过少，把生命打了很低的折扣，我也不肯轻易换掉它，唯恐破坏了那点神秘性。

是的，我的确是藐小。就拿我降生时的情形说吧，我没有一点什么主张与宣传，要不是我大姐从婆家赶回来，几乎没人知道王家又多了一个男孩，更不用说增光耀祖什么的了。

那时候，大姐已经出嫁，而且有了个女小孩。我倒不因为生下来便可以作舅舅而感谢大姐，虽然这是件值得自傲的事。我感谢她，因为她是头一个人发现了我，而把我揣在怀中的。要不是她，十之八九我想我是活不成了的，不管我是怎样的贪生怕死。

事实是这样的：父亲在外作生意，哥哥已去学徒，家中只有母亲和小姐姐。东屋的邻居关二大妈是满好而颇肥胖的，但是耳朵聋得像块碌碡似的。已寡的姑母是和我们住在一处的，她白天可不常在家，总到东邻西舍去摸索儿胡，有时候连晚饭也不回来吃。

母亲一定是愿意生个"老"儿子的；可是，大概也想到了长女已经出嫁，生了娃娃，似乎有点怪不好意思，所以谁也不肯惊动，只教小姐姐请了老娘婆来。那是腊月中旬，天冷得好像连空气也冻上了似的——谁要说我缺乏着点热情，应当晓得我初次和世界会面的时节，世界就是那么寒冷无情的。

正是日落的时候，我的细弱啼声在屋中宣读着生命的简单而委屈的小引言。生命的开始是多么寒俭呢！

我哭啼，母亲背过气去。小姐姐的哭声压过了我的去。她不知怎样才好，只双手捂着脸哭。无疑的，她是喜爱小弟弟的，可是在那生死不大分明的黄昏时节，也无疑的她更爱妈妈；所以，她简直没搭理我。我生下来活不活几乎是不成个问题，她只想用眼泪给母亲救活了。我到如今也未曾讥讽过她一句，说她只爱妈妈而不爱弟弟，因为我一到懂得爱妈妈的年纪，我也是老把妈妈当作我一个人的那么爱着。

正在这个时候，关二大妈来到了外间屋，掀开布帘向里间屋打了一眼。不知是怎么一股子巧劲儿，她一口咬定，说母亲是中了煤气。别人的话是没用的，她听不见。因此，她也就不和任何人辩论，而简当的凭着良心该干什么便干什么去。她闹哄着去找酸菜汤，又是去找解毒散；这些都没找到，她只由抽屉里翻出几个干红枣，放在了炉口上，据说这是能吸收煤气的。

这点十分真诚而毫无用处的热心使小姐姐哭得更厉害了。

"没事儿干吗又号丧？！丫头片子！"窗外喝了这么一声，姑母摸够了四五把儿牌，大概还输了几吊铜钱，进门儿便没好脾气。

小姐姐虽然一向怕姑母，可是大胆的迎了出去，一头扎在她的身上："妈妈断了气！"

"啊？干吗无缘无故的断了气？我说今儿个丧气，果不其然的处处出岔子！扣叫儿的么四万会胡不出来，临完还输给人家一把九莲灯！"姑母是我们家中的霸王，除非父亲真急了敢和她顶几句，其余的人对她是连眼皮也不敢往高里翻一翻的。

"妈妈生了小孩！"小姐姐居然敢拉住了姑母的手，往屋里领。

"啊！孩子还不够数儿！添多少才算完呢？"姑母有过两个孩子，据她自己的评判，都是天下最俊秀的娃娃，在哪里再也找不出对儿来。

特别是那个名叫拴子的,在一岁半的时候便什么也会说,什么事儿也懂,头上梳着,啊哟,这么长,这么粗的一个大甜锥锥。姑母要是和些老太太们凑索儿胡,拴子就能在炕上玩一天,连口大气也不出。不过,可惜的是有一天拴子一口大气也没出就死了,多么乖呢!拴子没拴住,拴子的妹妹——眼睛就好比两汪儿雨水似的!——也没好意思多活几年。所以,姑母老觉得别人的孩子活着有点奇怪,而且对生儿养女的消息得马虎过去就马虎过去,省得又想起那梳着甜锥锥的宝贝儿来。

可也别说,姑母抽冷子也有点热心肠,也能出人意外的落几点同情的泪,教人家在感激她的时候都不大想说她的好话。小姐姐一拉她的手,她的心软了起来:"你爸爸呢?"

"没回来!"

"嗯!"姑母一手拉着屋门,一手拉着小姐姐,想了一会儿:"去!叫你姐姐去!快!"

小姐姐揉着眼,像疯了似的跑出去。

据关二大妈后来对我说故事似的细批细讲:姑母进到屋中,一个嘴巴把收生婆打到院中去,回手把炉口上的几个红枣全搂在火里,然后掏出些铜钱来摆在桌上算账,大概是细算算一共输了多少钱。她并没有往炕上看一眼!要不然关二大妈也就不会坚持着说母亲是中了煤气了。

大概那时候我要是有什么主意,那一定就是盼着大姐姐快来。她来到,叫了一声"妈",顺手儿便把我揣了起来,她的眼泪都落在我的拳头大的脸儿上。我几乎要了母亲的命,而姐姐用她的泪给我施了入世的洗礼。

三小时后,母亲才又睁开了眼。

后来，每当大姐姐和小姐姐斗嘴玩的时节，大姐姐总说小姐姐顾妈不顾弟弟，小姐姐却说大姐姐顾弟弟不顾妈。母亲看看她俩，看看我，不说什么，只微微一笑，泪在眼眶里。这时候，姑母必定揪过我去："要不是我出主意找姐姐去，你也活到今儿个？"她说完，看着大家，看明白大家的眼神完全承认她的话，才找补上一声"啊"！然后，右手极快的伸进和白面口袋一样宽的袖子，掏出个铜子儿来，放在我的手心上："臭小子，哼！"

二

我一点不能自立：是活下去好呢？还是死了好呢？我还不如那么一只小黄绒鸡。它从蛋壳里一钻出来便会在阳光下抖一抖小翅膀，而后在地上与墙角，寻些可以咽下去的小颗粒。我什么也不会，我生我死须完全听着别人的；饿了，我只知道啼哭，最具体的办法不过是流泪！我只求一饱，可是母亲没有奶给我吃。她的乳房软软的贴在胸前，乳头只是两个不体面而抽抽着的黑葡萄，没有一点浆汁。怎样呢，我饿呀！母亲和小姐姐只去用个小沙锅熬一点浆糊，加上些糕干面，填在我的小红嘴里。代乳粉与鲜牛乳，在那不大文明的时代还都不时兴；就是容易找到，家中也没有那么多的钱为我花。浆糊的力量只足以消极的使我一时不至断气，它不能教我身上那一层红软的皮儿离开骨头。我连哭都哭不出壮烈的声儿来。

假如我能自主，我一定不愿意长久这么敷衍下去，虽然有点对不起母亲，可是这样的苟且偷生怎能对得起生命呢？

自然母亲是不亏心的。她想尽了方法使我饱暖。至于我到底还是不饱不暖,她比任何人,甚至于比我自己,都更关心着急,可是她想不出好的方法来。她只能偎着我的瘦脸,含着泪向我说:"你不会投生到个好地方去吗?"然后她用力的连连吻我,吻得我出不来气,母子的瘦脸上都显出一点很难见到的血色。

"七坐八爬"。但是我到七个月不会坐,八个月也不会爬。我很老实,仿佛是我活到七八月之间已经领略透了生命的滋味,已经晓得忍耐与敷衍。除了小姐姐把我扯起来趔趄着的时候,我轻易也不笑一笑。我的青黄的小脸上几乎是带出由隐忍而傲慢的神气,所以也难怪姑母总说我是个"姥姥不疼,舅舅不爱的小东西"。

我猜想着,我那个时候一定不会很体面。虽然母亲总是说我小时候怎么俊,怎么白净,可是我始终不敢深信。母亲眼中要是有了丑儿女,人类即使不灭绝,大概也得减少去好多好多吧。当我七八岁的时候,每逢大姐丈来看我们,他必定要看看我的"小蚕"。看完了,他仿佛很放心了似的,咬着舌儿说——他是个很漂亮的人,可惜就是有点咬舌儿——"哼,老二行了;当初,也就是豌豆那么点儿!"我很不爱听这个,就是小一点吧,也不至于与豌豆为伍啊!可是,恐怕这倒比母亲的夸赞更真实一些,我的瘦弱丑陋是无可否认的。

每逢看见一条癞狗,骨头全要支到皮外,皮上很吝啬的附着几根毛,像写意山水上的草儿那么稀疏,我就要问:你干吗活着?你怎样活着?这点关切一定不出于轻蔑,而是出于同病相怜。在这条可怜的活东西身上我看见自己的影子。我当初干吗活着?怎样活着来的?和这条狗一样,得不到任何回答,只是默然的感到一些迷惘,一些恐怖,一些无可形容的忧郁,是的,我的过去——记得的,听说的,似记得又似忘掉的——是那么黑的一片,我不知是怎样摸索着走出来的。走出来,并无可欣喜;想起来,却在悲苦之中稍微有一点爱恋;把这点爱恋设若也减除了去,那简直的连现在的生活也是多余,没有一点意义了。

简单的说吧,我就是那么皮包着骨,懈懈松松的,活起来的,很像个空室里的臭虫,饥寒似乎都失去了杀死生命的能力,无可如何它。这也许就是生命的力量吧?

快到一周年了,我忽然的振作起来。父亲死在了外乡。哥哥太小,不能去接灵;姑母与母亲,一对新旧的寡妇,也没法子出去。路途的遥远,交通的不便,金钱的困难,又把托朋友或亲戚给办理的希望打断。母亲与小姐姐的眼都哭得几乎不能再睁开。就是正在这个时节,我振作起来:穿着件二尺来长的孝袍,我昼夜的啼哭,没有眼泪,只是不住的干嚎。

一两天下去,母亲,姑母,与小姐姐,都顾不得再哭父亲,她们都看着我,抱着我,勉强的笑着逗我玩,似乎必须得先把我逗笑了,她们才好安心的去痛哭父亲。我的啼声使她们心焦,使她们莫名其妙的恐惶不安,好像我若不停住哭声,就必有一些更大的灾难将要来到这个已够阴暗的家庭里。姑母,那么有脾气,好安适,居然在半夜起来抱着我,颠弄着在屋中走遛儿。桌上一盏菜油灯,发着点略带鬼气的光儿,小姐姐披着被子在炕上坐着,呆呆的看着墙上的黑影,看一会,揉一揉红肿着的眼。"妞子,睡吧!"姑母温和的劝说。小姐姐摇了一摇头,发辣的眼睛又湿了一次。姑母抱着我,母亲立在屋角,时时掀起衣襟擦着眼睛。我还是哭,嚎,瘦小的脸儿涨紫,窄胸脯儿似乎要爆炸开,生命仿佛只是一股怨气,要一下儿炸裂,把那细细的几根嫩骨都散碎在姑母的怀中。

姑母一会儿耐性的逗我，一会儿焦躁的叫骂，一会儿向我说长道短的讲理，一会儿连我的父亲也骂在内。没有任何效果。最后，她把我扔给母亲，跑回自己的屋中数数唠唠的骂了一阵，而后又擦着泪跑回来："还把他交给我吧！"

小而零碎的方法用尽。而困难依旧在眼前，那就非往大处想一想不可了。舅舅家的二哥，与大姐姐，都被请了来，商议个妥当的办法。二哥是最有热心肠的人，而且是这个场面中唯一的男子，当然他的话最有力量，不管他的意见是怎样的不高明。他主张去接父亲的灵，因为我的不合情理的哭嚎，一定是看见了鬼，小孩眼净，而无所归依的孤魂是不会不找到家中来的。假如能凑出一点钱来，他情愿跑上一趟，哪怕是背着呢，他也愿意把尸身背回来，安葬在祖茔里。

他的理由，他的热烈，都使大家点着头落泪；假若能凑出钱来，他的话是没有一句可驳回的。不过，哪儿凑钱去呢？姑母手里有一点积蓄，而且为这件事也肯拿出来。母亲可是不能接受，把这点钱用了，指着什么还补上呢？即使不用偿还，我们可有养活姑母的能力没有呢？不能这么办，无论姑母是怎样的热诚与义气。大姐姐的家中也还过得去，她愿意向公婆去说。母亲又摇了头：这笔钱，不管是借谁的，是只能用而不能还的；那么，怎能教女儿受公婆一辈子的闲话呢。此外，别无办法，连二哥也是从手到口，现挣现吃的人。谁能狠心的把丈夫的尸身抛在异乡呢，若是但分有主意可想的话。母亲可是横了心，她的泪并没有浸软了她的刚强，她只恨自己是个妇道，不能亲自把丈夫背负了回来；至于为这件事而使别人跟着吃累，说什么她也不能点头。在她的心要碎的时节，她会把牙咬紧。

于是，二哥又出了次好的主意，灵若是可以暂时不接，至少家中得请几个僧人来念一台经，超度超度，世界上没有比这个再好的方法了，因为这能不费很多的周折就办到；大家在凄凉之中感到一点轻松与安慰。据母亲的意思呢，只须请五个和尚——因为这是个起码的数目——接个光头儿三就行了。这就是说，和尚傍天黑的时候来到，打打法器，念上几句，而后随着纸人纸马去到空场；纸东西燃着，法器停响，和尚们就不用再回来；省事省钱，而法器的响动——据母亲看——即使不能安慰孤魂，也总可以镇吓住它不再来惊吓将到周岁的小宝宝。苦人的正气是需要一点狠心维持着的，母亲是想独自办了这件事，不求任何人来帮忙。

姑母与大姐当然是不能赞同的，大姐姐以为糊烧活必定是她的事，以一个出了嫁的女儿来看，这点孝心不但是义务，也是权利，别人是没法抢劫了去的。姑母呢，就着事情自然的程序，把和尚扩充到七名，而且是必须念一整夜的经。死了的是她的弟弟，无论怎样也不能只用法器惊动一下的。

于是，大姐姐给糊来一份儿很体面的车马，二哥七拼八凑的献了一桌祭席，姑母监视着七位僧人念了一台经，母亲给僧人们预备的素菜与柳叶儿汤。当送出烧活的时候，二哥挽领着哥哥，小姐姐抱着我，全胡同的邻居都笑着出来看热闹，而抹着泪走进街门去。

回来，我便睡在小姐姐的怀中，再也不哭嚎了。

到夜里三点多钟，和尚们念到"召请"：正座儿戴起目莲僧式的花帽，一手掐诀，一手摇着集魂铃，然后用掐过诀的手指抓起些小面球向前面扔去，意思是打走那些冤魂怨鬼，而单让父亲平安无阻的去参见阎王。

小姐姐哆嗦着,一手捂着眼,一手在地上摸,拾起些这避邪壮胆的小面球,留给我吃。

小面球必定是很灵验的,因为我再也不见神见鬼的瞎闹。直到我二十多岁,这点"坡"派风味的故事还被亲友们记忆着,他们都晓得我能看见鬼,我的眼必是与常人的大不相同,我见了鬼还能不怕,因为曾在幼小的时期尝过那带有佛法的面球儿。有一回,一位在东洋学过化学而善于拘鬼的人,请我去参观他所召集的鬼群,不知怎的,我连个鬼毛儿也没看到。不知是他的法术欠佳,还是因为我的眼睛近视了一些,到如今这还是个值得研究的问题。

三

当母亲与姑母讨论是否去接灵的时候,她们心中都隐藏着一点不愿说出来的话。我们有不动产,就是我们住着的那所破房,房子无论怎么破,契纸总是庄严而完整的,盖着衙门里的大红印。指着这份契纸,无疑的我们是可以借到一些钱的。这个,她们都晓得。

可是,母亲等着姑母先出这个主意,因为在买房的时节,父亲与姑母是合股出的钱,虽然契纸是落在父亲的名下。姑母呢,不愿出这样的绝户主意。她知道,借了款就没法还上,那么到时候人家再找过一点钱来,房子便算人家的了。不错,房子一半是她的,可是自从她一守寡,便吃着弟弟,受弟妇的服侍;她愿意把这点产业留给内侄们,才能在死去的时候心里不至于太不舒服了。所以,她一声没出。

姑母既不言语,母亲就更不便于多嘴。她看得非常的清楚,此后的生活是要仗她自己维持了。怎样去维持？她还没想好。不过，责任是没法不往自己身上叫过来的。那么，先有几间破房住着，哪怕是一家大小挨饿呢，总还不至于马上到街上去出丑。关上两扇破门，墙儿外的人是无从看见我们的泪容的。为教儿女们住在屋里，便只好把丈夫的尸骨扔在异乡，狠辣的手段出自慈善的心肠，寒家是没有什么浪漫史的。

我便在这所破房子里生长起来。这是所敞亮而没有样子的房子，院子东西长，南北窄，地势很洼，每逢下了大雨，院中便积满了水，很像一条运河。北屋三间，有两个门；我们住两间，姑母住一间，各走各的门。东屋两间，租给关二大妈和她的学油漆匠的儿子住着。她的耳朵极聋，她的眼睛很大，也许是因为她老听不见话，所以急得她常瞪着眼吧。东屋的背后是小小的厕所，空气还不算十分坏，因为是露天的；夜晚一边出恭，一边就可以数天上的星星，也还不怎么寂寞。因为院子南北里窄，所以两间南房是在西尽头，北房的西垛子对着南房的东垛子，于是两间的垛子形成了一座关口似的，下雨的时候，这里的积水最深，非放上板凳不能来往。

这所房，通体的看来，是不宜于下雨的。不但院中可以变作运河，而用板凳当作桥，屋子里也不十分干燥，因为没有一间不漏水的。水最多的当然是那两间南房，原因是自从我能记事的时候起，我就没看见它有过屋顶。这是两间很奇怪的屋子。

院里一共有三棵树：南屋外与北屋前是两株枣树，南墙根是一株杏树。两株枣树是非常值得称赞的，当夏初开花的时候，满院都是香的，甜梭梭的那么香。等到长满了叶，它们还会招来几个叫作"花布手巾"的飞虫，红亮的翅儿，上面印着匀妥的黑斑点，极其俊俏。一入秋，我们便有枣子吃了；一直到叶子落净，在枝头上还发着几个深红的圆珠，在那儿诱惑着老鸦与小姐姐。

那棵杏树简直提不得。我不记得它结过杏子，而永远看见它满身都是黑红的小包包，藏着一些什么虫儿。它的叶子永远卷卷着，多毛的绿虫一躬一躬的来往，教谁都害怕。

母亲爱花，可是自从父亲死后，我们的花草只有减无加；买花自然得用钱，而为每月的水钱也少不得要打一打算盘的，我们只剩下一盆很大的粉红双瓣的夹竹桃，与四棵甜石榴。这五株花的年纪都比小姐姐还大，它们一定是看见过母亲的青春的。年纪大，它们已好似成为家中人口的一部分，每当小姐姐教给我数算家中都有谁的时候，我们必定也数上夹竹桃与甜石榴。所以，我们谁也不肯断绝了它们的清水。再说呢，这种木本的花儿都很容易养，好歹的经一点心，它们便到时候开些花。到冬天，我们把它搬到屋里来，给夹竹桃用旧纸糊一个大风帽，把叶子都套在里面，省得承受一冬的灰土。石榴入冬没有叶子，所以用不着戴纸帽，反之，我们倒教它们作一些简单易作的事情，比如教它们给拿着筷子笼与小笊篱什么的。一冬都无须浇水，我们只在涮茶壶的时候，把残茶连汁带叶的倒在盆里，据说茶叶中是有些养份的。到了"谷雨"左中，菠菜已有三尺来长的时候，我们把它们搬到院中去，到四五月间，我们总有些照眼明的红花。配上墙根的一些野花，屋瓦上一些小草，这个破院子里也多少有一些生气。及至到了中秋节，我们即使没能力到市上买些鲜果子，也会有自家园的红枣与甜石榴点染着节令。

院子的南墙外，是一家香烛店的后院，极大，为的是好晒香。那边的人，我们隔着墙不能看见，只听见一些人声。可是，在墙这边，我们能看见那边的各色的蜀菊花,与一棵大楮树,树上在夏天结满了鲜红的楮子。我们的老白猫,在夜间,总是到那边去招待朋友,它们的呼号是异常的尖锐而不客气,大概猫的交友与谈话是另有一种方法与规矩的,赶到我们呼唤它的时候,十回倒有八回它是由楮树上跳到墙头,而后再由那棵似乎专为给它作梯子用的杏树跳到地上来。在我的小小的想象里,我仿佛觉得老猫是来自个什么神秘的地域,我常幻想着我有朝一日也会随着它到"那边"去探探险。

过了这个香厂子,便是一家澡堂。这更神秘。我那时候,就是欠起脚来也看不见澡堂子的天棚,可是昼夜不绝的听到打辘轳的声音,晚上听得特别的真;呱嗒,呱……没声了,忽然哗——哗——哗啦哗啦……像追赶着什么东西似的。而后,又翻回头来呱嗒,呱嗒。这样响过半天,忽然尖声的一人喊了句什么,我心里准知道辘轳要停住了,感到非常的寂寞与不安。好多晚上的好梦,都是随着这呱嗒的声音而来到的! 好多清早的阳光,是与这呱嗒呱嗒一同颤动到我的脑中的。赶到将快过年,辘轳的声音便与吃点好东西的希望一齐加紧起来! 每到除夕,炮声与辘轳是彻夜不断的,我们没钱买炮放,压岁钱也只有姑母所给的那几个,清锅冷灶的一点也不热闹,一家大小就那么无从欢喜,也不便于哭的,静静听着辘轳响,响得有点说不出来的悲哀。

我们的胡同是两头细中间宽的。很像地图上两头有活口的一个湖。胡同的圆肚里有我们六户人家,和两棵大槐树。夏天,槐树的叶影遮满了地,连人家的街门都显着有点绿阴阴的。微风过来,树影轻移,悬空的绿槐虫便来回的打着秋千。在这两株大树下面,小姐姐领着我捡槐虫,编槐花,和别家小孩们玩,或吵嘴;我们不知在这里曾消磨过多少光阴,啼笑过多少回。当我呆呆的向上看着树叶的微动,我总以为它们是向我招手,要告诉我些什么怪亲密和善的言语似的。

这些个记住不记住都没大要紧的图像,并不是我有意记下来的,现在这么述说也并不费什么心力;它们是自自然然的生活在我的心里,永远那么新鲜清楚——一张旧画可以显着模糊,我这张画的颜色可是仿佛渗在我的血里,永不褪色。

因此,我常常有一些几乎是可笑的恐怖:比如说吧,我这个孤儿假若没有这样的一个家庭,或假若我是今天搬到这里明天搬到那里,我想我必不会积存下这些幅可宝贵的图画。私产的应该消灭几乎是个有点头脑的人都能想到,家庭制度的破坏也是一些个思想前进的人所愿主张的。可是据我看,假若私产都是像我们的那所破房与两株枣树,我倒甘心自居一个保守主义者,因为我们所占有的并不帮助我们脱离贫困,可是它给我们的那点安定确乎能使一草一木都活在我们心里,它至少使我自己像一棵宿根的小草,老固定的有个托身的一块儿土。我的一切都由此发生,我的性格是在这里铸成的。假若我是在个最科学化的育婴堂或托儿所长起来的,也许我的身心的发展都能比在家里好上好几倍,可是我很不放心,我是否能有一段幼年的生活,像母亲,小姐姐,和那几株石榴树所给我的。

当我旅行去的时候,我看见高山大川和奇花异草,但是这些只是一些景物,伟丽吧,幽秀吧,一过眼便各不相干了,它们的伟丽或幽秀到不了我的心里来,不能和我混成一个。反之,我若是看见个绿槐虫儿,我便马上看见那两株老槐,听见小姐姐的笑声,我不能把这些搁在一旁而还找到一个完整的自己;那是我的家,我生在那里,长在那里,那里的一草一砖都是我的生活标记。是的,我愿有这种私产,这样的家庭;假若你能明白我的意思——恐怕我是没有说得十分清楚——那么也许我不至于被误会了。不幸我到底是被误会了,被称为私产与家庭制度的拥护者,我也不想多去分辨,因为一想起幼年的生活,我的感情便掐住了我的理智,越说便越不近情理,爽性倒是少说的为是吧。

四

我们的街门门楼是用瓦摆成了一些古钱的,到我能记事的时候,可是,那些古钱已然都歪七扭八的,在钱眼里探出些不十分绿的草叶来。每逢雪后,那可怜的小麻雀在白银世界里饿着肚子,便悬在这些草梗上喙取那不丰满的草粒儿。两扇门的破旧是不易形容得恰到好处的;大概的说,它们是瘦透玲珑,像画中的石头那么处处有孔有缝。自然这一点也无碍于我们天天晚上把它们关好,扣上镣吊儿,钎好插关。并且倚上一块大石头;我们的门的观念反正是齐全的。门框上,有许多年也没贴过对联,只在小姐姐出阁的那一年,曾由我亲自写过一副:我自信是写得很好,可惜被母亲把上下联贴颠倒了。左右门垛上的青灰并没有完全脱落,我确乎记得有那么两三块,像石板似的由水夫画满了鸡爪形的记号,好到月底与我们算账;姑母有时候高兴,便顺手把鸡爪擦去一两组,水夫与我们也都不说什么。

门洞只有二尺多宽,每逢下小雨或刮大风,我和小姐姐便在这里玩耍。那块倚门的大石头归我专用,真不记得我在那里唱过多少次"小小子,坐门墩"。影壁是值不得一提的,它终年的老塌倒半截:渐渐的,它的砖也都被拾去另有任用，于是它也就安于矮短，到秋天还长出一两条瓜蔓儿来，像故意要点俏似的。

长大成人之后，我逛过一次金銮宝殿。那里，红墙接着红墙，大殿对着大殿，处处碰壁，处处齐整，威严倒也威严，可是我很怀疑，皇太子可曾看见过影壁上长出来的瓜蔓。假若他有意和我换换住处，我还不喜欢那些死板板的院落呢，对着那些红墙，我想，就是比太白还聪明的人也难得写出诗来吧。反之，我们的破房子，处处萧疏洒脱，凡是那些清癯的诗人们所描画的颓垣败瓦，与什么落叶孤灯，在这里是都能领略到的，我们的院里，在夏日晚间，确是有三五萤火与不少蟋蟀的。

至于我们的那几间屋子，不知怎的说起来倒不如院里这些东西有趣。我最熟习的当然是我们住着的那两间。里间是顺檐的一铺大炕，对着炕是一张长大的"连三"。这张桌子上有一对画着"富贵白头"的帽筒，里面并没有什么东西，外面可有不少的铁锯子。桌头摆着个豆青地蓝花的大撢瓶，样式拙重，只装着一把鸡毛撢子，有些大而无当。炕与连三之间，靠着西墙，是一个大木箱，也兼作凳子，当屋中的座位都被占据了的时节，便得有人上这箱子上去，可是无论怎样坐着不能显出很自然的样子，两只红漆小凳是随便放在哪里都可以的，但是每天早上必定在连三的前边，暂时充当洗脸盆架。我不敢说我不喜爱这些东西，和它们陈列的方法，可是我也不十分迷信它们。大概它们最大的缺陷还不是它们本身的恶劣，而是屋中的空隙太小，所以哪样东西都带出点"逼人太甚"的意味，因而我也就感到一些压迫似的。

外间屋就好得多了：北墙根有张八仙桌，桌面的木板是那么不平正，放点什么也不会安妥的立住，所以上面永远是空的。八仙两旁有两把椅子，是榆木擦漆的；冬天，火炉在里间屋内，没人来坐它们；夏天，一遇到反潮，那些漆皮就偷偷的抽敛起来，出着一些颇有胶性的汗味，也就没人敢去牺牲裤子。空的桌，空的椅，永远有种使人敬而远之的威严，于是我对它们就发生了点有相当距离的爱慕。只有春秋不冷不潮的时节，我才敢爬上椅子去，坐那么一会儿，觉得分外的香甜适意。

东墙根是一张佛爷桌，上面供着灶王龛与财神爷，他们分享着一份儿小号的锡烛台，香炉可是一大一小的两个。龛头上的旧佛字被香烟熏的渺茫阴暗，看过去总有些神秘。到新年的时候，便有一只小瓦盆，盛着年饭，饭上摆着几个红枣与一块柿饼；我总是不放心那几个枣子，所以还到不了初五六便都被我偷吃干净；我的肚子，我以为是十分靠得住的地方。佛桌下面横搭着一块板，托着很厚的尘土。尘土，在器物上，是多少有点可怕的，所以我很久就想动一动板子上的东西，可是许多次手到那里又缩了回来。最后，我攒足了胆量去探险，我在那里发现了三本《三侠五义》与好几本《五虎平西》。前者的纸很绵软，字儿很小而秀气，而且有一本全是小人儿。后者极不体面，纸黄、本子小、字儿大而模糊。我把那有小人儿的一本当作了宝贝。姑母虽不识字，可是据说姑父在世的时候是个唱戏的，所以姑母懂得许多戏文，许多故事，闲着的时候也喜欢去听大鼓书词和评讲《包公案》什么的，并且还能评判好坏，因为姑父是地道内行的戏子呀。她看了看那本书，告诉我哪个是包公，哪个是老陈琳，于是我就开始明白：除了我所认识的人以外，还有些人是生长在书里的。

佛爷桌的对面是一口大缸，缸上横着一块长石板儿，放着个小瓦罐。我看不见缸里的水，可是我会把嘴张在石板儿的一头下，等着一滴滴的水落在我的口中。在夏天,什么地方都是烫手的热,只有这口缸老那么冰凉的,而且在缸肚儿以下出着一层凉汗,摸一摸好像摸到一条鱼似的,又凉又湿。

总之,外间屋是空灵静肃的。每天早上初次由里间走出来,我总感到一些畅快;虽然里外间只是一帘之隔,可是分明的有两样空气与情景。晚饭后,还不到点灯的时候,佛龛前便先有六个安静的火星儿,徐徐的冒着些香烟。灶王与财神是每天享受三炷香的。不过,有时候我只看见一炷香孤立在炉中,我便知道母亲的袋中又没了钱,而分外的老实一些,免得惹她生气。自然,还有时候连一炷香也没有,神们和人们就都静默无言,很早的都睡了觉。

我不常到姑母的屋中去。一来是她白天不常在家,二来是她好闹脾气;所以除非她喊我进去,我是不便自动的跑去讨厌的。况且我还不喜爱那间屋子呢。姑母屋中有我们那么多的东西;不,恐怕是比我们的东西还多呢,比如说,她的大镜子与茶叶罐,便是我们所没有的。母亲与小姐姐梳头,只用一面很小的镜子,每次都会把鼻子照歪了的。姑母的这么些东西都放在一间屋子里,无疑的是彼此挤着,压着,好像谁也喘不出来气。在这里,我觉得憋得慌。还有呢,姑母若是急于出去听鼓书或摸索儿胡,便不顾得收拾房间,盆朝天碗朝地的都那么摆着。母亲不喜爱这项办法,所以小姐姐与我也就不以为然。更使我们看不上眼的,是姑母独自喝茶的时候,总是口对壶嘴,闭住气往下灌。到有客来的时候,她才陪着用一次茶杯。我们很自幸不是她的客人,永远不喝她的茶;我们也暗中为客人们叫苦,可是无法给他们点警告。

脆快的说吧,我对这间屋子的印像欠佳。自然,若是有人强迫着我报告那里都有什么东西,我是不会失败的。不过,我真不愿去细想,因为东西和人一样,一想起便头疼的总是关闭在心中好;过于直爽的人,我看,是不会作诗的。

关二大妈的那两间东屋没有隔断,一拉门便看见屋中的一切,那铺大炕是那么大,好像是无边无岸的,以至于使我想到有朝一日它会再大起来,而把一切的东西都吞并下去。这可也并不很难实现,因为屋中是那么简单,简直没有什么东西可以阻住大炕的野心的。

东西虽然不多,可是屋中,在夏天,非常的热;窄长的院子的阳光与热气仿佛都灌到此处来。关二大妈在屋中老是光着脊背,露着两个极大而会颤动的乳。她的身上,与母亲的大不相同,简直的找不到筋骨,而处处都是肉,我最喜爱用手摸她的脊背,那么柔软,那么凉滑。因而我常劝告母亲也学着点关二大妈。把肉多往外长一长。母亲不说什么,只不像笑的那么笑一下。

关二大妈的可爱战胜了那两间屋子的可憎。我一天倒在那里玩耍半天。我嚷我闹,她都听不见;她总夸奖我老实安稳。有时候我张开大嘴去喊。故意的试试她讨厌我否,我失败了。她便顺手数数我的牙有多少。然后称赞我的牙个个都可爱。当她后来搬走了的时候,我在梦中都哭醒过好几次,口口声声的要二大妈。白天,我偷偷的跑到那空屋去,念念叨叨的:"二大妈,给你菠菜,你包饺子吧!"我想象着她坐在炕沿上,向我点头,向我笑;可是我摸不到她的胖手了。急得无法,我便到院中拾一两朵落花,给她送去。因为她是极喜欢戴花的,不管是什么不合体统的花,她总是有机会便往头上插的。落花送到炕沿上,没有那与笑意一同伸出来的手。关二大妈! 我绕着墙根儿叫遍,没有任何动静!

有母亲,没父亲;有姑母,没姑父;有关二大妈,没关二大爷:合着我们院中的妇人都是寡妇。所以,我那时候以为这是理当如此的,而看那有父亲的小孩倒有点奇怪。用不着说,我久而久之也有点近乎女性的倾向,对于一切的事都要像妇女们那样细心的管理,安排。而且因此对于那不大会或不大爱管家事的妇女,不管她是怎样的有思想,怎样的有学问,我总是不大看得起的。自然,我决不会帮助谁去喊:"妇女们回到厨房里去!"可是我知道,我也不会帮着谁去喊:"妇女们,上戏馆子去!"

现在该说那两间破南屋了:有炕的那一间,是完全没有屋顶的。据说,当年我祖母的寿材就放在那里;自然那时候屋顶是还存在一些的。当我大姐姐十六岁的时候,有人来相看她,而且留下一对戒指,她就藏在棺材后面蹲了一天,谁叫她,她也不肯应声,更不用说是出来了。到了晚间,她的眼泪大概已经洒完,而腹中怪空虚,才给了母亲个面子,回到北屋吃了两碗茶泡饭。有这段历史的屋子,后来,只剩了半截儿炕,炕上长着很足壮的青草。没有炕的那一间的屋顶还留着个大概,里在放着一块满是尘土的案子,案子上横七竖八的堆着一些无用的东西。当我的腿一会迈步的时候,我就想到这里去检阅一下,看看有没有好玩的物件。这间屋子破得既可怜,又可怕,我的怜悯与好奇凝成一股勇气,时时催促着我到里面看看。

那是在何年何月?可惜我已记不甚清了。我到底是钻进了那间可怕的屋子里去。按说,这个年月是绝不应忘记的,因为这是值得大书而特书的——我在那里发现了些玩具。我是怎样的贫苦?不大容易说,我只能告诉你:我没有过任何的玩具!当母亲拆洗棉被的时候,我扯下一小块棉花；当家里偶尔吃顿白面的时候，我要求给我一点：揉好了的面，这就是我的玩艺儿。我能把那点棉花或面块翻来覆去的揉搓，捏成我以为形态很正确的小鸡小鱼，与各样的东西。直到我进到这间破屋子里，我才有了真正的玩具：我得到十几个捏泥饽饽的模子，和几个染好颜色的羊拐子。也许是哥哥学徒去的时候，把它们藏在了那里吧？不去管吧，反正我有了好玩的东西，我的生命骤然的阔绰起来！我请求小姐姐给缝了个小布袋，装上那几个羊拐；至于那些模子，便收藏在佛爷桌底下，托灶王爷与灶王奶奶给我看守着；连这么着，我还要一天去看几十遍。到了春天，调一点黄泥，我造出不少的泥饽饽来，强迫着小姐姐收买；她的钱便是些破磁器儿。我等到我把货都卖净，便把磁瓦儿再交回小姐姐，教她从新再买一次或几次。

（原载1937年8月天津《方舟》第三十九期）

人同此心

他们三个都不想作英雄。年岁,知识,理想,都不许他们还沉醉在《武松打虎》或《单刀赴会》那些故事中;有那么一个时期,他们的确被这种故事迷住过;现在一想起来,便使他们特别的冷淡,几乎要否认这是自己的经验,就好似想起幼年曾经偷过妈妈一毛钱那样。

他们三个都不想作汉奸。年岁,知识,理想,都不许他们随便的跪在任何人的面前。

可是,他们困在了亡城之中。在作英雄与汉奸之间,只还有一个缝子留给他们——把忠与奸全放在一边,低首去作行尸走肉:照常的吃喝,到极难堪的时节可以喝两杯酒,醉了就蒙头大睡。这很省事,而且还近乎明哲保身。

是的,钻到这缝隙中去,的确是没办法中的办法。论力气,三个人凑在一起,不过只能搬起一块石头来。就说能把块石头抛出去,而恰好能碰死一个敌人,有什么用处呢? 三个人绝对抵不了成群的坦克车与重炮。论心路,三个人即使能计划出救亡纲要来,而刺刀与手枪时刻的在他们的肋旁;捆赴行刑场去的囚徒是无法用知识自救的。简直无法可想。

王文义是三个中最强壮的一个。差一年就在大学毕业了;敌人的炮火打碎他的生命的好梦。假若他愿意等着文凭与学士的头衔,他便须先承认自己是亡国奴。奴才学士容或有留学东洋的机会,当他把祖宗与民族都忘记了的时候。他把墙上的一面小镜打得粉碎,镜中那对大而亮的眼,那个宽大的脑门,那个高直的鼻子,永将不能被自己再看见,直到国土收复了的一天。忘了祖国与民族?且先忘了自己吧!被暴力征服的人怎能算作人呢?他不想作个英雄,可是只有牺牲了自己才算是认识了这时代给予的责任。这时代意义只能用血去说明。

他把范明力和吴聪找了来,两个都是他的同年级而不同学系的学友。范明力的体格比不上王文义,可也不算怎样的弱。眼睛不大水灵,嘴唇很厚,老老实实的像个中年的教师似的。吴聪很瘦,黄黄的脸,窄胸,似乎有点肺病;眼睛可很有神,嗓音很大,又使人不忍得说他有病。他的神气比他的身体活泼得多。

"有了办法没有?"王文义并没有预备下得到什么满意的回答的希望。反之,他却是想说出他的决定。

范明力把眼皮搭拉下去,嘴角微微往上兜着,作为不便说什么的表示。

"我们逃吧?"吴聪试着步儿说,语声不像往日那么高大,似乎是被羞愧给管束住。

"逃?"王文义低声的问,而后待了半天才摇了摇头:"不,不能逃!逃到哪里去?为什么逃?难道这里不是我们的土地?"

"我也这么问过自己,"吴聪的语声高了些,"我并不一定要逃。我是这么想:咱们死在这里太可惜,而且并没有什么好处。"

"是的,我们是受过高等教育的,可惜;三个人的力量太小,无益。"

王文义点着头说。忽然，他立了起来，提高了语声像个演说家想到了些激烈的话似的："可是，亡国奴是没有等级的，一个大学生和一个洋车夫没有丝毫的分别，再从反面来说不愿作亡国奴的也没有等级，命都是一样的，血，没有高低；在为国牺牲上，谁的血洒在地上都是同样的有价值。爱国不爱国，一半是决定于知识，一半是决定于情感。在为民族生存而决斗的时候，我们若是压制着情绪，我们的知识便成了专为自私自利的工具。保护住自己，在这时候，便没有了羞耻。站在斗争的外边，我们便失了民族的同情与共感。去牺牲，绝不仅是为作英雄；死是我们每个人应尽的义务，不是什么特别的光荣。想偷生的人说死最容易，决定去牺牲的人知道死的价值。我不逃，我要在这里死。死的价值不因成就的大小，而是由死的意志与原因，去定重轻。"

"我明白了你的意思！"范明力的厚嘴唇好像是很吃力的样子掀动着。"死不为是急速结束这一生，而是把一点不死的精神传延下去。"

"我再说，"王文义的宽脑门上涨出些红亮的光："我不是什么英雄主义，而是老实的尽国民的责任。英雄主义者是乘机会彰显自己，尽责的是和同胞们死在一块，埋在一块，连块墓碑也没有。"

"好吧，"吴聪把窄胸挺起来，"说你的办法吧！我愿意陪伴着你们去死！"

"我们先立誓！"

吴范二人也都立起来。

"吴聪，范明力，王文义，愿为国家而死，争取民族的永远独立自由；我三人的身体与姓名将一齐毁灭，而精神与正义和平永在人间！"

"永在人间！"吴范一齐应声。

一种纯洁的微笑散布在他们的脸上,他们觉得死最甜蜜,牺牲是最崇高的美丽,全身的血好像花蜜似的漾溢着芬香。他们心平气和的商议着实际的办法。最难决定的 —— 死 —— 已被决定了,他们用不着再激昂慷慨的呼喊,而须把最高的智慧拿出来,用智慧配合着勇敢,走到那永远光明的路上去。他们耳中仿佛听到了微妙的神圣的呼召,所以不慌不怕;他们的言语中有些最美妙的律动。像是回应着那呼召,而从心弦上颤出民族复兴的神乐。

* * *

在驴儿胡同的口上,无论冬夏老坐着一个老婆婆。灰尘仿佛没有扑落过来的胆气,她老是那么干净。穷困没有能征服了她,她那随着年纪而下陷的眼中,永远深藏着一些和悦亲善的光,无选择的露给一切的人。她的职业是给穷人们缝补缝补破鞋烂袜子;眼还没有花,可是手总发颤,作不来细活计了。她的副业是给一切过路人一点笑意,和替男女小学生们,洋车夫们,记着谁谁刚才往南去了,或谁谁今天并没有从这里经过,而是昨天太阳偏西的时候向北去了。这个副业是纯粹义务的,唯一的报酬是老少男女都呼她"好妈妈"。有人说,她本是姓"郝"的。

城陷后,胡同口上好几天没有好妈妈的影儿。大家似乎没理到这件事,因为大家也都没敢出来呀;即使大着胆出来,谁还顾得注意她:国土已丢失,一位老妈妈的存亡有什么可惊异的呢?

可是,她到底又坐在那里了。一切还是那样,但她不能再笑脸迎人。还是那样的一切中却多了一些什么:她所认识的旗子改了颜色,她所认识的人还作着他们的事，拉车的拉车，卖菜的卖菜，可是脸上带着一层羞愧。她几乎不敢再招呼他们。那些男女小学生都不上学了，低着头走来走去，连义勇军进行曲也不再唱。大街上依然有车有马，但是老有些出丧的味儿，虽在阳光之下，而显着悲苦惨淡。

活了六十多岁，她经过多少变乱，受过多少困苦，可是哪一次也不像这次这么使她感到愤恨，愤恨压住了她的和悦，像梦中把手压在了胸上那么难过。她看见了成群的坦克车在马路上跑，结阵的飞机在空中飞旋，整车的我们青年男女捆往敌营去吃枪弹，大批的我们三四十岁的壮汉被锁了去……这些都不足引起她的恨怒，假如这些事底下没有"日本"这两个字。活了六十多年了，她不怀恨任何人，除了日本。她不识字，没有超过吃喝嫁娶穿衣住房的知识，不晓得国家大事，可是她知道恨日本。日本一向是在人们的口中，在她的耳边，在她的心里，久已凑成一块病似的那么可恨。没有理由，没有解释，她恨日本。只有恨日本，她仿佛渺茫的才觉得她还知道好歹，不是个只顾一日三餐的畜生。现在，满天飞的，遍地跑的，杀人的，放火的，都是日本，而日本这两个字已经不许她高声的说出，只能从齿缝唇边挤擦出来。像牛羊在走向屠场时会泪落那样，她直觉的感到不平与不安。

最使她不痛快的，是马路那边站岗的那个兵。她对谁都想和善，可是对这个兵不能笑着点点头。他的长刺刀老在枪上安着，在秋阳下闪着白亮亮的冷光。他的脚是那么宽，那么重，好像唯恐怕那块地会跑开似的死力的踩着。那是"咱们"的地；好妈妈不懂得别的，那块地是谁的她可知道的很清楚，像白布上一个红团不是中国旗那样清楚。她简直不敢再往马路那边看。可是不看还无济于事，那白亮亮的刺刀，宽重的脚，时时在她的心中发光,踩压。

她慢慢觉出点奇怪来:为什么咱们不去揍他呢? 揍人,是她一向反对的事,可是现在她觉得揍那个兵,日本兵,是应当的。揍,大家不但不去揍他,反倒躲着他走呀! 咱们的那些壮小伙子简直没有心胸,没有志气,没有人味儿! 假若她有个儿子,要去揍对面的那个兵,她必定是乐意的,即使母子都为这个而砍了头,也是痛快的。

她不愿再坐在那里,但又舍不得离开:万一在她离开的那会儿,有人来揍那个不顺眼的东西呢! 她在那里坐得更久了,那个东西仿佛吸住了她。他简直像个臭虫,可恨,又使她愿意碰见 —— 多才有人来用手指抹死他呢! 她血液中流着的那点民族的生命力量,心中深藏着的那点民族自由自立的根性,或者使她这样愤怒,这样希望。杀了这个兵有什么用处? 她不知道,也不想去思索。她只觉得有他在那里是种羞辱,而羞辱必须洗扫了去。正像个小姑娘到时候就懂得害羞,这位老婆婆为着民族与国土 —— 虽然连这俩名词都不会说 —— 而害羞。凡是能来杀或打这个兵的,她便应当呼之为 —— 容或她会说这个 —— 英雄。她的心目中的英雄不必是什么红胡子蓝靛脸的人物,而是街上来来往往的那些男子,只要他敢去收拾那个兵。在她的心中,在王文义的心中,在一切有血性的人的心中,虽然知识与字汇不同,可是在这时节都会唱出与这差不多的歌来:

"国土的乳汁在每个人血中,
一样的热烈,一样的鲜红;
每个人爱他的国土如爱慈母,

民族的摇篮，民族的坟墓。
驱出国境，惨于斩首；
在国土上为奴，终身颤抖，
是灵魂受着凌迟，
啊，灵魂受着凌迟！"

她等着，等着那英雄，那平凡而知道尽责任的英雄。啊，那兵又换班了，一来一去，都是那么凶恶。啊，大队从南向北而去了，刺刀如林，闪亮了全街。啊，飞机又在头上了，血红的圆光在两翅上，污辱着青天。我们的英雄啊，怎么还不来？还不来？老妈妈的盼祷，也就是全民族的呼声吧？

老妈妈等了许多天，还没把那英雄等来。可是她并不灰心，反倒加紧的盼望，逢人便低声的打听："咱们怎样了呢？"那洋车夫与作小买卖的之中也有会看报的，说给她一些消息。可是那些消息都是日本人制造出来的，不是攻下这里，便是打到某处。那些地名是好妈妈一向没听到过的，但是听过之后，她仿佛有些领悟："咱们的地真大！"同时，她就更盼望那件事的实现："咱们怎不过去打他呢？哪怕是先打死一个呢？"她的针尖顺着拉线的便利，指了指马路那边。"好妈妈，你可小心点！"人们警告她。她揉揉老眼，低声的说："他不懂我们的话，他是鬼子！"

好消息来了！拉车的王二拿着双由垃圾堆上拾来的袜子，请好妈妈给收拾一下。蹲在她旁边，他偷偷说："好妈妈，今天早上我拉车到东城，走到四牌楼就过不去了，鬼子兵把住了街道，不准车马过去。听说我们两个小伙子，把他们的一车炸弹全烧完，还打死他们五六个兵！"王二把挑起的大指急忙收在袖口中,眼了马路那边一下,刚碰到刺刀的光亮就收了回来。"俩小伙子都没拿住,"他的声音更低了些,可是更有力了些。"吃过饭,我又绕回去,那里还不准过人呢!听说那俩小伙子是跑进一家小肉铺去,跑进去就没影儿啦。好妈妈,你看肉铺的人也真有胆子,敢把俩小伙子放走!我们有骨头的,好妈妈?"

好妈妈几天没用过的笑容,由心中跳到脸上。"要是有人敢打那边的那个东西,我就也敢帮忙,你信不信?"

"我怎么不信?我要有枪,我就敢过去!好妈妈你别忙,慢慢的咱们都把他们收拾了!有了一个不怕死的,接着就有十个,一百个,一千个,是不是,对不对?"王二十分困难的把语声始终放低。"你看,鱼市上木盆里养着鳝鱼,必须放上一两条泥鳅。鳝鱼懒得动,日久就臭了。泥鳅爱动,弄得鳝鱼也得伸伸腰。我就管那俩小伙子比作我们的泥鳅,他们一动,大家伙儿都得动。好妈妈?"

"谁说不是!我在这儿等着,说不定明天就有人来打他,"随着"他"字,好妈妈的针又向外指了指。"他要是倒在那儿,我死了也痛快!我不能教小鬼子管着!"

第二天,好妈妈来得特别的早,在遇上熟人之前,已把笑容递给了红红的朝阳。

可是一直到过午,并没有动静。"早晚是要来的!"她自言自语的说。

都快到收活的时候了,来了个面生的小伙子,大眼睛,宽脑门,高鼻子。他不像个穷人,可是手中拿着双破袜子。好妈妈刚要拿针,那个小伙子拦住了她。"明天我来取吧,不忙,天快黑了。回家吗?一块儿走?来,我给拿着小筐!"

一同进了驴儿胡同,少年低声的问:"这条胡同里有穿堂门没有?"

好妈妈摇摇头,而后细细的端详着他。看了半天,她微微一笑:"我知道你!"

"怎么?"少年的眼亮得怪可怕。

"你是好人!"好妈妈点头赞叹。"我告诉你,这里路南的第十个门,有个后门,可是没法打穿堂儿,那是人家的住宅呀。"

少年没有言语。好妈妈慢慢的想出来:

"行! 我要准知道你什么时候来,我可以托咐倒脏土的李五给你们开开门。"

少年还没有言语。

"你的心,我的心,都是一样!"老妈妈抬头望了望他。

"什么意思?"

"我说不明白!"好妈妈笑了。"你是念书的人吧?"

青年点了点头。

"那你就该懂得我的话。"好妈妈的脸上忽然非常的严肃起来:"告诉我,你明天什么时候来? 我不会卖了你!"

"我明天早晨八点来!"

"就是卖杏茶的周四过来的时候?"

"好! 卖杏茶的过来,那个门得开开!"

"就是!"

"你知道我要干什么?"

"知道!"

"啊?"

"知道！你的心，我的心，都是一样！"

次日，好妈妈早早就到了。她坐了好像一年的样子，才听到周四尖锐的嗓音渐渐由远而近："杏儿——茶哟。"好妈妈的手哆嗦起来，眼睛钉住那边的刺刀尖——一个小白星似的。"杏儿——茶哟。"周四就快到她面前了，她的眼几乎不能转动，像黏在了刺刀尖上。忽然，直像一条黑影儿，由便道上闪到马路边的一棵柳树后，紧跟着，枪响了，一声两声。那个兵倒在了地上。南边北边响了警笛。那条黑影闪进了驴儿胡同。倒在地上的兵立了起来，赶过马路这边。南边北边的"岗"，也都赶到，像作战的蚂蚁似的，匆忙的过了句话，都赶进胡同中去。好妈妈停止了呼吸。等了许久许久，那些兵全回来了，没有那个少年，她喘了口气，哆嗦着拿起那双袜子来，头也不愿再抬一抬。

也就是刚四点钟吧，她想收活回家，她的心里堵得慌，正在这么想，取袜子的来了！她几乎不肯相信自己的眼睛！楞了一会儿，她把袜子递给他。他蹲在一旁，看着袜子，低声的问："早晨我打死他没有。"

好妈妈微微一摇头。"他装死儿呢，一会儿就爬起来了。"

"呕！下回得用炸弹！"他一边说着，一边掏出一块钱的票子来："妈妈和李五分吧。"

"留着用吧，我不要！"好妈妈摆了摆手。"你要是有枪啊，给王二一支，他也愿意干。"

"有的是人，妈妈！"

"你姓什么呢？"

"暂时没有姓名，"少年立起来，把袜子和钱票都塞在衣袋里，想了想："啊，也许永久没有姓名！再见，妈妈！"

"哎,下回来,打准一点!"好妈妈的心里又不堵得慌了。

*　　*　　*

他们三个又坐在一处,互相报告着工作,并且计划着以后的办法。

范明力的厚嘴唇仿佛更厚了些,增加了沉默刚毅的神气。吴聪的窄胸似乎已装不下那些热气,挺着细脖,张着点嘴,像打鸣的鸡似的。他——不像范明力——有点按不住他的得意,越想两三日来的成绩越高兴。王文义不得意,也不失望,而是客观的批判着:

"咱们的成功与失败都没关系,唯一的好处是把未死的人心给激动起来了。咱们的心,大家的心,都并差不很多。我们只是作了应该作的事,至多也不过是先走了一步而已。好吧,我们商量明天的事;就热打铁,教这座城必定变成敌人的坟墓!"

(原载1938年5月4日《抗战文艺》创刊号)

一封家信

专就组织上说，这是个理想的小家庭：一夫一妇和一个三岁的小男孩。不过，"理想的"或者不仅是立在组织简单上，那么这小家庭可就不能完全像个小乐园，而也得分担着尘世上的那些苦痛与不安了。

由这小家庭所发出的声响，我们就可以判断，它的发展似乎有点畸形，而我们也晓得，失去平衡的必将跌倒，就是一个家庭也非例外。

在这里，我们只听见那位太太吵叫，而那位先生仿佛是个哑巴。我们善意的来推测，这位先生的闭口不响，一定具有要维持和平的苦心和盼望。可是，人与人之间是多么不易谅解呢；他不出声，她就越发闹气："你说话呀！说呀！怎么啦？你哑巴了？好吧，冲你这么死不开口，就得离婚！离婚！"

是的，范彩珠——那小家庭的女性独裁者——是懂得世界上有离婚这件事的，谁知道离婚这件事，假若实际的去作，都有什么手续与意义呢，反正她觉得这两字很有些力量，说出来既不蠢野，又足以使丈夫多少着点急。她，头发烫得那么细腻，真正一九三七的飞机式，脸上是那么香润；圆圆的胳臂，高高的乳房，衣服是那么讲究抱身；她要说句离婚，他怎能不着急呢？当吵闹一阵之后，她对着衣镜端详自己，觉得正像个电影明星。虽然并不十分厌恶她的丈夫——他长得很英俊，心眼很忠厚——可是到底她应当常常发脾气，似乎只有教他难堪才足以减少她自己的委屈。他的确不坏，可是"不坏"并不就是"都好"，他一月才能挣二百块钱！不错，这二百元是全数交给她，而后她再推测着他的需要给他三块五块的；可是凭她的脸，她的胳臂，她的乳，她的脚，难道就能在二百元以下充分的把美都表现出来么？况且，越是因为美而窘，便越须撑起架子，看电影去即使可以买二等票，因为是坐在黑暗之中，可是听戏去便非包厢不可了——绝对不能将就！啊，这二百元的运用，与一切家事，交际，脸面的维持——在二百元之内要调动得灵活漂亮，是多么困难恼人的事！特别是对她自己，太难了！连该花在男人与小孩身上的都借来用在自己身上，还是不能不拿揉了麻的丝袜当作纯丝袜子穿！连被褥都舍不得按时拆洗，还是不能回回看电影去都叫小汽车，而得有时候坐那破烂，使人想落泪的胶皮车！是的，老范不错，不挑吃不挑喝的怪老实，可是，只能挣二百元哟！

老范真爱他的女人，真爱他的小男孩。在结婚以前，他立志非娶个开通的美女不可。为这个志愿，他极忠诚的去作事，极俭朴的过活；把一切青年们所有的小小浪漫行为，都像冗枝乱叶似的剪除净尽，单单培养那一朵浪漫的大花。连香烟都不吃！

省下了钱，便放大了胆，他穿上特为浪漫事件裁制的西装去探险。他看见，他追求，他娶了彩珠小姐。

彩珠并不像她自己所想的那样美妙惊人，也不像老范所想的那么美丽的女子。可是她年轻，她活泼，她会作伪；教老范觉得彩珠即使不是最理想的女子，也和那差不多；把她摆在任何地方，她也不至显出落伍或乡下气。于是,就把储蓄金拿出来,清偿那生平最大的浪漫之债,结了婚。

他没有多挣钱的坏手段,而有维持二百元薪水的真本领。消极的,他兢兢业业的不许自己落在二百元的下边来,这是他浪漫的经济水准。

他领略了以浮浅为开通,以作伪为本事,以修饰为美丽的女子的滋味。可是他并不后悔。他以为他应该在讨她的喜欢上见出自己的真爱情,应该在不还口相讥上表示自己的沉着有为,应该在尽力供给她显出自己的勇敢。他得作个模范丈夫,好对得起自己的理想,即使他的伴侣有不尽合理想的地方。况且,她还生了小珠。在生了小珠以后,她显着更圆润,更开通,更活泼,既是少妇,又是母亲,青春的娇美与母亲的尊严联在一身,香粉味与乳香合在一处;他应当低头!不错,她也更厉害了,可是他细细一想呢,也就难以怪她。女子总是女子,他想,既要女子,就须把自己放弃了。再说,他还有小珠呢,可以一块儿玩,一块儿睡;教青年的妈妈吵闹吧,他会和一个新生命最亲密的玩耍,作个理想的父亲。他会用两个男子 —— 他与小珠 —— 的嘻笑亲热抵抗一个女性的霸道;就是抵抗与霸道这样的字眼也还是偶一想到,并不永远在他心中,使他的心里坚硬起来。

从对彩珠的态度上,可以看出他处世为人的居心与方法。他非常的忠诚,消极的他不求有功,只求无过,积极的他要事事对得起良心与那二百元的报酬 —— 他老愿卖出三百元的力气,而并不觉得冤枉。这样,他被大家视为没有前途的人,就是在求他多作点事的缘故,也不过认为他窝囊好欺,而绝对不感谢。

他自己可并不小看自己,不,他觉得自己很有点硬劲。他绝对不为自己发愁，凭他的本事，到哪里也挣得出二百元钱来，而且永远对得起那些钱。维持住这个生活费用，他就不便多想什么向前发展的方法与计划。他永远不去相面算命。他不求走运，而只管尽心尽力。他不为任何事情任何主义去宣传，他只把自己的生命放在正当的工作上。有时候他自认为牛，正因为牛有相当的伟大。

平津像个恶梦似的丢掉，老范正在北平。他必须出来，良心不许他接受任何不正道的钱。可是，他走不出来。他没有钱，而有个必须起码坐二等车才肯走的太太。

在彩珠看，世界不过是个大游戏场，不管刮风还是下雨，都须穿着高跟鞋去看热闹。"你上哪儿？你就忍心的撇下我和小珠？我也走？逃难似的教我去受罪？你真懂事就结了！这些东西，这些东西，怎么拿？先不用说别的！你可以叫花子似的走，我缺了哪样东西也不行！又不出声啦？好吧，你有主意把东西都带走，体体面面的，像旅行似的，我就跟你去；开开眼也好！"

抱着小珠，老范一声也不出。他不愿去批评彩珠，只觉得放弃妻子与放弃国旗是同样忍心的事，而他又没能力把二者同时都保全住！他恨自己无能，所以原谅了彩珠的无知。

几天，他在屋中转来转去。他不敢出门，不是怕被敌人杀死，而是怕自己没有杀敌的勇气。在家里，他听着太太叨唠，看着小珠玩耍，热泪时时的迷住他的眼。每逢听到小珠喊他"爸"他就咬上嘴唇点点头。

"小珠！"他苦痛到无可如何，不得不说句话了。"小珠！你是小亡国奴！"

这，被彩珠听见了。"扯什么淡呢！有本事把我们送到香港去，在这儿瞎发什么愁！小珠，这儿来，你爸爸要像小钟的爸爸那么样，够多好！"她的声音温软了许多，眼看着远处，脸上露出娇痴的羡慕："人家带走二十箱衣裳，住天津租界去！小钟的妈有我这么美吗？"

"小钟妈，耳朵这样！"小珠的胖手用力往前推耳朵，准知道这样可以得妈妈的欢心，因为作过已经不是一次了。

乘小珠和彩珠睡熟，老范轻轻的到外间屋去。把电灯用块黑布罩上，找出信纸来。他必须逃出亡城，可是自结婚以后，他没有一点儿储蓄，无法把家眷带走。即使勉强的带了出去，他并没有马上找到事情的把握，还不如把目下所能凑到的一点钱留给彩珠，而自己单独去碰运气；找到相当的工作，再设法接她们；一时找不到工作，他自己怎样都好将就活着，而她们不至马上受罪。好，他想给彩珠留下几个字，说明这个意思，而后他偷偷的跑出去，连被褥也无须拿。

他开始写信。心中像有千言万语，夫妻的爱恋，国事的危急，家庭的责任，国民的义务，离别的难堪，将来的希望，对妻的安慰，对小珠的嘱托……都应当写进去。可是，笔画在纸上，他的热情都被难过打碎，写出的只是几个最平凡无力的字！撕了一张，第二张一点也不比第一张强，又被扯碎。他没有再拿笔的勇气。

一张字纸也不留，就这么偷偷走？他又没有这个狠心。他的妻，他的子，不能在国危城陷的时候抛下不管，即使自己的逃亡是为了国家。

轻轻的走进去，借着外屋一点点灯光，他看到妻与子的轮廓。这轮廓中的一切，他都极清楚的记得；一个痣，一块小疤的地位都记得极正确。这两个是他生命的生命。不管彩珠有多少缺点，不管小珠有什么前途，他自己须先尽了爱护保卫的责任。他的心软了下去。不能走，不能走！死在一处是不智慧的，可是在感情上似乎很近人情。他一夜没睡。

同时，在亡城之外仿佛有些呼声，叫他快走，在国旗下去作个有勇气有用处的人。

假若他把这呼声传达给彩珠，而彩珠也能明白，他便能含泪微笑的走出家门；即使永远不能与她相见，他也能忍受，也能无愧于心。可是，他知道彩珠绝不能明白；跟她细说，只足引起她的吵闹；不辞而别，又太狠心。他想不出好的办法。走？不走？必须决定，而没法决定；他成了亡城里一个困兽。

在焦急之中，他看出一线的光亮来。他必须在彩珠所能了解的事情中，找出不至太伤她的心，也不至使自己太难过的办法。跟她谈国家大事是没有任何用处的，她的身体就是她的生命，她不知道身外还有什么。

"我去挣钱，所以得走！"他明知这里不尽实在，可是只有这么说，才能打动她的心，而从她手中跑出去。"我有了事，安置好了家，就来接你们；一定不能像逃难似的，尽我的全力教你和小珠舒服！"

"现在呢？"彩珠手中没有钱。

"我去借！能借多少就借多少；我一个不拿，全给你们留下！"

"你上哪儿去？"

"上海，南京——能挣钱的地方！"

"到上海可务必给我买个衣料！"

"一定！"

用这样实际的诺许与条件，老范才教自己又见到国旗。由南京而武汉，他勤苦的工作；工作后，他默默的思念他的妻子。他一个钱也不敢虚花，好对得住妻子；一件事不敢敷衍，好对得起国家。他瘦，他忙，他不放心家小，不放心国家。他常常给彩珠写信，报告他的一切，歉意的说明他在外工作的意义。他盼家信像盼打胜仗那样恳切，可是彩珠没有回信。他明知这是彩珠已接到他的钱与信，钱到她手里她就会缄默，一向是如此。可是他到底不放心；他不怨彩珠胡涂与疏忽，而正因为她胡涂，他才更不放心。他甚至忧虑到彩珠是否能负责看护小珠，因为彩珠虽然不十分了解反贤妻良母主义，可是她很会为了自己的享受而忘了一切家庭的责任。老范并不因此而恨恶彩珠，可是他既在外，便不能给小珠作些忽略了的事，这很可虑，这当自咎。

他在六七个月中已换了三次事，不是因为他见利思迁，而是各处拉他，知道他肯负责作事。在战争中，人们确是慢慢的把良心拿出来，也知道用几个实心任事的人，即使还不肯自己卖力气。在这种情形下，老范的价值开始被大家看出，而成功了干员。

他还保持住了二百元薪金的水准，虽然实际上只拿一百将出头。他不怨少拿钱而多作事；可是他知道彩珠会花钱。既然无力把她接出来，而又不能多给她寄钱，在他看，是件残酷的事。他老想对得起她，不管她是怎样的浮浅无知。

到武昌，他在军事机关服务。他极忙，可是在万忙中还要担心彩珠，这使他常常弄出小小的错误。忙，忧，愧，三者一齐进攻，他有时候心中非常的迷乱，愿忘了一切而又要同时顾虑一切，很怕自己疯了，而心中的确时时的恍惚。

在敌机的狂炸下，他还照常作他的事。他害怕，却不是怕自己被炸死，而是在危患中忧虑他的妻子。怎么一封信没有呢？假若有她一封信，他便可以在轰炸中无忧无虑的作事，而毫无可惧。那封信将是他最大的安慰!

  信来了! 他什么也顾不得,而颤抖着一遍二遍三遍的去读念。读了三遍,还没明白了她说的是什么,却在那些字里看到她的形影,想起当年恋爱期间的欣悦,和小珠的可爱的语声与面貌。小珠怎样了呢? 他从信中去找,一字一字的细找;没有,没提到小珠一个字! 失望使他的心清凉了一些;看明白了大部分的字,都是责难他的! 她的形影与一切都消逝了,他眼前只是那张死板板的字,与一些冷酷无情的字!

  警报! 他往外走,不知到哪里去好;手中拿着那封信。再看,再看,虽然得不到安慰,他还想从字里行间看出她与小珠都平安。没有,没有一个"平"字与"安"字,哪怕是分开来写在不同的地方呢;没有! 钱不够用,没有娱乐,没有新衣服,为什么你不回来呢? 你在外边享福,就忘了家中……

  紧急警报! 他立在门外,拿着那封信。飞机到了,高射炮响了,他不动。紧紧的握着那封信,他看到的不是天上的飞机,而是彩珠的飞机式的头发。他愿将唇放在那曲折香润的发上;看了看手中的信纸;心中像刀刺了一下。极忙的往里跑,他忽然想起该赶快办的一件公事。

  刚跑出几步,他倒在地上,头齐齐的从项上炸开,血溅到前边,给家信上加了些红点子。

[原载1938年11月28日《文摘》(战时旬刊)第三十七号]

不成问题的问题

　　任何人来到这里——树华农场——他必定会感觉到世界上并没有什么战争,和战争所带来的轰炸、屠杀,与死亡。专凭风景来说,这里真值得被呼为乱世的桃源。前面是刚由一个小小的峡口转过来的江,江水在冬天与春天总是使人愿意跳进去的那么澄清碧绿。背后是一带小山。山上没有什么,除了一丛丛的绿竹矮树,在竹树的空处往往露出赭色的块块儿,像是画家给点染上的。

　　小山的半腰里,那青青的一片,在青色当中露出一两块白墙和二三屋脊的,便是树华农场。江上的小渡口,离农场大约有半里地,小船上的渡客,即使是往相反的方向去的,也往往回转头来,望一望这美丽的地方。他们若上了那斜着的坡道,就必定向农场这里指指点点,因为树上半黄的橘柑,或已经红了的苹果,总是使人注意而想夸赞几声的。到春暖花开的时候,或遇到什么大家休假的日子,城里的士女有时候也把逛一逛树华农场作为一种高雅的举动,而这农场的美丽恐怕还多少的存在一些小文与短诗之中咧。

　　创办一座农场必定不是为看着玩的;那么,我们就不能专来谀赞风景而忽略更实际一些的事儿了。由实际上说,树华农场的用水是没有问题的,因为江就在它的脚底下。出品的运出也没有问题。它离重庆市不过三十多里路,江中可以走船,江边上也有小路。它的设备是相当完美的:有鸭鹅池、有兔笼、有花畦、有菜圃、有牛羊圈、有果园。鸭蛋、鲜花、青菜、水果、牛羊乳……都正是像重庆那样的都市所必需的东西。况且,它的创办正在抗战的那一年;重庆的人口,在抗战后,一天比一天多;所以需要的东西,像青菜与其他树华农场所产生的东西,自然的也一天比一天多。赚钱是没有问题的。

从渡口上的坡道往左走不远,就有一些还未完全风化的红石,石旁生着几丛细竹。到了竹丛,便到了农场的窄而明洁的石板路。离竹丛不远,相对的长着两株青松,松树上挂着两面粗粗刨平的木牌,白漆漆着"树华农场"。石板路边,靠江的这一面,都是花;使人能从花的各种颜色上,慢慢地把眼光移到碧绿的江水上面去。靠山的一面是许多直立的扇形的葡萄架,架子的后面是各种果树。走完了石板路,有一座不甚高,而相当宽的藤萝架,这便是农场的大门,横匾上刻着"树华"两个隶字。进了门,在绿草上,或碎石堆花的路上,往往能见几片柔软而轻飘的鸭鹅毛,因为鸭鹅的池塘便在左手方。这里的鸭是纯白而肥硕的,真正的北平填鸭。对着鸭池是平平的一个坝子,没有隙地的种着花草与菜蔬。在坝子的末端,被竹树掩覆着,是办公厅。这是相当坚固而十分雅致的一所两层的楼房,花果的香味永远充满了全楼的每一角落。牛羊圈和工人的草舍又在楼房的后边,时时有羊羔悲哀地啼唤。

这一些设备,教农场至少要用二十来名工人。可是,以它的生产能力,和出品销路的良好来说,除了一切开销,它还应当赚钱。无论是内行人还是外行人,只要看过这座农场,大概就不会想像到这是赔钱的事业。

然而，树华农场赔钱。

创办的时候，当然要往"里"垫钱。但是，鸡鸭、青菜、鲜花、牛羊乳，都是不需要很长的时间就可以在利润方面有些数目字的。按照行家的算盘上看，假若第二年还不十分顺利的话，至迟在第三年的开始就可以绝对地看赚了。

可是，树华农场的赔损是在创办后的第三年。在第三年首次股东会议的时候，场长与股东们都对着账簿发了半天的楞。

赔点钱，场长是绝不在乎的，他不过是大股东之一，而被大家推举出来作场长的。他还有许多比这座农场大的多的事业。可是，即使他对这小小的事业赔赚都不在乎，即使他一走到院中，看看那些鲜美的花草，就把赔钱的事忘得一干二净，他现在——在股东会上——究竟有点不大好过。他自信是把能手，他到处会赚钱，他是大家所崇拜的实业家。农场赔钱？这伤了他的自尊心。他赔点钱，股东他们赔点钱，都没有关系；只是，下不来台！这比什么都要紧！

股东们呢，多数的是可以与场长立在一块儿呼兄唤弟的。他们的名望、资本、能力，也许都不及场长，可是在赔个万儿八千块钱上来说，场长要是沉得住气，他们也不便多出声儿。很少数的股东的确是想投了资，赚点钱，可是他们不便先开口质问，因为他们股子少，地位也就低，假若粗着脖子红着筋地发言，也许得罪了场长和大股东们——这，恐怕比赔点钱的损失还更大呢。

事实上，假若大家肯打开窗子说亮话，他们就可以异口同声地，确凿无疑地，马上指出赔钱的原因来。原因很简单，他们错用了人。场长，虽然是场长，是不能，不肯，不会，不屑于到农场来监督指导一切的。股东们也不会十趟八趟跑来看看的——他们只愿在开会的时候来作一次远足，既可以欣赏欣赏乡郊的景色，又可以和老友们喝两盅酒，附带地还可以露一露股东的身份。除了几个小股东，多数人接到开会的通知，就仿佛在箱子里寻找迎节当令该换的衣服的时候，偶然的发现了想不起怎么随手放在那里的一卷钞票——"呕，这儿还有点玩艺儿呢！"

农场实际负责任的人是丁务源，丁主任。

丁务源，丁主任，管理这座农场已有半年。农场赔钱就在这半年。

连场长带股东们都知道，假若他们脱口而出地说实话，他们就必定在口里说出"赔钱的原因在——"的时节，手指就确切无疑地伸出，指着丁务源！丁务源就在一旁坐着呢。

但是，谁的嘴也没动，手指自然也就无从伸出。

他们，连场长带股东，谁没吃过农场的北平大填鸭，意大利种的肥母鸡，琥珀心的松花，和大得使儿童们跳起来的大鸡蛋鸭蛋？谁的瓶里没有插过农场的大枝的桂花，腊梅，红白梅花，和大朵的起楼子的芍药，牡丹与茶花？谁的盘子里没有盛过使男女客人们赞叹的山东大白菜，绿得像翡翠般的油菜与嫩豌豆？

这些东西都是谁送给他们的？丁务源！

再说，谁家落了红白事，不是人家丁主任第一个跑来帮忙？谁家出了不大痛快的事故，不是人家丁主任像自天而降的喜神一般，把大事化小，小事化无？

是的，丁主任就在这里坐着呢。可是谁肯伸出指头去戳点他呢？

什么责任问题，补救方法，股东会都没有谈论。等到丁主任预备的酒席吃残，大家只能拍拍他的肩膀，说声"美满的闭会"了。

丁务源是哪里的人？没有人知道。他是一切人 —— 中外无别 —— 的乡亲。他的言语也正配得上他的籍贯，他会把他所到过的地方的最简单易学的话，例如四川的"啥子"与"要得"，上海的"唔啥"，北平的"妈啦巴子"……都美好的联结到一处，变成一种独创的"国语"；有时候也还加上一半个"孤得"，或"夜司"，增加一点异国情味。

四十来岁，中等身量，脸上有点发胖，而肉都是亮的，丁务源不是个俊秀的人，而令人喜爱。他脸上那点发亮的肌肉，已经教人一看就痛快，再加上一对光满神足，顾盼多姿的眼睛，与随时变化而无往不宜的表情，就不只讨人爱，而且令人信任了。最足以表现他的天才而使人赞叹不已的是他的衣服。他的长袍，不管是绸的还是布的，不管是单的还是棉的，永远是半新半旧的，使人一看就感到舒服；永远是比他的身裁稍微宽大一些，于是他垂着手也好，揣着手也好，掉背着手更好，老有一些从容不迫的气度。他的小褂的领子与袖口，永远是洁白如雪；这样，即使大褂上有一小块油渍，或大襟上微微有点折绉，可是他的雪白的内衣的领与袖会使人相信他是最爱清洁的人。他老穿礼服呢厚白底子的鞋，而且裤脚儿上扎着绸子带儿；快走，那白白的鞋底与颤动的腿带，会显出轻灵飘洒；慢走，又显出雍容大雅。长袍，布底鞋，绸子裤脚带儿合在一处，未免太老派了，所以他在领子下面插上了一支派克笔和一支白亮的铅笔，来调和一下。

他老在说话，而并没说什么。"是呀"，"要得么"，"好"，这些小字眼被他轻妙地插在别人的话语中间，就好像他说了许多话似的。到必要时，他把这些小字眼也收藏起来，而只转转眼珠，或轻轻一咬嘴唇，或给人家从衣服上弹去一点点灰。这些小动作表现了关切,同情,用心,比说话的效果更大得多。遇见大事,他总是斩钉截铁地下这样的结论——没有问题,绝对的!说完这一声,他便把问题放下,而闲扯些别的,使对方把忧虑与关切马上忘掉。等到对方满意地告别了,他会倒头就睡,睡三四个钟头;醒来,他把那件绝对没有问题的事忘得一干二净。直等到那个人又来了,他才想起原来曾经有过那么一回事,而又把对方热诚地送走。事情,照例又推在一边。及至那个人快恼了他的时候,他会用农场的出品使朋友仍然和他相好。天下事都绝对没有问题,因为他根本不去办。

他吃得好,穿得舒服,睡得香甜,永远不会发愁。他绝对没有任何理想,所以想发愁也无从发起。他看不出社会上彼此敷衍有什么不对的地方。他只知道敷衍能解决一切,至少能使他无忧无虑,脸上胖而且亮。凡足以使事情敷衍过去的手段,都是绝妙的手段。当他刚一得到农场主任的职务的时候,他便被姑姑老姨舅爷,与舅爷的舅爷包围起来,他马上变成了这群人的救主。没办法,只好一一敷衍。于是一部分有经验的职员与工人马上被他"欢送"出去,而舅爷与舅爷的舅爷都成了护法的天使。占据了地上的乐园。

没被辞退的职员与园丁,本都想辞职。可是,丁主任不给他们开口的机会。他们由书面上通知他,他连看也不看。于是,大家想不辞而别。但是,赶到真要走出农场时,大家的意见已经不甚一致。新主任到职以后,什么也没过问,而在两天之中把大家的姓名记得飞熟,并且知道了他们的籍贯。

"老张!"丁主任最富情感的眼,像有两道紫外光似的射到老张的心里,"你是广元人呀？乡亲！硬是要得！"丁主任解除了老张的武装。

"老谢！"丁主任的有肉而滚热的手拍着老谢的肩膀,"呕,恩施？好地方！乡亲！要得么！"于是,老谢也缴了械。

多数的旧人们就这样受了感动,而把"不辞而别"的决定视为一时的冲动,不大合理。那几位比较坚决的,看朋友们多数鸣金收兵,也就不便再说什么,虽然心里还有点不大得劲儿。及至丁主任的胖手也拍在他们的肩头上,他们反觉得只有给他效劳,庶几乎可以赎出自己的行动幼稚,冒昧,的罪过来。"丁主任是个朋友！"这句话即使不便明说,也时常在大家心中飞来飞去,像出笼的小鸟,恋恋不忍去似的。

大家对丁主任的信任心是与时俱增的。不管大事小事,只要向丁主任开口,人家丁主任是不会眨眨眼或楞一楞再答应的。他们的请托的话还没有说完,丁主任已说了五个"要得"。丁主任受人之托,事实上,是轻而易举的。比方说,他要进城——他时常进城——有人托他带几块肥皂。在托他的人想,丁主任是精明人,必能以极便宜的价钱买到极好的东西。而丁主任呢,到了城里,顺脚走进那最大的铺子,随手拿几块最贵的肥皂。拿回来,一说价钱,使朋友大吃一惊。"货物道地,"丁主任要交代清楚,"你晓得！多出钱,到大铺子去买,吃不了亏！你不要,我还留着用呢！你怎样？"怎能不要呢,朋友只好把东西接过去,连声道谢。

大家可是依旧信任他。当他们暗中思索的时候,他们要问:托人家带东西,带来了没有？带来了。那么人家没有失信。东西贵,可是好呢。进言无二价的大铺子买东西,谁不会呢,何必托他？不过,既然托他,他——堂堂的丁主任——岂是挤在小摊子上争钱讲价的人？这只能怪自己，不能怪丁主任。

慢慢地，场里的人们又有耳闻：人家丁主任给场长与股东们办事也是如此。不管办个"三天"，还是"满月"，丁主任必定闻风而至，他来到，事情就得由他办。烟，能买"炮台"就买"炮台"，能买到"三五"就是"三五"。酒，即使找不到"茅台"与"贵妃"，起码也是绵竹大麯。饭菜，呕，先不用说饭菜吧，就是糖果也必得是冠生园的，主人们没法挑眼。不错，丁主任的手法确是太大；可是，他给主人们作了脸哪。主人说不出话来，而且没法不佩服丁主任见过世面。有时候，主妇们因为丁主任太好铺张而想表示不满，可是丁主任送来的礼物，与对她们的殷勤，使她们也无从开口。她们既不出声，男人们就感到事情都办得合理，而把丁主任看成了不起的人物。这样，丁主任既在场长与股东们眼中有了身分，农场里的人们就不敢再批评什么；即使吃了他的亏，似乎也是应当的。

及至丁主任作到两个月的主任，大家不但不想辞职，而且很怕被辞了。他们宁可舍着脸去逢迎谄媚他，也不肯失掉了地位。丁主任带来的人，因为不会作活，也就根本什么也不干。原有的工人与职员虽然不敢照样公然怠工，可是也不便再像原先那样实对实地每日作八小时工。他们自动把八小时改为七小时，慢慢地又改为六小时，五小时。赶到主任进城的时候，他们干脆就整天休息。休息多了，又感到闷得慌，于是麻将与牌九就应运而起；牛羊们饿得乱叫，也压不下大家的欢笑与牌声。有一回，大家正赌得高兴，猛一抬头，丁主任不知道什么时候人不知鬼不觉地站在老张的后边！大家都楞了！

"接着来，没关系！"丁主任的表情与语调顿时教大家的眼都有点发湿。"干活是干活，玩是玩！老张，那张八万打得好，要得！"

大家的精神，就像都刚胡了满贯似的，为之一振。有的人被感动得手指直颤。

大家让主任加入。主任无论如何不肯破坏原局。直等到四圈完了，他才强被大家拉住，改组。"赌场上可不分大小，赢了拿走，输了认命，别说我是主任，谁是园丁！"主任挽起雪白的袖口，微笑着说。大家没有异议。"还玩这么大的，可是加十块钱的望子，自摸双？"大家又无异议。新局开始。主任的牌打得好。不但好，而且牌品高。打起牌来，他一声不出，连"要得"也不说了。他自己和牌，轻轻地好像抱歉似的把牌推倒。别人和牌，他微笑着，几乎是毕恭毕敬地送过筹码去。十次，他总有八次赢钱，可是越赢越受大家敬爱；大家仿佛宁愿把钱输给主任，也不愿随便赢别人几个。把钱给丁主任似乎是一种光荣。

不过，从实际上看，光荣却不像钱那样有用。钱既输光，就得另想生财之道。由正常的工作而获得的收入，谁都晓得，是有固定的数目。指着每月的工资去与丁主任一决胜负是作不通的。虽然没有创设什么设计委员会，大家可是都在打主意，打农场的主意。主意容易打，执行的勇气却很不易提起来。可是，感谢丁主任，他暗示给大家，农场的东西是可以自由处置的。没看见吗，农场的出品，丁主任都随便自己享受，都随便拿去送人。丁主任是如此，丁主任带来的"亲兵"也是如此，那么，别人又何必分外的客气呢？

于是，树华农场的肥鹅大鸭与油鸡忽然都罢了工，不再下蛋，这也许近乎污蔑这一群有良心的动物们，但是农场的账簿上千真万确看不见那笔蛋的收入了。外间自然还看得见树华的有名的鸭蛋——为孵小鸭用的——可是价钱高了三倍。找好鸭种的人们都交头接耳地嘀咕："树华的填鸭鸭蛋得托人情才弄得到手呢。"在这句话里,老张,老谢,老李都成了被恳托的要人。

在蛋荒之后,紧接着便是按照科学方法建造的鸡鸭房都失了科学的效用。树华农场大闹黄鼠狼,每晚上都丢失一两只大鸡或肥鸭。有时候,黄鼠狼在白天就出来为非作歹,而在他们最猖獗的时期,连牛犊和羊羔都被劫去;多么大的黄鼠狼呀!

鲜花,青菜,水果的产量并未减少,因为工友们知道完全不工作是自取灭亡。在他们赌输了,睡足了之后,他们自动地努力工作,不是为公,而是为了自己。不过,产量虽未怎么减少,农场的收入却比以前差的多了。果子,青菜,据说都闹虫病。果子呢,须要剔选一番,而后付运,以免损害了农场的美誉。不知道为什么那些落选的果子仿佛更大更美丽一些,而先被运走。没人能说出道理来,可是大家都喜欢这么作。菜蔬呢,以那最出名的大白菜说吧,等到上船的时节,三斤重的就变成了二斤或一斤多点;那外面的大肥叶子——据说是受过虫伤的——都被剥下来,洗净,另捆成一把一把的运走,当作"猪菜"卖。这种猪菜在市场上有很高的价格。

这些事,丁主任似乎知道,可没有任何表示,当夜里闹黄鼠狼子的时候,即使他正醒着,听得明明白白,他也不会失去身分地出来看看。及至次晨有人来报告,他会顺口答音地声明:"我也听见了,我睡觉最警醒不过!"假若他高兴,他会继续说上许多关于黄鼬和他夜间怎样警觉的故事。当被黄鼬拉去而变成红烧的或清的鸡鸭,摆在他的眼前,他就绝对不再提黄鼬,而只谈些烹饪上的问题与经验;一边说着,一边把最肥的一块鸭夹起来送给别人:"这么肥的鸭子,非挂炉烧烤不够味;清炖不相宜,不过,汤还要得!"他极大方地尝了两口汤。工人们若献给他钱 —— 比如卖猪菜的钱 —— 他绝对不肯收。"咱们这里没有等级,全是朋友;可是主任到底是主任,不能吃猪菜的钱! 晚上打几圈儿好啦! 要得吗?"他自己亲热地回答上,"要得!"把个"得"字说得极长。几圈麻将打过后,大家的猪菜钱至少有十分之八,名正言顺地入了主任的腰包。当一五一十的收钱的时候,他还要谦逊地声明:"咱们的牌都差不多,谁也说不上高明。我的把弟孙宏英,一月只打一次就够吃半年的。人家那才叫会打牌! 不信,你给他个司长,他都不作,一个月打一次小牌就够了!"

秦妙斋从十五岁起就自称为宁夏第一才子。到二十多岁,看"才子"这个词儿不大时行了,乃改称为全国第一艺术家。据他自己说,他会雕刻,会作画,会弹古琴与钢琴,会作诗,小说,与戏剧;全能的艺术家。可是,谁也没有见过他雕刻,画图,弹琴,和作文章。

在平时,他自居为艺术家,别人也就顺口答音地称他为艺术家,原本不算什么。到了抗战时期,正是所谓国乱显忠臣的时候,艺术家也罢,科学家也罢,都要拿出他的真正本领来报效国家,而秦妙斋先生什么也拿不出来。这也不算什么。假若他肯虚心地去学习,说不定他也许有一点天才,能学会画两笔,或作些简单而通俗的文字,去宣传抗战,或者,干脆放弃了天才的梦,而脚踏实地地去作中小学的教师,或到机关中服务,也还不失为尽其在我。可是他不肯去学习,不肯去吃苦,而只想飘飘摇摇地作个空头艺术家。

他在抗战后,也曾加入艺术家们的抗战团体。可是不久便冷淡下来,不再去开会。因为在他想,自己既是第一艺术家,理当在各团体中取得领导的地位。可是,那些团体并没有对他表示敬意。他们好像对他和对一切好虚名的人都这么说:谁肯出力作抗战工作,谁便是好朋友;反之,谁要是借此出风头,获得一点虚名与虚荣,谁就乘早儿退出去。秦妙斋退了出来。但是,他不甘寂寞。他觉得这样的败退,并不是因为自己的浅薄虚伪,而是因为他的本领出众,不见容于那些妒忌他的人们。他想要独树一帜,自己创办一个什么团体,去过一过领导的瘾。这,又没能成功,没有人肯听他号召。在这之后,他颇费了一番思索,给自己想出两个字来:清高。当他和别人闲谈,或独自呻吟的时候,他会很得意地用这两个字去抹杀一切,而抬高自己:"现而今的一般自命为艺术家的,都为了什么?什么也不为,除了钱!真正懂得什么叫作清高的是谁?"他的鼻尖对准了自己的胸口,轻轻地点点头。"就连那作教授的也算不上清高,教授难道不拿薪水么?……"可是"你怎么活着呢?你的钱从什么地方来呢?"有那心直口快的这么问他。"我,我,"他有点不好意思,而不能回答:"我爸爸给我!"

是的,秦妙斋的父亲是财主。不过,他不肯痛快地供给儿子钱化。这使秦妙斋时常感到痛苦。假若不是被人家问急了,他不肯轻易的提出"爸爸"来。就是偶尔地提到,他几乎要把那个最有力量的形容字——不清高——也加在他的爸爸头上去!

按照着秦老者的心意,妙斋应当娶个知晓三从四德的老婆,而后一扑纳心地在家里看守着财产。假若妙斋能这样办,哪怕就是吸两口鸦片烟呢,也能使老人家的脸上纵起不少的笑纹来。可是,有钱的老子与天才的儿子仿佛天然是对头。妙斋不听调遣。他要作诗,画画,而且——

最使老人伤心的——他不愿意在家里蹲着。老人没有旁的办法，只好尽量地勒着钱。尽管妙斋的平信，快信，电报，一齐来催钱，老人还是毫不动感情地到月头才给儿子汇来"点心费"。这点钱，到妙斋手里还不够还债的呢。我们的诗人，是感受着严重的压迫。挣钱去吧，既不感觉趣味，又没有任何本领；不挣钱吧，那位不清高的爸爸又是这样的吝啬！金钱上既受着压迫，他满想在艺术界活动起来，给精神上一点安慰。而艺术界的人们对他又是那么冷淡！他非常的灰心。有时候，他颇想摹仿屈原，把天才与身体一齐投在江里去。投江是件比较难于作到的事。于是，他转而一想，打算作个青年的陶渊明。"顶好是退隐！顶好！"他自己念道着。"世人皆浊我独清！只有退隐，没别的话好讲！"

高高的个子，长长的脸，头发像粗硬的马鬃似的，长长的，乱七八糟的，披在脖子上。虽然身量很高，可好像里面没有多少骨头，走起路来，就像个大龙虾似的那么东一扭西一拱的。眼睛没有神，而且爱在最需要注意的时候闭上一会儿，仿佛是随时都在作梦。

作着梦似的秦妙斋无意中走到了树华农场。不知道是为欣赏美景，还是走累了，他对着一株小松叹了口气，而后闭了会儿眼。

也就是上午十一点钟吧，天上有几缕秋云，阳光从云隙发出一些不甚明的光，云下，存着些没有完全被微风吹散的雾。江水大体上还是黄的，只有江岔子里的已经静静地显出绿色。葡萄的叶子就快落净，茶花已顶出一些红瓣儿来。秦妙斋在鸭塘的附近找了块石头，懒洋洋地坐下。看了看四下里的山、江、花、草，他感到一阵难过。忽然地很想家，又似乎要作一两句诗，仿佛还有点触目伤情……这时候，他的感情像是极复杂，复杂的到了既像万感俱来，可是一会儿又像茫然不知所谓的程度。坐了许久，他忽然在复杂混乱的心情中找到可以用话语说出来的一件事来。"我应当住在这里！"他低声对自己说。这句话虽然是那么简短，可是里边带着无限的感慨。离家，得罪了父亲，功未成，名未就……只落得独自在异乡隐退，想住在这静静的地方！他呆呆地看着池里的大白鸭，那洁白的羽毛，金黄的脚掌，扁而像涂了一层蜡的嘴，都使他心中更混乱，更空洞，更难过。这些白鸭是活的东西，不错；可是他们干吗活着呢？正如同天生下我秦妙斋来，有天才，有志愿，有理想，但是都有什么用呢？想到这里，他猛然的，几乎是身不由己的，立了起来。他恨这个世界，恨这个不叫他成名的世界！连那些大白鸭都可恨！他无意中地、顺手地捋下一把树叶，揉碎，扔在地上。他发誓，要好好地，痛快淋漓地写几篇文字，把那些有名的画家，音乐家，文学家都骂得一个小钱也不值！那群不清高的东西！

他向办公楼那面走，心中好像在说："我要骂他们！就在这里，这里，写成骂他们的文章！"

丁主任刚刚梳洗完，脸上带着夜间又赢了钱的一点喜气。他要到院中吸点新鲜空气。安闲地，手揣在袖口里，像采菊东篱下的诗人似的，他慢慢往外走。

在门口，他几乎被秦妙斋撞了个满怀。秦妙斋，大龙虾似的，往旁边一闪；照常往里走。他恨这个世界，碰了人就和碰了一块石头或一株树一样，只有不快，用不着什么客气与道歉。

丁主任，老练，安详，微笑地看着这位冒失的青年龙虾。"找谁呀？"他轻轻问了声。

秦妙斋稍一楞，没有答理他。

丁主任好像自言自语地说，"大概是个画家。"

秦妙斋的耳朵仿佛是专为听这样的话的，猛地立住，向后转，几乎是喊叫地，"你说什么？"

丁主任不知道自己的话是说对了，还是说错了，可是不便收回或改口。迟顿了一下，还是笑着："我说，你大概是个画家。"

"画家？画家？"龙虾一边问，一边往前凑，作着梦的眼睛居然瞪圆了。

丁先生不晓得怎样回答才好，只啊啊了两声。

妙斋的眼角上汪起一些热泪，口中的热涎喷到丁主任的脸上："画家，我是——画家，你怎么知道？"说到这里，他仿佛已筋疲力尽，像快要晕倒的样子，摇晃着，摸索着，找到一只小凳，坐下，闭上了眼睛。

丁主任还笑着，可是笑得莫名其妙，往前凑了两步。还没走到妙斋的身边，妙斋的眼睛睁开了。"告诉你，我还不仅是画家，而且是全能的艺术家！我都会！"说着，他立起来，把右手扶在丁主任的肩上。"你是我的知己！你只要常常叫我艺术家，我就有了生命！生我者父母，知我者——你是谁？"

"我？"丁主任笑着回答。"小小园丁！"

"园丁？"

"我管着这座农场！"丁主任停住了笑。"你姓什么！"毫不客气地问。

"秦妙斋，艺术家秦妙斋。你记住，艺术家和秦妙斋老得一块儿喊出来，一分开，艺术家和我就都不好存在了！"

"呕！"丁主任的笑意又回到脸上，进了大厅，眼睛往四面一扫——

壁上挂着些时人的字画。这些字画都不甚高明,也不十分丑恶。在丁主任眼中,它们都怪有个意思,至少是挂在这里总比四壁皆空强一些。不过,他也有个偏心眼,他顶爱那张长方的,石印的抗战门神爷,因为色彩鲜明,"真"有个意思。他的眼光停在那片色彩上。

随着丁主任的眼,妙斋也看见了那些字画,他把眼光停在了那张抗战画上。当那些色彩分明地印在了他的心上的时候,他觉到一阵恶心,像忽然要发痧似的,浑身的毛孔都像针儿刺着,出了点冷汗。定一定神,他扯着丁先生,扑向那张使他恶心的画儿去。发颤的手指,像一根挺身作战的小蛇似的,指着那堆色彩:"这叫画? 这叫画? 用抗战来欺骗艺术,该杀! 该杀!"不由分说,他把画儿扯了下来,极快地撕碎,扔在地上,用脚狠狠地揉搓,好像把全国的抗战艺术家都踩在了泥土上似的。他痛快地吐了口气。

来不及拦阻妙斋的动作,丁主任只说了一串口气不同的"唉"!

妙斋犹有余怒,手指向四壁普遍的一扫:"这全要不得! 通通要不得!"

丁主任急忙挡住了他,怕他再去撕毁。妙斋却高傲地一笑:"都扯了也没有关系,我会给你画! 我给你画那碧绿的江,赭色的山,红的茶花,雪白的大鸭! 世界上有那么多美丽的东西,为什么单单去画去写去唱血腥的抗战? 混蛋! 我要先写几篇文章,臭骂,臭骂那群污辱艺术的东西们。然后,我要组织一个真正艺术家的团体,一同主张 —— 主张 —— 清高派,暂且用这个名儿吧,清高派的艺术! 我想你必赞同?"

"我?"丁主任不知怎样回答。

"你当然同意! 我们就推你作会长! 我们就在这里作画,治乐,写文章！"

"就在这里？"丁主任脸上有点不大得劲，用手摸了摸。

"就在这里！今天我就不走啦！"妙斋的嘴犄角直往外迸水星儿，"想想看，把这间大厅租给我，我爸爸有钱，你要多少我给多少。然后，我们艺术家们给你设计，把这座农场变成最美的艺术之家，艺术乐园！多么好！多么好！"

丁主任似乎得到一点灵感。口中随便用"要得""不错"敷衍着，心中可打开了算盘。在那次股东会上，虽然股东们对他没有什么决定的表示，可是他自己看得清清楚楚，大家对他多少有点不满意。他应当把事情调整一下，教大家看看，他不是没有办法的人。是呀，这里的大厅闲着没有用，楼上也还有三间空房，为什么不租出去，进点租钱呢？况且这笔租金用不着上账；即使教股东们知道了，大家还能为这点小事来质问吗？对！他决定先试一试这位艺术家。"秦先生，这座大厅我们大家用，楼上还有三间空房，你要就得都要，一年一万块钱，一次交清。"

妙斋闭了眼，"好啦，一言为定！我给爸爸打电报要钱。"

"什么时候搬进来？"丁主任有点后悔。交易这么容易成功，想必是要少了钱。但是，再一想，三间房，而且在乡下，一万元应当不算少。管它呢，先进一万再说别的！"什么时候搬进来？"

"现在就算搬进来了！"

"啊？"丁主任有点悔意了。"难道你不去拿行李什么的？"

"没有行李，我只有一身的艺术！"妙斋得意地哈哈地笑起来。

"租金呢？"

"那，你尽管放心：我马上打电报去！"

秦妙斋就这样的侵入了树华农场。不到两天,楼上已住满他的朋友。这些朋友,有男有女,有老有少,都时来时去,而绝对不客气。他们要床,便见床就搬了走;要桌子,就一声不响地把大厅的茶几或方桌拿了去。对于鸡鸭菜果,他们的手比丁主任还更狠,永远是理直气壮地拿起就吃。要摘花他们便整棵的连根儿拔出来。农场的工友甚至于须在夜间放哨,才能抢回一点东西来!

可是,丁主任和工友们都并不讨厌这群人。首要的因为这群人中老有女的,而这些女的又是那么大方随便,大家至少可以和他们开句小玩笑。她们仿佛给农场带来了一种新的生命。其次,讲到打牌,人家秦妙斋有艺术家的态度,输了也好,赢了也好,赌钱也好,赌花生米也好,一坐下起码二十四圈。丁主任原是不屑于玩花生米的,可是妙斋的热情感动了他,他不好意思冷淡地谢绝。

丁主任的心中老挂念着那一万元的租金。他时常调动着心思与语言,在最适当的机会暗示出催钱的意思。可是妙斋不接受暗示。虽然如此,丁主任可是不忍把妙斋和他的朋友撵了出去。一来是,他打听出来,妙斋的父亲的的确确是位财主;那么,假若财主一旦死去,妙斋岂不就是财产的继承人?"要把眼光放远一些!"丁主任常常这样警戒自己。二来是,妙斋与他的友人们,在实在没有事可干的时候,总是坐在大厅里高谈艺术。而他们的谈论艺术似乎专为骂人。他们把国内有名的画家,音乐家,文艺作家,特别是那些尽力于抗战宣传的,提名道姓地一个一个挨次咒骂。这,使丁主任闻所未闻。慢慢地,他也居然记住了一些艺术家的姓名。遇到机会,他能说上来他们的一些故事,仿佛他同艺术家们都是老朋友似的。这,使与他来往的商人或闲人,感到惊异,他自己也得到一些愉快。还有，当妙斋们把别人咒腻了，他们会无耻与得意地提出一些社会上的要人来，"是的，我们要和他取得联络，来建设起我们自己的团体来！""那，我可以写信给他；我要告诉明白了他，我们都是真正清高的艺术家！"……提到这些要人，他们大家口中的唾液都好像甜蜜起来，眼里发着光。"会长！"他们在谈论要人之后，必定这样叫丁主任："会长，你看怎样？"丁主任自己感到身量又高了一寸似的！他不由地怜爱了这群人，因为他们既可以去与要人取得联络，而且还把他自己视为要人之一！他不便发表什么意见，可是常常和妙斋肩并肩地在院中散步。他好像完全了解妙斋的怀才不遇，妙斋微叹，他也同情地点着头。二人成了莫逆之交！

丁主任爱钱，秦妙斋爱名，虽然所爱的不同，可是在内心上二人有极相近的地方，就是不惜用卑鄙的手段取得所爱的东西。这也是二人成为好朋友的一个原因。因此，丁主任往往对妙斋发表些难以入耳的最下贱的意见，妙斋也好好地静听，并不以为可耻。

眨眨眼，到了阳历年。

除夕，大家正在打牌，宪兵从楼上抓走两位妙斋的朋友。

丁主任口里直说"没关系"，心中可是有点慌。他久走江湖，晓得什么是利，哪是害。宪兵从农场抓走了人，起码是件不体面的事，先不提更大的干系。

秦妙斋丝毫没感到什么。那两位被捕的人是谁？他只知道他们的姓名，别的一概不清楚。他向来不细问与他来往的人是干什么的。只要人家捧他，叫他艺术家，他便与人家交往。因此，他有许多来往的人，而没有真正的朋友。他们被捕去,他绝对没有想到去打听打听消息,更不用说去营救了。有人被捕去,和农场丢失两只鸭子一样无足轻重。本来嘛,神圣的抗战,死了那么多的人,流了那么多的血,他都无动于衷,何况是捕去两个人呢? 当丁主任顺口搭音地盘问他的时候,他只极冷淡地说:"谁知道! 枪毙了也没法子呀!"

丁主任,连丁主任,也感到一点不自在了。口中不说,心里盘算着怎样把妙斋赶了出去。"好嘛,给我这儿招来宪兵,要不得!"他自己念道着。同时,他在表情上,举动上,不由地对妙斋冷淡多了。他有点看不起妙斋。他对一切不负责任,可是他心中还有"朋友"这个观念。他看妙斋是个冷血动物。

妙斋没有感觉出这点冷淡来。他只看自己,不管别人的表情如何,举动怎样。他的脑子只管计划自己的事,不管替别人思索任何一点什么。

慢慢地,丁主任打听出来:那两位被捕的人是有汉奸的嫌疑。他们的确和妙斋没有什么交情,但是他们口口声声叫他艺术家,于是他就招待他们,甚至于允许他们住在农场里。平日虽然不负责任,可是一出了乱子,丁主任觉出自己的责任与身份来。他依然不肯当面告诉妙斋:"我是主任,有人来往,应当先告诉我一声。"但是,他对妙斋越来越冷淡。他想把妙斋"冰"了走。

到了一月中旬,局势又变了。有一天,忽然来了一位有势力、与场长最相好的股东。丁主任知道事情要不妙。从股东一进门,他便留了神,把自己的一言一笑都安排得像蜗牛的触角似的,去试探,警戒。一点不错,股东暗示给他,农场赔钱,还有汉奸随便出入,丁主任理当辞职。丁主任没有否认这些事实,可也没有承认。他说着笑着,态度极其自然。

他始终不露辞职的口气。

　　股东告辞，丁主任马上找了秦妙斋去。秦妙斋是——他想——财主的大少爷，他须起码教少爷明白，他现在是替少爷背了罪名。再说，少爷自称为文学家，笔底下一定很好，心路也多，必定能替他给全体股东写封极得体的信。是的，就用全体职工的名义，写给股东们，一致挽留丁主任。不错，秦妙斋是个冷血动物；但是，"我走，他也就住不下去了！他还能不卖气力吗？"丁主任这样盘算好，每个字都裹了蜜似的，在门外呼唤："秦老弟！艺术家！"

　　秦妙斋的耳朵竖了起来，龙虾的腰挺直，他准备参加战争。世界上对他冷淡得太久了，他要挥出拳头打个热闹，不管是为谁，和为什么！"宁自一把火把农场烧得干干净净，我们也不能退出！"他喷了丁主任一脸唾沫星儿，倒好像农场是他一手创办起来似的。

　　丁主任的脸也增加了血色。他后悔前几天那样冷淡了秦妙斋，现在只好一口一个"艺术家"地来赎罪。谈过一阵，两个人亲密得很有些像双生的兄弟。最后，妙斋要立刻发动他的朋友："我们马上放哨，一直放到江边。他们假若真敢派来新主任，我就会教他怎么来，怎么滚回去！"同时，他召集了全体职工，在大厅前开会。他登在一块石头上，声色俱厉地演说了四十分钟。

　　妙斋在演说后，成了树华农场的灵魂。不但丁主任感激，就是职员与工友也都称赞他："人家姓秦的实在够朋友！"

　　大家并不是不知道，秦先生并不见得有什么高明的确切的办法。不过，闹风潮是赌气的事，而妙斋恰好会把大家感情激动起来；大家就没法不承认他的优越与热烈了。大家甚至于把他看得比丁主任还重要，因为丁主任虽然是手握实权，而且相当地有办法，可是他到底是多一半为了自己；人家秦先生呢，根本与农场无关，纯粹是路见不平，拔刀相助。这样，秦先生白住房，偷鸡蛋，与其他一切小小的罪过，都变成了理之当然的事。他，在大家的眼中，现在完全是个侠肠义胆的可爱可敬的人。

丁主任有十来天不在农场里。他在城里，从股东的太太与小姐那里下手，要挽回他的颓势。至于农场，他以为有妙斋在那里，就必会把大家团结得很坚固，一定不会有内奸，捣他的乱。他把妙斋看成了一座精神堡垒！等到他由城中回来，他并没对大家公开地说什么，而只时常和妙斋有说有笑地并肩而行。大家看着他们，心中都得到了安慰，甚至于有的人喊出："我们胜利了！"

农场糟到了极度。那喊叫"我们胜利了"的，当然更肆无忌惮，几乎走路都要模仿螃蟹；那稍微悲观一些的，总觉得事情并不能这么容易得到胜利，于是抱着干一天算一天的态度，而拚命往手中搂东西，好像是说："滚蛋的时候，就是多拿走一把小镰刀也是好的！"

旧历年是丁主任的一"关"。表面上，他还很镇定，可是喝了酒便爱发牢骚。"没关系！"他总是先说这一句，给自己壮起胆气来。慢慢地，血液循环的速度增加了，他身上会忽然出点汗。想起来了：张太太——张股东的二夫人——那里的年礼送少了！他楞一会儿，然后，自言自语地说："人事，都是人事；把关系拉好，什么问题也没有！"酒力把他的脑子催得一闪一闪的，忽然想起张三，忽然想起李四，"都是人事问题！"

新年过了，并没有任何动静。丁主任的心像一块石头落了地。新年没有过好，必须补充一下；于是一直到灯节，农场中的酒气牌声始终没有断过。

灯节后的那么一天，已是早晨八点，天还没甚亮。浓厚的黑雾不但把山林都藏起去，而且把低处的东西也笼罩起来，连房屋的窗子都像挂起黑的帘幕。在这大雾之中，有些小小的雨点，有时候飘飘摇摇地像不知落在哪里好，有时候直滴下来，把雾色加上一些黑暗。农场中的花木全静静地低着头，在雾中立着一团团的黑影。农场里没有人起来，梦与雾好像打成了一片。

大雾之后容易有晴天。在十点钟左右，雾色变成红黄，一个红血的太阳时时在雾薄的时候露出来，花木叶子上的水点都忽然变成小小的金色的珠子。农场开始有人起床。秦妙斋第一个起来，在院中绕了一个圈子。正走在大藤萝架下，他看见石板路上来了三个人。最前面的是一位女的，矮身量，穿着不知有多少衣服，像个油篓似的慢慢往前走，走得很吃力。她的后面是个中年的挑伕，挑着一大一小两只旧皮箱，和一个相当大的、风格与那位女人相似的铺盖卷，挑伕的头上冒着热汗。最后，是一位高身量的汉子，光着头，发很长，穿着一身不体面的西服，没有大衣，他的肩有些向前探着，背微微有点弯。他的手里拿着个旧洋磁的洗脸盆。

秦妙斋以为是他自己的朋友呢，他立在藤萝架旁，等着和他们打招呼。他们走近了，不相识。他还没动，要细细看看那个女的，对女的他特别感觉兴趣。那个大汉，好像走得不耐烦了，想赶到前边来，可是石板路很窄，而挑伕的担子又微微的横着，他不容易赶过来。他想踏着草地绕过来，可是脚已迈出，又收了回去，好像很怕踏损了一两根青草似的。到了藤架前,女的立定了,无聊地,含怨地,轻叹了一声。挑伕也立住。大汉先往四下一望,而后挤了过来。这时候,太阳下面的雾正薄得像一片飞烟,把他的眉眼都照得发光。他的眉眼很秀气,可是像受过多少什么无情的折磨似的,他的俊秀只是一点残余。他的脸上有几条来早了十年的皱纹。他要把脸盆递给女人,她没有接取的意思。她仅"啊"了一声,把手缩回去。大概她还要夸赞这农场几句,可是,随着那声"啊",她的喜悦也就收敛回去。阳光又暗了一些,他们的脸上也黯淡了许多。

那个女的不甚好看。可是,眼睛很奇怪,奇怪得使人没法不注意她。她的眼老像有甚么心事 —— 像失恋,损伤了儿女或破产那类的大事 —— 那样的定着,对着一件东西定视,好久;才移开,又去定视另一件东西。眼光移开,她可是仿佛并没看到什么。当她注意一个人的时候,那个人总以为她是一见倾心,不忍转目。可是,当她移开眼光的时节,他又觉得她根本没有看见他。她使人不安,惶惑,可是也感到有趣。小圆脸,眉眼还端正,可是都平平无奇。只有在她注视你的时候,你才觉得她并不难看,而且很有点热情。及至她又去对别的人,或别的东西楞起来,你就又有点可怜她,觉得她不是受过什么重大的刺激,就是天生的有点白痴。

现在,她扭着点脸,看着秦妙斋。妙斋有点兴奋,拿出他自认为最美的姿态,倚在藤架的柱子上,也看着她。

"哪个叨?"挑伕不耐烦了:"走不走吗?"

"明霞,走!"那个男人毫无表情地说。

"干什么的?"妙斋的口气很不客气地问他,眼睛还看着明霞。

"我是这里的主任。"那个男的一边说,一边往里走。

"啊？主任？"妙斋挡住他们的去路。"我们的主任姓丁。"

"我姓尤，"那个男的随手一拨，把妙斋拨开，还往前走，"场长派来的新主任。"

秦妙斋愕住了，闭了一会儿眼，睁开眼，他像条被打败了的狗似的，从小道跑进去。他先跑到大厅。"丁，老丁！"他急切地喊。"老丁！"

丁主任披着棉袍，手里拿着条冒热气的毛巾，一边擦脸，一边从楼上走下来。

"他们派来了新主任！"

"啊？"丁主任停止了擦脸，"新主任？"

"集合！集合！教他怎么来的怎么滚回去！"妙斋回身想往外跑。

丁主任扔了毛巾，双手撩着棉袍，几步就把妙斋赶上，拉住。"等等！你上楼去，我自有办法！"

妙斋还要往外走，丁主任连推带搡，把他推上楼去。而后，把钮子扣好，稳重庄严地走出来。拉开门，正碰上尤主任。满脸堆笑地，他向尤先生拱手："欢迎！欢迎！欢迎新主任！这是——"他的手向明霞高拱。没有等尤主任回答，他亲热地说："主任太太吧？"紧跟着，他对挑伕下了命令："拿到里边来吗！"把夫妻让进来，看东西放好，他并没有问多少钱雇来的，而把大小三张钱票交给挑伕——正好比雇定的价钱多了五角。

尤主任想开门见山地问农场的详情，但是丁务源忙着喊开水，洗脸水；吩咐工友打扫屋子，丝毫不给尤主任说话的机会。把这些忙完，他又把明霞大嫂长大嫂短地叫得震心，一个劲儿和她扯东道西。尤主任几次要开口，都被明霞给截了回去；乘着丁务源出去那会儿，她责备丈夫：

197

"那些事,干吗忙着问,日子长着呢,难道你今天就办公?"

第一天一清早,尤主任就穿着工人装,和工头把农场每一个角落都检查到,把一切都记在小本儿上。回来,他催丁主任办交代。丁主任答应三天之内把一切办理清楚。明霞又帮了丁务源的忙,把三天改成六天。

一点合理的错误,使人抱恨终身。尤主任——他叫大兴——是在美国学园艺的。毕业后便在母校里作讲师。他聪明,强健,肯吃苦。作起"试验"来,他的大手就像绣花的姑娘的那么轻巧,准确,敏捷。作起用力的工作来,他又像一头牛那样强壮,耐劳。他喜欢在美国,因为他不善应酬,办事认真,准知道回到祖国必被他所痛恨的虚伪与无聊给毁了。但是,抗战的喊声震动了全世界;他回了国。他知道农业的重要,和中国农业的急应改善。他想在一座农场里,或一间实验室中,把他的血汗献给国家。

回到国内,他想结婚。结婚,在他心中,是一件必然的,合理的事。结了婚,他可以安心地工作,身体好,心里也清静。他把恋爱视成一种精力的浪费。结婚就是结婚,结婚可以省去许多麻烦,别的事都是多余,用不着去操心。于是,有人把明霞介绍给他,他便和她结了婚。这很合理,但是也是个错误。

明霞的家里有钱。尤大兴只要明霞,并没有看见钱。她不甚好看,大兴要的是一个能帮助他的妻子,美不美没有什么关系。明霞失过恋,曾经想自杀;但这是她的过去的事,与大兴毫不相干。她没有什么本领,但在大兴想,女人多数是没有本领的;结婚后,他曾以身作则地去吃苦耐劳,教育她,领导她;只要她不瞎胡闹,就一切不成问题。他娶了她。

明霞呢,在结婚之前,颇感到些欣悦。不是因为她得到了理想爱人——大兴并没请她吃过饭,或给她买过鲜花——而是因为大兴足以替她雪耻。她以前所爱的人抛弃了她,像随便把一团废纸扔在垃圾堆上似的。但是,她现在有了爱人;她又可以仰着脸走路了。

在结婚后,她的那点欣悦和婚礼时戴的头纱差不多,永远收藏起去了。她并不喜欢大兴。大兴对工作的努力,对金钱的冷淡,对三姑六姨的不客气,都使她感到苦痛。但是,当有机会夫妇一道走的时候,她还是紧紧地拉着他,像将被溺死的人紧紧抓住一把水草似的。无论如何,他是一面雪耻的旗帜,她不能再把这面旗随便扔在地上!

大兴的努力,正直,热诚,使自己到处碰壁。他所接触到的人,会慢慢很巧妙地把他所最珍视的"科学家"三个字变成一种嘲笑。他们要喝酒去,或是要办一件不正当的事,就老躲开"科学家"。等到"科学家"天天成为大家开玩笑的用语,大兴便不能不带着太太另找吃饭的地方去了!明霞越来越看不起丈夫。起初,她还对他发脾气,哭闹一阵。后来,她知道哭闹是毫无作用的,因为大兴似乎没有感情;她闹她的气,他作他的事。当她自己把泪擦干了,他只看她一眼,而后问一声:"该作饭了吧?"她至少需要一个热吻,或几句热情的安慰;他至多只拍拍她的脸蛋。他决不问闹气的原因与解决的办法,而只谈他的工作。工作与学问是他的生命,这个生命不许爱情来分润一点利益。有时候,他也在她发气的时候,偷偷弹去自己的一颗泪,但是她看得出,这只是怨恨她不帮助他工作,而不是因为爱她,或同情她。只有在她病了的时候,他才真像个有爱心的丈夫,他能像作试验时那么细心来看护她。他甚至于坐在床边,拉着她的手,给她说故事。但是,他的故事永远是关于科学的。她不爱听,也就不感激他。及至医生说,她的病已不要紧了,他便马上去工作。医生是科学家,医生的话绝对不能有错误。他丝毫没想到病人在没有完全好了的时候还需要安慰与温存。

她不能了解大兴,又不能离婚,她只能时时地定睛发呆。

现在,她又随着大兴来到树华农场。她已经厌恶了这种搬行李,拿着洗脸盆的流荡生活。她作过小姐,她愿有自己的固定的,款式的家庭。她不能不随着他来。但是既来之则安之,她不愿过十天半月又走出去。她不能辨别谁好谁坏,谁是谁非,但是她决定要干涉丈夫的事,不教他再多得罪人。她这次须起码把丈夫的正直刚硬冲淡一些,使大家看在她的面上原谅了尤大兴。她开首便帮忙了丁务源,还想敷衍一切活的东西,就连院中的大鹅,她也想多去喂一喂。

尤主任第一个得罪了秦妙斋。秦妙斋没有权利住在这里,请出!秦妙斋本没有任何理由充足的话好说,但是他要反驳。说着说着,他找到了理由:"你为什么不称呼我为艺术家呢?"凭这个污辱,他不能搬走!"咱们等着瞧吧,看谁先搬出去!"

尤主任只知道守法讲理是必然的事。虽然回国以后,已经受过多少不近情理的打击,可是还没遇见这么荒唐的事。他动了气,想请警察把妙斋捉出去。这时候,明霞又帮了妙斋的忙,替他说了许多"不要太忙,他总会顺顺当当地搬出去"的话。

妙斋和丁务源开了一个秘密会议。妙斋主战,丁务源主和,但是在妙斋说了许多强硬的话之后,丁务源也同意了主战。他称赞妙斋的勇敢,呼他为侠义的艺术家。妙斋感激得几乎晕了过去。

事实上,丁务源绝对不想和尤主任打交手战。在和妙斋谈过话之后,他决定使妙斋和尤大兴作战,而他自己充好人。同时,关于他自己的事,他必定先和明霞商议一下，或者请她去办交涉。他避免与尤主任作正面冲突。见着大兴，他永远摆出使人信任的笑脸，他知道出去另找事作不算难，但是找与农场里同样的舒服而收入又高的事就不大容易。他决定用"忍"字对付一切。假若妙斋与工人们把尤主任打了，他便可以利用机会复职。即使一时不能复职，他也会运动明霞和股东太太们，教他作个副主任。他这个副主任早晚会把正主任顶出去，他自信有这个把握，只要他能忍耐。把妙斋与明霞埋伏在农场，他进了城。

尤主任急切地等着丁务源办交代，交代了之后，他好通盘地计划一切。但是，丁务源进了城。他非常着急。拿人一天的钱，他就要作一天的事，他最恨敷衍与慢慢地拖。在他急得要发脾气的时候，明霞的眼又定住了。半天，她才说话："丁先生不会骗你，他一两天就回来，何必这么着急呢？"

大兴并不因妻的劝告而消了气，但是也不因生气而忘了作事。他会把怒气压在心里，而手脚还去忙碌。他首先贴出布告：大家都要六时半起床，七时上工。下午一点上工，五时下工。晚间九时半熄灯上门，门不再开。在大厅里，他贴好：办公重地，闲人免进。而后，他把写字台都搬了来，职员们都在这里办事——都在他眼皮底下办事。办公室里不准吸烟，解渴只有白开水。

命令下过后，他以身作则的，在壁钟正敲七点的时节，已穿好工人装，在办公厅门口等着大家。丁务源的"亲兵"都来得相当的早，因为他们知道自己毫无本事，而他们的靠山能否复职又无把握，所以他们得暂时低下头去。他们用按时间作事来遮掩他们的不会作事。真正的工人迟到，受了秦妙斋的挑拨，他们故意和新主任捣乱。

尤主任忍耐地等着。等大家都来齐，他并没发脾气，也没说闲话。开门见山地，他分配了工作，他记不清大家的姓名，但是他的眼睛会看，谁是有经验的工人，谁是混饭吃的。对混饭吃的，他打算一律撤换，但在没有撤换之前，他也给他们活儿作——"今天，你不能白吃农场的饭，"他心里说。

"你们三位，"他指定三个工人，"去把葡萄枝子全剪了。不打枝子，下一季没法结葡萄。限两天打完。"

"怎么打？"一个工人故意为难。

"我会告诉你们！我领着你们去作！"然后，他给有经验的工人全分配了工作，"你们三位给果木们涂灰水，该剥皮的剥皮，该刻伤的刻伤，回来我细告诉你们。限三天作完。你们二位去给菜蔬上肥。你们三位去给该分根的花草分根……"然后，轮到那些混饭吃的："你们二位挑沙子，你们俩挑水，你们二位去收拾牛羊圈……"

混饭吃的都撅了嘴。这些事，他们能作，可是多么费力气，多么肮脏呢！他们往四下里找，找不到他们的救主丁务源的胖而发光的脸。他们祷告："快回来呀！我们已经成了苦力！"

那些有经验的工人，知道新主任所吩咐的事都是应当作的。虽然他所提出的办法，有和他们的经验不甚相同的地方，可是人家一定是内行。及至尤主任同他们一齐下手工作，他们看出来，人家不但是内行，而且极高明。凡是动手的，尤主任的大手是那么准确，敏捷。凡是要说出道理的地方，尤主任三言五语说得那么简单，有理。从本事上看，从良心上说，他们无从，也不应当，反对他。假若他们还愿学一些新本事，新知识的话，他们应该拜尤主任为师。但是，他们的良心已被丁务源给蚀尽。他们的手还记得白板的光滑，他们的口还咂摸着麯酒的香味；他们恨恶镰刀与大剪，恨恶院中与山上的新鲜而寒冷的空气。

现在，他们可是不能不工作，因为尤主任老在他们的身旁。他由葡萄架跑到果园，由花畦跑到菜圃，好像工作是最可爱的事。他不叱喝人，也不着急，但是他的话并不客气，老是一针见血地使他们在反感之中又有点佩服。他们不能偷闲，尤主任的眼与脚是同样快的：他们刚要放下活儿，他就忽然来到，问他们怠工的理由。他们答不出。要开水吗？开水早送到了。热腾腾的一大桶。要吸口烟吗？有一定的时间。他们毫无办法。

他们只好低着头工作，心中憋着一股怨气。他们白天不能偷闲，晚间还想照老法，去捡几个鸡蛋什么的。可是主任把混饭的人们安排好，轮流值夜班。"一摸鸡鸭的裆儿，我就晓得正要下蛋，或是不久就快下蛋了。一天该收多少蛋，我心中大概有个数目，你们值夜，夜间丢失了蛋，你们负责！"尤主任这样交派下去。好了，连这条小路也被封锁了！

过了几天，农场里一切差不多都上了轨道。工人们因为有点知识，到底容易感化。他们一方面恨尤主任，一方面又敬佩他。及至大家的生活有了条理，他们不由地减少了恨恶，而增加了敬佩。他们晓得他们应当这样工作，这样生活。渐渐地，他们由工作和学习上得到些愉快，一种与牌酒场中不同的，健康的愉快。

尤主任答应下，三个月后，一律可以加薪，假若大家老按着现在这样去努力。他也声明：大家能努力，他就可以多作些研究工作，这种工作是有益于民族国家的。大家听到民族国家的字样，不期然而然都受了感动。他们也愿意多学习一点技术，尤主任答应下给他们每星期开两次晚会，由他主讲园艺的问题。他也开始给大家筹备一间园艺室，使大家得到些正当的娱乐。大家的心中，像院中的花草似的，渐渐发出一点有生气的香味。

不过，向上的路是极难走的。理智的崇高的决定，往往被一点点浮浅的，低卑的感情所破坏。情感是极容易发酒疯的东西。有一天，尤大兴把秦妙斋锁在了大门外边。九点半锁门，尤主任绝不宽限。妙斋把场内的鸡鹅牛羊全吵醒了，门还是没有开。他从藤架的木柱上，像猴子似的爬了进来，碰破了腿，一瘸一点的，他摸到了大厅，也上了锁。他一直喊到半夜，才把明霞喊动了心，把他放进来。

由尤主任的解说，大家已经晓得妙斋没有住在这里的权利，而严守纪律又是合理的生活的基础。大家知道这个，可是在感情上，他们觉得妙斋是老友，而尤主任是新来的，管着他们的人。他们一想到妙斋，就想起前些日子的自由舒适，他们不由地动了气，觉得尤主任不近人情。他们一一地来慰问妙斋，妙斋便乘机煽动，把尤大兴形容得不像人。"打算自自在在地活着，非把那个猪狗不如的东西打出去不可！"他咬着牙对他们讲。"不过，我不便多讲，怕你们没有胆子！你们等着瞧吧，等我的腿好了，我独自管教他一顿，教你们看看！"

他们的怒气被激起来，大家都不约而同地留神去找尤大兴的破绽，好借口打他。

尤主任在大家的神色上，看出来情势不对，可是他的心里自知无病，绝对不怕他们。他甚至于想到，大家满可以毫无理由地打击他，驱逐他，可是他决不退缩，妥协。科学的方法与法律的生活，是建设新中国的必经的途径。假若他为这两件事而被打，好吧，他愿作了殉道者。

一天，老刘值夜。尤主任在就寝以前，去到院中查看，他看见老刘私自藏起两个鸡蛋。他不能睁着一只眼，闭着一只眼地敷衍。他过去询问。

老刘笑了："这两个是给尤太太的！"

"尤太太？"大兴仿佛不晓得明霞就是尤太太。他楞住了。及至想清楚了，他像飞也似的跑回屋中。

明霞正要就寝。平平的黄圆脸上没有任何表情，坐在床沿上，定睛看着对面的壁上——那里什么也没有。

"明霞！"大兴喘着气叫，"明霞，你偷鸡蛋？"

她极慢地把眼光从壁上收回，先看看自己拖鞋尖的绣花，而后才看丈夫。

"你偷鸡蛋？"

"啊！"她的声音很微弱，可是一种微弱的反抗。

"为什么？"大兴的脸上发烧。

"你呀，到处得罪人，我不能跟你一样！我为你才偷鸡蛋！"她的脸上微微发出点光。

"为我？"

"为你！"她的小圆脸更亮了些，像是很得意。"你对他们太严，一草一木都不许私自动。他们要打你呢！为了你，我和他们一样地去拿东西，好教他们恨你而不恨我。他们不恨我，我才能为你说好话，不是吗？自己想想看！我已经攒了三十个大鸡蛋了！"她得意地从床下拉出一个小筐来。

尤大兴立不住了。脸上忽然由红而白。摸到一个凳子，坐下，手在膝上微颤。他坐了半夜,没出一声。

第二天一清早,院里外贴上标语,都是妙斋编写的。"打倒无耻的尤大兴!""拥护丁主任复职!""驱逐偷鸡蛋的坏蛋!""打倒法西斯的走狗!""消灭不尊重艺术的魔鬼!"……

大家罢了工,要求尤大兴当众承认偷蛋的罪过,而后辞职,否则以武力对待。

大兴并没有丝毫惧意,他准备和大家谈判。明霞扯住了他。乘机会,她溜出去,把屋门倒锁上。

"你干吗?"大兴在屋里喊,"开开!"

她一声没出,跑下楼去。

丁务源由城里回来了,已把副主任弄到手。"喝!"他走到石板路上,看见剪了枝的葡萄,与涂了白灰的果树,"把葡萄剪得这么苦。连根刨出来好不好!树也擦了粉,硬是要得!"

进了大门,他看到了标语。他的脚踵上像忽然安了弹簧,一步催着一步地往院中走,轻巧,迅速;心中也跳得轻快,好受;口里将一个标语按照着二黄戏的格式哼唧着。这是他所希望的,居然实现了!"没想到能这么快!妙斋有两下子!得好好的请他喝两杯!"他口中唱着标语,心中还这么念道。

刚一进院子,他便被包围了。他的"亲兵"都喜欢得几乎要落泪。其余的人也都像看见了久别的手足,拉他的,扯他的,拍他肩膀的,乱成一团;大家的手都要摸一摸他,他的衣服好像是活菩萨的袍子似的,挨一挨便是功德。他们的口一齐张开,想把冤屈一下子都倾泻出来。他只听见一片声音,而辨不出任何字来。他的头向每一个人点一点,眼中的慈祥的光儿射在每一个人的身上，他的胖而热的手指挨一挨这个，碰一碰那个。他感激大家，又爱护大家，他的态度既极大方，又极亲热。他的脸上发着光，而眼中微微发湿。"要得！""好！""呕！""他妈拉个巴子！"他随着大家脸上的表情，变换这些字眼儿。最后，他向大家一举手，大家忽然安静了。"朋友们，我得先休息一会儿，小一会儿；然后咱们再详谈。不要着急生气，咱们都有办法，绝对不成问题！"

"请丁主任先歇歇！让开路！别再说！让丁主任休息去！"大家纷纷喊叫。有的还恋恋不舍地跟着他，有的立定看着他的背影，连连点头赞叹。

丁务源进了大厅，想先去看妙斋。可是，明霞在门旁等着他呢。

"丁先生！"她轻轻地，而是急切地，叫，"丁先生！"

"尤太太！这些日子好哇？要得！"

"丁先生！"她的小手揉着条很小的，花红柳绿的手帕。"怎么办呢？怎么办呢？"

"放心！尤太太！没事！没事！来！请坐！"他指定了一张椅子。

明霞像作错了事的小女孩似的，乖乖地坐下，小手还用力揉那条手帕。

"先别说话，等我想一想！"丁务源背着手，在屋中沉稳而有风度地走了几步。"事情相当的严重，可是咱们自有办法，"他又走了几步，摸着脸蛋，深思细想。

明霞沉不住气了，立起来，迫着他问："他们真要打大兴吗？"

"真的！"丁副主任斩钉截铁地回答。

"那怎么办呢？怎么办呢？"明霞把手帕团成一个小团，用它擦了擦鼻洼与嘴角。

"有办法!"丁务源大大方方地坐下。"你坐下,听我告诉你,尤太太! 咱们不提谁好谁歹,谁是谁非,咱们先解决这件事,是不是?"

明霞又乖乖地坐下,连声说"对! 对!"

"尤太太看这么办好不好?"

"你的主意总是好的!"

"这么办:交代不必再办,从今天起请尤主任把事情还全交给我办,他不必再分心。"

"好! 他一向太爱管事!"

"就是呀! 教他给场长写信,就说他有点病,请我代理。"

"他没有病,又不爱说谎!"

"在外边混事,没有不扯谎的! 为他自己的好处,他这回非说谎不可!"

"呕! 好吧!"

"要得! 请我代理两个月,再教他辞职,有头有脸地走出去,面子上好看!"

明霞立起来:"他得辞职吗?"

"他非走不可!"

"那?"

"尤太太,听我说!"丁务源也立起来。"两个月,你们照常支薪,还住在这里,他可以从容地去找事。两个月之中,六十天工夫,还找不到事吗?"

"又得搬走?"明霞对自己说,泪慢慢地流下来。楞了半天,她忽然吸了一吸鼻子，用尽力量地说："好！就是这么办啦！"她跑上楼去。

开开门一看，她的腿软了，坐在了地板上。尤大兴已把行李打好，拿着洗面盆，在床沿上坐着呢。

沉默了好久，他一手把明霞搀起来，"对不起你，霞！咱们走吧！"

院中没有一个人，大家都忙着杀鸡宰鸭，大宴丁主任，没工夫再注意别的。自己挑着行李，尤大兴低着头向外走。他不敢看那些花草树木——那会教他落泪。明霞不知穿了多少衣服，一手提着那一小筐鸡蛋，一手揉着眼泪，慢慢地在后面走。

树华农场恢复了旧态，每个人都感到满意。丁主任在空闲的时候，到院中一小块一小块地往下撕那些各种颜色的标语，好把尤大兴完全忘掉。

不久，丁主任把妙斋交给保长带走，而以一万五千元把空房租给别人，房租先付，一次付清。

到了夏天，葡萄与各种果树全比上年多结了三倍的果实，仿佛只有它们还记得尤大兴的培植与爱护似的。

果子结得越多，农场也不知怎么越赔钱。

（原载1943年1月8日至24日重庆《大公报》）

一筒炮台烟

阚进一在大学毕业后就作助教。三年的工夫,他已升为讲师。求学、作事、为人,他还像个学生;毕业、助教、讲师,都没能使他忘了以前的自己。在大学毕业的往往像姑娘出嫁,今天还是腼腆的小姐,过了一夜便须变为善于应付的媳妇。进一不这样。直到作了讲师,他的衣服仍旧是读书时代的那些,衣袋里还时常存着花生米。他不吸烟,不喝酒,不会应酬,只有吃花生米是他的嗜好。

作了讲师,他还和学生们在一块去打球和作其他的运动与操作。有时候,他也和学生们一齐站在街上吃烤红薯,因此,学生们都叫他阚大哥。课后,他的屋里老挤满了男女同学,有的问功课,有的约踢球,有的借钱,有的谈心。他的屋子很小,可是收拾得极整齐清爽。门外铺着一个破麻袋,同学们有踏了泥的,必被他勒令去在麻袋上擦鞋底。小几上有个相当大的土磁花瓶,没有花,便插上几根青草,或一枝树叶。女同学们时常给他带来一点花。把花插好,他必亲自把青草或树叶扔在垃圾箱里去。他几乎永远不支使工友,同学们来到,他总是说一声:"请不要把东西弄乱,我给你们提开水去。"

虽然接近同学,他可是永远不敷衍他们。他授课认真,改卷认真,考试认真，因此，他可就得罪了一小部分不用功的学生。在他心里，凡是按规矩办理，就是公正无私，而公正无私就不应当引起任何人反感。他并不因为恨恶谁，才叫谁不及格。同时，他对不及格的学生表示，他极愿特别帮助他们在课外补习；因为给他们补习功课，而牺牲了他自己的运动时间也无所不可。通融办理，可是，绝对作不到。

这个公正无私的态度与办法，使他觉得他可以畅行无阻，可以毫不费心思而致天下太平。所以，他一天到晚老是快活的，像个无忧无虑的小鸟儿。

但是当他升为讲师的时候，他感到自己个儿的快乐，像孤独的一枝美丽的花，是无法拦阻暴风雨的袭来的。好几位与他地位相等的朋友，都争那个讲师的位子，他丝毫没把这件事放在心里，更不想去向谁说句好话，或折腰。他以为那是极可耻的事。

聘书落在了他的手中。这，惹恼了竞争地位的同事们，而被他得罪过的同学也随着兴风作浪。他几乎一点也不晓得，假若聘书落在别人的手中，他一定不会表示什么不满意，聘谁和不聘谁是由学校当局作主啊。所以，聘书到了他自己手中，他想别人也无话可说。可是慢慢的，女同学们全不到他的屋中来了；又过了一个时期，男同学也越来越少了。没有人来，正好，他可以安静地多读点书，他想不到风之后，会有什么大雨下来。谣言都已像熟透了的樱桃，落在地上，才被他拾起来。他有许多罪过；贪玩不好；教书，巴结学校当局，行为有乖师道。联络学生……还有引诱女生。

他是个粗壮而短矮的人，无论是立着还是躺着。他老像一根柏木桩子似的。模样长的不错，而脸色相当的黑；因此，他内心的爽朗与眉眼的端正都遮上了一片微黑的薄云。好像帮助他表示爱说话似的，他的嘴特别大。每当遇到困难问题，他的大嘴会向左边 —— 永远向左边 —— 歪，直到无可再歪，才又收回来。歪完了嘴而仍解决不了问题，他的第二招是用力的啃手指甲，有时候会啃出血来。

谣言的袭击，使他歪了几小时的嘴，而且咬破了手。最后，他把嘴角收回，对自己说："扯淡！辞职，不干了！"马上上了辞职书。并且，绝对不见一个朋友，一个学生。自己的事，自己拿主意，用不着宣传。

辞呈被退回来，并且附着一封慰留的信。

把文件念了两三遍，他又歪了嘴，手插在裤袋里，详细的打主意。大约有十分钟吧，他的主意已打定："谣言总是谣言。学校当局既不信谣言，而信任我，再多说什么便是故意的罗嗦！算了吧。"对自己说完了这一套，他打开了屋门与窗子，叫阳光直接射到他的黑脸上；一切都光亮起来。极快的买来一包花生米，细细的咀嚼；嚼到最香美的时候，嘴向左边歪了去。又想起个主意来，赶快结婚，岂不把引诱女生的谣言根本杜绝？对的。他给表妹董秀华打了电报去。

他知道，秀华表妹长得相当的清秀，而脾气不大很好 —— 小气，好吵嘴。他想，只有他足以治服她的小嘴；绝对不成问题。他还记得：有一回 —— 大概有五六年了吧 —— 他偷偷吻了她一下，而被她打了个大嘴巴子，打的相当的疼。可是他禁得住；再疼一点也没关系。别个弱一点的男子大概就受不了，但是他自己毫不在乎，他等着回电。

等了一个星期，没有回电或快信。他冒了火。在他想，他向秀华求婚，拿句老话来说，可以算作"门当户对"。他想不出她会有什么不愿意的理由。退一步讲，即使她不愿接收他，也该快点回封信；一声不响算什么办法呢？在这一个星期里，他每天要为这件不痛快的事生上十分钟左右的气。最后他想写一封极厉害的信去教训教训秀华。歪着嘴，嚼着花生米，他写了一封长而厉害的信。写完，又朗读了一遍，他吐了口气。可是，将要加封的时候，他笑了笑，把信撕了。"何必呢！何必呢！她不回信是她不对，可是自己只去了个简单的电报，人家怎么答复呢？算了！算了！也许再等两天就会来信的。"

又过了五天，他才等到一封信——小白信封，微微有些香粉味；因为信纸是浅红的，所以信封上透出一点令人快活的颜色。信的言语可是很短，而且令人难过："接到电报，莫名其妙！敬祝康健！秀。"

进一对着信上的"莫名其妙"楞了十多分钟。他想不出道理来，而只觉得妇女是一种奇怪的什么。买了足够把两个人都吃病的花生米，他把一位号称最明白人情的同事找来请教。

"事情成功了。"同事的告诉他。

"怎么？"

"你去电报，她迟迟不答，她是等你的信。得不到你的信，所以她说莫名其妙，催你补递情书啊。你的情书递上，大事成矣。恭喜！恭喜！"

"好麻烦！好麻烦！"进一啼笑皆非的说，可是，等朋友走后，他给秀华写了信。这是信，不是情书，因为他不会说那些肉麻的话。

按照他的想法，恋爱、定婚、结婚，大概一共有十天就都可以完事了。可是，事情并没有这么简便干脆。秀华对每件事，即使是最小的事，也详加考虑——说"故意麻烦"也许更正确一点。"国难期间，一切从简，"在进一想，是必然的。到结婚这天，他以为，他只须理理发，刷刷皮鞋,也就满够表示郑重其事的了。可是,秀华开来的定婚礼的节目,已足使两个进一晕倒的。第一,他两人都得作一套新衣服,包括着帽子、皮鞋、袜子、手帕。第二,须预备二三桌酒席;至不济,也得在西餐馆吃茶点。第三,得在最大的报纸的报头旁边,登头号字的启事。第四,……进一看一项,心中算一算钱,他至少须有两万元才能定婚!他想干脆的通知秀华,彼此两便,各奔前程吧。同时,他也想到:劳民伤财的把一切筹备好,而亲友来到的时节谁也说不清到底应当怎样行礼,除了大家唧咕唧咕一大阵,把点心塞在口中,恐怕就再没有别的事;假若有的话,那就是小姐们——新娘子算在内——要说笑,又不敢,而只扭扭捏捏的偷着笑。想到这里,他打了个震动全身的冷颤! 非写信告诉秀华不可:结婚就是结婚,不必格外的表演猴儿戏。结婚应当把钱留起来,预备着应付人口过多时的花费。不能,不能,不能把钱先都化去,叫日后相对落泪。说到天边上去,他觉得他完全合理,而表妹是瞎胡闹。他写好了信——告诉她彼此两便吧。

好像知道不一定把信发出去似的,也没有照着习惯写好信马上就贴邮票。他把信放在了一边。秀华太麻烦人,可是,有几个不罗嗦的女子呢? 好吧,和她当面谈一谈,也当更有效力。

预备了像讲义那么有条理的一片话,他去找秀华。见了面,他的讲义完全没有用处。秀华的话像雨里的小雹子,东一个,西一个,随时闪击过来;横的,斜的,出其不意的飞来,叫他没法顺畅的说下去。有时候,她的话毫无意义,回答也好,不回答也好,可是适足以扰乱了进一的思路。

最后,他的黑脸上透出一点紫色,额上出了些汗珠。"秀华,说干脆的,不要乱扯!要不然,我没工夫陪你说废话!我走!"

他真要走,并不是吓吓她,也没有希望什么意外的效果。可是,秀华让步了。他开始对着正题发言。商谈的结果:凡是她所提出的办法,一样也没撤销,不过都打了些折扣。进一是爽快的人,只要事情很快的有了办法,他就不愿多争论。而且,即使他不惜多费唇舌,秀华也不会完全屈服;而弄僵了之后,便更麻烦——事事又须从头商讨一遍啊。

他们定了婚,结了婚。

在进一想,结婚以后的生活应当比作单身汉的时候更简单明快一些,因为自己有了一个帮忙的人。因此,在婚前,他常常管秀华叫作"生活的助教"。及至结了婚,他首先感觉到,生活不但不更简单一些,反而更复杂的多了。不错,在许多的小事情上,他的确得到了帮助:什么缝缝钮扣,补补袜子呀,现在已经都无须他自己动手了。可是,买针买线,还得他跑腿,而且他所买的总是大针粗线,秀华无论如何也不将就!为一点针线,他得跑好几趟。麻烦!麻烦得出奇!

还有秀华不老坐在屋里安安静静的补袜子呀。她有许多计划,随时的提将出来。他连头也不抬,就那末不着痕迹的,一边挑花,或看《妇女月刊》,一边的说:"咱们该请王教授们吃顿饭吧?你都不用管!我会预备!"或者"咱们还得买几个茶杯。客来了,不够用的呀!我已经看好了一套,真不贵!"

进一对抗战是绝对乐观的。在婚前,只要一听到人们抱怨生活困难,他便发表自己的意见!"勒紧了肚子,没有过不去的事。我们既没到前线去作战,还不受点苦?民族的复兴,须要经过血火的洗礼!哼!"他以为生活的困难绝对不足阻碍抗战的进行,只要我们自己肯像苦修的和尚那么受苦。他的话不是随便说的,他自己的生活便是足以使人折服的实例。因此,他敢结婚。他想,秀华也是青年,理应明白抗战时所应有的生活方式。及至听到秀华这些计划,他的嘴歪得几乎不大好拉回来了。秀华已经告诉他好几次,不要歪嘴,可是他没法矫正自己。他想不到秀华会这么随便的乱出主意。他可是也不便和她争辩,因为争辩是吵架的起源。

"别以为我爱化钱请贵客,"秀华不抬头,而瞟了丈夫一眼,声音并没提高,而腔调更沉重了些,"我们作事就得应酬,不能一把死拿,叫人家看不起咱们!"

进一开始啃手指甲。他顶恨应酬。凭自己的本领挣饭吃,应酬什么呢? 况且是在抗战中! 但是他不敢对她明言。她是那么清秀,那么娇嫩,仿佛是与他绝对不同的一种人。既然绝对不相同,她就必有她的道理。在体格上,学识上,他绝对相信自己比她强的。他可以控制她。但是,无论怎样说,她是另一种人,她有他所没有的一些什么。他能控制她,或者甚至于强迫她随着他的意见与行动为转移。可是,那并不就算他得到了一切。她所有的,永远在他自己的身上找不到。她的存在,从某一角度上去看,是完全独立的。要不然,他干么结婚呢?

他只好一声不响。

秀华挑了眼:"我知道,什么事都得由着你! 我不算人!"她放下手中的东西,眼中微湿的看着他,分明是要挑战。

他也冒了火。他丝毫没有以沉默为武器的意思。他的不出声是退让与体谅的表示。她连沉默也不许,也往错里想,这简直是存心怄气。还没把言语预备好,他就开了口,而且声音相当的直硬:"我告诉你!

秀华！"

夫妻第一次开了口战。谁都有一片大道理，但是因为语言的慌急，和心中的跳动，谁都越说越没理；到后来，只求口中的痛快，一点也不管哪叫近情，何谓合理；说着说着，甚至于忘了话语的线索，而随便用声音与力气继续的投石射箭。

经过这一次舌战，进一有好几天打不定主意，以后是应该更强硬一点好呢？还是更温和一点好呢？幸而，秀华有了受孕的征兆，她懒，脸上发黄，常常呕吐。进一得到了不用说话而能使感情浓厚的机会，他服侍她，安慰她，给她找来一些吃不吃都可以的小药。这时候，不管她有多少缺点，进一总觉得自己有应当惭愧的地方。即使闹气吵嘴都是由她发动吧，可是她现在正受着一种苦刑，他一点也不能分担。她的确是另一种人，能够从自己的身中再变出一个小人来。

看着她，他想象着将要作他的子或女的样子：头发是黑的，还是黄的；鼻子是尖尖的，还是长长的？无论怎么想，他总觉得他的小孩子一定是可爱的，即使生得不甚俊美，也是可爱的。

在婚前，有许多朋友警告过他！小孩子是可怕的，因为小人比大人更会化钱。他不大相信。他的自信心叫他敢挺着胸膛去应付一切困难。他的收入很有限，又没有什么财产。他知道困难是难免的，但不是不可克服的。一个人在抗战中，他想，是必须受些苦的。他不能因为增加收入而改行去作别的。教育是神圣的事业。假若他为生活舒服而放弃了教职，便和临阵脱逃的一位士兵一样。同时，结婚生孩子是最自然的事，一个人必须为国家生小孩，养小孩，教育小孩。这样，结婚才有了意义，有了结果。在困苦中，他应当挺着胸准备作父亲，不该用皱皱眉和叹气去迎接一条新生命。困难是无可否认的，但是唯其有困难，敢与困难搏斗，仿佛才更有意义。

可是，金钱到手里，就像水放在漏壶里一样，不知不觉的就漏没有了。进一还是穿着那些旧衣服，还是不动烟酒，不虚化一个钱。可是一个月的薪水不够一个月化的了。要糊过一个月来，他须借贷，他问秀华，秀华的每一个钱都有去路，她并没把钱打了水飘儿玩。

他不肯去借钱，他甚至看借钱是件可耻的事。但是咬住牙硬不去借，又怎么渡过一个月去呢？他不能叫怀孕的妇人少吃几顿饭！

他向来不肯从别人或别处找来原谅自己的理由。不错，物价是高了，薪水太少，而且自己又组织了家庭。这些都是一算便算得出来的，像二加二等于四那么显明。可是，他不肯这么轻易的把罪过推出去。他总认为家庭中的生活方式不大对，才出了毛病。或者仅是自己完全不对，因为若把罪过都推在秀华身上去，自己还算什么男子汉大丈夫呢？

秀华有一点钱便给肚中的娃娃预备东西。小鞋，小袜，小毛衣，小围嘴……都做得相当的考究，美观。进一很喜欢这些小物件，可是一打听细毛线和布帛的价钱，他才明白，专就这一项事来说，他的月薪当然不够化一个月的了，由这一点，他又想到生娃娃和生产以后的费用；大概一个月的薪水还不够接生的化费呢！秀华的身子是一天比一天的重了。他不敢劝她少给娃娃预备东西，也不敢对她说出生娃娃时候的一切费用。她需要安静，快乐；他不能在她身体上的苦痛而外，再使她精神上不痛快。他常常出一头冷汗，而自己用手偷偷的擦去。他相信自己并没作错一件事，可是也不知怎的一切都出了岔子。

秀华的娘家相当的有钱，她叫进一去求母亲帮忙。他不肯去。他从大学毕业那一天，就没再用过家中一个钱。那么，怎好为自己添丁进口而去求岳母呢。他的嘴不是为央求人用的。

这，逼得秀华声色俱厉的问他："那么，怎么办呢？"

进一惨笑了一下："受点苦，就什么事都办了！"

为证明他自己的话合理，进一格外努力的操作。他起得很早，把屋里屋外收拾得顶整洁，仿佛是说："你看，秀华，贫苦并无碍于生活的整洁呀！"同时他在一个补习学校兼了钟点。所得的报酬很少，可是他满脸笑容的把这一点钱递在秀华手中："秀华，别着急，咱们有办法，咱们年轻轻的，肯出点汗，还能教贫穷给捉住吗？是不是，秀华？"

秀华很随便的把那一点钱放在身旁，一语未发。

进一啃了半天手指甲，而后实在忍不住了，才低声的，恳切的说：

"华！我知道这一点钱太少，没有什么用处。可是，积少成多，我再去想别的法子呀。比如说，我可以写点稿子卖钱。"

"写稿子！"秀华冷淡的问。

"嗯！"进一想了一会儿："是这样，秀华，我尽到我的心，卖尽我的力，去弄钱。可是弄钱只为解决生活，而不为弄钱而弄钱。因此，我去兼课，我写稿子，一方面是增加收入，一方面也还为教书与作文章有益于别人的事。假若，你以为我可以用我的心力去作生意，发国难财，除了弄钱别无意义，你就完全把我看错了！我希望你把我凭良心挣下来的每一个钱，都看成我的爱，我的劳力，我的苦心的一个象征。你要为这样的钱吻我，夸赞我，我才能得到鼓励，要更要好要强，像一匹骏马那样活泼有力，勇敢热烈！能这样，我们俩便是一对儿好马，我们还怕拖不动这一点困苦吗？笑！秀华！笑！发愁，苦闷，有什么用处呢！"

秀华很勉强的笑了一笑。她有一肚子的委屈，可是只简单的缩敛成很短的，没有头尾的几句话："什么也没有，没有交际，没有玩耍，没有……"

"我知道！我知道！每次朋友来，都叫你脸红。没有好茶叶，漂亮的点心，没有香烟……甚至于没有够用的凳子和茶碗。可是，朋友们也该知道现在是抗战时期呀。他们知道这个，就该原谅咱们。假若咱们是由发国难财而有好茶好香烟好茶杯给他们享受，他们和咱们就都没有了良心，你说是不是？秀华，打起精神来，别再叫我心里难过！"

秀华没再说什么，可是脸上也并没有一点笑容。进一也不敢再多讲，他知道话太多了也不易消化。他去擦皮鞋，扫地，以免彼此对愣着。虽然如此，屋中到底还是沉静得难堪。

一位朋友来给解了围。进一的迎接朋友是直爽而热烈的。有茶，他便倒茶；没茶，他干脆说没有。假若没有茶，而朋友真口渴呢，他就是走出二里地也得把茶水弄了来。

这位朋友是来求他作点事。在婚后，正如婚前，进一有求必应的。特别在婚后，他仿佛是故意的作给秀华看："你说咱们不会招待朋友，朋友有事可是先来求我呀！彼此帮忙才是真朋友，应酬算什么呢！"

三言两语，朋友把事情说清楚；三言两语，进一说明了他可以帮忙。然后，他三步当作两步的去给友人办理那件事。

把事情办成，他给了友人回话，而后把它放在脑子后头——进一永远不爱多说怎样给别人帮忙的经过；帮忙是应该的，用不着给自己宣传。

过了几天，他已经几乎把这件事忘得一干二净了，友人来了，给他道谢。一边说着话，友人顺手的放下一筒儿炮台烟。

"喝！炮台！"进一笑着说。"干什么？"

"小意思！"友人也笑了笑。"送给你的！"

"我不吸烟！"进一表示不愿接收礼物。

"留着招待朋友。遇到会吸烟的。你送他一枝，一枝，他也得喜欢！"说罢，友人就搭讪着告辞了。

送客回来，他看见秀华正拿着那筒烟细细的看呢，倒仿佛从来没看见过的样子。

"秀华！"进一笑着叫。"给他送回去吧，反正咱们俩都不抽烟。凭咱们这破桌子烂板凳，摆上这么一筒烟也不配合！"

"你掂一掂！"秀华把筒儿举起来。

"干吗？"

"不像是烟，烟没有这么沉重！"

进一接过烟来，掂了一掂。掂了一小会儿，"不是香烟！可也不能是大烟吧？"说着，他把筒的盖儿掀开。"钱！"

"钱？"秀华探着脖子看。"多少？"

"管他多少呢，我马上给他送回去！"进一颇用力的把盖儿盖好。就要往外走。

"等等！你等等！"秀华立了起来。"到底是怎回事？"

"他托我给说了个情，我给办到了。没费我一个铜板，干吗送我钱呢？"进一又把嘴歪到左边去。

"大概事情不那么简单吧？"秀华慢慢的坐下。"求你的事必不像他说的那么容易。人家求你，你仿佛吃了蜜，连事情还没弄明白就一劲儿点头！"

"管它呢，反正我不能收这点钱！"

"这点钱，他应当给，应当多给！"

"秀华！"进一的脸上很不好看了。"这是贿赂！一文钱也是贿赂！"说完，进一又要往外走。

从外面进来个二十岁上下的学生，走得慌速，几乎和进一碰个满怀。

"阚先生！"学生的眼中含着泪。

"怎么啦？丁文！"进一关切的问。

"弟弟急性盲肠炎！入院得先交一千，动手术又得一两千！他疼得翻滚，我没钱！我们的家在沦陷区！先生，你救命！"丁文把话一气说完，一下子坐在了小凳上，头上冒出大汗珠子。

"嗯！"进一手中掂着那个香烟筒，打主意。他好像忘了筒里装的是钱，而忽然的想起来。"等我看看！不要着急！"他打开烟筒，把一卷塞得很结实的钞票用力扯出来。极快的他数了一数。"嘿，整三千！丁文，这不是好来的钱，你愿意用吗？"

丁文几乎像抢夺似的把一卷票子抓在手中。"先生，人命要紧！"他噗咚一声跪在地上，磕了一个头起来，没再说什么，像箭头儿似的飞跑出去。

进一把嘴歪到一边，向门外发愣。

"进一！"秀华含着怒喊叫，"我不久也得入医院，也得先交一千，也得化一两千医药费！你怎么不给我想一想呢？你从哪里再弄到三千元呢？"

进一慢慢的走过来，轻轻的拍了两下秀华的肩。"华，天无绝人之路，咱们必有办法。无论什么吧，咱们的儿女必要生得干净！生得干净！"

（原载《文风杂志》1943年12月1日创刊号）

正红旗下（未完）①

一

假若我姑母和我大姐的婆母现在还活着，我相信她们还会时常争辩：到底在我降生的那一晚上，我的母亲是因生我而昏迷过去了呢，还是她受了煤气。

幸而这两位老太太都遵循着自然规律，到时候就被亲友们护送到坟地里去；要不然，不论我庆祝自己的花甲之喜，还是古稀大寿，我心中都不会十分平安。是呀，假若大姐婆婆的说法十分正确，我便根本不存在啊！

似乎有声明一下的必要：我生的迟了些，而大姐又出阁早了些，所以我一出世，大姐已有了婆婆，而且是一位有比金刚石还坚硬的成见的

---

① 正红旗，清代八旗之一。八旗是清代满族的一种军队组织和户口编制，以旗的颜色为号，有镶黄、正黄、镶白、正白、镶红、正红、镶蓝、正蓝八旗（正即整字的简写），凡满族成员都隶属各旗。这是"满洲八旗"，以后又增设"蒙古八旗"和"汉军八旗"。八旗成员，统称"旗人"。
作者隶属"满洲八旗"的"正红旗"，这篇自传体的长篇小说因此得名。

婆婆。是,她的成见是那么深,我简直地不敢叫她看见我。只要她一眼看到我,她便立刻把屋门和窗子都打开,往外散放煤气!

还要声明一下:这并不是为来个对比,贬低大姐婆婆,以便高抬我的姑母。那用不着。说真的,姑母对于我的存在与否,并不十分关心;要不然,到后来,她的烟袋锅子为什么常常敲在我的头上,便有些费解了。是呀,我长着一个脑袋,不是一块破砖头!

尽管如此,姑母可是坚持实事求是的态度,和我大姐的婆婆进行激辩。按照她的说法,我的母亲是因为生我,失血过多,而昏了过去的。据我后来调查,姑母的说法颇为正确,因为自从她中年居孀以后,就搬到我家来住,不可能不掌握些第一手的消息与资料。我的啼哭,吵得她不能安眠。那么,我一定不会是一股煤气!

我也调查清楚:自从姑母搬到我家来,虽然各过各的日子,她可是以大姑子的名义支使我的母亲给她沏茶灌水,擦桌子扫地,名正言顺,心安理得。她的确应该心安理得,我也不便给她造谣:想想看,在那年月,一位大姑子而不欺负兄弟媳妇,还怎么算作大姑子呢?

在我降生前后,母亲当然不可能照常伺候大姑子,这就难怪在我还没落草儿①,姑母便对我不大满意了。不过,不管她多么自私,我可也不能不多少地感激她:假若不是她肯和大姐婆婆力战,甚至于混战,我的生日与时辰也许会发生些混乱,其说不一了。我舍不得那个良辰吉日!

那的确是良辰吉日! 就是到后来,姑母在敲了我三烟锅子之后,她也不能不稍加考虑,应否继续努力。她不能不想想,我是腊月二十三日

---

① 即降生。落读作 lào。

酉时,全北京的人,包括着皇上和文武大臣,都在欢送灶王爷上天的时刻降生的呀!

在那年代,北京在没有月色的夜间,实在黑的可怕。大街上没有电灯,小胡同里也没有个亮儿,人们晚间出去若不打着灯笼,就会越走越怕,越怕越慌,迷失在黑暗里,找不着家。有时候,他们会在一个地方转来转去,一直转一夜。按照那时代的科学说法,这叫作"鬼打墙"。

可是,在我降生的那一晚上,全北京的男女,千真万确,没有一个遇上"鬼打墙"的! 当然,那一晚上,在这儿或那儿,也有饿死的、冻死的,和被杀死的。但是,这都与鬼毫无关系。鬼,不管多么顽强的鬼,在那一晚上都在家里休息,不敢出来,也就无从给夜行客打一堵墙,欣赏他们来回转圈圈了。

大街上有多少卖糖瓜与关东糖①的呀! 天一黑,他们便点上灯笼,把摊子或车子照得亮堂堂的。天越黑,他们吆喝的越起劲,洪亮而急切。过了定更②,大家就差不多祭完了灶王,糖还卖给谁去呢! 就凭这一片卖糖的声音,那么洪亮,那么急切,胆子最大的鬼也不敢轻易出来,更甭说那些胆子不大的了 —— 据说,鬼也有胆量很小很小的。

再听吧,从五六点钟起,已有稀疏的爆竹声。到了酉时左右(就是我降生的伟大时辰),连铺户带人家一齐放起鞭炮,不用说鬼,就连黑、黄、大、小的狗都吓得躲在屋里打哆嗦。花炮的光亮冲破了黑暗的天空,一闪一闪,能够使人看见远处的树梢儿。每家院子里都亮那么一阵:把灶王像请到院中来,燃起高香与柏枝,灶王就急忙吃点关东糖,化为灰

---

① 糖瓜与关东糖又叫"灶糖",祭灶时的供品,用麦芽做成。
② 即初更,晚上七时至九时。

烬，飞上天宫。

灶王爷上了天，我却落了地。这不能不叫姑母思索思索："这小子的来历不小哇！说不定，灶王爷身旁的小童儿因为贪吃糖果，没来得及上天，就留在这里了呢！"这么一想，姑母对我就不能不在讨厌之中，还有那么一点点敬意！

灶王对我姑母的态度如何，我至今还没探听清楚。我可是的确知道，姑母对灶王的态度并不十分严肃。她的屋里并没有灶王龛。她只在我母亲在我们屋里给灶王与财神上了三炷香之后，才搭讪着过来，可有可无地向神像打个问心①。假若我恰巧在那里，她必狠狠地瞪我一眼；她认准了我是灶王的小童儿转世，在那儿监视她呢！

说到这里，就很难不提一提我的大姐婆婆对神佛的态度。她的气派很大。在她的堂屋里，正中是挂着黄围子的佛桌，桌上的雕花大佛龛几乎高及顶棚，里面供着红脸长髯的关公。到春节，关公面前摆着五碗②小塔似的蜜供、五碗红月饼，还有一堂干鲜果品。财神、灶王，和张仙③（就是"打出天狗去，引进子孙来"的那位神仙）的神龛都安置在两旁，倒好像她的"一家之主"不是灶王，而是关公。赶到这位老太太对丈夫或儿子示威的时候，她的气派是那么大，以至把神佛都骂在里边，毫不留情！"你们这群！"她会指着所有的神像说："你们这群！吃着我

---

① 即拜一拜。心字轻读。
② 碗，供品的单位量词。旧俗，过年时，献给神佛供品的底坐，常垫以饭碗，内盛小米，与碗口齐平，并覆盖红绵纸，然后上面再摞月饼、蜜供等食品，谓之一碗。
③ 即送子之神。传说是五代时游青城山而得道的张远霄。宋代苏洵曾梦见他挟着两个弹子，以为是"诞子"之兆，便日夜供奉起来，以后果然生了苏轼和苏辙两个儿子，都成为有名的文学家。

的蜜供、鲜苹果，可不管我的事，什么东西！"

可是，姑母居然敢和这位连神佛都敢骂的老太太分庭抗礼，针锋相对地争辩，实在令人不能不暗伸大指！不管我怎么不喜爱姑母，当她与大姐婆婆作战的时候，我总是站在她这一边的。

经过客观的分析，我从大姐婆婆身上实在找不到一点可爱的地方。是呀，直到如今，我每一想起什么"虚张声势"、"瞎唬事"等等，也就不期然而然地想起大姐的婆婆来。我首先想起她的眼睛。那是一双何等毫无道理的眼睛啊！见到人，不管她是要表示欢迎，还是马上冲杀，她的眼总是瞪着。她大概是想用二目圆睁表达某种感情，在别人看来却空空洞洞，莫名其妙。她的两腮多肉，永远阴郁地下垂，像两个装着什么毒气的口袋似的。在咳嗽与说话的时候，她的嗓子与口腔便是一部自制的扩音机。她总以为只要声若洪钟，就必有说服力。她什么也不大懂，特别是不懂怎么过日子。可是，她会瞪眼与放炮，于是她就懂了一切。

虽然我也忘不了姑母的烟袋锅子（特别是那里面还有燃透了的兰花烟的），可是从全面看来，她就比大姐的婆婆多着一些风趣。从模样上说，姑母长得相当秀气，两腮并不像装着毒气的口袋。她的眼睛，在风平浪静的时候，黑白分明，非常的有神。不幸，有时候不知道为什么就来一阵风暴。风暴一来，她的有神的眼睛就变成有鬼，寒光四射，冷气逼人！不过，让咱们还是别老想她的眼睛吧。她爱玩梭儿胡[①]。每逢赢那么三两吊钱的时候，她还会低声地哼几句二黄。据说：她的丈夫，我的姑父，是一位唱戏的！在那个改良的……哎呀，我忘了一件大事！

---

① 一种纸牌，"玩梭儿胡"又叫"逗梭儿胡"，后文"凑十胡"也是这个意思。

你看，我只顾了交待我降生的月、日、时，可忘了说是哪一年！那是有名的戊戌年啊！戊戌政变①！

说也奇怪，在那么大讲维新与改良的年月，姑母每逢听到"行头"、"拿份儿"②等等有关戏曲的名词，便立刻把话岔开。只有逢年过节，喝过两盅玫瑰露酒之后，她才透露一句："唱戏的也不下贱啊！"尽管如此，大家可是都没听她说过：我姑父的艺名叫什么，他是唱小生还是老旦。

大家也都怀疑，我姑父是不是个旗人。假若他是旗人，他可能是位耗财买脸的京戏票友儿③。可是，玩票是出风头的事，姑母为什么不敢公开承认呢？他也许真是个职业的伶人吧？可又不大对头：那年月，尽管酝酿着革新与政变，堂堂的旗人而去以唱戏为业，不是有开除旗籍的危险么？那么，姑父是汉人？也不对呀！他要是汉人，怎么在他死后，我姑母每月去领好几份儿钱粮呢？

直到如今，我还弄不清楚这段历史。姑父是唱戏的不是，关系并不大。我总想不通：凭什么姑母，一位寡妇，而且是爱用烟锅子敲我的脑袋的寡妇，应当吃几份儿饷银呢？我的父亲是堂堂正正的旗兵，负着保卫皇城的重任，每月不过才领三两银子，里面还每每搀着两小块假的；为什么姑父，一位唱小生或老旦的，还可能是汉人，会立下那么大的军功，给我姑母留下几份儿钱粮呢？看起来呀，这必定在什么地方有

---

① 即一八九八年光绪皇帝推行的资产阶级维新变法，又叫"百日维新"。
② 行头，戏曲术语，指演员扮戏时所穿戴的衣服、头盔等。行读作 xíng。拿份儿，即"戏份儿"，戏曲演员的工资。最早的工资按月计算，叫"包银"，后来改按场次计算，即是"戏份儿"。
③ 指不是"科班"出身的、偶一扮演的业余戏曲演员，与下文"玩票"同义。

些错误!

不管是皇上的,还是别人的错儿吧,反正姑母的日子过得怪舒服。她收入的多,开销的少——白住我们的房子,又有弟媳妇作义务女仆。她是我们小胡同里的"财主"。

恐怕呀,这就是她敢跟大姐的婆婆顶嘴抬杠的重要原因之一。大姐的婆婆口口声声地说:父亲是子爵,丈夫是佐领,儿子是骁骑校[①]。这都不假;可是,她的箱子底儿上并没有什么沉重的东西。有她的胖脸为证,她爱吃。这并不是说,她有钱才要吃好的。不!没钱,她会以子爵女儿、佐领太太的名义去赊。她不但自己爱赊,而且颇看不起不敢赊,不喜欢赊的亲友。虽然没有明说,她大概可是这么想:不赊东西,白作旗人!

我说她"爱"吃,而没说她"讲究"吃。她只爱吃鸡鸭鱼肉,而不会欣赏什么山珍海味。不过,她可也有讲究的一面:到十冬腊月,她要买两条丰台暖洞子[②]生产的碧绿的、尖上还带着一点黄花的王瓜,摆在关公面前;到春夏之交,她要买些用小蒲包装着的,头一批成熟的十三陵大樱桃,陈列在供桌上。这些,可只是为显示她的气派与排场。当她真想吃的时候,她会买些冒充樱桃的"山豆子",大把大把地往嘴里塞,既便宜又过瘾。不管怎么说吧,她经常拉下亏空,而且是债多了不愁,满不在乎。

[①] 子爵,古代五等爵公、侯、伯、子、男的第四等。清代子爵又分一二三等,是比较小的世袭爵位。佐领,八旗兵制,以三百人为一"牛录"(后增至四百人),统领"牛录"的军官,满语叫作"牛录额真",汉译"佐领",是地位比较低的武官。骁骑校,"佐领"下面的小军官。

[②] 即温室。

对债主子们,她的眼瞪得特别圆,特别大;嗓音也特别洪亮,激昂慷慨地交代:

"听着!我是子爵的女儿,佐领的太太,娘家婆家都有铁杆儿庄稼!俸银俸米到时候就放下来,欠了日子欠不了钱,你着什么急呢!"

这几句豪迈有力的话语,不难令人想起二百多年前清兵入关时候的威风,因而往往足以把债主子打退四十里。不幸,有时候这些话并没有发生预期的效果,她也会瞪着眼笑那么一两下,叫债主子吓一大跳;她的笑,说实话,并不比哭更体面一些。她的刚柔相济,令人啼笑皆非。

她打扮起来的时候总使大家都感到遗憾。可是,气派与身分有关,她还非打扮不可。该穿亮纱,她万不能穿实地纱;该戴翡翠簪子,决不能戴金的。于是,她的几十套单、夹、棉、皮,纱衣服,与冬夏的各色首饰,就都循环地出入当铺,当了这件赎那件,博得当铺的好评。据看见过阎王奶奶的人说:当阎王奶奶打扮起来的时候,就和盛装的大姐婆婆相差无几。

因此,直到今天,我还摸不清她的丈夫怎么会还那么快活。在我幼年的时候,我觉得他是个很可爱的人。是,他不但快活,而且可爱!除了他也爱花钱,几乎没有任何缺点。我首先记住了他的咳嗽,一种清亮而有腔有调的咳嗽,叫人一听便能猜到他至小是四品官儿。他的衣服非常整洁,而且带着樟脑的香味,有人说这是因为刚由当铺拿出来,不知正确与否。

无论冬夏,他总提着四个鸟笼子,里面是两只红颏,两只蓝靛颏儿。他不养别的鸟,红、蓝颏儿雅俗共赏,恰合佐领的身份。只有一次,他用半年的俸禄换了一只雪白的麻雀。不幸,在白麻雀的声誉刚刚传遍九城①的大茶馆之际,也不知怎么就病故了,所以他后来即使看见一只雪白的老鸦也不再动心。

在冬天,他特别受我的欢迎:在他的怀里,至少藏着三个蝈蝈葫芦,每个都有摆在古玩铺里去的资格。我并不大注意葫芦。使我兴奋的是它们里面装着的嫩绿蝈蝈,时时轻脆地鸣叫,仿佛夏天忽然从哪里回到北京。

在我的天真的眼中,他不是来探亲家,而是和我来玩耍。他一讲起养鸟、养蝈蝈与蛐蛐的经验,便忘了时间,以至我母亲不管怎样为难,也得给他预备饭食。他也非常天真。母亲一暗示留他吃饭,他便咳嗽一阵,有腔有调,有板有眼,而后又哈哈地笑几声才说:

"亲家太太,我还真有点饿了呢!千万别麻烦,到天泰轩叫一个干炸小丸子、一卖木樨肉、一中碗酸辣汤,多加胡椒面和香菜,就行啦!就这么办吧!"

这么一办,我母亲的眼圈儿就分外湿润那么一两天!不应酬吧,怕女儿受气;应酬吧,钱在哪儿呢?那年月走亲戚,用今天的话来说,可真不简单!

亲家爹虽是武职,四品顶戴的佐领,却不大爱谈怎么带兵与打仗。我曾问过他是否会骑马射箭,他的回答是咳嗽了一阵,而后马上又说起养鸟的技术来。这可也的确值得说,甚至值得写一本书!看,不要说红、蓝颏儿们怎么养,怎么蹓,怎么"押",在换羽毛的季节怎么加意饲养,就是那四个鸟笼子的制造方法,也够讲半天的。不要说鸟笼子,就连笼

---

① 九城,即九门,指明代永乐十八年重修的北京内城九门:正阳、崇文、宣武、安定、德胜、东直、朝阳、西直、阜城。后来人们常以"九门"、"四九城"来代指北京城内外。传遍九城,即传遍了整个儿北京城。后文"誉满九城"也是这个意思。

里的小磁食罐，小磁水池，以及清除鸟粪的小竹铲，都是那么考究，谁也不敢说它们不是艺术作品！是的，他似乎已经忘了自己是个武官，而把毕生的精力都花费在如何使小罐小铲、咳嗽与发笑都含有高度的艺术性，从而随时沉醉在小刺激与小趣味里。

他还会唱呢！有的王爷会唱须生，有的贝勒①会唱《金钱豹》②，有的满族官员由票友而变为京剧名演员……。戏曲和曲艺成为满人生活中不可缺少的东西，他们不但爱去听，而且喜欢自己粉墨登场。他们也创作，大量地创作，岔曲、快书、鼓词等等。我的亲家爹也当然不甘落后。遗憾的是他没有足够的财力去组成自己的票社，以便亲友家庆祝孩子满月，或老太太的生日，去车马自备、清茶恭候而唱那么一天或一夜，耗财买脸，傲里夺尊，誉满九城。他只能加入别人组织的票社，随时去消遣消遣。他会唱几段联珠快书。他的演技并不很高，可是人缘很好，每逢献技都博得亲友们热烈喝彩。美中不足，他走票的时候，若遇上他的夫人也盛装在场，他就不由地想起阎王奶奶来，而忘了词儿。这样丢了脸之后，他回到家来可也不闹气，因为夫妻们大吵大闹会喊哑了他的嗓子。倒是大姐的婆婆先发制人，把日子不好过，债务越来越多，统统归罪于他爱玩票，不务正业，闹得没结没完。他一声也不出，只等到她喘气的时候，他才用口学着三弦的声音，给她弹个过门儿："登根儿哩登登"。艺术的熏陶使他在痛苦中还能够找出自慰的办法，所以他快活——不过据他的夫人说，这是没皮没脸，没羞没臊！

---

① 贝勒，满语王或侯的意思，是清代的世袭爵位，地位仅次于亲王和郡王。
② 传统戏剧，演孙悟空降伏金钱豹的故事。

他们夫妇谁对谁不对，我自幼到而今一直还没有弄清楚。那么，书归正传，还说我的生日吧。

在我降生的时候，父亲正在皇城的什么角落值班。男不拜月，女不祭灶①，自古为然。姑母是寡妇，母亲与二姐也是妇女；我虽是男的，可还不堪重任。全家竟自没有人主持祭灶大典！姑母发了好几阵脾气。她在三天前就在英兰斋满汉饽饽铺买了几块真正的关东糖。所谓真正的关东糖者就是块儿小而比石头还硬，放在口中若不把门牙崩碎，就把它粘掉的那一种，不是摊子上卖的那种又泡又松，见热气就容易化了的低级货。她还买了一斤什锦南糖。这些，她都用小缸盆扣起来，放在阴凉的地方，不叫灶王爷与一切的人知道。她准备在大家祭完灶王，偷偷地拿出一部分，安安顿顿地躺在被窝里独自享受，即使粘掉一半个门牙，也没人晓得。可是，这个计划必须在祭灶之后执行，以免叫灶王看见，招致神谴。哼！全家居然没有一个男人！她的怒气不打一处来。我二姐是个忠厚老实的姑娘，空有一片好心，而没有克服困难的办法。姑母越发脾气，二姐心里越慌，只含着眼泪，不住地叫："姑姑！姑姑！"

幸而大姐及时地来到。大姐是个极漂亮的小媳妇：眉清目秀，小长脸，尖尖的下颏像个白莲花瓣似的。不管是穿上大红缎子的氅衣，还是蓝布旗袍，不管是梳着两把头，还是挽着旗髻，她总是那么俏皮利落，令人心旷神怡。她的不宽的腰板总挺得很直，亭亭玉立；在请蹲安的时候，直起直落，稳重而飘洒。只有在发笑的时候，她的腰才弯下一点去，

---

① 迷信的人认为灶王是一家之主，祭灶之礼，必须由男子祭拜，妇女不得参予；月为太阴星君，中秋拜月，也只能由妇女行之，男子不得参予，故俗谚谓之"男不拜（圆）月，女不祭灶"。

仿佛喘不过气来，笑得那么天真可怜。亲戚、朋友，没有不喜爱她的，包括着我的姑母。只有大姐的婆婆认为她既不俊美，也不伶俐，并且时常讥诮：你爸爸不过是三两银子的马甲①！

大姐婆婆的气派是那么大，讲究是那么多，对女仆的要求自然不能不极其严格。她总以为女仆都理当以身殉职，进门就累死。自从娶了儿媳妇，她干脆不再用女仆，而把一个小媳妇当作十个女仆使用。大姐的两把头往往好几天不敢拆散，就那么带着那小牌楼似的家伙睡觉。梳头需要相当长的时间，万一婆婆已经起床，大声地咳嗽着，而大姐还没梳好了头，过去请安，便是一行大罪！大姐须在天还没亮就起来，上街给婆婆去买热油条和马蹄儿烧饼。大姐年轻，贪睡。可是，出阁之后，她练会把自己惊醒。醒了，她便轻轻地开开屋门，看看天上的三星。假若还太早，她便回到炕上，穿好衣服，坐着打盹，不敢再躺下，以免睡熟了误事。全家的饭食、活计、茶水、清洁卫生，全由大姐独自包办。她越努力，婆婆越给她添活儿，加紧训练。婆婆的手，除了往口中送饮食，不轻易动一动。手越不动，眼与嘴就越活跃，她一看见儿媳妇的影子就下好几道紧急命令。

事情真多！大姐每天都须很好地设计，忙中要有计划，以免发生混乱。出嫁了几个月之后，她的眉心出现了两条细而深的皱纹。这些委屈，她可不敢对丈夫说，怕挑起是非。回到娘家，她也不肯对母亲说，怕母亲伤心。当母亲追问的时候，她也还是笑着说：没事！真没事！奶奶放心吧！（我们管母亲叫作奶奶。）

---

① 马甲，蒙马之甲，代称骑兵。

大姐更不敢向姑母诉苦,知道姑母是爆竹脾气,一点就发火。可是,她并不拒绝姑母的小小的援助。大姐的婆婆既要求媳妇打扮得像朵鲜花似的,可又不肯给媳妇一点买胭脂,粉,梳头油等等的零钱,所以姑母一问她要钱不要,大姐就没法不低下头去,表示口袋里连一个小钱也没有。姑母是不轻易发善心的,她之所以情愿帮助大姐者是因为我们满人都尊敬姑奶奶。她自己是老姑奶奶,当然要同情小姑奶奶,以壮自己的声势。况且,大姐的要求又不很大,有几吊钱就解决问题,姑母何必不大仁大义那么一两回呢。这个,大姐婆婆似乎也看了出来,可是不便说什么;娘家人理当贴补出了嫁的女儿,女儿本是赔钱货嘛。在另一方面,姑母之所以敢和大姐婆婆分庭抗礼者,也在这里找到一些说明。

　　大姐这次回来,并不是因为她梦见了一条神龙或一只猛虎落在母亲怀里,希望添个将来会"出将入相"①的小弟弟。快到年节,她还没有新的绫绢花儿、胭脂宫粉,和一些杂拌儿②。这末一项,是为给她的丈夫的。大姐夫虽已成了家,并且是不会骑马的骁骑校,可是在不少方面还像个小孩子,跟他的爸爸差不多。是的,他们老爷儿俩到时候就领银子,终年都有老米吃,干嘛注意天有多么高,地有多么厚呢?生活的意义,在他们父子看来,就是每天要玩耍,玩得细致,考究,入迷。大姐丈不养靛颏儿,而英雄气概地玩鹞子和胡伯喇③,威风凛凛地去捕几只麻雀。这

---

① "出将"和"入相"是传统戏剧舞台上的"上场门"和"下场门",这里借用"将""相",有盼成大器的意思。
② 各种果子做的果脯。
③ 胡伯喇,一种小而凶的鸟,喙长,利爪,饲养者多以其擒食麻雀为戏。北京土话,称无所事事者为"玩鹞鹰子",作者以这个细节寓刺游手好闲。

一程子,他玩腻了鹩子与胡伯喇,改为养鸽子。他的每只鸽子都值那么一二两银子;"满天飞元宝"是他爱说的一句豪迈的话。他收藏的几件鸽铃都是名家制作,由古玩摊子上搜集来的。

大姐夫需要杂拌儿。每年如是:他用各色的洋纸糊成小高脚碟,以备把杂拌儿中的糖豆子、大扁杏仁等等轻巧地放在碟上,好像是为给他自己上供。一边摆弄,一边吃;往往小纸碟还没都糊好,杂拌儿已经不见了;尽管是这样,他也得到一种快感。杂拌儿吃完,他就设计糊灯笼,好在灯节悬挂起来。糊完春灯,他便动手糊风筝。这些小事情,他都极用心地去作;一两天或好几天,他逢人必说他手下的工作,不管人家爱听不爱听。在不断的商讨中,往往得到启发,他就从新设计,以期出奇制胜,有所创造。若是别人不愿意听,他便都说给我大姐,闹得大姐脑子里尽是春灯与风筝,以至耽误了正事,招得婆婆鸣炮一百零八响!

他们玩耍,花钱,可就苦了我的大姐。在家庭经济不景气的时候,他们不能不吵嘴,以资消遣。十之八九,吵到下不来台的时候,就归罪于我的大姐,一致进行讨伐。大姐夫虽然对大姐还不错,可是在混战之中也不敢不骂她。好嘛,什么都可以忍受,可就是不能叫老人们骂他怕老婆。因此,一来二去,大姐增添了一种本事:她能够在炮火连天之际,似乎听到一些声响,又似乎什么也没听见。似乎是她给自己的耳朵安上了避雷针。可怜的大姐!

大姐来到,立刻了解了一切。她马上派二姐去请"姥姥",也就是收生婆。并且告诉二姐,顺脚儿去通知婆家:她可能回去的晚一些。大姐婆家离我家不远,只有一里多地。二姐飞奔而去。

姑母有了笑容,递给大姐几张老裕成钱铺特为年节给赏与压岁钱用的、上边印着刘海戏金蟾的、崭新的红票子，每张实兑大钱两吊。同时，她把弟妇生娃娃的一切全交给大姐办理，倘若发生任何事故，她概不负责。

二姐跑到大姐婆家的时候，大姐的公公正和儿子在院里放花炮。今年，他们负债超过了往年的最高纪录。腊月二十三过小年，他们理应想一想怎么还债，怎么节省开支，省得在年根底下叫债主子们把门环子敲碎。没有，他们没有那么想。大姐婆婆不知由哪里找到一点钱，买了头号的大糖瓜，带芝麻的和不带芝麻的，摆在灶王面前，并且瞪着眼下命令："吃了我的糖，到天上多说几句好话，别不三不四地顺口开河，瞎扯！"两位男人呢，也不知由哪里弄来一点钱，都买了鞭炮。老爷儿俩都脱了长袍。老头儿换上一件旧狐皮马褂，不系钮扣，而用一条旧布褡包松拢着，十分潇洒。大姐夫呢，年轻火力壮，只穿着小棉袄，直打喷嚏，而连说不冷。鞭声先起，清脆紧张，一会儿便火花急溅，响成一片。儿子放单响的麻雷子，父亲放双响的二踢脚，间隔停匀，有板有眼：噼啪噼啪，咚；噼啪噼啪，咚——当！这样放完一阵，父子相视微笑，都觉得放炮的技巧九城第一，理应得到四邻的热情夸赞。

不管二姐说什么，中间都夹着麻雷子与二踢脚的巨响。于是，大姐的婆婆仿佛听见了：亲家母受了煤气。"是嘛！"她以压倒鞭炮的声音告诉二姐："你们穷人总是不懂得怎么留神，大概其喜欢中煤毒！"她把"大概"总说成"大概其"，有个"其"字，显着多些文采。说完，她就去换衣裳，要亲自出马，去抢救亲家母的性命，大仁大义。佐领与骁骑校根本没注意二姐说了什么，专心一志地继续放爆竹。即使听明白了二姐的报告，他们也不能一心二用，去考虑爆竹以外的问题。

我生下来，母亲昏了过去。大姐的婆母躲在我姑母屋里，二目圆睁，两腮的毒气肉袋一动一动地述说解救中煤毒的最有效的偏方。姑母老练地点起兰花烟，把老玉烟袋嘴儿斜放在嘴角，眉毛挑起多高，准备挑战。

"偏方治大病！"大姐的婆婆引经据典地说。

"生娃娃用不着偏方！"姑母开始进攻。

"那也看谁生娃娃！"大姐婆婆心中暗喜已到人马列开的时机。

"谁生娃娃也不用解煤气的偏方！"姑母从嘴角撤出乌木长烟袋，用烟锅子指着客人的鼻子。

"老姑奶奶！"大姐婆婆故意称呼对方一句，先礼后兵，以便进行歼灭战。"中了煤气就没法儿生娃娃！"

在这激烈舌战之际，大姐把我揣在怀里，一边为母亲的昏迷不醒而落泪，一边又为小弟弟的诞生而高兴。二姐独自立在外间屋，低声地哭起来。天很冷，若不是大姐把我揣起来，不管我的生命力有多么强，恐怕也有不小的危险。

二

姑母高了兴的时候，也格外赏脸地逗我一逗，叫我"小狗尾巴"，因为，正如前面所交代的，我是生在戊戌年（狗年）的尾巴上。连她高了兴，幽默一下，都不得人心！我才不愿意当狗尾巴呢！伤了一个孩子的自尊心，即使没有罪名，也是个过错！看，直到今天，每逢路过狗尾巴胡同，我的脸还难免有点发红！

不过，我还要交代些更重要的事情，就不提狗尾巴了吧。可以这么说：我只赶上了大清皇朝的"残灯末庙"。在这个日落西山的残景里，尽管大姐婆婆仍然常常吹嘘她是子爵的女儿、佐领的太太，可是谁也明白她是虚张声势，威风只在嘴皮子上了。是呀，连向她讨债的卖烧饼的都敢指着她的鼻子说："吃了烧饼不还钱，怎么，还有理吗？"至于我们穷旗兵们，虽然好歹地还有点铁杆庄稼，可是已经觉得脖子上仿佛有根绳子，越勒越紧！

以我们家里说，全家的生活都仗着父亲的三两银子月饷，和春秋两季发下来的老米维持着。多亏母亲会勤俭持家，这点收入才将将使我们不至沦为乞丐。

二百多年积下的历史尘垢，使一般的旗人既忘了自谴，也忘了自励。我们创造了一种独具风格的生活方式：有钱的真讲究，没钱的穷讲究。生命就这么沉浮在有讲究的一汪死水里。是呀，以大姐的公公来说吧，他为官如何，和会不会冲锋陷阵，倒似乎都是次要的。他和他的亲友仿佛一致认为他应当食王禄，唱快书，和养四只靛颏儿。同样地，大姐丈不仅满意他的"满天飞元宝"，而且情愿随时为一只鸽子而牺牲了自己。是，不管他去办多么要紧的公事或私事，他的眼睛总看着天空，决不考虑可能撞倒一位老太太或自己的头上碰个大包。他必须看着天空。万一有那么一只掉了队的鸽子，飞的很低，东张西望，分明是十分疲乏，急于找个地方休息一下。见此光景，就是身带十万火急的军令，他也得飞跑回家，放起几只鸽子，把那只自天而降的"元宝"裹了下来。能够这样俘获一只别人家的鸽子，对大姐夫来说，实在是最大最美的享受！至于因此而引起纠纷，那，他就敢拿刀动杖，舍命不舍鸽子，吓得大姐浑身颤抖。

是，他们老爷儿俩都有聪明、能力、细心，但都用在从微不足道的事物中得到享受与刺激。他们在蛐蛐罐子、鸽铃、干炸丸子……等等上提高了文化，可是对天下大事一无所知。他们的一生像作着个细巧的，明白而又有点胡涂的梦。

妇女们极讲规矩。是呀，看看大姐吧！她在长辈面前，一站就是几个钟头，而且笑容始终不懈地摆在脸上。同时，她要眼观四路，看着每个茶碗，随时补充热茶；看着水烟袋与旱烟袋，及时地过去装烟，吹火纸捻儿。她的双手递送烟袋的姿态够多么美丽得体，她的嘴唇微动，一下儿便把火纸吹燃，有多么轻巧美观。这些，都得到老太太们（不包括她的婆婆）的赞叹，而谁也没注意她的腿经常浮肿着。在长辈面前，她不敢多说话，又不能老在那儿呆若木鸡地侍立。她须精心选择最简单而恰当的字眼，在最合适的间隙，像舞台上的锣鼓点儿似的那么准确，说那么一两小句，使老太太们高兴，从而谈得更加活跃。

这种生活艺术在家里得到经常的实践，以备特别加工，拿到较大的场合里去。亲友家给小孩办三天、满月，给男女作四十或五十整寿，都是这种艺术的表演竞赛大会。至于婚丧大典，那就更须表演的特别精采，连笑声的高低，与请安的深浅，都要恰到好处，有板眼，有分寸。姑母和大姐的婆婆若在这种场合相遇，她们就必须出奇制胜，各显其能，用各种笔法，旁敲侧击，打败对手，传为美谈。办理婚丧大事的主妇也必须眼观六路、耳听八方，随时随地使这种可能产生严重后果的耍弄与讽刺大事化小，小事化无。同时，她还要委托几位负有重望的妇女，帮助她安排宾客们的席次，与入席的先后次序。安排得稍欠妥当，就有闹得天翻地覆的危险。她们必须知道谁是二姥姥的姑舅妹妹的干儿子的表姐，好来与谁的小姨子的公公的盟兄弟的寡嫂，作极细致的分析比较，使她们的席位各得其所，心服口服，吃个痛快。经过这样的研究，而两位客人是半斤八两，不差一厘，可怎么办呢？要不怎么，不但必须记住亲友们的生年月日，而且要记得落草儿的时辰呀！这样分量完全相同的客人，也许还是同年同月同日生的呀！可是二嫂恰好比六嫂早生了一点钟，这就解决了问题。当然，六嫂虽晚生了六十分钟，而丈夫是三品顶戴，比二嫂的丈夫高着两品，这就又须从长研究，另作安排了。是的，我大姐虽然不识一个字，她可是一本活书，记得所有的亲友的生辰八字儿。不管她的婆婆要怎样惑乱人心，我可的确知道我是戊戌年腊月二十三日酉时生的，毫不动摇，因为有大姐给我作证！

　　这些婚丧大典既是那么重要，亲友家办事而我们缺礼，便是大逆不道。母亲没法把送礼这笔支出打在预算中，谁知道谁什么时候死，什么时候生呢？不幸而赶上一个月里发生好几件红白事，母亲的财政表格上便有了赤字。她不能为减少赤字，而不给姑姑老姨儿们去拜寿，不给胯骨上的亲戚① 吊丧或贺喜。不去给亲友们行礼等于自绝于亲友，没脸再活下去，死了也欠光荣。而且，礼到人不到还不行啊。这就须于送礼而外，还得整理鞋袜，添换头绳与绢花，甚至得作非作不可的新衣裳。这又是一笔钱。去吊祭或贺喜的时候，路近呢自然可以勉强走了去，若是路远呢，难道不得雇辆骡车么？在那文明的年月，北京的道路一致是灰沙三尺，恰似香炉。好嘛，打扮得漂漂亮亮的，而在香炉里走十里八里，到了亲友家已变成了土鬼，岂不是大笑话么？骡车可是不能白坐，这又

---

① 比喻关系极远、极不沾边的亲戚。

是个问题！去行人情，岂能光拿着礼金礼品，而腰中空空如也呢。假若人家主张凑凑十胡什么的，难道可以严词拒绝么？再说，见了晚一辈或两辈的孙子们，不得给二百钱吗？是呀，办婚丧大事的人往往倾家荡产，难道亲友不应当舍命陪君子么？

母亲最怕的是亲友家娶媳妇或聘姑娘而来约请她作娶亲太太或送亲太太。这是一种很大的荣誉：不但寡妇没有这个资格，就是属虎的或行为有什么不检之处的"全口人"①也没有资格。只有堂堂正正，一步一个脚印的妇人才能负此重任。人家来约请，母亲没法儿拒绝。谁肯把荣誉往外推呢？可是，去作娶亲太太或送亲太太不但必须坐骡车，而且平日既无女仆，就要雇个临时的、富有经验的、干净利落的老妈子。有人搀着上车下车、出来进去，才像个娶亲太太或送亲太太呀！至于服装首饰呢，用不着说，必须格外出色，才能压得住台。母亲最恨向别人借东西，可是她又绝对没有去置办几十两银子一件的大缎子、绣边儿的氅衣，和真金的扁方、耳环，大小头簪。她只好向姑母开口。姑母有成龙配套的衣裳与首饰，可就是不愿出借！姑母在居孀之后，固然没有作娶亲或送亲太太的资格，就是在我姑父活着的时候，她也很不易得到这种荣誉。是呀，姑父到底是唱戏的不是，既没有弄清楚，谁能够冒冒失失地来邀请姑母出头露面呢？大家既不信任姑母，姑母也就不肯往外借东西，作为报复。

于是，我父亲就须亲自出马，向姑母开口。亲姐弟之间，什么话都可以说。大概父亲必是完全肯定了"唱戏的并不下贱"，姑母才把带有

---

① 指丈夫子女俱全、"有福气"的妇女。口字轻读，作 ke。

樟脑味儿的衣服，和式样早已过了时而分量相当重的首饰拿出来。

这些非应酬不可的应酬，提高了母亲在亲友眼中的地位。大家都夸她会把钱花在刀刃儿上。可也正是这个刀刃儿使母亲关到钱粮发愁，关不下来更发愁。是呀，在我降生的前后，我们的铁杆儿庄稼虽然依然存在，可是逐渐有点歉收了，分量不足，成色不高。赊欠已成了一种制度。卖烧饼的、卖炭的、倒水的都在我们的，和许多人家的门垛子上画上白道道，五道儿一组，颇像鸡爪子。我们先吃先用，钱粮到手，按照鸡爪子多少还钱。母亲是会过日子的人，她只许卖烧饼的、卖炭的、倒水的在我们门外画白道道，而绝对不许和卖酥糖的，卖糖葫芦的等等发生鸡爪子关系。姑母白吃我们的水，随便拿我们的炭，而根本不吃烧饼——她的红漆盒子里老储存着"大八件"一级的点心。因此，每逢她看见门垛子上的鸡爪图案，就对门神爷眨眨眼，表明她对这些图案不负责任！我大姐婆家门外，这种图案最为丰富。除了我大姐没有随便赊东西的权利，其余的人是凡能赊者必赊之。大姐夫说的好：反正钱粮下来就还钱，一点不丢人！

在门外的小贩而外，母亲只和油盐店、粮店，发生赊账的关系。我们不懂吃饭馆，我们与较大的铺户，如绸缎庄、首饰楼，同仁堂老药铺等等都没有什么贸易关系。我们每月必须请几束高香，买一些茶叶末儿，香烛店与茶庄都讲现钱交易；概不赊欠。

虽然我们的赊账范围并不很大，可是这已足逐渐形成寅吃卯粮的传统。这就是说：领到饷银，便去还债。还了债，所余无几，就再去赊。假若出了意外的开销，像获得作娶亲太太之类的荣誉，得了孙子或外孙子，还债的能力当然就减少，而亏空便越来越大。因此，即使关下银子来，母亲也不能有喜无忧。

姑母经常出门：去玩牌、逛护国寺、串亲戚、到招待女宾的曲艺与戏曲票房去听清唱或彩排，非常活跃。她若是去赌钱，母亲便须等到半夜。若是忽然下了雨或雪，她和二姐还得拿着雨伞去接。母亲认为把大姑子伺候舒服了，不论自己吃多大的苦，也比把大姑子招翻了强的多。姑母闹起脾气来是变化万端，神鬼难测的。假若她本是因嫌茶凉而闹起来，闹着闹着就也许成为茶烫坏她的舌头，而且把我们的全家，包括着大黄狗，都牵扯在内，都有意要烫她的嘴，使她没法儿吃东西，饿死！这个蓄意谋杀的案件至少要闹三四天！

与姑母相反，母亲除了去参加婚丧大典，不大出门。她喜爱有条有理地在家里干活儿。她能洗能作，还会给孩子剃头，给小媳妇们铰脸——用丝线轻轻地勒去脸上的细毛儿，为是化装后，脸上显着特别光润。可是，赶巧了，父亲正去值班，而衙门放银子，母亲就须亲自去领取。我家离衙门并不很远，母亲可还是显出紧张，好像要到海南岛去似的。领了银子（越来分两越小），她就手儿在街上兑换了现钱。那时候，山西人开的烟铺、回教人开的蜡烛店，和银号钱庄一样，也兑换银两。母亲是不喜欢算计一两文钱的人，但是这点银子关系着家中的"一月大计"，所以她也既腼腆又坚决地多问几家，希望多换几百钱。有时候，在她问了两家之后，恰好银盘儿落了，她饶白跑了腿，还少换了几百钱。

拿着现钱回到家，她开始发愁。二姐赶紧给她倒上一碗茶——用小沙壶沏的茶叶末儿，老放在炉口旁边保暖，茶汁很浓，有时候也有点香味。二姐可不敢说话，怕搅乱了母亲的思路。她轻轻地出去，到门外去数墙垛上的鸡爪图案,详细地记住,以备作母亲制造预算的参考材料。母亲喝了茶,脱了刚才上街穿的袍罩,盘腿坐在炕上。她抓些铜钱当算盘用,大点儿的代表一吊,小点的代表一百。她先核计该还多少债,口中念念有词,手里掂动着几个铜钱,而后摆在左方。左方摆好,一看右方(过日子的钱)太少,就又轻轻地从左方撤下几个钱,心想:对油盐店多说几句好话,也许可以少还几个。想着想着,她的手心上就出了汗,很快地又把撤下的钱补还原位。不,她不喜欢低三下四地向债主求情;还!还清!剩多剩少,就是一个不剩,也比叫掌柜的或大徒弟高声申斥好的多。是呀,在太平天国、英法联军、甲午海战等等风波之后,不但高鼻子的洋人越来越狂妄,看不起皇帝与旗兵,连油盐店的山东人和钱铺的山西人也对旗籍主顾们越来越不客气了。他们竟敢瞪着包子大的眼睛挖苦、笑骂吃了东西不还钱的旗人,而且威胁从此不再记账,连块冻豆腐都须现钱交易! 母亲虽然不知道国事与天下事,可是深刻地了解这种变化。即使她和我的父亲商议,他——负有保卫皇城重大责任的旗兵,也只会惨笑一下,低声地说:先还债吧!

左方的钱码比右方的多着许多! 母亲的鬓角也有了汗珠! 她坐着发楞,左右为难。最后,二姐搭讪着说了话:"奶奶! 还钱吧,心里舒服! 这个月,头绳、锭儿粉、梳头油,咱们都不用买! 咱们娘儿俩多给灶王爷磕几个头,告诉他老人家:以后只给他上一炷香,省点香火!"

母亲叹了口气:"唉! 叫灶王爷受委屈,于心不忍哪!"

"咱们也苦着点,灶王爷不是就不会挑眼了吗?"二姐提出具体的意见:"咱们多端点豆汁儿,少吃点硬的;多吃点小葱拌豆腐,少吃点炒菜,不就能省下不少吗?"

"二姐，你是个明白孩子！"母亲在愁苦之中得到一点儿安慰。"好吧，咱们多勒勒裤腰带吧！你去，还是我去？"

"您歇歇吧，我去！"

母亲就把铜钱和钱票一组一组地分清楚，交给二姐，并且嘱咐了又嘱咐："还给他们，马上就回来！你虽然还梳着辫子，可也不小啦！见着便宜坊①的老王掌柜，不准他再拉你的骆驼;告诉他:你是大姑娘啦！"

"嗐，老王掌柜快七十岁了，叫他拉拉也不要紧！"二姐笑着，紧紧握着那些钱，走了出去。所谓拉骆驼者，就是年岁大的人用中指与食指夹一夹孩子的鼻子，表示亲热。

二姐走后，母亲呆呆地看着炕上那一小堆儿钱，不知道怎么花用，才能对付过这一个月去。以她的洗作本领和不怕劳苦的习惯，她常常想去向便宜坊老王掌柜那样的老朋友们说说，给她一点活计，得些收入，就不必一定非喝豆汁儿不可了。二姐也这么想，而且她已经学的很不错:下至衲鞋底袜底，上至扎花儿、钉钮绊儿，都拿得起来。二姐还以为拉过她的骆驼的那些人，像王老掌柜与羊肉床子上的金四把②叔叔，虽然是汉人与回族人，可是在感情上已然都不分彼此，给他们洗洗作作，并不见得降低了自己的身分。况且，大姐曾偷偷地告诉过她:金四把叔叔送给了大姐的公公两只大绵羊，就居然补上了缺，每月领四两银子的钱粮。二姐听了，感到十分惊异:金四叔？他是回族人哪！大姐说:是呀！千万别喧嚷出去呀！叫上边知道了，我公公准得丢官罢职！二姐没敢

---

① 北京的一家卖熟肉和生猪肉的铺子，后成为著名的烤鸭店。便读作 biàn。
② 羊肉床子，即羊肉铺。把，即"爷"，在回民中，这样称呼有年纪的人，显着亲切尊敬（与称"爷爷"为"把把"不同）。如常七把即常七爷，金四把即金四爷。

去宣传，大姐的公公于是也就没有丢官罢职。有这个故事在二姐心里，她就越觉得大伙儿都是一家人，谁都可以给谁干点活儿，不必问谁是旗人，谁是汉人或回族人。她并且这么推论：既是送绵羊可以得钱粮，若是赠送骆驼，说不定还能作王爷呢！到后来，我懂了点事的时候，我觉得二姐的想法十分合乎逻辑。

可是，姑母绝对不许母亲与二姐那么办。她不反对老王掌柜与金四把，她跟他们，比起我们来，有更多的来往：在她招待客人的时候，她叫得起便宜坊的苏式盒子；在过阴天①的时候，可以定买金四把的头号大羊肚子或是烧羊脖子。我们没有这种气派与财力。她的大道理是：妇女卖苦力给人家作活、洗衣裳，是最不体面的事！"你们要是那么干，还跟三河县的老妈子有什么分别呢？"母亲明知三河县的老妈子是出于饥寒所迫，才进城来找点事作，并非天生来的就是老妈子，像皇上的女儿必是公主那样。但是，她不敢对大姑子这么说，只笑了笑，就不再提起。

在关饷发愁之际，母亲若是已经知道，东家的姑娘过两天出阁，西家的老姨娶儿媳妇，她就不知须喝多少沙壶热茶。她不饿，只觉得口中发燥。除了对姑母说话，她的脸上整天没个笑容！可怜的母亲！

我不知道母亲年轻时是什么样子。我是她四十岁后生的"老"儿子。但是，从我一记事儿起，直到她去世，我总以为她在二三十岁的时节，必定和我大姐同样俊秀。是，她到了五十岁左右还是那么干净体面，倒仿佛她一点苦也没受过似的。她的身量不高，可是因为举止大方，并显不出矮小。她的脸虽黄黄的，但不论是发着点光，还是暗淡一些，总是

---

① 指阴天下雨，出不了门，在家寻事消遣。

非常恬静。有这个脸色,再配上小而端正的鼻子,和很黑很亮、永不乱看的眼珠儿,谁都可以看出她有一股正气,不会有一点坏心眼儿。乍一看,她仿佛没有什么力气,及至看到她一气就洗出一大堆衣裳,就不难断定:尽管她时常发愁,可决不肯推卸责任。

是呀,在生我的第二天,虽然她是那么疲倦虚弱,嘴唇还是白的,她可还是不肯不操心。她知道:平常她对别人家的红白事向不缺礼,不管自己怎么发愁为难。现在,她得了"老"儿子,亲友怎能不来贺喜呢?大家来到,拿什么招待呢?父亲还没下班儿,正月的钱粮还没发放。向姑母求援吧,不好意思。跟二姐商议吧,一个小姑娘可有什么主意呢。看一眼身旁的瘦弱的、几乎要了她的命的"老"儿子,她无可如何地落了泪。

三

果然,第二天早上,二哥福海搀着大舅妈,声势浩大地来到。他们从哪里得到的消息,至今还是个疑问。不管怎样吧,大舅妈是非来不可的。按照那年月的规矩,姑奶奶作月子,须由娘家的人来服侍。这证明姑娘的确是赔钱货,不但出阁的时候须由娘家赔送四季衣服、金银首饰,乃至箱柜桌椅,和鸡毛掸子;而且在生儿养女的时节,娘家还须派人来服劳役。

大舅妈的身量小,咳嗽的声音可很洪亮。一到冬天,她就犯喘,咳嗽上没完。咳嗽稍停,她就拿起水烟袋咕噜一阵,预备再咳嗽。她还离我家有半里地,二姐就惊喜地告诉母亲:大舅妈来了!大舅妈来了!母亲明知娘家嫂子除了咳嗽之外，并没有任何长处，可还是微笑了一下。大嫂冒着风寒，头一个来贺喜，实在足以证明娘家人对她的重视，嫁出的女儿并不是泼出去的水。母亲的嘴唇动了动。二姐没听见什么，可是急忙跑出去迎接舅妈。

二哥福海和二姐耐心地搀着老太太，从街门到院里走了大约二十多分钟。二姐还一手搀着舅妈，一手给她捶背。因此，二姐没法儿接过二哥手里提的水烟袋、食盒（里面装着红糖与鸡蛋），和蒲包儿①（内装破边的桂花"缸炉"与槽子糕）。

好容易喘过一口气来，大舅妈嘟囔了两句。二哥把手中的盒子与蒲包交给了二姐，而后搀着妈妈去拜访我姑母。不管喘得怎么难过，舅妈也忘不了应当先去看谁。可是也留着神，把食品交给我二姐，省得叫我姑母给扣下。姑母并不缺嘴，但是看见盒子与蒲包，总觉得归她收下才合理。

大舅妈的访问纯粹是一种外交礼节，只须叫声老姐姐，而后咳嗽一阵，就可以交代过去了。姑母对大舅妈本可以似有若无地笑那么一下就行了，可是因为有二哥在旁，她不能不表示欢迎。

在亲友中，二哥福海到处受欢迎。他长得短小精悍，既壮实又秀气，既漂亮又老成。圆圆的白净子脸，双眼皮，大眼睛。他还没开口，别人就预备好听两句俏皮而颇有道理的话。及至一开口，他的眼光四射，满面春风，话的确俏皮，而不伤人；颇有道理，而不老气横秋。他的脑门以上总是青青的，像年画上胖娃娃的青头皮那么清鲜，后面梳着不松不

---

① 蒲包儿，旧时送礼用的点心或水果包，以香蒲编成。缸炉，北京的一种混糖糕点，高庄正六边形，数个连在一起，掰而食之。因为掰得不整齐，所以说是"破边"，炉读作 lòu。

紧的大辫子，既稳重又飘洒。他请安请得最好看：先看准了人，而后俯首急行两步，到了人家的身前，双手扶膝，前腿实，后腿虚，一趋一停，毕恭毕敬。安到话到，亲切诚挚地叫出来："二婶儿，您好！"而后，从容收腿，挺腰敛胸，双臂垂直，两手向后稍拢，两脚并齐"打横儿"。这样的一个安，叫每个接受敬礼的老太太都哈腰儿还礼，并且暗中赞叹：我的儿子要能够这样懂得规矩，有多么好啊！

他请安好看，坐着好看，走道儿好看，骑马好看，随便给孩子们摆个金鸡独立，或骑马蹲裆式就特别好看。他是熟透了的旗人，既没忘记二百多年来的骑马射箭的锻炼，又吸收了汉族、蒙族和回族的文化。论学习，他文武双全；论文化，他是"满汉全席"。他会骑马射箭，会唱几段（只是几段）单弦牌子曲，会唱几句（只是几句）汪派的《文昭关》①，会看点风水，会批八字儿。他知道怎么养鸽子，养鸟，养骡子与金鱼。可是他既不养鸽子、鸟，也不养骡子与金鱼。他有许多正事要作，如代亲友们去看棺材，或介绍个厨师傅等等，无暇养那些小玩艺儿。大姐夫虽然自居内行，养着鸽子，或架着大鹰，可是每逢遇见福海二哥，他就甘拜下风，颇有意把他的满天飞的元宝都廉价卖出去。福海二哥也精于赌钱，牌九、押宝、抽签子、掷骰子、斗十胡、踢球、"打老打小"，他都会。但是，他不赌。只有在老太太们想玩十胡而凑不上手的时候，他才逢场作戏，陪陪她们。他既不多输，也不多赢。若是赢了几百钱，他便买些糖豆大酸枣什么的分给儿童们。

他这个熟透了的旗人其实也就是半人、甚至于是三分之一的旗人。

---

① 即汪桂芬，清光绪间与谭鑫培、孙菊仙齐名的著名京剧老生。《文昭关》，传统戏剧，演《列国演义》中伍子胥的故事。

这可与血统没有什么关系。以语言来说，他只会一点点满文，谈话，写点什么，他都运用汉语。他不会吟诗作赋，也没学过作八股或策论，可是只要一想到文艺，如编个岔曲，写副春联，他总是用汉文去思索，一回也没考虑过可否试用满文。当他看到满、汉文并用的匾额或碑碣，他总是欣赏上面的汉字的秀丽或刚劲，而对旁边的满字便只用眼角照顾一下，敬而远之。至于北京话呀，他说的是那么漂亮，以至使人认为他是这种高贵语言的创造者。即使这与历史不大相合，至少他也应该分享"京腔"创作者的一份儿荣誉。是的，他的前辈们不但把一些满文词儿收纳在汉语之中，而且创造了一种轻脆快当的腔调；到了他这一辈，这腔调有时候过于轻脆快当，以至有时候使外乡人听不大清楚。

可是，惊人之笔是在这里：他是个油漆匠！我的大舅是三品亮蓝顶子的参领①，而儿子居然学过油漆彩画，谁能说他不是半个旗人呢？我大姐的婚事是我大舅给作的媒人。大姐婆婆是子爵的女儿、佐领的太太，按理说她绝对不会要个旗兵的女儿作儿媳妇，不管我大姐长的怎么俊秀，手脚怎么利落。大舅的亮蓝顶子起了作用。大姐的公公不过是四品呀。在大姐结婚的那天，大舅亲自出马作送亲老爷，并且约来另一位亮蓝顶子的，和两位红顶子的，二蓝二红，都戴花翎，组成了出色的送亲队伍。而大姐的婆婆呢，本来可以约请四位红顶子的来迎亲，可是她以为我们绝对没有能力组织个强大的队伍，所以只邀来四位五品官儿，省得把我们都吓坏了。结果，我们取得了绝对压倒的优势，大快人心！受了这个

---

① 参领，八旗兵制，五"牛录"设一"甲喇"，统领"甲喇"的军官，满语叫做"甲喇额真"，汉译"参领"，其位在"佐领"之上。亮蓝顶子，即三品官的蓝宝石或蓝色明玻璃顶戴。

打击，大姐婆婆才不能不管我母亲叫亲家太太，而姑母也乘胜追击，郑重声明：她的丈夫（可能是汉人！）也作过二品官！

大姐后来嘱咐过我，别对她婆婆说，二哥福海是拜过师的油漆匠。是的，若是当初大姐婆婆知道二哥的底细，大舅作媒能否成功便大有问题了，虽然他的失败也不见得对大姐有什么不利。

二哥有远见，所以才去学手艺。按照我们的佐领制度，旗人是没有什么自由的，不准随便离开本旗，随便出京；尽管可以去学手艺，可是难免受人家的轻视。他应该去当兵，骑马射箭，保卫大清皇朝。可是，旗族人口越来越多，而旗兵的数目是有定额的。于是，老大老二也许补上缺，吃上钱粮，而老三老四就只好赋闲。这样，一家子若有几个白丁，生活就不能不越来越困难。这种制度曾经扫南荡北，打下天下；这种制度可也逐渐使旗人失去自由，失去自信，还有多少人终身失业。

同时，吃空头钱粮的在在皆是，又使等待补缺的青年失去有缺即补的机会。我姑母，一位寡妇，不是吃着好几份儿钱粮么？

我三舅有五个儿子，都虎头虎脑的，可都没有补上缺。可是，他们住在郊外，山高皇帝远。于是这五虎将就种地的种地，学手艺的学手艺，日子过得很不错。福海二哥大概是从这里得到了启发，决定自己也去学一门手艺。二哥也看得很清楚：他的大哥已补上了缺，每月领四两银子；那么他自己能否也当上旗兵，就颇成问题。以他的聪明能力而当一辈子白丁，甚至连个老婆也娶不上，可怎么好呢？他的确有本领，骑术箭法都很出色。可是，他的本领只足以叫他去作枪手[①]，替崇家的小罗锅，或

[①] 即代人应试者。

明家的小犏子去箭中红心，得到钱粮。是呀，就是这么一回事：他自己有本领，而补不上缺，小罗锅与小犏子肯花钱运动，就能通过枪手而当兵吃饷！二哥在得一双青缎靴子或几两银子的报酬而外，还看明白：怪不得英法联军直入公堂地打进北京，烧了圆明园！凭吃几份儿饷银的寡妇、小罗锅、小犏子，和像大姐公公那样的佐领、像大姐夫那样的骁骑校，怎么能挡得住敌兵呢！他决定去学手艺！是的，历史发展到一定的阶段，总会有人，像二哥，多看出一两步棋的。

大哥不幸一病不起，福海二哥才有机会补上了缺。于是，到该上班的时候他就去上班，没事的时候就去作点油漆活儿，两不耽误。老亲旧友们之中，有的要漆一漆寿材，有的要油饰两间屋子以备娶亲，就都来找他。他会替他们省工省料，而且活儿作得细致。

当二哥作活儿的时候，他似乎忘了他是参领的儿子，吃着钱粮的旗兵。他的工作服，他的认真的态度，和对师兄师弟的亲热，都叫他变成另一个人，一个汉人，一个工人，一个顺治与康熙所想象不到的旗人。

二哥还信白莲教①！他没有造反、推翻皇朝的意思，一点也没有。他只是为坚守不动烟酒的约束，而入了"理门"②。本来，在友人让烟让酒的时候，他拿出鼻烟壶，倒出点茶叶末颜色的闻药来，抹在鼻孔上，也就够了。大家不会强迫一位"在理儿的"破戒。可是，他偏不说自己"在理儿"，而说：我是白莲教！不错，"理门"确与白莲教有些关系，

---

① 原为明末农民起义组织，清末的义和团运动，继承了白莲教的战斗传统，老百姓仍有时也把义和团叫做白莲教。
② 即"在理会"，又称"在家理"，旧时流行在我国北方的一种会道门。入会者禁烟酒，供奉观音像。

可是在一般人的心目中,"在理儿"是好事,而白莲教便有些可怕了。母亲便对他说过:"老二,在理儿的不动烟酒,很好!何必老说白莲教呢,叫人怪害怕的!"二哥听了,便爽朗地笑一阵:"老太太!我这个白莲教不会造反!"母亲点点头:"对!那就好!"

大姐夫可有不同的意见。在许多方面,他都敬佩二哥。可是,他觉得二哥的当油漆匠与自居为白莲教徒都不足为法。大姐夫比二哥高着一寸多。二哥若是虽矮而不显着矮,大姐夫就并不太高而显着晃晃悠悠。干什么他都慌慌张张,冒冒失失。长脸,高鼻子、大眼睛,他坐定了的时候显得很清秀体面。可是,他总坐不住,像个手脚不识闲的大孩子。一会儿,他要看书,便赶紧拿起一本《五虎平西》——他的书库里只有一套《五虎平西》①,一部《三国志演义》,四五册小唱本儿,和他幼年读过的一本《六言杂字》②。刚拿起《五虎平西》,他想起应当放鸽子,于是顺手儿把《五虎平西》放在窗台上,放起鸽子来。赶到放完鸽子,他到处找《五虎平西》,急得又嚷嚷又跺脚。及至一看它原来就在窗台上,便不去管它,而哼哼唧唧地往外走,到街上去看出殡的。

他很珍视这种想干什么就干什么的"自由"。他以为这种自由是祖宗所赐,应当传之永远,"子子孙孙永宝用"!因此,他觉得福海二哥去当匠人是失去旗人的自尊心,自称白莲教是同情叛逆。前些年,他不记得是哪一年了,白莲教不是造过反吗?

在我降生前的几个月里,我的大舅、大姐的公公和丈夫,都真着了

---

① 演义小说,写宋代狄青平西故事。
② 一种极普通的六言韵文识字读本。

急。他们都激烈地反对变法。大舅的理由很简单,最有说服力:祖宗定的法不许变!大姐公公说不出更好的道理来,只好补充了一句:要变就不行!事实上,这两位官儿都不大知道要变的是哪一些法,而只听说:一变法,旗人就须自力更生,朝廷不再发给钱粮了。

大舅已年过五十,身体也并不比大舅妈强着多少,小辫儿须续上不少假头发才勉强够尺寸,而且因为右肩年深日久地向前探着,小辫儿几乎老在肩上扛着,看起来颇欠英武。自从听说要变法,他的右肩更加突出,差不多是斜着身子走路,像个断了线的风筝似的。

大姐的公公很硬朗,腰板很直,满面红光。他每天一清早就去溜鸟儿,至少要走五六里路。习以为常,不走这么多路,他的身上就发僵,而且鸟儿也不歌唱。尽管他这么硬朗,心里海阔天空,可是听到铁杆庄稼有点动摇,也颇动心,他的咳嗽的音乐性减少了许多。他找了我大舅去。

笼子还未放下,他先问有猫没有。变法虽是大事,猫若扑伤了蓝靛颏儿,事情可也不小。

"云翁!"他听说此地无猫,把鸟笼放好,有点急切地说:"云翁!"

大舅的号叫云亭。在那年月,旗人越希望永远作旗人,子孙万代,可也越爱摹仿汉人。最初是高级知识分子,在名字而外,还要起个字雅音美的号。慢慢地,连参领佐领们也有名有号,十分风雅。到我出世的时候,连原来被称为海二哥和恩四爷的旗兵或白丁,也都什么臣或什么甫起来。是的,亭、臣、之、甫是四个最时行的字。大舅叫云亭,大姐的公公叫正臣,而大姐夫别出心裁地自称多甫,并且在自嘲的时节,管自己叫豆腐。多甫也罢,豆腐也罢,总比没有号好的多。若是人家拱手相问：您台甫①？而回答不出，岂不比豆腐更糟么？

大舅听出客人的语气急切，因而不便马上动问。他比各人高着一品，须拿出为官多年，经验丰富，从容不迫的神态来。于是，他先去看鸟，而且相当内行地夸赞了几句。直到大姐公公又叫了两声云翁，他才开始说正经话："正翁！我也有点不安！真要是自力更生，您看，您看，我五十多了，头发掉了多一半，肩膀越来越歪，可叫我干什么去呢？这不是什么变法，是要我的老命！"

"嗻！是！"正翁轻嗽了两下，几乎完全没有音乐性。"是！出那样主意的人该剐！云翁，您看我，我安分守己，自幼儿就不懂要摘星星，要月亮！可是，我总得穿的整整齐齐，干干净净吧？我总得炒点腰花，来个木樨肉下饭吧？我总不能不天天买点嫩羊肉，喂我的蓝靛颏儿吧？难道这些都是不应该的？应该！应该！"

"咱们哥儿们没作过一件过分的事！"

"是嘛！真要是不再发钱粮，叫我下街去卖……"正翁把手捂在耳朵上，学着小贩的吆喝，眼中含着泪，声音凄楚："赛梨哪，辣来换！我，我……"他说不下去了。

"正翁，您的身子骨儿比我结实多了。我呀，连卖半空儿多给，都受不了啊！"

"云翁！云翁！您听我说！就是给咱们每人一百亩地，自耕自种，咱们有办法没有？"

"由我这儿说，没有！甭说我拿不动锄头，就是拿得动，我要不把

---

① 问人表字时的敬辞。

大拇脚趾头锄掉了,才怪!"

老哥俩又讨论了许久,毫无办法。于是就一同到天泰轩去,要了一斤半柳泉居自制的黄酒,几个小烧(烧子盖与炸鹿尾之类),吃喝得相当满意。吃完,谁也没带着钱,于是都争取记在自己的账上,让了有半个多钟头。

可是,在我降生的时候,变法之议已经完全作罢,而且杀了几位主张变法的人。云翁与正翁这才又安下心去,常在天泰轩会面。每逢他们听到卖萝卜的"赛梨耶,辣来换"的呼声,或卖半空花生的"半空儿多给"的吆喝,他们都有点怪不好意思;作了这么多年的官儿,还是沉不住气呀!

多甫大姐夫,在变法潮浪来得正猛的时节,佩服了福海二哥,并且不大出门,老老实实地在屋中温习《六言杂字》。他非常严肃地跟大姐讨论:"福海二哥真有先见之明! 我看咱们也得想个法!"

"对付吧! 没有过不去的事!"大姐每逢遇到难以解决的问题,总是拿出这句名言来。

"这回呀,就怕对付不过去!"

"你有主意,就说说吧! 多甫!"大姐这样称呼他,觉得十分时髦、漂亮。

"多甫? 我是大豆腐!"大姐夫惨笑了几声。"现而今,当瓦匠、木匠、厨子、裱糊匠什么的,都有咱们旗人。"

"你打算……"大姐微笑地问,表示嫁鸡随鸡,嫁狗随狗,他去学什么手艺,她都不反对。

"学徒,来不及了! 谁收我这么大的徒弟呢? 我看哪,我就当鸽贩子去，准行！鸽子是随心草儿，不爱，白给也不要；爱，十两八两也肯花。甭多了，每月我只作那么一两号俏买卖①就够咱们俩吃几十天的！"

"那多么好啊！"大姐信心不大地鼓舞着。

大姐夫挑了两天，才狠心挑出一对紫乌头来，去作第一号生意。他并舍不得出手这一对，可是朝廷都快变法了，他还能不坚强点儿么？及至到了鸽子市上，认识他的那些贩子们一口一个多甫大爷，反倒卖给他两对鸽铃，一对凤头点子。到家细看，凤头是用胶水粘合起来的。他没敢再和大姐商议，就偷偷撤销了贩卖鸽子的决定。

变法的潮浪过去了，他把大松辫梳成小紧辫，摹仿着库兵②，横眉立目地满街走，倒仿佛那些维新派是他亲手消灭了的。同时，他对福海二哥也不再那么表示钦佩。反之，他觉得二哥是脚踩两只船，有钱粮就当兵，没有钱粮就当油漆匠，实在不能算个地道的旗人，而且难免白莲教匪的嫌疑。

书归正传：大舅妈拜访完了我的姑母，就同二哥来看我们。大舅妈问长问短，母亲有气无力地回答，老姐儿们都落了点泪。收起眼泪，大舅妈把我好赞美了一顿：多么体面哪！高鼻子，大眼睛，耳朵有多么厚实！

福海二哥笑起来："老太太，这个小兄弟跟我小时候一样的不体面！刚生下来的娃娃都看不出模样来！你们老太太呀……"他没往下说，而又哈哈了一阵。

母亲没表示意见，只叫了声："福海！"

---

① 即销路很好的生意。
② 指看管内府银钱、缎匹、颜料等库的兵丁。

"是！"二哥急忙答应，他知道母亲要说什么。"您放心，全交给我啦！明天洗三①，七姥姥八姨的总得来十口八口儿的，这儿二妹妹管装烟倒茶，我跟小六儿（小六儿是谁，我至今还没弄清楚）当厨子，两杯水酒，一碟炒蚕豆，然后是羊肉酸菜热汤儿面，有味儿没味儿，吃个热乎劲儿。好不好？您哪！"

母亲点了点头。

"有爱玩小牌儿的，四吊钱一锅。您一丁点心都别操，全有我呢！完了事，您听我一笔账，决不会叫您为难！"说罢，二哥转向大舅妈："我到南城有点事，太阳偏西，我来接您。"

大舅妈表示不肯走，要在这儿陪伴着产妇。

二哥又笑了："奶奶，您算了吧！凭您这全本连台的咳嗽，谁受得了啊！"

这句话正碰在母亲的心坎上。她需要多休息、睡眠，不愿倾听大舅妈的咳嗽。

二哥走后，大舅妈不住地叨唠：这个二鬼子！这个二鬼子！

可是"二鬼子"的确有些本领，使我的洗三办得既经济，又不完全违背"老妈妈论"②的原则。

四

大姐既关心母亲，又愿参加小弟弟的洗三典礼。况且，一回到娘家，

---

① 婴儿出生第三天，给他洗澡的一种仪式。
② 指陈规陋语。论读作 lìng。

她便是姑奶奶，受到尊重：在大家的眼中，她是个有出息的小媳妇，既没给娘家丢了人，将来生儿养女，也能升为老太太，代替婆婆——反正婆婆有入棺材的那么一天。她渴望回家。是的，哪怕在娘家只呆半天儿呢，她的心中便觉得舒畅，甚至觉得只有现在多受些磨炼，将来才能够成仙得道，也能像姑母那样，坐在炕沿上吸两袋兰花烟。是呀，现在她还不敢吸兰花烟，可是已经学会了嚼槟榔——这大概就离吸兰花烟不太远了吧。

有这些事在她心中，她睡不踏实，起来的特别早。也没顾得看三星在哪里，她就上街去给婆婆买油条与烧饼。在那年月，粥铺是在夜里三点左右就开始炸油条，打烧饼的。据说，连上早朝的王公大臣们也经常用烧饼、油条当作早点。大姐婆婆的父亲，子爵，上朝与否，我不知道。子爵的女儿可的确继承了吃烧饼与油条的传统，并且是很早就起床，梳洗完了就要吃，吃完了发困可以再睡。于是，这个传统似乎专为折磨我的大姐。

西北风不大，可很尖锐，一会儿就把大姐的鼻尖、耳唇都吹红。她不由地说出来："嗬！干冷！"这种北京特有的干冷，往往冷得使人痛快。即使大姐心中有不少的牢骚，她也不能不痛快地这么说出来。说罢，她加紧了脚步。身上开始发热，可是她反倒打了个冷战，由心里到四肢都那么颤动了一下，很舒服，像吞下一小块冰那么舒服。她看了看天空，每颗星都是那么明亮，清凉，轻颤，使她想起孩子们的纯洁、发光的眼睛来。她笑了笑，嘟囔着：只要风别大起来，今天必是个晴美的日子！小弟弟有点来历，洗三遇上这么好的天气！想到这里，她恨不能马上到娘家去，抱一抱小弟弟！

不管她怎样想回娘家,她可也不敢向婆婆去请假。假若她大胆地去请假,她知道,婆婆必定点头,连声地说:克吧! 克吧! ("克"者"去"也)她是子爵的女儿,不能毫无道理地拒绝儿媳回娘家。可是,大姐知道,假若她依实地"克"了,哼,婆婆的毒气口袋就会垂到胸口上来。不,她须等待婆婆的命令。

命令始终没有下来。首先是:别说母亲只生了一个娃娃,就是生了双胞胎,只要大姐婆婆认为她是受了煤气,便必定是受了煤气,没有别的可说! 第二是:虽然她的持家哲理是:放胆去赊,无须考虑怎样还债;可是,门口儿讨债的过多,究竟有伤子爵女儿、佐领太太的尊严。她心里不大痛快。于是,她喝完了粳米粥,吃罢烧饼与油条,便计划着先跟老头子闹一场。可是,佐领提前了溜鸟的时间,早已出去。老太太扑了个空,怒气增长了好几度,赶快拨转马头,要生擒骁骑校。可是,骁骑校偷了大姐的两张新红票子,很早就到街上吃了两碟子豆儿多、枣儿甜的盆糕,喝了一碗杏仁茶。老太太找不到男的官校,只好向女将挑战。她不发命令,而端坐在炕沿上叨唠:这,这哪像过日子! 都得我操心吗? 现成的事,摆在眼皮子前边的事,就看不见吗? 没长着眼睛吗? 有眼无珠吗? 有珠无神吗? 不用伺候我,我用不着谁来伺候! 佛爷,连佛爷也不伺候吗? 眼看就过年,佛桌上的五供①擦了吗?

大姐赶紧去筛炉灰,筛得很细,预备去擦五供。端着细炉灰面子,到了佛桌前,婆婆已经由神佛说到人间:啊! 箱子、柜子、连三②上的

---

① 指佛桌上的五件供器:香炉、香筒、油灯和一对烛台。
② 一种三屉两门的长桌。

铜活①就不该动动手吗？我年轻的时候，凡事用不着婆婆开口，该作什么就作什么！

大姐不敢回话。无论多么好听的话，若在此刻说出来，都会变成反抗婆婆，不服调教。可是，要是什么也不说，低着头干活儿呢，又会变成：对！拿蜡扦儿杀气，心里可咒骂老不死的，老不要脸的！那，那该五雷轰顶！

大姐含着泪，一边擦，一边想主意：要在最恰当的时机，去请教婆母怎么作这，或怎么作那。她把回娘家的念头完全放在了一边。待了一会儿，她把泪收起去，用极大的努力把笑意调动到脸上来：奶奶，您看看，我擦得还像一回事儿吗？婆婆只哼了一声，没有指示什么，原因很简单，她自己并没擦过五供。

果然是好天气，刚到九点来钟，就似乎相当暖和了。天是那么高，那么蓝，阳光是那么亮，连大树上的破老鸹窝看起来都有些画意了。俏皮的喜鹊一会儿在东，一会儿在西，喳喳地赞美着北京的冬晴。

大姐婆婆叨唠到一个阶段，来到院中，似乎是要质问太阳与青天，干什么这样晴美。可是，一出来便看见了多甫养的鸽子，于是就谴责起紫乌与黑玉翅来：养着你们干什么？就会吃！你们等着吧，一高兴，我全把你们宰了！

大姐在屋里大气不敢出。她连叹口气的权利也没有！

在我们这一方面，母亲希望大姐能来。前天晚上，她几乎死去。既然老天爷没有收回她去，她就盼望今天一家团圆，连出嫁了的女儿也在

---

① 指家具上的铜饰，如铜环、铜锁等。

身旁。可是,她也猜到大女儿可能来不了。谁叫人家是佐领,而自己的身分低呢! 母亲不便于说什么,可是脸上没有多少笑容。

姑母似乎在半夜里就策划好:别人办喜事,自己要不发发脾气,那就会使喜事办的平平无奇,缺少波澜。到九点钟,大姐还没来,她看看太阳,觉得不甩点闲话,一定对不起这么晴朗的阳光。

"我说,"她对着太阳说,"太阳这么高了,大姑奶奶怎么还不露面? 一定,一定又是那个大酸枣眼睛的老梆子不许她来! 我找她去,跟她讲讲理! 她要是不讲理,我把她的酸枣核儿抠出来!"

母亲着了急。叫二姐请二哥去安慰姑母:"你别出声,叫二哥跟她说。"

二哥正跟小六儿往酒里对水。为省钱,他打了很少的酒,所以得设法使这一点酒取之不尽,用之不竭。二姐拉了拉他的袖子,往外指了指。他拿着酒壶出来,极亲热地走向姑母:"老太太,您闻闻,有酒味没有?"

"酒嘛,怎能没酒味儿,你又憋着什么坏呢?"

"是这么回事,要是酒味儿太大,还可以再对点水!"

"你呀,老二,不怪你妈妈叫你二鬼子!"姑母无可如何地笑了。

"穷事儿穷对付,就求个一团和气! 是不是? 老太太!"见没把姑母惹翻,急忙接下去:"吃完饭,我准备好,要赢您四吊钱,买一斤好杂拌儿吃吃! 敢来不敢? 老太太!"

"好小子,我接着你的!"姑母听见要玩牌,把酸枣眼睛完全忘了。

母亲在屋里叹了口气,十分感激内侄福海。

九点多了,二哥所料到要来贺喜的七姥姥八姨们陆续来到。二姐不管是谁,见面就先请安,后倒茶,非常紧张。她的脸上红起来,鼻子上出了点汗,不说什么,只在必要的时候笑一下。因此,二哥给她起了个外号,叫"小力笨"①。

姑母催开饭,为是吃完好玩牌。二哥高声答应:"全齐喽!"

所谓"全齐喽"者,就是腌疙疸缨儿炒大蚕豆与肉皮炸辣酱都已炒好,酒也对好了水,千杯不醉。"酒席"虽然如此简单,入席的礼让却丝毫未打折扣:"您请上坐!""那可不敢当! 不敢当!""您要不那么坐,别人就没法儿坐了!"直到二哥发出呼吁:"快坐吧,菜都凉啦!"大家才恭敬不如从命地坐下。酒过三巡(谁也没有丝毫醉意),菜过两味(蚕豆与肉皮酱),"宴会"进入紧张阶段——热汤面上来了。大家似乎都忘了礼让,甚至连说话也忘了,屋中好一片吞面条的响声,排山倒海,虎啸龙吟。二哥的头上冒了汗:"小六儿,照这个吃法,这点面兜不住啊!"小六儿急中生智:"多对点水!"二哥轻轻呸了一声:"呸! 面又不是酒,对水不成了浆糊吗? 快去!"二哥掏出钱来(这笔款,他并没向我母亲报账):"快去,到金四把那儿,能烙饼,烙五斤大饼;要是等的功夫太大,就拿些芝麻酱烧饼来,快!"(那时候的羊肉铺多数带卖烧饼、包子、并代客烙大饼。)

小六儿聪明:看出烙饼需要时间,就拿回一炉热烧饼和两屉羊肉白菜馅的包子来。风卷残云,顷刻之间包子与烧饼踪影全无。最后,轮到二哥与小六儿吃饭。可是,吃什么呢? 二哥哈哈地笑了一阵,而后指示小六儿:"你呀,小伙子,回家吃去吧!"我至今还弄不清小六儿是谁,可是每一想到我的洗三典礼,便觉得对不起他! 至于二哥吃了没吃,我

---

① 指小伙计。

倒没怎么不放心，我深知他是有办法的人。

快到中午，天晴得更加美丽。蓝天上，这儿一条，那儿一块，飘着洁白光润的白云。西北风儿稍一用力，这些轻巧的白云便化为长长的纱带，越来越长，越薄，渐渐又变成一些似断似续的白烟，最后就不见了。小风儿吹来各种卖年货的呼声：卖供花①的、松柏枝的、年画的……一声尖锐，一声雄浑，忽远忽近，中间还夹杂着几声花炮响，和剃头师傅的"唤头"②声。全北京的人都预备过年，都在这晴光里活动着，买的买，卖的卖，着急的着急，寻死的寻死，也有乘着年前娶亲的，一路吹着唢呐，打着大鼓。只有我静静地躺在炕中间，垫着一些破棉花，不知道想些什么。

据说，冬日里我们的屋里八面透风，炕上冰凉，夜间连杯子里的残茶都会冻上。今天，有我在炕中间从容不迫地不知想些什么，屋中的形势起了很大的变化。屋里很暖，阳光射到炕上，照着我的小红脚丫儿。炕底下还升着一个小白铁炉子。里外的暖气合流，使人们觉得身上，特别是手背与耳唇，都有些发痒。从窗上射进的阳光里面浮动着多少极小的、发亮的游尘，像千千万万无法捉住的小行星，在我的头上飞来飞去。

这时候，在那达官贵人的晴窗下，会晒着由福建运来的水仙。他们屋里的大铜炉或地炕发出的热力，会催开案上的绿梅与红梅。他们的摆着红木炕桌，与各种古玩的小炕上，会有翠绿的蝈蝈，在阳光里展翅轻鸣。他们的廊下挂着的鸣禽，会对着太阳展展双翅，唱起成套的歌儿来。

---

① 供品上所插的纸制或绒制的花签，如福寿字、八仙人等等。
② 沿街理发者所持的吆喝工具，铁制，形如巨镊。

他们的厨子与仆人会拿进来内蒙的黄羊、东北的锦鸡，预备作年菜。阳光射在锦鸡的羽毛上，发出五色的闪光。

我们是最喜爱花木的，可是我们买不起梅花与水仙。我们的院里只有两株歪歪拧拧的枣树，一株在影壁后，一株在南墙根。我们也爱小动物，可是养不起画眉与靛颏儿，更没有时间养过冬的绿蝈蝈。只有几只麻雀一会儿落在枣树上，一会儿飞到窗台上，向屋中看一看。这几只麻雀也许看出来：我不是等待着梅花与水仙吐蕊，也不是等待着蝈蝈与靛颏儿鸣叫，而是在一小片阳光里，等待着洗三，接受几位穷苦旗人们的祝福。

外间屋的小铁炉上正煎着给我洗三的槐枝艾叶水。浓厚的艾香与老太太们抽的兰花烟味儿混合在一处，香暖而微带辛辣，也似乎颇为吉祥。大家都盼望"姥姥"快来，好祝福我不久就成为一个不受饥寒的伟大人物。

姑母在屋里转了一圈儿，向炕上瞟了一眼，便与二哥等组织牌局，到她的屋中鏖战。她心中是在祝福我，还是诅咒我，没人知道。

正十二点，晴美的阳光与尖溜溜的小风把白姥姥和她的满腹吉祥话儿，送进我们的屋中。这是老白姥姥，五十多岁的一位矮白胖子。她的腰背笔直，干净利落，使人一见就相信，她一天接下十个八个男女娃娃必定胜任愉快。她相当的和蔼，可自有她的威严——我们这一带的二十来岁的男女青年都不敢跟她开个小玩笑，怕她提起：别忘了谁给你洗的三！她穿得很素静大方，只在俏美的缎子"帽条儿"后面斜插着一朵明艳的红绢石榴花。

前天来接生的是小白姥姥，老白姥姥的儿媳妇。小白姥姥也干净利落，只是经验还少一些。前天晚上出的岔子，据她自己解释，并不能怨她，而应归咎于我母亲的营养不良，身子虚弱。这，她自己可不便来对我母亲说，所以老白姥姥才亲自出马来给洗三。老白姥姥现在已是名人，她从哪家出来，人们便可断定又有一位几品的世袭罔替的官儿或高贵的千金降世。那么，以她的威望而肯来给我洗三，自然是含有道歉之意。这，谁都可以看出来，所以她就不必再说什么。我母亲呢，本想说两句，可是又一想，若是惹老白姥姥不高兴而少给老儿子说几句吉祥话，也大为不利。于是，母亲也就一声没出。

姑母正抓到一手好牌，传过话来：洗三典礼可以开始，不必等她。

母亲不敢依实照办。过了一会儿，打发二姐去请姑母，而二姐带回来的话是："我说不必等我，就不必等我！"典礼这才开始。

白姥姥在炕上盘腿坐好，宽沿的大铜盆（二哥带来的）里倒上了槐枝艾叶熬成的苦水，冒着热气。参加典礼的老太太们、媳妇们，都先"添盆"，把一些铜钱放入盆中，并说着吉祥话儿。几个花生，几个红、白鸡蛋，也随着"连生贵子"等祝词放入水中。这些钱与东西，在最后，都归"姥姥"拿走。虽然没有去数，我可是知道落水的铜钱并不很多。正因如此，我们才不能不感谢白姥姥的降格相从，亲自出马，同时也足证明小白姥姥惹的祸大概并不小。

边洗边说，白姥姥把说过不知多少遍的祝词又一句不减地说出来："先洗头，作王侯；后洗腰，一辈倒比一辈高；洗洗蛋，作知县；洗洗沟，作知州！"大家听了，更加佩服白姥姥——她明知盆内的铜钱不多，而仍把吉祥话说得完完全全，不偷工减料，实在不易多得！虽然我后来既没作知县，也没作知州，我可也不能不感谢她把我的全身都洗得干干净净，可能比知县、知州更干净一些。

洗完，白姥姥又用姜片艾团灸了我的脑门和身上的各重要关节。因此，我一直到年过花甲都没闹过关节炎。她还用一块新青布，沾了些清茶，用力擦我的牙床。我就在这时节哭了起来；误投误撞，这一哭原是大吉之兆！在老妈妈们的词典中，这叫作"响盆"。有无始终坚持不哭、放弃吉利的孩子，我就不知道了。最后，白姥姥拾起一根大葱打了我三下，口中念念有词："一打聪明，二打伶俐！"这到后来也应验了，我有时候的确和大葱一样聪明。

这棵葱应当由父亲扔到房上去。就在这紧要关头，我父亲回来了。屋中的活跃是无法形容的！他一进来，大家便一齐向他道喜。他不知请了多少安，说了多少声"道谢啦！"可是眼睛始终瞭着炕中间。我是经得起父亲的鉴定的，浑身一尘不染，满是槐枝与艾叶的苦味与香气，头发虽然不多不长，却也刚刚梳过。我的啼声也很雄壮。父亲很满意，于是把褡裢中两吊多钱也给了白姥姥。

父亲的高兴是不难想象的。母亲生过两个男娃娃，都没有养住，虽然第一个起名叫"黑妞"，还扎了耳朵眼，女贱男贵，贱者易活，可是他竟自没活许久。第二个是母亲在除夕吃饺子的时候，到门外去叫："黑小子、白小子，上炕吃饺子！"那么叫来的白小子。可是这么来历不凡的白小子也没有吃过多少回饺子便"回去"了，原因不明，而确系事实。后来，我每逢不好好地睡觉，母亲就给我讲怎么到门外叫黑小子、白小子的经过，我便赶紧蒙起头来，假装睡去，唯恐叫黑、白二小子看见！

父亲的模样，我说不上来，因为还没到我能记清楚他的模样的时候，他就逝世了。这是后话，不用在此多说。我只能说，他是个"面黄无须"的旗兵，因为在我八九岁时，我偶然发现了他出入皇城的那面腰牌，上面烫着"面黄无须"四个大字。

虽然大姐没有来，小六儿没吃上饭，和姑母既没给我"添盆"，反倒赢了好几吊钱，都是美中不足，可是整个的看来，我的洗三典礼还算过得去，既没有人挑眼，也没有喝醉了吵架的——十分感谢二哥和他的"水酒"！假若一定问我，有什么值得写入历史的事情，我倒必须再提一提便宜坊的老王掌柜。他也来了，并且送给我们一对猪蹄子。

老王掌柜是胶东人，从八九岁就来京学习收拾猪蹄与填鸭子等技术。到我洗三的时候，他已在北京过了六十年，并且一步一步地由小力笨升为大徒弟，一直升到跑外的掌柜。他从庆祝了自己的三十而立的诞辰起，就想自己去开个小肉铺，独力经营，大展经纶。可是，他仔细观察，后起的小肉铺总是时开时闭，站不住脚。就连他的东家们也把便宜坊的雅座撤销，不再附带卖酒饭与烤鸭。他注意到，老主顾们，特别是旗人，越来买肉越少，而肉案子上切肉的技术不能不有所革新——须把生肉切得片儿大而极薄极薄，像纸那么薄，以便看起来块儿不小而分量很轻，因为买主儿多半是每次只买一二百钱的（北京是以十个大钱当作一吊的，一百钱实在是一个大钱）。

老王掌柜常常用他的胶东化的京腔，激愤而缠绵地说：钱都上哪儿气（去）了？上哪儿气了！

那年月，像王掌柜这样的人，还不敢乱穿衣裳。直到他庆贺华甲之喜的时节，他才买了件缎子面的二茬儿羊皮袍，可是每逢穿出来，上面还罩上浆洗之后像铁板那么硬的土蓝布大衫。他喜爱这种土蓝布。可是，一来二去，这种布几乎找不到了。他得穿那刷刷乱响的竹布。乍一穿起这有声有色的竹布衫，连家犬带野狗都一致汪汪地向他抗议。后来，全北京的老少男女都穿起这种洋布，而且差不多把竹布衫视为便礼服，家犬、野狗才也逐渐习惯下来，不再乱叫了。

老王掌柜在提着钱口袋去要账的时候，留神观看，哼，大街上新开的铺子差不多都有个"洋"字，洋货店、洋烟店等等。就是那小杂货铺也有洋纸洋油出售，连向来带卖化妆品，而且自造鹅胰宫皂的古色古香的香烛店也陈列着洋粉、洋碱，与洋沤子①。甚至于串胡同收买破鞋烂纸的妇女们，原来吆喝"换大肥头子儿"，也竟自改为"换洋取灯儿"②！

一听见"换洋取灯儿"的呼声，老王掌柜便用力敲击自己的火镰，燃起老关东烟。可是，这有什么用呢？洋缎、洋布、洋粉、洋取灯儿、洋钟、洋表、还有洋枪，像潮水一般地涌进来，绝对不是他的火镰所能挡住的。他是商人，应当见钱眼开，可是他没法去开一座洋猪肉铺，既卖熏鸡酱肉，也卖洋油洋药！他是商人，应当为东家们赚钱。若是他自己开了买卖，便须为自己赚钱。可是，钱都随着那个"洋"字流到外洋去了！他怎么办呢？

"钱都上哪儿气了？"似乎已有了答案。他放弃了独力经营肉铺，大发财源的雄心，而越来越恨那个"洋"字。尽管他的布衫是用洋针、洋线、洋布作成的，无可抗拒，可是他并不甘心屈服。他公开地说，他恨那些洋玩艺儿！及至他听到老家胶东闹了教案③，洋人与二洋人④骑住了

---

① 沤子，一种搽脸用的水粉化妆品。
② 取灯儿，火柴。
③ 教案，指十九世纪末，在外国资本主义势力侵入我国内地的情势下，我国人民掀起的反对外国教会侵略的斗争。此处是指一八九九年山东人民反对教会、教民的斗争。
④ 又叫"二毛子"，是对入了"洋教"而又仗势欺人的民族败类的蔑称。

乡亲们的脖子,他就不只恨洋玩艺儿了。

在他刚一入京的时候,对于旗人的服装打扮,规矩礼节,以及说话的腔调,他都看不惯、听不惯,甚至有些反感。他也看不上他们的逢节按令挑着样儿吃,赊着也得吃的讲究与作风,更看不上他们的提笼架鸟,飘飘欲仙地摇来晃去的神气与姿态。可是,到了三十岁,他自己也玩上了百灵,而且和他们一交换养鸟的经验,就能谈半天儿,越谈越深刻,也越亲热。他们来到,他既要作揖,又要请安,结果是发明了一种半揖半安的,独具风格的敬礼。假若他们来买半斤肉,他却亲热地建议:拿只肥母鸡! 看他们有点犹疑,他忙补充上:拿吧! 先记上账!

赶到他有个头疼脑热,不要说提笼架鸟的男人们来看他,给他送来清瘟解毒丸,连女人们也派孩子来慰问。他不再是"小山东儿",而是王掌柜,王大哥,王叔叔。他渐渐忘了他们是旗人,变成他们的朋友。虽然在三节①要账的时候,他还是不大好对付,可是遇到谁家娶亲,或谁家办满月,他只要听到消息,便拿着点东西来致贺。"公是公,私是私",他对大家交代清楚。他似乎觉得:清朝皇上对汉人如何是另一回事,大家伙儿既谁也离不开谁,便无妨作朋友。于是,他不但随便去串门儿,跟大家谈心,而且有权拉男女小孩的"骆驼"。在谈心的时候,旗兵们告诉了他,上边怎样克扣军饷,吃空头钱粮,营私舞弊,贪污卖缺。他也说出汉人们所受的委屈,和对洋布与洋人的厌恶。彼此了解了,也就更亲热了。

---

① 指五月初五的端阳节、八月十五的中秋节和大年三十的除夕。当此三节,债主子们多来讨账。

拿着一对猪蹄子,他来庆祝我的洗三。二哥无论怎么让他,他也不肯进来,理由是:"年底下了,柜上忙!"二哥听到"年底下",不由地说出来:"今年家家钱紧,您……"王掌柜叹了口气:"钱紧也得要账,公是公,私是私!"说罢,他便匆忙地走开。大概是因为他的身上有酱肉味儿吧,我们的大黄狗一直乖乖地把他送到便宜坊门外。

五

是的,我一辈子忘不了那件事。并不因为他是掌柜的,也不因为他送来一对猪蹄子。因为呀,他是汉人。

不错,在那年月,某些有房产的汉人宁可叫房子空着,也不肯租给满人和回民。可是,来京作生意的山东人、山西人,和一般的卖苦力吃饭的汉人,都和我们穷旗兵们谁也离不开谁,穿堂过户。某些有钱有势的满人也还看不起汉人与回民,因而对我们这样与汉人、回民来来往往也不大以为然。不管怎样吧,他们是他们,我们是我们,谁也挡不住人民互相友好。

过了我的三天,就该过年。姑母很不高兴。她要买许多东西,而母亲在月子里,不能替她去买。幸而父亲在家,她不好意思翻脸,可是眉毛拧得很紧,腮上也时时抽动那么一下。二姐注意到:火山即快爆发。她赶紧去和父亲商量。父亲决定:把她调拨给姑母,作采购专员。二姐明知这是最不好当的差事,可是无法推却。

"半斤高醋,到山西铺子去打;别心疼鞋;别到小油盐店去!听见没有?"姑母数了半天,才狠心地把钱交给小力笨兼专员。

醋刚打回来，二姐还没站稳。"还得去打香油，要小磨香油，懂吧？"姑母又颁布了旨意。

是的，姑母不喜欢一下子交出几吊钱来，一次买几样东西。她总觉得一样一样地买，每次出钱不多，便很上算。二姐是有耐心的。姑母怎么支使，她怎么办。她一点不怕麻烦，只是十分可怜她的鞋。赶到非买贵一些的东西不可了，姑母便亲自出马。她不愿把许多钱交给二姐，同时也不愿二姐知道她买那么贵的东西。她乘院里没人的时候，像偷偷溜走的小鱼似的溜出去。到街上，她看见什么都想买，而又都嫌太贵。在人群里，她挤来挤去，看看这，看看那，非常冷静，以免上当。结果，绕了两三个钟头，她什么也没买回来。直到除夕了，非买东西不可了，她才带着二姐一同出征。二姐提着筐子，筐子里放着各种小瓶小罐。这回，姑母不再冷静，在一个摊子上就买好几样东西，而且买的并不便宜。但是，她最忌讳人家说她的东西买贵了。所以二姐向母亲汇报的时候，总是把嘴放在母亲的耳朵上，而且用手把嘴遮得严严的才敢发笑。

我们的新年过得很简单。母亲还不能下地，二姐被调去作专员，一切都须由父亲操持。父亲虽是旗兵，可是已经失去二百年前的叱咤风云的气势。假若给他机会，他也会像正翁那样玩玩靛颏儿，坐坐茶馆，赊两只烧鸡，哼几句二黄或牌子曲。可是，他没有机会戴上顶子与花翎。北城外的二三十亩地早已被前人卖掉，只剩下一亩多，排列着几个坟头儿。旗下分给的住房，也早被他的先人先典后卖，换了烧鸭子吃。据说，我的曾祖母跟着一位满族大员到过云南等遥远的地方。那位大员得到多少元宝，已无可考查。我的曾祖母的任务大概是搀扶着大员的夫人上轿下轿，并给夫人装烟倒茶。在我们家里，对曾祖母的这些任务都不大提起，而只记得我们的房子是她购置的。

是的，父亲的唯一的无忧无虑的事就是每月不必交房租，虽然在六七月下大雨的时候，他还不能不着点急——院墙都是碎砖头儿砌成的，一遇大雨便塌倒几处。他没有嗜好，既不抽烟，也不赌钱，只在过节的时候喝一两杯酒，还没有放下酒杯，他便面若重枣。他最爱花草，每到夏季必以极低的价钱买几棵姥姥不疼、舅舅不爱的五色梅。至于洋麻绳菜与草茉莉等等，则年年自生自长，甚至不用浇水，也到时候就开花。到上班的时候，他便去上班。下了班，他照直地回家。回到家中，他识字不多，所以不去读书；家中只藏着一张画匠画的《王羲之爱鹅》，也并不随时观赏，因为每到除夕才找出来挂在墙上，到了正月十九就摘下来[1]。他只出来进去，劈劈柴，看看五色梅，或刷一刷水缸。有人跟他说话，他很和气，低声地回答两句。没人问他什么，他便老含笑不语，整天无话可说。对人，他颇有礼貌。但在街上走的时候，他总是目不邪视，非到友人们招呼他，他不会赶上前去请安。每当母亲叫他去看看亲友，他便欣然前往。没有多大一会儿，他便打道回府。"哟！怎么这么快就回来了？"我母亲问。父亲便笑那么一下，然后用布掸子啪啪地掸去鞋上的尘土。一辈子，他没和任何人打过架，吵过嘴。他比谁都更老实。可是，谁也不大欺负他，他是带着腰牌的旗兵啊。

在我十来岁的时候，我总爱刨根问底地问母亲：父亲是什么样子？

---

[1] 正月十九摘画，北京旧俗，正月十八日"开市"，工人上工，商店开业，学生念书，官兵执差如常。新年期间的一应节日陈设，都应在十九日以前撤去。又，正月十九为"燕九节"，灯节通常要到这个时候才收灯。所以，挂了近二十天的画《王羲之爱鹅》也要摘下来。

母亲若是高兴，便把父亲的那些特点告诉给我。我总觉得父亲是个很奇怪的旗兵。

父亲把打过我三下的那棵葱扔到房上去，非常高兴。从这时候起，一直到他把《王羲之爱鹅》找出来，挂上，他不但老笑着，而且也先开口对大伙儿说话。他几乎是见人便问：这小子该叫什么呢？

研究了再研究，直到除夕给祖先焚化纸钱的时候，才决定了我的官名叫常顺，小名叫秃子，暂缺"台甫"。

在这之外，父亲并没有去买什么年货，主要的原因是没有钱。他可是没有忽略了神佛，不但请了财神与灶王的纸像，而且请了高香、大小红烛，和五碗还没有烙熟的月饼。他也煮了些年饭，用特制的小饭缸盛好，上面摆上几颗红枣，并覆上一块柿饼儿，插上一枝松枝，枝上还悬着几个小金纸元宝，看起来颇有新年气象。他简单地说出心中的喜悦："咱们吃什么不吃什么的都不要紧，可不能委屈了神佛！神佛赏给了我一个老儿子呀！"

除夕，母亲和我很早地就昏昏睡去，似乎对过年不大感兴趣。二姐帮着姑母作年菜，姑母一边工作，一边叨唠，主要是对我不满。"早不来，晚不来，偏偏在过年的时候来捣乱，贼秃子！"每逢她骂到满宫满调的时候，父亲便过来，笑着问问："姐姐，我帮帮您吧！"

"你？"姑母打量着他，好像向来不曾相识似的。"你不想想就说话！你想想，你会干什么？"

父亲含笑想了想，而后像与佐领或参领告辞那样，倒退着走出来。

街上，祭神的花炮逐渐多起来。胡同里，每家都在剁饺子馅儿，响成一片。赶到花炮与剁饺子馅的声响汇合起来，就有如万马奔腾，狂潮怒吼。在这一片声响之上，忽然这里，忽然那里，以压倒一切的声势，讨债的人敲着门环，啪啪啪啪，像一下子就连门带门环一齐敲碎，惊心动魄，人人肉跳心惊，连最顽强的大狗也颤抖不已，不敢轻易出声。这种声音引起多少低卑的央求，或你死我活的吵闹，夹杂着妇女与孩子们的哭叫。一些既要脸面，又无办法的男人们，为躲避这种声音，便在这诸神下界、祥云缭绕的夜晚，偷偷地去到城根或城外，默默地结束了这一生。

父亲独自包着素馅的饺子。他相当紧张。除夕要包素馅饺子是我家的传统，既为供佛，也省猪肉。供佛的作品必须精巧，要个儿姣小，而且在边缘上捏出花儿来，美观而结实——把饺子煮破了是不吉祥的。他越紧张，饺子越不听话，有的形似小船，有的像小老鼠，有的不管多么用力也还张着嘴。

除了技术不高，这恐怕也与"心不在焉"有点关系。他心中惦念着大女儿。他虽自己也是寅吃卯粮，可是的确知道这个事实，因而不敢不算计每一个钱的用途，免得在三节叫债主子敲碎门环子。而正翁夫妇与多甫呢，却以为赊到如白拣，绝对不考虑怎么还债。若是有人愿意把北海的白塔赊给他们，他们也毫不迟疑地接受。他想不明白，他们有什么妙策闯过年关，也就极不放心自己的大女儿。

母亲被邻近的一阵敲门巨响惊醒。她并没有睡实在了，心中也七上八下地惦记着大女儿。可是，她打不起精神来和父亲谈论此事，只说了声：你也睡吧！

除夕守岁，彻夜不眠，是多少辈子所必遵守的老规矩。父亲对母亲的建议感到惊异。他嗯了一声，照旧包饺子，并且找了个小钱，擦干净，放在一个饺子里，以便测验谁的运气好——得到这个饺子的，若不误把小钱吞下去，便会终年顺利！他决定要守岁，叫油灯、小铁炉、佛前的香火，都通宵不断。他有了老儿子，有了指望，必须叫灯火都旺旺的，气象峥嵘，吉祥如意！他还去把大绿瓦盆搬进来，以便储存脏水，过了"破五"①再往外倒。在又包了一个像老鼠的饺子之后，他拿起皇历，看清楚财神、喜神的方位，以便明天清早出了屋门便面对着他们走。他又高兴起来，以为只要自己省吃俭用，再加上神佛的保佑，就必定会一顺百顺，四季平安！

夜半，街上的花炮更多起来，铺户开始祭神。父亲又笑了。他不大晓得云南是在东边，还是在北边，更不知道英国是紧邻着美国呢，还是离云南不远。只要听到北京有花炮咚咚地响着，他便觉得天下太平，皆大欢喜。

二姐撅着嘴进来，手上捧着两块重阳花糕，泪在眼圈儿里。她并不恼帮了姑母这么好几天，连点压岁钱也没得到。可是，接到两块由重阳放到除夕的古老的花糕，她冒了火！她刚要往地上扔，就被父亲拦住。"那不好，二姐！"父亲接过来那两块古色古香的点心，放在桌上。"二姐，别哭，别哭！那不吉祥！"二姐忍住了泪。

父亲掏出几百钱来，交给二姐："等小李过来，买点糖豆什么的，当作杂拌吧！"他知道小李今夜必定卖到天发亮，许多买不起正规杂拌儿的孩子都在等着他。

---

① 正月初五。旧俗，破五之内不得以生米为炊，妇女不得出门。至初六，方可互相道贺。

不大会儿，小李果然过来了。二姐刚要往外走，姑母开开了屋门："二姐，刚才，刚才我给你的……喂了狗吧！来，过来！"她塞到二姐手中一张新红钱票，然后啷的一声关上了门。二姐出去，买了些糖豆大酸枣儿，和两串冰糖葫芦。回来，先问姑母："姑姑，您不吃一串葫芦吗？白海棠的！"姑母回答了声："睡觉喽！明年见！"

父亲看出来，若是叫姑母这么结束了今年，大概明年的一开头准会顺利不了。他赶紧走过去，在门外吞吞吐吐地问："姐姐！不跟我、二姐，玩会儿牌吗？"

"你们存多少钱哪？"姑母问。

"赌铁蚕豆的！"

姑母哈哈地笑起来，笑完了一阵，叱的一声，吹灭了灯！

父亲回来，低声地说：我把她招笑了，大概明天不至于闹翻了天啦！

父女二人一边儿吃着糖豆儿，一边儿闲谈。

"大年初六，得接大姐回来。"二姐说。

"对！"

"给她什么吃呢？公公婆婆挑着样儿吃，大姐可什么也吃不着！"

父亲没出声。他真愿意给大女儿弄些好吃的，可是……

"小弟弟满月，又得……"二姐也不愿往下说了。

父亲本想既节约又快乐地度过除夕，可是无论怎样也快乐不起来了。他不敢怀疑大清朝的一统江山能否亿万斯年。可是，即使大清皇帝能够永远稳坐金銮宝殿，他的儿子能够补上缺，也当上旗兵，又怎么样呢？生儿子是最大的喜事，可是也会变成最发愁的事！

"小弟弟长大了啊，"二姐口中含着个铁蚕豆，想说几句漂亮的话，叫父亲高兴起来。"至小也得来个骁骑校,五品顶戴,跟大姐夫一样!"

"那又怎么样呢?"父亲并没高兴起来。

"要不,就叫他念多多的书,去赶考,中个进士!"

"谁供给得起呢?"父亲脸上一点笑容也没有了。

"干脆,叫他去学手艺!跟福海二哥似的!"二姐自己也纳闷,今天晚上为什么想起这么多主意,或者是糖豆与铁蚕豆发生了什么作用。

"咱们旗人,但分①能够不学手艺,就不学!"

父女一直谈到早晨三点,始终没给小弟弟想出出路来。二姐把糖葫芦吃罢,一歪,便睡着了。父亲把一副缺了一张"虎头"的骨牌②找出来,独自给老儿子算命。

初一,头一个来拜年的自然是福海二哥。他刚刚磕完头,父亲就提出给我办满月的困难。二哥出了个不轻易出的主意:"您拜年去的时候,就手儿辞一辞吧!"

父亲坐在炕沿上,捧着一杯茶,好大半天说不出话来。他知道,二哥出的是好主意。可是,那么办实在对不起老儿子!一个增光耀祖的儿子,怎可以没办过满月呢?

"您看,就是挨家挨户去辞,也总还有拦不住的。咱们旗人喜欢这一套!"二哥笑了笑。"不过,那可就好办了。反正咱们先说了不办满月,那么,非来不可的就没话可说了;咱们清茶恭候,他们也挑不了眼!"

"那也不能清茶恭候!"父亲皱着眉头儿说。

---

① 只要。极甚之辞。

② 虎头,骨牌中的一张,十一点,排列状如虎头。

"就是说！好歹地弄点东西吃吃，他们不能挑剔，咱们也总算给小弟弟办了满月！"

父亲连连点头，脸上有了笑容："对！对！老二，你说的对！"倒仿佛好歹地弄点东西吃吃，就不用花一个钱似的。"二姐，拿套裤！老二，走！我也拜年去！"

"您忙什么呀？"

"早点告诉了亲友，心里踏实！"

二姐找出父亲的那条枣红缎子套裤。套裤比二姐大着两岁，可并不显着太旧，因为只在拜年与贺喜时才穿用。

初六，大姐回来了，我们并没有给她到便宜坊叫个什锦火锅或苏式盒子。母亲的眼睛总跟着大姐，仿佛既看不够她，又对不起她。大姐说出心腹话来："奶奶，别老看着我，我不争吃什么！只要能够好好地睡睡觉，歇歇我的腿，我就念佛！"说的时候，她的嘴唇有点颤动，可不敢落泪，她不愿为倾泻自己的委屈而在娘家哭哭啼啼，冲散新春的吉祥气儿。到初九，她便回了婆家。走到一阵风刮来的时候，才落了两点泪，好归罪于沙土迷了她的眼睛。

姑母从初六起就到各处去玩牌，并且颇为顺利，赢了好几次。因此，我们的新年在物质上虽然贫乏，可是精神上颇为焕发。在元宵节晚上，她居然主动地带着二姐去看灯，并且到后门① 西边的城隍庙观赏五官往外冒火的火判儿。她这几天似乎颇重视二姐，大概是因为二姐在除夕没有拒绝两块古老花糕的赏赐。那可能是一种试探，看看二姐到底是否真

---

① 即地安门。元宵节张灯，旧时以东四牌楼和地安门为最盛。

老实，真听话。假若二姐拒绝了，那便是表示不承认姑母在这个院子里的霸权，一定会受到惩罚。

我们屋里，连汤圆也没买一个。我们必须节约，好在我满月的那天招待拦而拦不住的亲友。

到了那天，果然来了几位贺喜的人。头一位是多甫大姐夫。他的脸瘦了一些，因为从初一到十九，他忙得几乎没法儿形容。他逛遍所有的庙会。在初二，他到财神庙借了元宝，并且确信自己十分虔诚，今年必能发点财。在白云观，他用铜钱打了桥洞里坐着的老道，并且用小棍儿敲了敲放生的老猪的脊背，看它会叫唤不会。在厂甸，他买了风筝与大串的山里红。在大钟寺，他喝了豆汁，还参加了没白没票的抓彩，得回手指甲大小的一块芝麻糖。各庙会中的练把式的、说相声的、唱竹板书的、变戏法儿的……都得到他的赏钱，被艺人们称为财神爷。只在白云观外的跑马场上，他没有一显身手，因为他既没有骏马，即使有骏马他也不会骑。他可是在入城之际，雇了一匹大黑驴，项挂铜铃，跑的相当快，博得游人的喝彩。他非常得意，乃至一失神，黑驴落荒而逃，把他留在沙土窝儿里。在十四、十五、十六，他连着三晚上去看东单西四鼓楼前的纱灯、牛角灯、冰灯、麦芽龙灯；并赶到内务府大臣的门外，去欣赏燃放花盒，把洋绉马褂上烧了个窟窿。

他来贺喜，主要地是为向一切人等汇报游玩的心得，传播知识。他跟我母亲、二姐讲说，她们都搭不上茬儿。所以，他只好过来启发我：小弟弟，快快地长大，我带你玩去！咱们旗人，别的不行，要讲吃喝玩乐，你记住吧，天下第一！

父亲几次要问多甫，怎么闯过了年关，可是话到嘴边上又咽回去。

一来二去，倒由多甫自己说出来：把房契押了出去，所以过了个肥年。父亲听了，不住地皱眉。在父亲和一般的老成持重的旗人们看来，自己必须住着自己的房子，才能根深蒂固，永远住在北京。因作官而发了点财的人呢，"吃瓦片"①是最稳当可靠的。以正翁与多甫的收入来说，若是能够勤俭持家，早就应该有了几处小房，月月取租钱。可是，他们把房契押了出去！多甫看父亲皱眉，不能不稍加解释：您放心，没错儿，押出去房契，可不就是卖房！俸银一下来，就把它拿回来！

"那好！好！"父亲口中这么说，心中可十分怀疑他们能否再看到自己的房契。

多甫见话不投机，而且看出并没有吃一顿酒席的希望，就三晃两晃不见了。

大舅妈又犯喘，福海二哥去上班，只有大舅来坐了一会儿。大家十分恳切地留他吃饭，他坚决不肯。可是，他来贺喜到底发生了点作用。姑母看到这样清锅冷灶，早想发脾气，可是大舅以参领的身分，到她屋中拜访，她又有了笑容。大舅走后，她质问父亲：为什么不早对我说呢？三两五两银子，我还拿得出来！这么冷冷清清的，不大像话呀！父亲只搭讪着嘻嘻了一阵，心里说：好家伙，用你的银子办满月，我的老儿子会叫你给骂化了！

这一年，春天来的较早。在我满月的前几天，北京已经刮过两三次大风。是的，北京的春风似乎不是把春天送来，而是狂暴地要把春天吹跑。在那年月，人们只知道砍树，不晓得栽树，慢慢的山成了秃山，地

---

① 指以收取房租为生的人。

成了光地。从前，就连我们的小小的坟地上也有三五株柏树，可是到我父亲这一辈，这已经变为传说了。北边的秃山挡不住来自塞外的狂风，北京的城墙，虽然那么坚厚，也挡不住它。寒风，卷着黄沙，鬼哭神号地吹来，天昏地昏，日月无光。青天变成黄天，降落着黄沙。地上，含有马尿驴粪的黑土与鸡毛蒜皮一齐得意地飞向天空。半空中，黑黄上下，渐渐混合，结成一片深灰的沙雾，遮住阳光。太阳所在的地方，黄中透出红来，像凝固了的血块。

风来了，铺户外的冲天牌楼唧唧吱吱地乱响，布幌子吹碎，带来不知多少里外的马嘶牛鸣。大树把梢头低得不能再低，干枝子与干槐豆纷纷降落，树杈上的鸦巢七零八散。甬路与便道上所有的灰土似乎都飞起来，对面不见人。不能不出门的人们，像鱼在惊涛骇浪中挣扎，顺着风走的身不自主地向前飞奔；逆着风走的两腿向前，而身子后退。他们的身上、脸上落满了黑土，像刚由地下钻出来；发红的眼睛不断流出泪来，给鼻子两旁冲出两条小泥沟。

那在屋中的苦人们，觉得山墙在摇动，屋瓦被揭开，不知哪一会儿就连房带人一齐被刮到什么地方去。风从四面八方吹进来，把一点点暖气都排挤出去，水缸里白天就冻了冰。桌上、炕上，落满了腥臭的灰土，连正在熬开了的豆汁，也中间翻着白浪，而锅边上是黑黑的一圈。

一会儿，风从高空呼啸而去；一会儿，又擦着地皮袭来，击撞着院墙，呼隆呼隆地乱响，把院中的破纸与干草叶儿刮得不知上哪里去才好。一阵风过去，大家一齐吐一口气，心由高处落回原位。可是，风又来了，使人感到眩晕。天、地，连皇城的红墙与金銮宝殿似乎都在颤抖。太阳失去光芒，北京变成任凭飞沙走石横行无忌的场所。狂风怕日落，大家都盼着那不像样子的太阳及早落下去。傍晚，果然静寂下来。大树的枝条又都直起来，虽然还时时轻摆，可显着轻松高兴。院里比刚刚扫过还更干净，破纸什么的都不知去向，只偶然有那么一两片藏在墙角里。窗楞上堆着些小小的坟头儿，土极干极细。窗台上这里厚些，那里薄些，堆着一片片的浅黄色细土，像沙滩在水退之后，留下水溜的痕迹。大家心中安定了一些，都盼望明天没有一点儿风。可是，谁知道准怎么样呢！那时候，没有天气预报啊。

要不怎么说，我的福气不小呢！我满月的那一天，不但没有风，而且青天上来了北归较早的大雁。虽然是不多的几只，可是清亮的鸣声使大家都跑到院中，抬着头指指点点，并且念道着："七九河开，八九雁来"，都很兴奋。大家也附带着发现，台阶的砖缝里露出一小丛嫩绿的香蒿叶儿来。二姐马上要脱去大棉袄，被母亲喝止住："不许脱！春捂秋冻！"

正在这时候，来了一辆咯噔咯噔响的轿车，在我们的门外停住。紧跟着，一阵比雁声更清亮的笑声，由门外一直进到院中。大家都吃了一惊！

六

随着笑声，一段彩虹光芒四射，向前移动。朱红的帽结子发着光，青缎小帽发着光，帽沿上的一颗大珍珠发着光，二蓝团龙缎面的灰鼠袍子发着光，米色缎子坎肩发着光，雪青的褡包在身后放着光，粉底官靴发着光。众人把彩虹挡住，请安的请安，问候的问候，这才看清一张眉清目秀的圆胖洁白的脸，与漆黑含笑的一双眼珠，也都发着光。听不清他说了什么，虽然他的嗓音很清亮。他的话每每被他的哈哈哈与啊啊啊扰乱；雪白的牙齿一闪一闪地发着光。

光彩进了屋，走到炕前，照到我的脸上。哈哈哈，好！好！他不肯坐下，也不肯喝一口茶，白胖细润的手从怀中随便摸出一张二两的银票，放在我的身旁。他的大拇指戴着个翡翠扳指①，发出柔和温润的光泽。好！好啊！哈哈哈！随着笑声，那一身光彩往外移动。不送，不送，都不送！哈哈哈！笑着，他到了街门口。笑着，他跨上车沿。鞭子轻响，车轮转动，咯噔咯噔……。笑声渐远，车出了胡同，车后留下一些飞尘。

姑母急忙跑回来，立在炕前，呆呆地看着那张银票，似乎有点不大相信自己的眼睛。大家全回来了，她出了声："定大爷，定大爷！他怎么会来了呢？他由哪儿听说的呢？"

大家都要说点什么，可都想不起说什么才好。我们的胡同里没来过那样体面的轿车。我们从来没有接过二两银子的"喜敬"——那时候，二两银子可以吃一桌高级的酒席！

父亲很后悔："你看，我今年怎么会忘了给他去拜年呢？怎么呢？"

"你没拜年去，他听谁说的呢？"姑母还问那个老问题。

"你放心吧，"母亲安慰父亲，"他既来了，就一定没挑了眼！定大爷是肚子里撑得开船的人！"

"他到底听谁说的呢？"姑母又追问一次。

没人能够回答姑母的问题，她就默默地回到自己屋中，心中既有点

---

① 套在右手拇指上的象牙或晶玉的装饰品，原为射箭钩弓时的用具。

佩服我，又有点妒意。无可如何地点起兰花烟，她不住地骂贼秃子。

我的曾祖母不是跟过一位满族大员，到云南等处去过吗？那位大员不是带回数不清的元宝吗？定大爷就是这位到处拾元宝的大员的后代。

他的官印①是定禄。他有好几个号：子丰、裕斋、富臣、少甫，有时候还自称霜清老人，虽然他刚过二十岁。刚满六岁，就有三位名儒教导他，一位教满文，一位讲经史，一位教汉文诗赋。先不提宅院有多么大，光说书房就有带廊子的六大间。书房外有一座精致的小假山，霜清老人高了兴便到山巅拿个大顶。山前有牡丹池与芍药池，每到春天便长起香蒿子与兔儿草，颇为茂盛；牡丹与芍药都早被"老人"揪出来，看看离开土还能开花与否。书房东头的粉壁前，种着一片翠竹，西头儿有一株紫荆。竹与紫荆还都活着。好几位满族大员的子弟，和两三位汉族富家子弟，都来此附学。他们有的中了秀才，有的得到差事，只有霜清老人才学出众，能够唱整出的《当锏卖马》②，文武双全。他是有才华的。他喜欢写字，高兴便叫书童研一大海碗墨，供他写三尺大的福字与寿字，赏给他的同学们；若不高兴，他就半年也不动一次笔，所以他的字写得很有力量，只是偶然地缺少两笔，或多了一撇。他也很爱吟诗。灵感一来，他便写出一句，命令同学们补足其余。他没学会满文，也没学好汉文，可是自信只要一使劲，马上就都学会，于是暂且不忙着使劲。他也偶然地记住一二古文中的名句，如"落霞与孤鹜齐飞，秋水共长天一色"之类，随时引用，出口成章。兴之所至，他对什么学术、学说都感兴趣，

---

① 原指官府所用之印，后以敬称人的大名。
② 一出极为流行的京剧，演唱《隋唐演义》中秦叔宝的故事。

对什么三教九流的人物都乐意交往。他自居为新式的旗人,既有文化,又宽宏大量。他甚至同情康、梁的维新的主张与办法。他的心地良善,只要有人肯叫"大爷",他就肯赏银子。

他不知道他父亲比祖父更阔了一些,还是差了一些。他不知道他们给他留下多少财产。每月的收支,他只听管事的一句话。他不屑于问一切东西的价值,只要他爱,花多少钱也肯买。自幼儿,他就拿金银锞子与玛瑙翡翠作玩具,所以不知道它们是贵重物品。因此,不少和尚与道士都说他有仙根,海阔天空,悠然自得。他一看到别人为生活发愁着急,便以为必是心田狭隘,不善解脱。

他似乎记得,又似乎不大记得,他的祖辈有什么好处,有什么缺点,和怎么拾来那些元宝。他只觉得生下来便被绸缎裹着,男女仆伺候着,完全因为他的福大量大造化大。他不能不承认自己是满人,可并不过度地以此自豪,他有时候编出一些刻薄的笑话,讥诮旗人。他渺茫地感到自己是一种史无前例的特种人物,既记得几个满洲字,又会作一两句汉文诗,而且一使劲便可以成圣成佛。他没有能够取得功名,似乎也无意花钱去捐个什么官衔,他愿意无牵无挂,像行云流水那么闲适而又忙碌。

他与我们的关系是颇有趣的。虽然我的曾祖母在他家帮过忙,我们可并不是他的家奴①。他的祖父、父亲,与我的祖父、父亲,总是那么似断似续地有点关系,又没有多大关系。一直到他当了家,这种关系还没有断绝。我们去看他,他也许接见,也许不接见,那全凭他的高兴与否。他若是一时心血来潮呢,也许来看看我们。这次他来贺喜,后来我们才

---

① 又称包衣,指在藩邸勋门永世为奴的人。

探听到，原来是因为他自己得了个女娃娃，也是腊月生的，比我早一天。他非常高兴，觉得世界上只有他们夫妇才会生个女娃娃，别人不会有此本领与福气。大概是便宜坊的老王掌柜，在给定宅送账单去，走漏了消息：在祭灶那天，那个时辰，一位文曲星或扫帚星降生在一个穷旗兵家里。

是的，老王掌柜和定宅的管事的颇有交情。每逢定大爷想吃熏鸡或烤鸭，管事的总是照顾王掌柜，而王掌柜总是送去两只或三只，便在账上记下四只或六只。到年节要账的时候，即使按照三只或四只还账，王掌柜与管事的也得些好处。老王掌柜有时候受良心的谴责，认为自己颇欠诚实，可是管事的告诉他：你想想吧，若是一节只欠你一两银子，我怎么向大爷报账呢？大爷会说：怎么，凭我的身分就欠他一两？没有的事！不还！告诉你，老掌柜，至少开十两，才像个样子！受了这点教育之后，老掌柜才不再受良心的谴责，而安心地开花账了。

定大爷看见了我，而且记住了我。是的，当我已经满了七岁，而还没有人想起我该入学读书，就多亏他又心血来潮，忽然来到我家。哈哈了几声，啊啊了几声，他把我扯到一家改良私塾里去，叫我给孔夫子与老师磕头。他替我交了第一次的学费。第二天，他派人送来一管"文章一品"，一块"君子之风"，三本小书，[①] 和一丈蓝布——摸不清是作书包用的呢，还是叫我作一身裤褂。

不管姑母和别人怎样重视定大爷的光临，我总觉得金四把叔叔来贺喜更有意义。

---

① 文章一品，毛笔；君子之风，墨；三本小书，《三字经》《百家姓》《千字文》，均为儿童启蒙读物。

在北京，或者还有别处，受满族统治者压迫最深的是回民。以金四叔叔的身体来说，据我看，他应当起码作个武状元。他真有功夫：近距离摔跤，中距离拳打，远距离脚踢，真的，十个八个壮小伙子甭想靠近他的身子。他又多么体面，多么干净，多么利落！他的黄净子脸上没有多余的肉，而处处发着光；每逢阴天，我就爱多看看他的脸。他干净，不要说他的衣服，就连他切肉的案子都刷洗得露出木头的花纹来。到我会去买东西的时候，我总喜欢到他那里买羊肉或烧饼，他那里是那么清爽，以至使我相信假若北京都属他管，就不至于无风三尺土了。他利落，无论干什么都轻巧干脆；是呀，只要遇上他，我必要求他"举高高"。他双手托住我的两腋，叫声"起"，我便一步登天，升到半空中。体验过这种使我狂喜的活动以后，别人即使津贴我几个铁蚕豆，我也不同意"举高高"！

我就不能明白：为什么皇上们那么和回民过不去！是呀，在北京的回民们只能卖卖羊肉，烙烧饼，作小买卖，至多不过是开个小清真饭馆。我问过金四叔："四叔，您干吗不去当武状元呢？"四叔的极黑极亮的眼珠转了几下，拍拍我的头，才说："也许，也许有那么一天，我会当上武状元！秃子，你看，我现在不是吃着一份钱粮吗？"

这个回答，我不大明白。跟母亲仔细研究，也久久不能得到结论。母亲说："是呀，咱们给他请安，他也还个安，不是跟咱一样吗？可为什么……"

我也跟福海二哥研究过，二哥也很佩服金四叔，并且说："恐怕是因为隔着教[①]吧？可是，清真古教是古教啊，跟儒、释、道一样的好啊！"

[①] 又叫"截着教"，俗称与"汉教"不同之"回教"。

那时候，我既不懂儒、释、道都是怎么一回事，也就不懂二哥的话意。看样子，二哥反正不反对跟金四叔交朋友。

在我满月的那天，已经快到下午五点钟了，大家已经把关于定大爷的历史与特点说得没有什么可补充的了，金四叔来到。大家并没有大吃一惊，像定大爷来到时那样。假若大家觉得定大爷是自天而降，对金四把的来到却感到理当如此，非常亲切。是的，他的口中除了有时候用几个回民特有名词，几乎跟我们的话完全一样。我们特有的名词，如牛录、甲喇、格格①……他不但全懂，而且运用的极为正确。一些我们已满、汉兼用的，如"牛录"也叫作"佐领"，他却偏说满语。因此，大家对他的吃上一份钱粮，都不怎么觉得奇怪。我们当然不便当面提及此事，可是他倒有时候自动地说出来，觉得很可笑，而且也必爽朗地笑那么一阵。

他送了两吊钱，并祝我长命百岁。大家让座的让座，递茶的递茶。可是，他不肯喝我们的茶。他严守教规。这就使我们更尊敬他，都觉得：尽管他吃上一份钱粮，他可还是个真正的好回回。是的，当彼此不相往来的时候，不同的规矩与习惯使彼此互相歧视。及至彼此成为朋友，严守规矩反倒受到对方的称赞。我母亲甚至建议："四叔，我把那个有把儿的茶杯给你留起来，专为你用，不许别人动，你大概就会喝我们的茶了吧？"四叔也回答得好："不！赶明儿我自己拿个碗来，存在这儿！"

四叔的嗓子很好，会唱几句《三娘教子》②。虽然不能上胡琴，可是大家都替他可惜："凭这条嗓子，要是请位名师教一教，准成个大名角

---

① 对清代皇族女儿的称呼。如亲王女儿称"和硕格格"，贝勒女儿称"多罗格格"。
② 传统戏剧，演王春娥教子的故事。

儿！"可是，他拜不着名师。于是只好在走在城根儿的时候，痛痛快快地喊几句。

今天，为是热闹热闹，大家恳请他消遣一段儿。

"嗐！我就会那么几句！"金四叔笑着说。可是，还没等再让，他已经唱出"小东人"①来了。

那时候，我还不会听戏，更不会评论，无法说出金四把到底唱的怎样。可是，我至今还觉得怪得意的：我的满月吉日是受过回族朋友的庆祝的。

七

在满洲饽饽里，往往有奶油，我的先人们也许是喜欢吃牛奶、马奶，以及奶油、奶酪的。可是，到后来，在北京住过几代了，这个吃奶的习惯渐渐消失。到了我这一代，我只记得大家以杏仁茶、面茶等作早点，就连喝得起牛奶的，如大舅与大姐的公公也轻易不到牛奶铺里去。只有姑母还偶尔去喝一次，可也不过是为表示她喝得起而已。至于用牛奶喂娃娃，似乎还没听说过。

这可就苦了我。我同皇太子还是婴儿的时候大概差不多，要吃饱了才能乖乖地睡觉。我睡不安，因为吃不饱。母亲没有多少奶，而牛奶与奶粉，在那年月，又不见经传。于是，尽管我有些才华，也不能不表现在爱哭上面。我的肚子一空，就大哭起来，并没有多少眼泪。姑母管这

---

① 《三娘教子》里一句唱词儿的头三字，即小主人之意。

种哭法叫作"干嚎"。她讨厌这种干嚎,并且预言我会给大家招来灾难。

为减少我的干嚎与姑母的闹气,母亲只好去买些杨村糕干,糊住我的小嘴。因此,大姐夫后来时常嘲弄我:吃浆糊长大的孩子,大概中不了武状元!而姑母呢,每在用烟锅子敲我的时节,也嫌我的头部不够坚硬。

姑母并没有超人的智慧,她的预言不过是为讨厌我啼哭而发的。可是,稍稍留心大事的人会看出来,小孩们的饥啼是大风暴的先声。是呀,听听吧,在我干嚎的时候,天南地北有多少孩子,因为饿,因为冷,因为病,因为被卖出去,一齐在悲啼啊!

黄河不断泛滥,像从天而降,海啸山崩滚向下游,洗劫了田园,冲倒了房舍,卷走了牛羊,把千千万万老幼男女飞快地送到大海中去。在没有水患的地方,又连年干旱,农民们成片地倒下去,多少婴儿饿死在胎中。是呀,我的悲啼似乎正和黄河的狂吼,灾民的哀号,互相呼应。

同时,在北京,在天津,在各大都市,作威作福的叱喝声,胁肩谄笑的献媚声,鬻官卖爵的叫卖声,一掷千金的狂赌声,熊掌驼峰的烹调声,淫词浪语的取乐声,与监牢中的锁镣声,公堂上的鞭板夹棍声,都汇合到一处,"天堂"与地狱似乎只隔着一堵墙,狂欢与惨死相距咫尺,想象不到的荒淫和想象不到的苦痛同时并存。这时候,侵略者的炮声还隐隐在耳,瓜分中国的声浪荡漾在空中。这时候,切齿痛恨暴政与国贼的诅咒,与仇视侵略者的呼声,在农村,在乡镇,像狂潮激荡,那最纯洁善良的农民已忍无可忍,想用拳,用石头,用叉耙扫帚,杀出一条活路!

就是在我不住哭嚎的时候,我们听见了"义和拳"(后来改为义和团)

这个名称。

老王掌柜的年纪越大,越爱说:得回家去看看喽!可是,最近三年,他把回家的假期都让给了年岁较轻的伙计们。他懒得动。他越想家,也越爱留在北京。北京似乎有一种使他不知如何是好的魔力。他经常说,得把老骨头埋在家乡去。可是,若是有人问他:埋在北京不好吗?他似乎也不坚决反对。

他最爱他的小儿子。在他的口中,十成(他的小儿子的名字)仿佛不是个男孩,而是一种什么标准。提到年月,他总说:在生十成的那一年,或生十成后的第三年……。讲到东西的高度,他也是说:是呀,比十成高点,或比十成矮着一尺……。附带着说,十成本来排三,但是"三成"有歉收之意,故名十成。我们谁也没见过十成,可是认识王掌柜的人,似乎也都认识十成。在大家问他接到家信没有的时候,总是问:十成来信没有?

正是夏天农忙时节,王十成忽然来到北京!王掌柜又惊又喜。喜的是儿子不但来了,而且长得筋是筋、骨是骨,身量比爸爸高出一头,虽然才二十岁。惊的是儿子既没带行李,又满身泥土,小褂上还破了好几块。他急忙带着儿子去买了一身现成的蓝布裤褂,一双青布双脸鞋,然后就手去拜访了两三家满汉家庭,巡回展览儿子。过了两天,不知十成说了些什么,王掌柜停止了巡回展览。可是,街坊四邻已经知道了消息,不断地来质问:怎么不带十成上我们家去?看不起我们呀?这使他受了感动,可也叫他有点为难,只好不作普遍拜访,而又不完全停止巡回。

已是下午,母亲正在西荫凉下洗衣裳;我正在屋中半醒半睡、半饥半饱,躺着咂裹自己的手指头;大黄狗正在枣树下东弹弹、西啃啃地捉狗蝇,王家父子来到。

"这就是十成!"王掌柜简单地介绍。

母亲让他们到屋里坐,他们不肯,只好在院里说话儿。在夏天,我们的院里确比屋里体面:两棵枣树不管结枣与否,反正有些绿叶。顺着墙根的几棵自生自长的草茉莉,今年特别茂盛。因为给我添购糕干,父亲今年只买了一棵五色梅,可是开花颇卖力气。天空飞着些小燕,院内还偶尔来一两只红的或黄的蜻蜓。房上有几丛兔儿草,虽然不利于屋顶,可是葱绿可喜。总起来说,我们院中颇不乏生趣。

虽然天气已相当的热,王掌柜可讲规矩,还穿着通天扯地的灰布大衫。十成的新裤褂呢,裤子太长,褂子太短,可是一致地发出热辣辣的蓝靛味儿。母亲给了王掌柜一个小板凳,他坐下,不错眼珠地看着十成。十成说"有功夫",无论怎么让,也不肯坐下。

母亲是受过娘家与婆家的排练的,尽管不喜多嘴多舌,可是来了亲友,她总有适当的一套话语,酬应得自然而得体。是呀,放在平日,她会有用之不竭的言词,和王掌柜专讨论天气。今天,也不知怎么,她找不到话说。她看看王掌柜,王掌柜的眼总盯着十成的脸上与身上,似乎这小伙子有什么使他不放心的地方。十成呢,像棵结实的小松树似的,立在那里,生了根,只有两只大手似乎没有地方安置,一会儿抬起来,一会儿落下去。他的五官很正,眼珠与脑门都发着光,可是严严地闭着嘴,决定能不开口就不开口。母亲不知如何是好,连天气专题也忘了。愣了一会儿,十成忽然蹲下去,用手托住双腮,仿佛思索着什么极重大的问题。

正在这时候,福海二哥来了。大黄狗马上活跃起来,蹦蹦跳跳地跑前跑后，直到母亲说了声："大黄，安顿点！"大黄才回到原位去继续捉狗蝇。

二哥坐下，十成立了起来，闭得紧紧的嘴张开，似笑不笑地叫了声"二哥"。

二哥拿着把黑面、棕竹骨的扇子，扇动了半天才说："十成我想过了，还是算了吧！"

"算了？"十成看了看父亲，看了看二哥。"算了？"他用力咽了口唾沫。"那是你说！"

母亲不晓得什么时候十成认识了福海，也听不懂他们说的是什么，只好去给他们沏茶。

王掌柜一边思索着一边说，所以说的很慢："十成，我连洋布大衫都看不上，更甭说洋人、洋教了！可是……"

"爹！"十成在新裤子上擦了擦手心上的汗："爹！你多年不在乡下，你不知道我们受的是什么！大毛子听二毛子的撺掇，官儿又听大毛子的旨意，一个老百姓还不如这条狗！"十成指了指大黄。"我顶恨二毛子，他们忘了本！"

王掌柜和二哥都好一会儿没说出话来。

"也，也有没忘本的呀！"二哥笑着说，笑的很欠自然。

"忘了本的才是大毛子的亲人！"十成的眼对准了二哥的，二哥赶紧假装地去看枣树叶上的一个"花布手巾"①。

王掌柜仍然很慢地说："你已经……可是没……！"

---

① 又叫"花大姐儿"，即天牛，一种色黑、长须、背有星点的鞘翅目昆虫。

二哥赶快补上:"得啦,小伙子!"

十成的眼又对准了二哥的:"别叫我小伙子,我一点也不小!我练了拳,练了刀,还要练善避刀枪!什么我也不怕!不怕!"

"可是,你没打胜!"二哥冷笑了一下。"不管你怎么理直气壮,官兵总帮助毛子们打你!你已经吃了亏!"

王掌柜接过话去:"对!就是这么一笔账!"

"我就不服这笔账,不认这笔账!败了,败了再打!"十成说完,把嘴闭得特别严,腮上轻动,大概是咬牙呢。

"十成!"王掌柜耐心地说:"十成,听我说!先在这儿住下吧!先看一看,看明白了再走下一步棋,不好吗?我年纪这么大啦,有你在跟前……"

"对!十成!你父亲说的对!"二哥心里佩服十成,而口中不便说造反的话;他是旗兵啊。

十成又蹲下了,一声不再出。

二哥把扇子打开,又并上,并上又打开,发出轻脆的响声。他心里很乱。有意无意地他又问了句:"十成,你们有多少人哪?"

"多了!多了!有骨头的……"他狠狠地看了二哥一眼。"在山东不行啊,我们到直隶来,一直地进北京!"

王掌柜猛地立起来,几乎是喊着:"不许这么说!"

母亲拿来茶。可是十成没说什么,立起来,往外就走。母亲端着茶壶,愣在那里。

"您忙去吧,我来倒茶!"二哥接过茶具,把母亲支开,同时又让王掌柜坐下。刚才,他被十成的正气给压得几乎找不出话说;现在,只剩下了王掌柜,他的话又多起来:"王掌柜,先喝碗! 别着急! 我会帮助您留下十成!"

"他,他在这儿,行吗?"王掌柜问。

"他既不是强盗,又不是杀人凶犯! 山东闹义和团,我早就听说了! 我也听说,上边决不许老百姓乱动! 十成既跑到这儿来,就别叫他再回去。在这儿,有咱们开导他,他老老实实,别人也不会刨根问底!"二哥一气说完,又恢复了平日的诸葛亮气度。

"叫他老老实实?"王掌柜惨笑了一下。"他说的有理,咱们劝不住他!"

二哥又低下头去。的确,十成说的有理!"嗐! 老王掌柜,我要光是个油漆匠,不也是旗兵啊,我也……"

王掌柜也叹了口气,慢慢地走出去。

母亲过来问二哥:"老二,都是怎么一回事啊? 十成惹了什么祸?"

"没有! 没有!"二哥的脸上红了些,他有时候很调皮,可是不爱扯谎。"没事! 您放心吧!"

"我看是有点事! 你可得多帮帮王掌柜呀!"

"一定!"

这时候,姑母带着"小力笨"从西庙回来。姑母心疼钱,又不好意思白跑一趟,所以只买了一包刷牙用的胡盐。

"怎么样啊? 老二!"姑母笑着问。

按照规律,二哥总会回答:"听您的吧,老太太!"可是,今天他打不起精神凑凑十胡什么的。十成的样子、话语还在他的心中,使他不安、惭愧,不知如何是好。"老太太,我还有点事!"他笑着回答。然后又敷衍了几句，用扇子打了大腿一下："我还真该走啦！"便走了出去。

出了街门，他放慢了脚步。他须好好地思索思索。对世界形势，他和当日的王爷们一样，不大知道。他只知道外国很厉害。可是，不管外国怎么厉害，他却有点不服气。因此，他佩服十成。不过，他也猜得到，朝廷决不许十成得罪外国人，十成若是傻干，必定吃亏。他是旗兵，应当向着朝廷呢？还是向着十成呢？他的心好像几股麻绳绕在一块儿，撕拉不开了。他的身上出了汗，小褂贴在背上，袜子也粘住脚心，十分不好过。

糊里糊涂地，他就来到便宜坊门外。他决定不了，进去还是不进去。

恰好，十成出来了。看见二哥，十成立定，嘴又闭得紧紧的。他的神气似乎是说：你要捉拿我吗？好，动手吧！

二哥笑了笑，低声地说："别疑心我！走！谈谈去！"

十成的嘴唇动了动，而没说出什么来。

"别疑心我！"二哥又说了一遍。

"走！我敢作敢当！"十成跟着二哥往北走。

他们走得飞快，不大会儿就到了积水滩。这里很清静，苇塘边上只有两三个钓鱼的，都一声不出。两个小儿跑来，又追着一只蜻蜓跑去。二哥找了块石头坐下，擦着头上的汗，十成在一旁蹲下，呆视着微动的苇叶。

二哥要先交代明白自己，好引出十成的真心话来。"十成，我也恨欺侮咱们的洋人！可是，我是旗兵，上边怎么交派，我怎么作，我不能自主！不过，万一有那么一天，两军阵前，你我走对了面，我决不会开枪打你！我呀，十成，把差事丢了，还能挣饭吃，我是油漆匠！"

"油漆匠？"十成看了二哥一眼。"你问吧！"

"我不问教里的事。"

"什么教？"

"你们不是八卦教？教里的事不是不告诉外人吗？"二哥得意地笑了笑。"你看，我是白莲教。按说，咱们是师兄弟！"

"你是不敢打洋人的白莲教！别乱扯师兄弟！"

二哥以为这样扯关系，可以彼此更亲热一点；哪知道竟自碰了回来。他的脸红起来。"我，我在理儿！"

"在理儿就说在理儿，干吗扯上白莲教？"十成一句不让。

"算了，算了！"二哥沉住了气。"说说，你到底要怎样！"

"我走！在老家，我们全村受尽了大毛子、二毛子的欺负，我们造了反！我们叫官兵打散了，死了不少人！我得回去，找到朋友们，再干！洋人，官兵，一齐打！我们的心齐，我们有理，谁也挡不住我们！"十成立了起来，往远处看，好像一眼就要看到山东去。

"我能帮帮你吗？"二哥越看越爱这个天不怕地不怕的小伙子。他生在北京，长在北京，没见过像十成这样淳朴，这样干净，这样豪爽的人。

"我马上就走，你去告诉我爹，叫他老人家看明白，不打不杀，谁也没有活路儿！叫他看明白，我不是为非作歹，我是要干点好事儿！你肯吗？"十成的眼直视着二哥的眼。

"行！行！十成，你知道，我的祖先也不怕打仗！可是，现在……算了，不必说了！问你，你有盘缠钱没有？"

"没有！用不着！"

"怎么用不着？谁会白给你一个烧饼？"二哥的俏皮话又来了，可是赶紧控制住。"我是说，行路总得有点钱。"

"看！"十成解开小褂，露出一条已经被汗沤得深一块浅一块的红布腰带来。"有这个，我就饿不着！"说完，他赶紧把小褂又扣好。

"可是，叫二毛子看见，叫官兵看见，不就……"

"是呀！"十成爽朗地笑了一声。"我这不是赶快系好了扣子吗？二哥，你是好人！官兵要都像你，我们就顺利多了！哼，有朝一日，我们会叫皇上也得低头！"

"十成，"二哥掏出所有的几吊钱来，"拿着吧，不准不要！"

"好！"十成接过钱去。"我数数！记上这笔账！等把洋人全赶走，我回家种地，打了粮食还给你！"他一说，一边数钱。"四吊八！"他把钱塞在怀里。"再见啦！"他往东走去。

二哥赶上去，"你认识路吗？"

十成指了指德胜门的城楼："那不是城门？出了城再说！"

十成不见了，二哥还在那里立着。这里是比较凉爽的地方，有水，有树，有芦苇，还有座不很高的小土山。二哥可是觉得越来越热。他又坐在石头上。越想，越不对，越怕；头上又出了汗。不管怎样，一个旗兵不该支持造反的人！他觉得自己一点也不精明，作了极大的错事！假若十成被捉住，供出他来，他怎么办？不杀头，也得削除旗籍，发到新疆或云南去！

"也不至于！不至于！"他安慰自己。"出了事，花钱运动运动就能逢凶化吉！"这么一想，他又觉得他不是同情造反，而是理之当然了——什么事都可以营私舞弊，有银子就能买到官，赎出命来。这成何体统呢？他没读过经史，可是听过不少京戏和评书，哪一朝不是因为不成体统而垮了台呢?

再说,十成是要打洋人。一个有良心的人,没法不佩服他,大家伙儿受了洋人多少欺侮啊! 别的他不知道,他可忘不了甲午之战,和英法联军焚烧圆明园啊。他镇定下来。十成有理,他也有理,有理的人心里就舒服。他慢慢地立起来,想找王掌柜去。已走了几步,他又站住了。不好! 不能去! 他答应下王掌柜,帮他留下十成啊! 再说,王掌柜的嘴快,会到处去说:儿子跑了,福海知道底细! 这不行!

可是,不去安慰王掌柜,叫老头子到处去找儿子,也不对! 怎么办呢?

他急忙回了家,用左手写了封信:"父亲大人金安:儿回家种地,怕大人不准回去,故不辞而别也。路上之事,到家再禀。儿十成顿首。"写完,封好,二哥说了声"不好!"赶紧又把信拆开。"十成会写字不会呢? 不知道!"

想了好大半天,打不定主意,最后:"算了,就是它!"他又把信粘好,决定在天黑之后,便宜坊上了门,从门缝塞进去。

八

王掌柜本来不喜欢洋人、洋东西,自从十成不辞而别,他也厌恶洋教与二毛子了。他在北京住了几十年,又是个买卖地的人,一向对谁都是一团和气,就是遇见永远不会照顾他的和尚,他也恭敬地叫声大师傅。现在,他越不放心十成,就越注意打听四面八方怎么闹教案,也就决定不便对信洋教的客客气气。每逢他路过教堂,他便站住,多看一会儿;越看,心里越别扭。那些教堂既不像佛庙,又不像道观? 而且跟两旁的建筑是那么不谐调，叫他觉得它们里边必有洋枪洋炮，和什么洋秘密，洋怪物。赶上礼拜天，他更要多站一会儿，看看都是谁去作礼拜。他认识不少去作礼拜的人，其中有的是很好的好人，也有他平素不大看得起的人。这叫他心里更弄不清楚了：为什么那些好人要信洋教呢？为什么教堂收容那些不三不四的人呢？他想不明白。更叫他想不通的是：教徒里有不少旗人！他知道旗人有自己的宗教（他可是说不上来那是什么教），而且又信佛教、道教，和孔教。据他想，这也就很够了，为什么还得去信洋教呢？越想，他心里越绕得慌！

他决定问多二爷。多二爷常到便宜坊来买东西，非常守规矩，是王掌柜所敬重的一个人。他的服装还是二三十年前的料子与式样，宽衣博带，古色古香。王掌柜因为讨厌那哗哗乱响的竹布，就特别喜爱多二爷的衣服鞋帽，每逢遇上他，二人就以此为题，谈论好大半天。多二爷在旗下衙门里当个小差事，收入不多。这也就是他的衣冠古朴的原因，他作不起新的。他没想到，这会得到王掌柜的夸赞，于是遇到有人说他的衣帽过了时，管他叫"老古董"，他便笑着说："哼！老王掌柜还夸我的这份儿老行头呢！"因此，他和王掌柜的关系就越来越亲密。但是，他并不因此而赊账。每逢王掌柜说："先拿去吃吧，记上账！"多二爷总是笑着摇摇头："不，老掌柜！我一辈子不拉亏空！"是，他的确是个安分守己的人。他的衣服虽然陈旧，可是老刷洗得干干净净，容易磨破的地方都事先打好补钉。

他的脸很长，眉很重，不苟言苟笑。可是，遇到他所信任的人，他也爱拉不断扯不断地闲谈，并且怪有风趣。

他和哥哥分居另过。多大爷不大要强，虽然没作过、也不敢作什么很大的伤天害理的事,可是又馋又懒,好贪小便宜。无论去作什么事,他的劈面三刀总是非常漂亮,叫人相信他是最勤恳,没事儿会找事作的人。吃过了几天饱饭之后,他一点也不再勤恳,睡觉的时候连灯都懒得吹灭,并且声明:"没有灯亮儿,我睡不着!"

他入了基督教。全家人都反对他入教,他可是非常坚决。他的理由是:"你看,财神爷,灶王爷,都不保佑我,我干吗不试试洋神仙呢?这年头儿,什么都是洋的好,睁开眼睛看看吧!"

反对他入教最力的是多二爷。多老二也并摸不清基督教的信仰是什么,信它有什么好处或什么坏处。他的最重要的理由是:"哥哥,难道你就不要祖先了吗? 入了教不准上坟烧纸!"

"那,"多大爷的脸不像弟弟的那么长,而且一急或一笑,总把眉眼口鼻都挤到一块儿去,像个多褶儿的烧卖。此时,他的脸又皱得像个烧卖。"那,我不去上坟,你去,不是两面都不得罪吗? 告诉你,老二,是天使给我托了梦! 前些日子,我一点辙也没有①。可是,我梦见了天使,告诉我:'城外有生机'。我就出了城,顺着护城河慢慢地走。忽然,我听见了蛙叫,咕呱,咕呱! 我一想,莫非那个梦就应验在田鸡身上吗? 连钓带捉,我就捉到二十多只田鸡。你猜,我遇见了谁?"他停住口,等弟弟猜测。

多老二把脸拉得长长的,没出声。

多老大接着说:"在法国府……"

多老二反倒在这里插了话:"什么法国府?"

---

① 一点办法也没有。辙,车辙,借指办法,此处指生计。

"法国使馆嘛！"

"使馆不就结了，干吗说法国府？"

"老二，你呀发不了财！你不懂洋务！"

"洋务？李鸿章懂洋务，可是大伙儿管他叫汉奸！"

"老二！"多老大的眉眼口鼻全挤到一块儿，半天没有放松。"老二！你敢说李中堂①是……！算了，算了，我不跟你扳死杠！还说田鸡那回事儿吧！"

"大哥，说点正经的！"

"我说的正是最正经的！我呀，拿着二十多只肥胖的田鸡，进了城。心里想：看看那个梦灵不灵！正这么想呢，迎头来了法国府的大师傅，春山，也是咱们旗人，镶黄旗的。你应该认识他！他哥哥春海，在天津也当洋厨子。"

"不认识！"

"哼，洋面上的人你都不认识！春山一见那些田鸡，就一把抓住了我，说：'多老大，把田鸡卖给我吧！'我一看他的神气，知道其中有事，就沉住了气。我说：'我找这些田鸡，是为配药用的，不卖！'我这么一说，他更要买了。敢情啊，老二，法国人哪，吃田鸡！你看，老二，那个梦灵不灵！我越不卖，他越非买不可，一直到我看他拿出两吊钱来，我才把田鸡让给他！城外有生机，应验了！从那个好日子以后，我隔不了几天，就给他送些田鸡去。可是，到了冬天，田鸡都藏起来，我又没了办法。我还没忘了天使，天使也没忘了我，又给我托了个梦：'老牛

---

① 即李鸿章。李曾官至文华殿大学士，在公私礼节上，对"大学士"敬称"中堂"。

有生机'。这可不大好办！你看，田鸡可以白捉，牛可不能随便拉走啊！有一天，下着小雪，我在街上走来走去，一点辙也没有。走着走着，一看，前面有个洋人。反正我也没事儿作，就加快了脚步，跟着他吧。你知道，洋人腿长，走得快。一边走，我一边念道：'老牛有生机'。那个洋人忽然回过头来，吓了我一跳。他用咱们的话问我：'你叫我，不叫我？'唉，他的声音，他的说法，可真别致，另有个味儿！我还没想起怎么回答，他可又说啦：'我叫牛又生。'你就说，天使有多么灵！牛有生，牛又生，差不多嘛！他敢情是牛又生，牛大牧师，真正的美国人！一听说他是牧师，我赶紧说：'牛大牧师，我有罪呀！'这是点真学问！你记住，牧师专收有罪的人，正好像买破烂的专收碎铜烂铁。牛牧师高兴极了，亲亲热热地把我拉进教堂去，管我叫迷失了的羊。我想：他是牛，我是羊，可以算差不多。他为我祷告，我也学着祷告。他叫我入查经班，白送给我一本《圣经》，还给了我两吊钱！"

"大哥！你忘了咱们是大清国的人吗？饿死，我不能去巴结洋鬼子！"多老二斩钉截铁地说。

"大清国？哈哈！"多老大冷笑着："连咱们的皇上也怕洋人！"

"说的好！"多老二真急了。"你要是真敢信洋教，大哥，别怪我不准你再进我的门！"

"你敢！我是你哥哥，亲哥哥！我高兴几时来就几时来！"多老大气哼哼地走出去。

一个比别的民族都高着一等的旗人若是失去自信，像多老大这样，他便对一切都失去信心。他觉得自己是天底下最可怜的人，因而他干什么都应当邀得原谅。他入洋教根本不是为信仰什么，而是对社会的一种挑战。他仿佛是说：谁都不管我呀，我去信洋教，给你们个苍蝇吃①。他也没有把信洋教看成长远之计；多咱洋教不灵了，他会退出来，改信白莲教，假若白莲教能够给他两顿饭吃。思索了两天，他去告诉牛牧师，决定领洗入教，改邪归正。

教堂里还有位中国牧师，很不高兴收多大爷这样的人作教徒。可是，他不便说什么，因为他怕被牛牧师问倒：教会不救有罪的人，可救谁呢？况且，教会是洋人办的，经费是由外国来的，他何必主张什么呢？自从他当上牧师那天起，他就决定毫无保留地把真话都禀明上帝，而把假话告诉牛牧师。不管牛牧师说什么，他总点头，心里可是说："你犯错误，你入地狱！上帝看得清楚！"

牛牧师在国内就传过道，因为干别的都不行。他听说地球上有个中国，可是与他毫无关联，因而也就不在话下。自从他的舅舅从中国回来，他开始对中国发生了兴趣。他的舅舅在年轻的时候偷过人家的牲口，被人家削去了一只耳朵，所以逃到中国去，卖卖鸦片什么的，发了不小的财。发财还乡之后，亲友们，就是原来管他叫流氓的亲友们，不约而同地称他为中国通。在他的面前，他们一致地避免说"耳朵"这个词儿，并且都得到了启发——混到山穷水尽，便上中国去发财，不必考虑有一只、还是两只耳朵。牛牧师也非例外。他的生活相当困难，到圣诞节都不一定能够吃上一顿烤火鸡。舅舅指给他一条明路："该到中国去！在这儿，你连在圣诞节都吃不上烤火鸡；到那儿，你天天可以吃肥母鸡，大鸡蛋！在这儿，你永远雇不起仆人；到那儿，你可以起码用一男一女，

---

① 故意招人恶心的意思。此指"旗人"信"洋教"的事。

两个仆人！去吧！"

于是，牛牧师就决定到中国来。作了应有的准备，一来二去，他就来到了北京。舅舅果然说对了：他有了自己独住的小房子，用上一男一女两个仆人；鸡和鸡蛋是那么便宜，他差不多每三天就过一次圣诞节。他开始发胖。

对于工作，他不大热心，可又不敢太不热心。他想发财，而传教毕竟与贩卖鸦片有所不同。他没法儿全心全意地去工作。可是，他又准知道，若是一点成绩作不出来，他就会失去刚刚长出来的那一身肉。因此，在工作上，他总是忽冷忽热，有冬有夏。在多老大遇见他的那一天，他的心情恰好是夏天的，想把北京所有的罪人都领到上帝面前来，作出成绩。在这种时候，他羡慕天主教的神甫们。天主教的条件好，势力厚，神甫们可以用钱收买教徒，用势力庇护教徒，甚至修建堡垒，藏有枪炮。神甫们几乎全像些小皇帝。他，一个基督教的牧师，没有那么大的威风。想到这里，他不由地也想起舅舅的话来："对中国人，别给他一点好颜色！你越厉害，他们越听话！"好，他虽然不是天主教的神甫，可到底是牧师，代表着上帝！于是，在他讲道的时候，他就用他的一口似是而非的北京话，在讲坛上大喊大叫：地狱，魔鬼，世界末日……震得小教堂的顶棚上往下掉尘土。这样发泄一阵，他觉得痛快了一些，没有发了财，可是发了威，也是一种胜利。

对那些借着教会的力量，混上洋事，家业逐渐兴旺起来的教友，他有些反感。他们一得到好处，就不大热心作礼拜来了。可是，他也不便得罪他们，因为在圣诞节给他送来值钱的礼物的正是他们。有些教友呢，家道不怎么强，而人品很好。他们到时候就来礼拜，而不巴结牧师。牛牧师以为这种人，按照他舅舅对中国人的看法，不大合乎标准，所以在喊地狱的时候，他总看着他们——你们这些自高自大的人，下地狱！下地狱！他最喜爱的是多老大这类的人。他们合乎标准：穷，没有一点架子，见了他便牧师长，牧师短，叫得震心。跟他们在一道，他觉得自己多少像个小皇帝了。

他的身量本来不算很矮，可是因为近来吃得好，睡得香，全身越发展越圆，也就显着矮了一些。他的黄头发不多，黄眼珠很小；因此，他很高兴：生活在中国，黄颜色多了，对他不利。他的笑法很突出：咔、咔地往外挤，好像嗓子上扎着一根鱼刺。每逢遇到教友们，他必先咔咔几下，像大人见着个小孩，本不想笑，又不好不逗一逗那样。

不论是在讲坛上，还是在日常生活中，他都说不出什么大道理来。他没有什么学问，也不需要学问。他觉得只凭自己来自美国，就理当受到尊敬。他是天生的应受尊敬的人，连上帝都得怕他三分。因此，他最讨厌那些正派的教友。当他们告诉他，或在神气上表示出：中国是有古老文化的国家，在古代就把最好的磁器、丝绸，和纸、茶等等送给全人类，他便赶紧提出轮船、火车，把磁器什么的都打碎，而后胜利地咔咔几声。及至他们表示中国也有过岳飞和文天祥等英雄人物，他最初只眨眨眼，因为根本不晓得他们是谁。后来，他打听明白了他们是谁，他便自动地，严肃地，提起他们来：你们的岳飞和文天祥有什么用呢？你们都是罪人，只是上帝能拯救你们！说这些话的时候，他的脸便红起来，手心里出了汗。他不晓得自己为什么那样激动，只觉得这样脸红脖子粗的才舒服，才对得起真理。

人家多老大就永远不提岳飞和文天祥。人家多老大冬夏长青地用一块破蓝布包着《圣经》,夹在腋下,而且巧妙地叫牛牧师看见。而后,他进一步,退两步地在牧师前面摆动,直到牧师咔咔了两声,他才毕恭毕敬地打开《圣经》,双手捧着,前去请教。这样一来,明知自己没有学问的牛牧师,忽然变成有学问的人了。

"牧师!"多老大恭敬而亲热地叫:"牧师! 牛牧师,咱们敢情都是土作的呀?"

"对! 对! '创世记'① 上说得明明白白:上帝用土造人,将生气吹在他鼻内,人就成了生灵。"牛牧师指着《圣经》说。

"牧师! 牛牧师! 那么,土怎么变成了肉呢?"多大爷装傻充愣地问。

"不是上帝将生气吹在鼻子里了吗?"

"对! 牧师! 对! 我也是这么想,可是又怕想错了!"多大爷把《旧约》的"历代"翻开,交给牧师,而后背诵:"亚当生塞特,塞特生以挪士,以挪士生该南,该南生玛勒列……"②

"行啦! 行啦!"牧师高兴地劝阻。"你是真用了功! 一个中国人记这些名字,不容易呀!"

"真不容易! 第一得记性好,第二还得舌头灵! 牧师,我还有个弄不清楚的事儿,可以问吗?"

"当然可以! 我是牧师!"

多老大翻开"启示录"③。"牧师,我不懂,为什么'宝座中,和宝座

---

① 《旧约》的第一章,讲"上帝创造天地"。
② "创世记"第五章的内容。
③ 《新约》的最后一章。多老大以《圣经》的一头一尾向牧师发问,表示自己已经通读。"宝座中……遍体长满了眼睛"是"启示录"第四章的原文。

四围有四个活物，前后遍体都长满了眼睛'？这是什么活物呢？"

"下面不是说：第一个活物像狮子，第二个活物像牛犊，第三个活物有脸像人，第四个活物像飞鹰吗？"

"是呀！是呀！可为什么遍体长满了眼睛呢？"

"那，"牛牧师抓了抓稀疏的黄头发。"那，'启示录'是最难懂的。在我们国内，光说解释'启示录'的书就有几大车，不，几十大车！你呀，先念'四福音书'①吧，等到功夫深了再看'启示录'！"牛牧师虚晃了一刀，可是晃得非常得体。

"对！对！"多老大连连点头。在点头之际，他又福至心灵地想出警句："牧师，我可识字不多，您得帮助我！"他的确没有读过多少书，可是无论怎么说，他也比牛牧师多认识几个汉字。他佩服了自己：一到谄媚人的时候，他的脑子就会那么快，嘴会那么甜！他觉得自己是一朵刚吐蕊的鲜花，没法儿不越开越大、越香！

"一定！一定！"牛牧师没法子不拿出四吊钱来了。他马上看出来：即使自己发不了大财，可也不必愁吃愁穿了——是呀，将来回国，他可以去作教授！好嘛，连多老大都求他帮助念《圣经》，汉语的《圣经》，他不是个汉学家，还是什么呢？舅舅，曾经是偷牲口的流氓，现在不是被称为中国通么？

接过四吊钱来，多老大拐弯抹角地说出：他不仅是个旗人，而且祖辈作过大官，戴过红顶子。

---

① 基督教把凡是耶稣所说的话或其门徒传布的教义，都称为"福音"。《新约全书》中有马太、马可、路加、约翰四福音，均为最基本的教义。

"呕！有没有王爷呢？"牛牧师极严肃地问。王爷、皇帝，甚至于一个子爵，对牛牧师来说，总有那么不少的吸引力。他切盼教友中有那么一两位王爷或子爵的后裔，以便向国内打报告的时候，可以大书特书：两位小王爷或子爵在我的手里受了洗礼！

"不记得有王爷。我可是的确记得，有两位侯爷！"多老大运用想象，创造了新的家谱。是的，就连他也不肯因伸手接那四吊钱而降低了身分。他若是侯爷的后代呢，那点钱便差不多是洋人向他献礼的了。

"侯爷就够大的了，不是吗？"牛牧师更看重了多老大，而且咔咔地笑着，又给他添了五百钱。

多老大包好《圣经》，揣好四吊多钱，到离教堂至少有十里地的地方，找了个大酒缸①。一进去，多老大把天堂完全忘掉了。多么香的酒味呀！假若人真是土作的，多老大希望，和泥的不是水，而是二锅头！坐在一个酒缸的旁边，他几乎要晕过去，屋中的酒味使他全身的血管都在喊叫：拿二锅头来！镇定了一下，他要了一小碟炒麻豆腐，几个腌小螃蟹，半斤白干。

喝到他的血管全舒畅了一些，他笑了出来：遍身都是眼睛，嘻嘻嘻！他飘飘然走出来，在门外精选了一块猪头肉，一对熏鸡蛋，几个白面火烧，自由自在地，连吃带喝地，享受了一顿。用那块破蓝布擦了擦嘴，他向酒缸主人告别。

吃出点甜头来以后，多老大的野心更大了些。首先他想到：要是像

---

① 指酒馆。从前的酒馆，多置有合围的大酒缸，盖以木板或石板，当作酒桌。酒缸，即作酒馆的代称。

旗人关钱粮似的，每月由教会发给他几两银子，够多么好呢！他打听了一下，这在基督教教会不易作到。这使他有点伤心，几乎要责备自己，为什么那样冒失，不打听明白了行市就受洗入了教。

他可是并不灰心。不！既来之则安之，他必须多动脑子，给自己打出一条活路来。是呀，能不能借着牛牧师的力量，到"美国府"去找点差事呢？刚刚想到这里，他自己赶紧打了退堂鼓：不行，规规矩矩地去当差，他受不了！他愿意在闲散之中，得到好吃好喝，像一位告老还乡的宰相似的。是的，在他的身上，历史仿佛也不是怎么走错了路。在他的血液里，似乎已经没有一点什么可以燃烧起来的东西。他的最高的理想是天上掉下馅饼来，而且恰好掉在他的嘴里。

他知道，教会里有好几家子，借着洋气儿开了大铺子，贩卖洋货，发了不小的财。他去拜访他们，希望凭教友的情谊，得点好处。可是，他们的爱心并不像他所想象的那么深厚，都对他非常冷淡。他们之中，有好几位会说洋话。他本来以为"亚当生塞特……"就是洋话；敢情并不是。他摹仿着牛牧师的官话腔调把"亚当生塞特"说成"牙当生鳃特"，人家还是摇头。他问人家那些活物为什么满身是眼睛，以便引起学术研究的兴趣，人家干脆说"不知道"！人家连一杯茶都没给他喝！多么奇怪！

多老大苦闷。他去问那些纯正的教友，他们说信教是为追求真理，不为发财。可是，真理值多少钱一斤呢？

他只好去联合吃教的苦哥儿们，想造成一种势力。他们各有各的手法与作风，不愿跟他合作。他们之中，有的借着点洋气儿，给亲友们调停官司，或介绍买房子卖地，从中取得好处；也有的买点别人不敢摸的赃货，如小古玩之类，送到外国府去；或者奉洋人之命，去到古庙里偷个小铜佛什么的，得些报酬。他们各有门道，都不传授给别人，特别是多老大。他们都看不上他的背诵"亚当生塞特"和讨论"遍身是眼睛"，并且对他得到几吊钱的赏赐也有那么点忌妒。他是新入教的，不该后来居上，压下他们去。一来二去，他们管他叫作"眼睛多"，并且有机会便在牛牧师的耳旁说他的坏话。牛牧师有"分而治之"的策略在胸，对他并没有表示冷淡，不过赶到再讨论"启示录"的时候，他只能得到一吊钱了，尽管他暗示：他的小褂也像那些活物，遍身都是眼睛！

怎么办呢？

唉，不论怎么说，非得点好处不可！不能白入教！

先从小事儿作起吧。在他入教以前，他便常到老便宜坊赊点东西吃，可是也跟别的旗人一样，一月倒一月，钱粮下来就还上账。现在，他决定只赊不还，看便宜坊怎么办。以前，他每回不过是赊二百钱的生肉，或一百六一包的盒子菜什么的；现在，他敢赊整只的酱鸡了。

王掌柜从多二爷那里得到了底细。他不再怀疑十成所说的了。他想：眼睛多是在北京，假若是在乡下，该怎样横行霸道呢？怪不得十成那么恨他们。

"王掌柜！"多二爷含羞带愧地叫："王掌柜！他欠下几个月的了？"

"三个多月了，没还一个小钱！"

"王掌柜！我，我慢慢地替他还吧！不管怎么说，他总是我的哥哥！"多二爷含着泪说。

"怎能那么办呢？你们分居另过，你手里又不宽绰！"

"分居另过……他的祖宗也是我的祖宗！"多二爷狠狠地咽了口唾沫。

"你，你甭管！我跟他好好地讲讲理！"

"王掌柜！老大敢作那么不体面的事，是因为有洋人给他撑腰；咱们斗不过洋人！王掌柜，那点债，我还！我还！不管我怎么为难，我还！"

王掌柜考虑了半天，决定暂且不催多老大还账，省得多老大真把洋人搬出来。他也想到：洋人也许不会管这样的小事吧？可是，谁准知道呢？"还是稳当点好！"他这么告诉自己。

这时候，多老大也告诉自己："行！行！这一手儿不坏，吃得开！看，我既不知道闹出事儿来，牛牧师到底帮不帮我的忙，也还没搬出他来吓唬王掌柜，王掌柜可是已经不言不语地把酱鸡送到我手里，仿佛儿子孝顺爸爸似的，行，行，有点意思儿！"

他要求自己更进一步："是呀，赶上了风，还不拉起帆来吗？"可是，到底牛牧师支持他不呢？他心里没底。好吧，喝两盅儿壮壮胆子吧。喝了四两，烧卖脸上红扑扑的，他进了便宜坊。这回，他不但要赊一对肘子，而且向王掌柜借四吊钱。

王掌柜冒了火。已经忍了好久，他不能再忍。虽然作了一辈子买卖，他可究竟是个山东人，心直气壮。他对准了多老大的眼睛，看了两分钟。他以为多老大应当明白这是什么意思，希望他知难而退。可是，多老大没动，而且冷笑了两声。这逼得王掌柜出了声："多大爷！肘子不赊！四吊钱不借！旧账未还，免开尊口！你先还账！"

多老大没法儿不搬出牛牧师来了。要不然，他找不着台阶儿走出去。"好！王掌柜！我可有洋朋友，你咂摸咂摸① 这个滋味儿吧！你要是懂

---

① 寻思，反复研究。

得好歹的话,顶好把肘子、钱都给我送上门去,我恭候大驾!"他走了出去。

为索债而和穷旗人们吵闹,应当算是王掌柜的工作。他会喊叫、争论,可是不便真动气。是呀,他和人家在除夕闹得天翻地覆,赶到大年初一见面,彼此就都赶上前去,深施一礼,连祝发财,倒好像从来都没红过脸似的。这回,他可动了真气。多老大要用洋人的势力敲诈他,他不能受!他又想起十成,并且觉得有这么个儿子实在值得自豪!

可是,万一多老大真搬来洋人,怎么办呢?他和别人一样,不大知道到底洋人有多大力量,而越摸不着底就越可怕。他赶紧去找多老二。

多老二好大半天没说出话来,恐怕是因为既很生气,又要控制住怒气,以便想出好主意来。"王掌柜,你回去吧。我找他去!"多老二想出主意来,并且决定马上行动。

"你……"

"走吧!我找他去!请在铺子里等我吧!"多老二是老实人,可是一旦动了气,也有个硬劲。

他找到了老大。

"哟!老二!什么风儿把你吹来了?"老大故意耍俏,心里说:你不高兴我入教,睁眼看看吧,我混得比从前强了好多:炒麻豆腐、腌小螃蟹、猪头肉、二锅头、及至于酱鸡,对不起,全先偏过了!看看我,是不是长了点肉?

"大哥!听着!"老二是那么急切、严肃,把老大的笑容都一下子赶跑。"听着!你该便宜坊的钱,我还!我去给便宜坊写个字据,一个小钱不差,慢慢地都还清!你,从此不许再到那儿赊东西去!"

眼睛多心里痒了一下。他没想到王掌柜会这么快就告诉了老二，可见王掌柜是发了慌，害了怕。他不知道牛牧师愿意帮助他不愿意，可是王掌柜既这么发慌，那就非请出牛牧师来不可了！怎么知道牛牧师不愿帮助他呢？假若牛牧师肯出头，哎呀，多老大呀，多老大，前途光明的没法儿说呀！

"老二，谢谢你的好意，我谢谢你！可是，你顶好别管我的事，你不懂洋务啊！"

"老大！"完全出于愤怒，老二跪下了，给哥哥磕了个响头。"老大！给咱们的祖宗留点脸吧，哪怕是一钉点儿呢！别再拿洋人吓唬人，那无耻！无耻！"老二的脸上一点血色也没有了，双手不住地发颤，想走出去，可又迈不开步。

老大愣了一会儿，噗哧一笑："老二！老二！"

"怎样？"老二希望哥哥回心转意。"怎样？"

"怎样？"老大又笑了一下，而后冷不防地："你滚出去！滚！"

老二极镇定地、狠狠地看了哥哥一眼，慢慢地走了出来。出了门，他已不知道东西南北。他一向是走路不愿踩死个蚂蚁，说话不得罪一条野狗的人。对于兄长，他总是能原谅就原谅，不敢招他生气。可是，谁想到哥哥竟自作出那么没骨头的事来——狗着①洋人，欺负自己人！他越想越气，出着声儿叨唠：怎么呢？怎么这种事叫我碰上了呢？怎么呢？堂堂的旗人会，会变成这么下贱呢？难道是二百多年前南征北战的祖宗们造下的孽，叫后代都变成猪狗去赎罪吗？不知道怎样走的，他

---

① 溜须拍马，曲意逢迎。

走回了家。一头扎在炕上,他哭起来。

多老大也为了难。到底该为这件事去找牛牧师不该呢? 去吧,万一碰了钉子呢? 不去吧,又怎么露出自己的锋芒呢? 嗯—— 去! 去! 万一碰了钉子,他就退教,叫牛牧师没脸再见上帝! 对! 就这么办!

"牛牧师!"他叫得亲切、缠绵,使他的嗓子、舌头都那么舒服,以至没法儿不再叫一声:"牛牧师!"

"有事快说,我正忙着呢!"牛牧师一忙就忘了抚摸迷失了的羊羔,而想打它两棍子。

"那,您就先忙着吧,我改天再来!"口中这么说,多老大的脸上和身上可都露出进退两难的样子,叫牧师看出他有些要紧的事儿急待报告。

"说说吧! 说说吧!"牧师赏了脸。

大起大落,多老大首先提出他听到的一些有关教会的消息—— 有好多地方闹了教案。"我呀,可真不放心那些位神甫、牧师! 真不放心!"

"到底是教友啊,你有良心!"牛牧师点头夸赞。

"是呀,我不敢说我比别人好,也不敢说比别人坏,我可是多少有点良心!"多老大非常满意自己这句话,不卑不亢,恰到好处。然后,他由全国性的问题,扯到北京:"北京怎么样呢?"

牛牧师当然早已听说,并且非常注意,各地方怎么闹乱子。虽然各处教会都得到胜利,他心里可还不大安静。教会胜利固然可喜,可是把自己的脑袋耍掉了,恐怕也不大上算。他给舅舅写了信,请求指示。舅舅是中国通,比上帝都更了解中国人。在信里,他暗示:虽然母鸡的确肥美,可是丢掉性命也怪别扭。舅舅的回信简而明:

"很奇怪，居然有怕老鼠的猫——我说的是你！乱子闹大了，我们会出兵，你怕什么呢？在一个野蛮国家里，越闹乱子，对我们越有利！问问你的上帝，是这样不是？告诉你句最有用的话：没有乱子，你也该制造一个两个的！你要躲开那儿吗？你算把牧师的气泄透了！祝你不平安！祝天下不太平！"

接到舅舅的信，牛牧师看到了真理。不管怎么说，舅舅发了财是真的。那么，舅舅的意见也必是真理！他坚强起来。一方面，他推测中国人一定不敢造反；另一方面，他向使馆建议，早些调兵，有备无患。

"北京怎样？告诉你，连人带地方，都又脏又臭！咔，咔，咔！"

听了这样随便、亲切，叫他完全能明白的话，多老大从心灵的最深处掏出点最地道的笑意，摆在脸上。牛牧师成为他的知己，肯对他说这么爽直，毫不客气的话。乘热打铁，他点到了题：便宜坊的王掌柜是奸商，欺诈教友，诽谤教会。

"好，告他去！告他！"牛牧师不能再叫舅舅骂他是怕老鼠的猫！再说，各处的教案多数是天主教制造的，他自己该为基督教争口气。再说，教案差不多都发生在乡间，他要是能叫北京震动那么一下，岂不名扬天下，名利双收！再说，使馆在北京，在使馆的眼皮子下面闹点事，调兵大概就不成问题了。再说……。越想越对，不管怎么说，王掌柜必须是个奸商！

多老大反倒有点发慌。他拿什么凭据去控告王掌柜呢？自己的弟弟会去作证人，可是证明自己理亏！怎么办？他请求牛牧师叫王掌柜摆一桌酒席，公开道歉；要是王掌柜不肯，再去打官司。

牛牧师也一时决定不了怎么作才好，愣了一会儿，想起主意："咱们祷告吧！"他低下头、闭上了眼。

多老大也赶紧低头闭眼，盘算着：是叫王掌柜在前门外的山东馆子摆酒呢，还是到大茶馆去吃白肉呢？各有所长，很难马上作出决定，他始终没想起对上帝说什么。

牛牧师说了声"阿们"，睁开了眼。

多老大把眼闭得更严了些，心里空空的，可挺虔诚。

"好吧，先叫他道歉吧！"牛牧师也觉得先去吃一顿更实惠一些。

九

眼睛多没有学问，所以看不起学问。他也没有骨头，所以也看不起骨头——他重视，极其重视，酱肉。

他记得几个零七八碎的，可信可不信的，小掌故。其中的一个是他最爱说道的，因为它与酱肉颇有关系。

他说呀：便宜坊里切熟肉的木墩子是半棵大树。为什么要这么高呢？在古时候，切肉的墩子本来很矮。后来呀，在旗的哥儿们往往喜爱伸手指指点点，挑肥拣瘦，并且有时候捡起肉丝或肉块儿往嘴里送。这样，手指和飞快的刀碰到一起，就难免流点血什么的，造成严重的纠纷，甚至于去打官司。所以，墩子一来二去就长了身量，高高在上，以免手指和快刀发生关系。

在他讲说这个小掌故的时候，他并没有提出自己的看法，到底应否把肉墩子加高，使手指与快刀隔离。

可是，由他所爱讲的第二件小事情来推测，我们或者也可以找到点那弦外之音。

他说呀：许多许多旗籍哥儿们爱闻鼻烟。客人进了烟铺，把烟壶儿递出去，店伙必先把一小撮鼻烟倒在柜台上，以便客人一边闻着，一边等着往壶里装烟。这叫作规矩。是呀，在北京作买卖都得有规矩，不准野调无腔。在古时候，店中的伙计并不懂先"敬"烟，后装烟这个规矩，叫客人没事可作，等得不大耐烦。于是，旗人就想出了办法：一见柜台上没有个小小的坟头儿，便把手掌找了伙计的脸去。这样，一来二去，就创造了，并且巩固下来，那条"敬"烟的规矩。

假若我们把这二者——肉墩子与"敬"烟，放在一块儿去咂摸，我们颇可以肯定地说，眼睛多对那高不可及的半棵大树是有意见的。我们可以替他说出来，假若便宜坊也懂得先"敬"点酱肉，够多么好呢！

多老大对自己是不是在旗，和是否应当保持旗人的尊严，似乎已不大在意。可是，每逢他想起那个"敬"烟的规矩，便又不能不承认旗人的优越。是呀，这一条，和类似的多少条规矩，无论怎么说，也不能不算旗人们的创造。在他信教以后，他甚至这么想过：上帝创造了北京人，北京的旗人创造了一切规矩。

对！对！还得继续创造！王掌柜不肯赊给他一对肘子，不肯借给他四吊钱，好！哈哈，叫他摆一桌酒席，公开道歉！这只是个开端，新规矩还多着哩！多老大的脸日夜不息地笑得像个烧卖，而且是三鲜馅儿的。

可是，王掌柜拒绝了道歉！

眼睛多几乎晕了过去！

王掌柜心里也很不安。他不肯再找多老二去。多老二是老实人，不应再去叫他为难。他明知毛病都在洋人身上；可是，怎样对付洋人，他没有一点经验。他需要帮助。一想，他就想到福海二哥。不是想起一个旗人，而是想起一个肯帮忙的朋友。

自从十成走后，二哥故意地躲着王掌柜。今天，王掌柜忽然来找他，他吓了一跳，莫非十成又回来了，还是出了什么岔子？直到王掌柜说明了来意，他才放下心去。

可是，王掌柜现在所谈的更不好办。他看明白：这件事和十成所说的那些事的根子是一样的。他管不了！在外省，连知府知州知县都最怕遇上这种事，他自己不过是个旗兵，而且是在北京。

他可是不肯摇头。事在人为，得办办看，先摇头是最没出息的办法。他始终觉得自己在十成面前丢了人；现在，他不能不管王掌柜的事，王掌柜是一条好汉子的父亲。再说，眼睛多是旗人，给旗人丢人的旗人，特别可恨！是，从各方面来看，他都得管这件事。

"老掌柜，您看，咱们找找定大爷去，怎样？"

"那行吗？"王掌柜并非怀疑定大爷的势力，而是有点不好意思——每到年、节，他总给定府开点花账。

"这么办：我的身分低，又嘴上无毛，办事不牢，不如请上我父亲和正翁，一位参领，一位佐领，一同去见定大爷，或者能有门儿！对！试试看！您老人家先回吧，别急，听我的回话儿！"

云亭大舅对于一个忘了本，去信洋教的旗人，表示厌恶。"旗人信洋教，那么汉人该怎么样呢？"在日常生活里，他不愿把满、汉的界限划得太清了；是呀，谁能够因为天泰轩的掌柜的与跑堂的都是汉人，就不到那里去喝茶吃饭呢？可是，遇到大事，像满汉应否通婚，大清国的人应否信洋教,他就觉得旗人应该比汉人高明,心中有个准数儿,不会先犯错误。他看不起多老大,不管他是眼睛多,还是鼻子多。

及至听到这件事里牵涉着洋人,他赶紧摇了摇头。他告诉二哥:"少管闲事!"对了,大舅很喜欢说"少管闲事"。每逢这么一说,他就觉得自己为官多年,经验富,阅历深。

二哥没再说什么。他们爷儿俩表面上是父慈子孝,可心里并不十分对劲儿。二哥去找正翁。

八月未完,九月将到,论天气,这是北京最好的时候。风不多,也不大,而且暖中透凉,使人觉得爽快。论色彩,二八月,乱穿衣,大家开始穿出颜色浓艳的衣裳,不再像夏天的那么浅淡。果子全熟了,街上的大小摊子上都展览着由各地运来的各色的果品,五光十色,打扮着北京的初秋。皇宫上面的琉璃瓦,白塔的金顶,在晴美的阳光下闪闪发光。风少,灰土少,正好油饰门面,发了财的铺户的匾额与门脸儿都添上新的色彩。好玩鸟儿的人们,一夏天都用活蚂蚱什么的加意饲养,把鸟儿喂得羽毛丰满,红是红,黄是黄,全身闪动着明润的光泽,比绸缎更美一些。

二哥的院里有不少棵枣树,树梢上还挂着些熟透了的红枣儿。他打下来一些,用包袱兜好,拿去送给正翁夫妇。那年月,旗人们较比闲在,探望亲友便成为生活中的要事一端。常来常往,大家都观察的详细,记得清楚:谁家院里有一棵歪脖的大白杏,谁家的二门外有两株爱开花而不大爱结果的"虎拉车"①。记得清楚,自然到时候就期望有些果子送上

---

① 即花红,俗称沙果。虎读作 huǒ。

门来，亲切而实惠。大姐婆婆向来不赠送别人任何果子，因为她从前种的白枣和蜜桃什么的都叫她给瞪死了，后来就起誓不再种果树。这可就叫她有时间关心别人家的桃李和苹果，到时候若不给她送来一些，差不多便是大逆不道！因此，二哥若不拿着些枣子，便根本不敢前去访问。

多甫大姐夫正在院里放鸽子。他仰着头，随着鸽阵的盘旋而轻扭脖颈，眼睛紧盯着飞动的"元宝"。他的脖子有点发酸，可是"不苦不乐"，心中的喜悦难以形容。看久了，鸽子越飞越高，明朗的青天也越来越高，在鸽翅的上下左右仿佛还飞动着一些小小的金星。天是那么深远，明洁，鸽子是那么黑白分明，使他不能不微张着嘴，嘴角上挂着笑意。人、鸽子、天，似乎通了气，都爽快、高兴、快活。

今天，他只放起二十来只鸽子，半数以上是白身子，黑凤头，黑尾巴的"黑点子"，其余的是几只"紫点子"和两只黑头黑尾黑翅边的"铁翅乌"。阵式不大，可是配合得很有考究。是呀，已到初秋，天高，小风儿凉爽，若是放起全白的或白尾的鸽儿，岂不显着轻飘，压不住秋景与凉风儿么？看，看那短短的黑尾，多么厚深有力啊。看，那几条紫尾确是稍淡了一些，可是鸽子一转身或一侧身啊，尾上就发出紫羽特有的闪光呀！由全局看来，白色似乎还是过多了一些，可是那一对铁翅乌大有作用啊：中间白，四边黑，像两朵奇丽的大花！这不就使鸽阵于素净之中又不算不花哨么？有考究！真有考究！看着自己的这一盘儿鸽子，大姐夫不能不暗笑那些阔人们——他们一放就放起一百多只，什么颜色的都有，杂乱无章，叫人看着心里闹得慌！"贵精不贵多呀！"他想起古人的这句名言来。虽然想不起到底是哪一位古人说的，他可是觉得"有诗为证"，更佩服自己了。

在愉快之中，他并没忘了警惕。玩嘛，就得全心全意，一丝不苟。虽然西风还没有吹黄了多少树叶，他已不给鸽子戴上鸽铃，怕声闻九天，招来"鸦虎子"——一种秋天来到北京的鹞子，鸽子的敌人。一点不能大意，万一鸦虎子提前几天进了京呢，可怎么办？他不错眼珠地看着鸽阵，只要鸽子露出点惊慌，不从从容容地飞旋，那必是看见了敌人。他便赶紧把它们招下来，决不冒险。今天，鸽子们并没有一点不安的神气，可是他还不敢叫它们飞得过高了。鸦虎子专会在高空袭击。他打开鸽栅，放出几只老弱残兵，飞到房上。空中的鸽子很快地都抿翅降落。他的心由天上回到胸膛里。

二哥已在院中立了一会儿。他知道，多甫一玩起来便心无二用，听不见也看不见旁的，而且讨厌有人闯进来。见鸽子都安全地落在房上，他才敢开口："多甫，不错呀！"

"哟！二哥！"多甫这才看见客人。他本想说两句道歉的话，可是一心都在鸽子上，爽兴就接着二哥的话茬儿说下去："什么？不错？光是不错吗？看您说的！这是点真学问！我叫下它们来，您细瞧瞧！每一只都值得瞧半天的！"他往栅子里撒了一把高粱，鸽子全飞了下来。"您看！您要是找紫点子和黑点子的样本儿，都在这儿呢！您看看，全是凤头的，而且是多么大，多么俊的凤头啊！美呀！飞起来，美；落下来，美；这才算地道玩艺儿！"没等二哥细细欣赏那些美丽的凤头，多甫又指着一对"紫老虎帽儿"说："二哥！看看这一对宝贝吧！帽儿一直披过了肩，多么好的尺寸，还一根杂毛儿也没有啊！告诉您，没地方找去！"他放低了声音，好像怕隔墙有耳："庆王府的！府里的秀泉，秀把式偷出来的一对蛋！到底是王府里的玩艺儿，孵出来的哪是鸽子，是凤凰哟！"

"嗯！是真体面！得送给秀把式一两八钱的吧？"

"二哥，您是怎么啦？一两八钱的，连看也不叫看一眼啊！靠着面子，我给了他三两。可是，这一对小活宝贝得值多少银子啊？二哥，不信您马上拍出十两银子来，看我肯让给您不肯！"

"那，我还留着银子娶媳妇呢！"

"那，也不尽然！"多甫把声音放得更低了些："您记得博胜之博二爷，不是用老婆换了一对蓝乌头吗？"这时候，他才看见二哥手里的包袱。"二哥，您家里的树熟儿①吧？嘿！我顶爱吃您那儿的那种'莲蓬子儿'，甜酸，核儿小，皮嫩！太好啦！我道谢啦！"他请了个安，把包袱接过去。

进了堂屋，二哥给二位长亲请了安，问了好，而后献礼："没什么孝敬您的，自家园的一点红枣儿！"

大姐进来献茶，然后似乎说了点什么，又似乎没说什么，就那么有规有矩地找到最合适的地方，垂手侍立。

多甫一心要吃枣子，手老想往包袱里伸。大姐婆婆的眼睛把他的手瞪了回去，而后下命令："媳妇，放在我的盒子里去！"大姐把包袱拿走，大姐夫心里凉了一阵。

有大姐婆婆在座，二哥不便提起王掌柜的事，怕她以子爵的女儿的资格，拦头给他一杠子。她对什么事，不管懂不懂，都有她自己的见解与办法。一旦她说出"不管"，正翁就绝对不便违抗。这并不是说正翁

---

① 指树上熟透了的果实。

有点怕老婆,而是他拥护一条真理——"不管"比"管"更省事。二哥有耐性儿,即使大姐婆婆在那儿坐一整天,他也会始终不动,滔滔不绝地瞎扯。

大姐不知在哪儿那么轻嗽了一下。只有大姐会这么轻嗽,叫有心听的能听出点什么意思来,叫没心听的也觉得挺悦耳,叫似有心听又没心听的既觉得挺悦耳,还可能听出点什么意思来。这是她的绝技。大姐婆婆听见了,瞪了瞪眼,欠了欠身。二哥听到了那声轻嗽,也看见了这个欠身,赶紧笑着说:"您有事,就请吧!"大姐婆婆十分庄严地走出去。二哥这才对二位男主人说明了来意。

多甫还没把事情完全听明白,就怒从心中起,恶向胆边生。"什么?洋人?洋人算老几呢? 我斗斗他们! 大清国是天朝上邦,所有的外国都该进贡称臣!"他马上想出来具体的办法:"二哥,您甭管,全交给我吧! 善扑营①的、当库兵的哥儿们,多了没有,约个三十口子,四十口子,还不算不现成! 他眼睛多呀,就是千眼佛,我也把他揍瞎了!"

"打群架吗?"二哥笑着问。

"对! 拉躺下,打! 打得他叫了亲爹,拉倒! 不叫,往死里打!"多甫立起来,晃着两肩,抡抡拳头,还狠狠地啐了两口。

"多甫,"旗人的文化已经提到这么高,正翁当着客人面前,称儿子的号而不呼名了。"多甫,你坐下!"看儿子坐下了,正翁本不想咳嗽,可是又似乎有咳嗽的必要,于是就有腔有调地咳嗽了一会儿,而后问二

---

① 善扑,摔跤。清代设置的善扑营,是专门训练为演习用的摔跤、射箭、骑马等技艺的军营。

哥:"定大爷肯管这个事吗?"

"我不知道,所以才来请您帮帮忙!"

"我看,我看,拿不准的事儿,顶好不作!"正翁作出很有思想的样子,慢慢地说。

"先打了再说嘛,有什么拿不准的?"多甫依然十分坚决。"是呀,我可以去请两位黄带子①来,打完准保没事!"

"多甫,"正翁掏出四吊钱的票子来,"给你,出去蹓蹓!看有好的小白梨,买几个来,这两天我心里老有点火。"

多甫接过钱来,扭头就走,大有子路负米的孝心与勇气。"二哥,您坐着,我给老爷子找小白梨去!什么时候打,我听您一句话,决不含糊!"他摇晃着肩膀走了出去。

"正翁,您……"二哥问。

"老二,"正翁亲切地叫,"老二!咱们顶好别去蹚浑水!"这种地方,正翁与云翁有些不同:云翁在拒绝帮忙的时候,设法叫人家看出来他的身分,理当不轻举妄动。正翁呢,到底是玩鸟儿、玩票惯了,虽然拒绝帮忙,说的可怪亲切,照顾到双方的利益。"咱们爷儿俩听听书去吧!双厚坪、恒永通,双说'西游',可真有个听头!"

"我改天,改天陪您去!今儿个……"二哥心里很不高兴,虽然脸上不露出来——也许笑容反倒更明显了些,稍欠自然一些。他看不上多甫那个虚假劲儿:明知自己不行,却还爱说大话,只图嘴皮子舒服。

---

① 清代的宗室,都系着金黄色带子,俗称宗室为"黄带子"。此处是指能在宗室中请出朋友。

即使他真想打群架,那也只是证明他糊涂;他难道看不出来,旗人的威风已不像从前那么大了吗? 对正翁,二哥就更看不上了。他对于这件事完全漠不关心,他一心想去听《西游记》!

大姐婆婆在前,大姐在后,一同进来。大姐把包袱退还给二哥,里边包着点东西。不能叫客人拿着空包袱走,这是规矩,这也就是婆媳二人躲开了半天的原因。大姐婆婆好吃,存不下东西。婆媳二人到处搜寻,才偶然地碰到了一小盒杏仁粉,光绪十六年的出品。"就行啦!"大姐安慰着婆婆:"反正有点东西压着包袱,就说得过去啦!"

二哥拿着远年的杏仁粉,请安道谢,告退。出了大门,打开包袱,看了看,顺手儿把小盒扔在垃圾堆上——那年月,什么地方都有垃圾堆,很"方便"。

十

福海二哥是有这股子劲头的:假若听说天德堂的万应锭这几天缺货,他就必须亲自去问问;眼见为实,耳听为虚。他一点不晓得定大爷肯接见他不肯。他不过是个普通的旗兵。可是,他决定去碰碰;碰巧了呢,好;碰一鼻子灰呢,再想别的办法。

他知道,他必须买通了定宅的管家,才会有见到定大爷的希望。他到便宜坊拿了一对烧鸡,并没跟王掌柜说什么。帮忙就帮到家,他不愿意叫王老头儿多操心。

提着那对鸡——打了个很体面的蒲包,上面盖着红纸黑字的门票,也鲜艳可喜——他不由地笑了笑,心里说:这算干什么玩呢! 他有点讨厌这种送礼行贿的无聊，可又觉得有点好玩儿。他是旗人，有什么办法能够从蒲包儿、烧鸡的圈圈里冲出去呢？没办法！

见了管家，他献上了礼物，说是王掌柜求他来的。是的，王掌柜有点小小的、比针尖大不了多少的困难，希望定大爷帮帮忙。王掌柜是买卖地儿的人，不敢来见定大爷，所以才托他登门拜见。是呀，二哥转弯抹角地叫管家听明白，他的父亲是三品顶子的参领——他知道，定大爷虽然有钱有势，可是还没作过官。二哥也叫管家看清楚，他在定大爷面前，一定不会冒冒失失地说出现在一两银子能换多少铜钱，或烧鸡卖多少钱一只。他猜得出，定宅的银盘儿和物价都与众不同，完全由管家规定。假若定大爷万一问到烧鸡，二哥会说：这一程子，烧鸡贵得出奇！二哥这些话当然不是直入公堂说出来的。他也不是怎么说着说着，话就那么一拐弯儿，叫管家听出点什么意思来，而后再拐弯儿，再绕回来。这样拐弯抹角，他说了一个钟头。连这样，管家可是还没有替他通禀一声的表示。至此，二哥也就露出，即使等三天三夜，他也不嫌烦——好在有那对烧鸡在那儿摆着，管家还不至把他轰了出去。

管家倒不耐烦了，只好懒懒地立起来。"好吧，我给你回一声儿吧！"

恰好定大爷这会儿很高兴，马上传见。

定大爷是以开明的旗人自居的。他的祖父、父亲都作过外任官，到处拾来金银元宝，珍珠玛瑙。定大爷自己不急于作官，因为那些元宝还没有花完，他满可以从从容容地享此清福。在戊戌变法的时候，他甚至于相当同情维新派。他不像云翁与正翁那么顾虑到一变法就丢失了铁杆儿庄稼。他用不着顾虑，在他的宅院附近，半条街的房子都是他的，专靠房租，他也能舒舒服服地吃一辈子。他觉得自己非常清高，有时候他甚至想到，将来他会当和尚去，像贾宝玉似的。因此，他也轻看作生意。朋友们屡屡劝他拿点资本，帮助他们开个买卖，他总是摇头。对于李鸿章那伙兴办实业的人，他不愿表示意见，因为他既不明白实业是什么，又觉得"实业"二字颇为时髦，不便轻易否定。对了，定大爷就是这么样的一个阔少爷，时代潮浪动荡得那么厉害，连他也没法子听而不闻，没法子不改变点老旗人的顽固看法。可是，他的元宝与房产又遮住他的眼睛，使他没法子真能明白点什么。所以，他一阵儿明白，一阵儿胡涂，像个十岁左右、聪明而淘气的孩子。

他只有一个较比具体的主张：想叫大清国强盛起来，必须办教育。为什么要办教育呢？因为识文断字的人多起来，社会上就会变得文雅风流了。到端午、中秋、重阳，大家若是都作些诗，喝点黄酒，有多好呢！哼，那么一来，天下准保太平无事了！从实际上想，假若他捐出一所不大不小的房子作校址，再卖出一所房子购置桌椅板凳，就有了一所学堂啊！这容易作到，只要他肯牺牲那两所房子，便马上会得到毁家兴学的荣誉。

定大爷极细心地听取二哥的陈述，只在必要的地方"啊"一下或"哈"一下。二哥原来有些紧张，看到定大爷这么注意听，他脸上露出真的笑意。他心里说：哼，不亲自到药铺问问，就不会真知道有没有万应锭！心中虽然欢喜，二哥可也没敢加枝添叶，故意刺激定大爷。他心里没底——那个旗人是天之骄子，所向无敌的老底。

二哥说完，定大爷闭上眼，深思。而后，睁开眼，他用细润白胖，大指上戴着个碧绿明润的翡翠扳指的手，轻脆地拍了胖腿一下："啊！啊？我看你不错，你来给我办学堂吧！"

"啊?"二哥吓了一跳。

"你先别出声,听我说!"定大爷微微有点急切地说:"大清国为什么……啊?"凡是他不愿明说的地方,他便问一声"啊",叫客人去揣摩。"旗人,像你说的那个什么多,啊?去巴结外国人?还不都因为幼而失学,不明白大道理吗?非办学堂不可!非办不可!你就办去吧!我看你很好,你行!哈哈哈!"

"我,我去办学堂?我连学堂是什么样儿都不知道!"二哥是不怕困难的人,可是听见叫他去办学堂,真有点慌了。

定大爷又哈哈地笑了一阵。平日他所接触到的人,没有像二哥这么说话的。不管他说什么,即使是叫他们去挖祖坟,他们也嗫嗫是是地答应着。他们知道,过一会儿他就忘了说过什么,他们也就无须去挖坟了。二哥虽然很精明,可到底和定大爷这样的人不大来往,所以没能沉住了气。定大爷觉得二哥的说话法儿颇为新颖,就仿佛偶然吃一口窝窝头也怪有个意思儿似的。"我看你可靠!可靠的人办什么也行!啊?我找了不是一天啦,什么样的人都有,就是没有可靠的!你就看我那个管家吧,啊?我叫他去买一只小兔儿,他会赚一匹骆驼的钱!哈哈哈!"

"那,为什么不辞掉他呢?"这句话已到唇边,二哥可没敢说出来,省得定大爷又笑一阵。

"啊!我知道你要说什么!我五年前就想辞了他!可是,他走了,我怎么办呢?怎见得找个新人来,买只小兔,不赚三匹骆驼的钱呢?"

二哥要笑,可是没笑出来;他也不怎么觉得一阵难过。他赶紧把话拉回来:"那,那什么,定大爷,您看王掌柜的事儿怎么办呢?"

"那,他不过是个老山东儿!"

这句话伤了二哥的心。他低下头去，半天没说出话来。

"怎么啦？怎么啦？"定大爷相当急切地问。在他家里，他是个小皇帝。可也正因如此，他有时候觉得寂寞、孤独。他很愿意关心国计民生，以备将来时机一到，大展经纶，像出了茅庐的诸葛亮似的。可是，自幼儿娇生惯养，没离开过庭院与花园，他总以为老米白面，鸡鸭鱼肉，都来自厨房；鲜白藕与酸梅汤什么的都是冰箱里产出来的。他接触不到普通人所遇到的困难与问题。他有点苦闷，觉得孤独。是呀，在家里，一呼百诺；出去探望亲友，还是众星捧月；看见的老是那一些人，听到的老是那一套奉承的话。他渴望见到一些新面孔，交几个真朋友。因此，他很容易把初次见面的人当作宝贝，希望由此而找到些人与人之间的新关系，增加一些人生的新知识。是的，新来上工的花把式或金鱼把式，总是他的新宝贝。有那么三四天，他从早到晚跟着他们学种花或养鱼。可是，他们也和那个管家一样，对他总是那么有礼貌，使他感到难过，感到冷淡。新鲜劲儿一过去，他就不再亲自参加种花和养鱼，而花把式与鱼把式也就默默地操作着，对他连看也不多看一眼，好像不同种的两只鸟儿相遇，谁也不理谁。

这一会儿，二哥成为定大爷的新宝贝。是呀，二哥长得体面，能说会道，既是旗人，又不完全像个旗人——至少是不像管家那样的旗人。哼，那个管家，无论冬夏，老穿着护着脚面的长袍，走路没有一点声音，像个两条腿的大猫似的！

二哥这会儿很为难，怎么办呢？想来想去，嗯，反正定大爷不是他的佐领，得罪了也没太大的关系。实话实说吧："定大爷！不管他是老山东儿，还是老山西儿，他是咱们的人，不该受洋人的欺侮！您，您不恨欺压我们的洋人吗？"说罢，二哥心里痛快了一些，可也知道恐怕这是沙锅砸蒜，一锤子的买卖，不把他轰出去就是好事。

定大爷楞了一会儿：这小伙子，教训我呢，不能受！可是，他忍住了气；这小伙子是新宝贝呀，不该随便就扔掉。"光恨可有什么用呢？啊？咱们得自己先要强啊！"说到这里，定大爷觉得自己就是最要强的人：他不吸鸦片，晓得有个林则徐；他还没作官，所以很清廉；他虽爱花钱，但花的是祖辈留下来的，大爷高兴把钱都打了水飘儿玩，谁也管不着……

"定大爷，您也听说了吧，四外闹义和团哪！"

二哥这么一提，使定大爷有点惊异。他用翡翠扳指蹭了蹭上嘴唇上的黑而软的细毛——他每隔三天刮一次脸。关于较比重大的国事、天下事，他以为只有他自己才配去议论。是呀，事实是这样：他的亲友之中有不少贵人，即使他不去打听，一些紧要消息也会送到他的耳边来。对这些消息，他高兴呢，就想一想；不高兴呢，就由左耳进来，右耳出去。他想一想呢，是关心国家大事；不去想呢，是沉得住气，不见神见鬼。不管怎么说吧，二哥，一个小小的旗兵，不该随便谈论国事。对于各处闹教案，他久有所闻，但没有特别注意，因为闹事的地方离北京相当的远。当亲友中作大官的和他讨论这些事件的时候，在感情上，他和那些满族大员们一样，都很讨厌那些洋人；在理智上，他虽不明说，可是暗中同意那些富贵双全的老爷们的意见：忍口气，可以不伤财。是的，洋人不过是要点便宜，给他们就是了，很简单。至于义和团，谁知道他们会闹出什么饥荒来呢？他必须把二哥顶回去："听说了，不该闹！你想想，凭些个拿着棍子棒子的乡下佬儿，能打得过洋人吗？啊？啊？"他走到二哥的身前，嘴对着二哥的脑门子，又问了两声："啊？ 啊？"

二哥赶紧立起来。定大爷得意地哈哈了一阵。二哥不知道外国到底有多么大的力量，也不晓得大清国到底有多么大的力量。最使他难以把定大爷顶回去的是，他自己也不知道自己有多大力量。他只好改变了口风："定大爷，咱们这一带可就数您德高望重，也只有您肯帮助我们！您要是揣起手儿不管，我们这些小民可找谁去呢？"

定大爷这回是真笑了，所以没出声。"麻烦哪！ 麻烦！"他轻轻地摇着头。二哥看出这种摇头不过是作派，赶紧再央求："管管吧！ 管管吧！"

"可怎么管呢？"

二哥又愣住了。他原想定大爷一出头，就能把教会压下去。看样子，定大爷并不准备那么办。他不由地又想起十成来。是，十成作的对！官儿们不管老百姓的事，老百姓只好自己动手！ 就是这么一笔账！

"我看哪，"定大爷想起来了，"我看哪，把那个什么牧师约来，我给他一顿饭吃，大概事情也就可以过去了。啊？"

二哥不十分喜欢这个办法。可是，好容易得到这么个结果，他不便再说什么。"那，您就分心吧！"他给定大爷请了个安。他急于告辞。虽然这里的桌椅都是红木的，墙上挂着精裱的名人字画，而且小书童隔不会儿就进来，添水或换茶叶，用的是景德镇细磁盖碗，沏的是顶好的双熏茉莉花茶，他可是觉得身上和心里都很不舒服。首先是，他摸不清定大爷到底是怎么一个人，不知对他说什么才好。他愿意马上走出去，尽管街上是那么乱七八糟，飞起的尘土带着马尿味儿，他会感到舒服，亲切。

可是，定大爷不让他走。他刚要走，定大爷就问出来："你闲着的时候，干点什么？养花？养鱼？玩蛐蛐？"不等二哥回答，他先说下去，也许说养花，也许说养鱼，说着说着，就又岔开，说起他的一对蓝眼睛的白狮子猫来。二哥听得出来，定大爷什么都知道一点，什么可也不真在行。二哥决定只听，不挑错儿，好找机会走出去。

二哥对定大爷所用的语言，也觉得有点奇怪。他自己的话，大致可以分作两种：一种是日常生活中用的，里边有不少土话，歇后语，油漆匠的行话，和旗人惯用的而汉人也懂得的满文词儿。他最喜欢这种话，信口说来，活泼亲切。另一种是交际语言，在见长官或招待贵宾的时候才用。他没有上过朝，只能想象：皇上若是召见他，跟他商议点国家大事，他大概就须用这种话回奏。这种话大致是以云亭大舅的语言为标准，第一要多用些文雅的词儿，如"台甫"，"府上"之类，第二要多用些满文，如"贵牛录"，"几栅栏"等等。在说这种话的时候，吐字要十分清楚，所以顶好有个腔调，并且随时要加入"嗻嗻是是"，毕恭毕敬。二哥不大喜爱这种拿腔作势的语言，每一运用，他就觉得自己是在装蒜。它不亲切。可是，正因为不亲切，才听起来像官腔，像那么回事儿。

定大爷不要官腔，这叫二哥高兴；定大爷没有三、四品官员的酸味儿。使二哥不大高兴的是：第一，定大爷的口里还有不少好几年前流行而现在已经不大用的土语。这叫他感到不是和一位青年谈话呢。听到那样的土语，他就赶紧看一看对方，似乎怀疑定大爷的年纪。第二，定大爷的话里有不少虽然不算村野，可也不算十分干净的字眼儿。二哥想得出来：定大爷还用着日久年深的土语，是因为不大和中、下层社会接触，或是接触的不及时。他可是想不出，为什么一个官宦之家的，受过教育的子弟，嘴里会不干不净。是不是中等旗人的语言越来越文雅，而高等旗人的嘴里反倒越来越简单，俗俚呢？二哥想不清楚。

更叫他不痛快的是：定大爷的话没头没脑，说着说着金鱼，忽然转到："你看，赶明儿个我约那个洋人吃饭，是让他进大门呢？还是走后门？"这使二哥很难马上作出妥当的回答。他正在思索，定大爷自己却提出答案："对，叫他进后门！那，头一招，他就算输给咱们了！告诉你，要讲斗心路儿，红毛儿鬼子可差多了！啊？"

有这么几次大转弯，二哥看清楚：定大爷是把正经事儿搀在闲话儿说，表示自己会于谈笑之中，指挥若定。二哥也看清楚：表面上定大爷很随便，很天真，可是心里并非没有自己的一套办法。这套办法必是从日常接触到的达官贵人那里学来的，似乎有点道理，又似乎很荒唐。二哥很不喜欢这种急转弯，对鬼子进大门还是走后门这类的问题，也不大感觉兴趣。他急于告别，一来是他心里不大舒服，二来是很怕定大爷再提起叫他去办学堂。

十一

牛牧师接到了请帖。打听明白了定大爷是何等人，他非常兴奋。来自美国，他崇拜阔人。他只尊敬财主，向来不分析财是怎么发的。因此，在他的舅舅发了财之后，若是有人暗示：那个老东西本是个流氓。他便马上反驳：你为什么没有发了财呢？可见你还不如流氓！因此，他拿着那张请帖，老大半天舍不得放下，几乎忘了定禄是个中国人，他所看不起的中国人。这时候，他心中忽然来了一阵民主的热气：黄脸的财主是可以作白脸人的朋友的！同时，他也想起：他须抓住定禄，从而多认识些达官贵人，刺探些重要消息，报告给国内或使馆，提高自己的地位。他赶紧叫仆人给他擦鞋、烫衣服，并找出一本精装的《新旧约全书》，预备送给定大爷。

他不知道定大爷为什么请他吃饭，也不愿多想。眼睛多倒猜出一点来，可是顾不得和牧师讨论。他比牛牧师还更高兴："牛牧师！牛牧师！准是翅席哟！准是！嘿！"他咂摸着滋味，大口地咽口水。

眼睛多福至心灵地建议：牛牧师去赴宴，他自己愿当跟班的，头戴红缨官帽，身骑高大而老实的白马，给牧师拿着礼物什么的。他既骑马，牧师当然须坐轿车。"对！牛牧师！我去雇一辆车，准保体面！到了定宅，我去喊：'回事'！您听，我的嗓音儿还像那么一回事吧？"平日，他不敢跟牧师这么随便说话。今天，他看出牧师十分高兴，而自己充当跟随，有可能吃点残汤腊水，或得到两吊钱的赏赐，所以就大胆一些。

"轿车？"牛牧师转了转眼珠。

"轿车！对！"眼睛多不知吉凶如何，赶紧补充："定大爷出门儿就坐轿车，别叫他小看了牧师！"

"他坐轿车，我就坐大轿！我比他高一等！"

眼睛多没有想到这一招，一时想不出怎么办才好。"那，那，轿子，不，不能随便坐呀！"

"那，你等着瞧！我会叫你们的皇上送给我一乘大轿，八个人抬着！"

"对！牧师！牧师应当是头品官！您可别忘了，您戴上红顶子，可也得给我弄个官衔！我这儿先谢谢牧师啦！"眼睛多规规矩矩地请了个安。

牧师咔咔咔地笑了一阵。

商议了许久,他们最后决定:牧师不坚持坐大轿,眼睛多也不必骑马,只雇一辆体面的骡车就行了。眼睛多见台阶就下,一来是他并没有不从马上掉下来的把握,尽管是一匹很老实的马,二来是若全不让步,惹得牧师推翻全盘计划,干脆连跟班的也不带,他便失去到定宅吃一顿或得点赏钱的机会。

宴会时间是上午十一点。牛牧师本想迟起一些,表示自己并不重视一顿好饭食。可是,他仍然起来得很早,而且加细地刮了脸。他不会去想,到定宅能够看见什么珍贵的字画,或艺术价值很高的陈设。他能够想象得到的是去看看大堆的金锭子、银锞子,和什么价值连城的夜光珠。他非常兴奋,以至把下巴刮破了两块儿。

眼睛多从看街的德二爷那里借来一顶破官帽。帽子太大,戴上以后,一个劲儿在头上打转儿。他很早就来在教堂门外,先把在那儿歇腿的几个乡下人,和几个捡煤核的孩子,都轰了走:"这儿是教堂,站不住脚儿!散散!待会儿洋大人就出来,等着吃洋火腿吗?"看他们散去,他觉得自己的确有些威严,非常高兴。然后,他把牧师的男仆叫了出来:"我说,门口是不是得动动条帚呢?待会儿,牧师出来一看……是吧?"平日,他对男仆非常客气,以便随时要口茶喝什么的,怪方便。现在,他戴上了官帽,要随牧师去赴宴,他觉得男仆理当归他指挥了。男仆一声没出,只对那顶风车似的帽子翻了翻白眼。

十点半,牛牧师已打扮停妥。他有点急躁。在他的小小生活圈子里,穷教友们是他天天必须接触到的。他讨厌他们,鄙视他们,可又非跟他们打交道不可。没有他们,他的饭锅也就砸了。他觉得这是上帝对他的一种惩罚！他羡慕各使馆的那些文武官员，个个扬眉吐气，的确像西洋人的样子。他自己算哪道西洋人呢？他几乎要祷告：叫定大爷成为他的朋友，叫他打入贵人、财主的圈子里去！那，可就有个混头儿了！这时候，他想起许多自幼儿读过的廉价的"文学作品"来。那些作品中所讲的冒险的故事，或一对男女仆人的罗曼司，不能都是假的。是呀，那对仆人结了婚之后才发现男的是东欧的一位公爵，而女的得到一笔极大极大的遗产！是，这不能都是假的！

这时候，眼睛多进来请示，轿车已到，可否前去赴宴？平时，牧师极看不起眼睛多，可是又不能不仗着他表现自己的大慈大悲，与上帝的无所不知，无所不能。现在，他心中正想着那些廉价的罗曼司，忽然觉得眼睛多确有可爱之处，像一条丑陋而颇通人性的狗那么可笑又可爱。他爱那顶破官帽。他不由地想到：他若有朝一日发了财，就必用许多中国仆人，都穿一种由他设计的服装，都戴红缨帽。他看着那顶破帽子咔咔了好几声。眼睛多受宠若惊，乐得连腿都有点发软，几乎立不住了。

这是秋高气爽的时候，北京的天空特别晴朗可喜。正是十一点来钟，霜气散尽，日光很暖，可小西北风又那么爽利，使人觉得既暖和又舒服。

可惜，那时代的道路很坏：甬路很高，有的地方比便道高着三四尺。甬路下面往往就是臭泥塘。若是在甬路上翻了车，坐车的说不定是摔个半死，还是掉在臭泥里面。甬路较比平坦，可也黑土飞扬，只在过皇上的时候才清水泼街，黄土垫道，干净那么三五个钟头。

眼睛多雇来的轿车相当体面。这是他头一天到车口①上预定的，怕

---

① 停放车辆以等待顾主的地方。

临时抓不着好车。

他恭恭敬敬地拿着那本精装《圣经》，请牧师上车。牛牧师不肯进车厢，愿跨车沿儿。

"牧师！牛牧师！请吧！没有跟班的坐里面，主人反倒跨车沿儿的，那不成体统！"眼睛多诚恳地劝说。

牧师无可如何，只好往车厢里爬。眼睛多拧身跨上车沿，轻巧飘洒，十分得意。给洋人当跟随，满足了他的崇高愿望。

车刚一动，牧师的头与口一齐出了声，头上碰了个大包。原来昨天去定车的时候，几辆车静静地排在一处，眼睛多无从看出来骡子瘸了一条腿。腿不大方便的骡子须费很大的事，才能够迈步前进，而牧师左摇右晃，手足失措，便把头碰在坚硬的地方。

"不要紧！不要紧！"赶车的急忙笑着说："您坐稳点！上了甬路就好啦！别看它有点瘸，走几十里路可不算一回事！还是越走越快，越稳！"

牧师手捂着头，眼睛多赶紧往里边移动，都没说什么。车上了甬路。牧师的腿没法儿安置：开始，他拳着双腿，一手用力拄着车垫子，一手捂着头上；这样支持了一会儿，他试探着伸开一条腿。正在此时，瘸骡子也不怎么忽然往路边上一扭，牧师的腿不由地伸直。眼睛多正得意地用手往上推一推官帽，以便叫路上行人赏识他的面貌，忽然觉得腰眼上挨了一炮弹，或一铁锤。说时迟，那时快，他还没来得及"哎呀"一声，身子已飘然而起，直奔甬路下的泥塘。他想一拧腰，改变飞行的方向，可是恰好落在泥塘的最深处。别无办法，他只好极诚恳地高喊：救命啊！

几个过路的七手八脚地把他拉了上来。牛牧师见车沿已空，赶紧往前补缺。大家仰头一看,不约而同地又把眼睛多拧了回去。他们不高兴搭救洋奴。牛牧师催车夫快走。眼睛多独力挣扎了许久,慢慢地爬了上来,带着满身污泥,手捧官帽,骂骂咧咧地回了家。

定宅门外已经有好几辆很讲究的轿车,骡子也都很体面。定大爷原想叫牧师进后门,提高自己的身分,削减洋人的威风。可是,女眷们一致要求在暗中看看"洋老道"是什么样子。她们不大熟悉牧师这个称呼,而渺茫地知道它与宗教有关,所以创造了"洋老道"这一名词。定大爷觉得这很好玩,所以允许牛牧师进前门。这虽然给了洋人一点面子,可是暗中有人拿他当作大马猴似的看着玩,也就得失平衡,安排得当。

一个十三四岁的小童儿领着牧师往院里走。小童儿年纪虽小,却穿着件扑着脚面的长衫,显出极其老成,在老成之中又有点顽皮。牛牧师的黄眼珠东溜溜,西看看,不由地长吸了一口气。看,迎面是一座很高很长的雕砖的影壁,中间悬着个大木框,框心是朱纸黑字,好大的两个黑字。他不会欣赏那砖雕,也不认识那俩大黑字,只觉得气势非凡,的确是财主住的地方。影壁左右都有门,分明都有院落。

"请!"小童儿的声音不高也不低,毫无感情。说罢,他向左手的门走去。门坎很高,牧师只顾看门上面的雕花,忘了下面。鞋头碰到门坎上,磕去一块皮,颇为不快。

进了二门,有很长的一段甬路,墁①着方砖,边缘上镶着五色的石子,石子儿四围长着些青苔。往左右看,各有月亮门儿。左边的墙头上露着些青青的竹叶。右门里面有座小假山,遮住院内的一切,牛牧师可

---

① 铺。

是听到一阵妇女的笑声。他看了看小童儿,小童儿很老练而顽皮地似乎挤了挤眼,又似乎没有挤过眼。

又来到一座门,不很大,而雕刻与漆饰比二门更讲究。进了这道门,左右都是长廊,包着一个宽敞的院子。听不见一点人声,只有正房的廊下悬着一个长方的鸟笼,一只画眉独自在歌唱。靠近北房,有两大株海棠树,挂满了半红的大海棠果。一只长毛的小白猫在树下玩着一根鸡毛,听见脚步声,忽然地不见了。

顺着正房的西北角,小童儿把牧师领到后院。又是一片竹子,竹林旁有个小门。牧师闻到桂花的香味。进了小门,豁然开朗,是一座不小的花园。牛牧师估计,从大门到这里,至少有一里地。迎门,一个汉白玉的座子,上边摆着一块细长而玲珑的太湖石。远处是一座小土山,这里那里安排着一些奇形怪状的石头,给土山添出些棱角。小山上长满了小树与杂花,最高的地方有个茅亭,大概登亭远望,可以看到青青的西山与北山。山前,有个荷花池,大的荷叶都已残破,可是还有几叶刚刚出水,半卷半开。顺着池边的一条很窄,长满青苔的小路走,走到山尽头,在一棵高大的白皮松下,有三间花厅。门外,摆着四大盆桂花,二金二银,正在盛开。

"回事!"小童儿喊了一声。听到里面的一声轻嗽,他高打帘栊,请客人进去。然后,他立在大松下,抠弄树上的白皮儿,等候命令。

花厅里的木器一致是楠木色的,蓝与绿是副色。木制的对联,楠木地绿字;匾额,楠木地蓝字。所有的磁器都是青花的。只有一个小瓶里插着两朵红的秋玫瑰花。牛牧师扫了一眼,觉得很失望——没有金盘子银碗!

定大爷正和两位翰林公欣赏一块古砚。见牛牧师进来，他才转身拱手，很响亮地说："牛牧师！我是定禄！请坐！"牧师还没坐下，主人又说了话："啊，引见引见，这是林小秋翰林，这是纳雨声翰林，都坐！坐！"

两位翰林，一高一矮，一胖一瘦，一满一汉，都留着稀疏的胡子。汉翰林有点拘束。在拘束之中露出他既不敢拒绝定大爷的约请，又实在不高兴与洋牧师同席。满翰林是个矮胖子，他的祖先曾征服了全中国，而他自己又吸收了那么多的汉族文化，以至当上翰林，所以不像汉翰林那么拘束。他觉得自己是天之骄子，他的才华足以应付一切人，一切事。一切人，包括着白脸蓝眼珠的，都天生来的比他低着一等或好几等。他不知道世界列强的真情实况，可的确知道外国的枪炮很厉害，所以有点怕洋鬼子。不过，洋鬼子毕竟是洋鬼子，无论怎么厉害也是野人，只要让着他们一点，客气一点，也就可以相安无事了。不幸，非短兵相接，打交手仗不可，他也能在畏惧之中想出对策。他直看牛牧师的腿，要证实鬼子腿，像有些人说的那样，确是直的。假若他们都是直腿，一倒下就再也起不来，那便好办了——只须用长竹竿捅他们的磕膝，弄倒他们，就可以像捉仰卧的甲虫那样，从从容容地捉活的就是了。牛牧师的腿并不像两根小柱子。翰林有点失望，只好再欣赏那块古砚。

"贵国的砚台，以哪种石头为最好呢？"纳雨声翰林为表示自己不怕外国人，这样发问。

牛牧师想了想，没法儿回答，只好咔咔了两声。笑完，居然想起一句："这块值多少钱？"

"珍秀斋刚送来，要八十两，还没给价儿。雨翁说，值多少？"定大爷一边回答牧师，一边问纳翰林。

"给五十两吧，值！"纳雨翁怕冷淡了林小秋，补上一句，"秋翁说呢？"

秋翁知道，他自己若去买，十两银子包管买到手，可是不便给旗官儿省钱，于是只点了点头。

牛牧师的鼻子上出了些细汗珠儿。他觉得自己完全走错了路。看，这里的人竟自肯花五十两买一块破石头！他为什么不早找个门路，到这里来，而跟眼睛多那些穷光蛋们瞎混呢？他须下决心，和这群人拉拢拉拢，即使是卑躬屈膝也好！等把钱拿到手，再跟他们瞪眼，也还不迟！他决定现在就开始讨他们的喜欢！正在这么盘算，他听见一声不很大而轻脆的响声。他偷眼往里间看，一僧一道正在窗前下围棋呢。他们聚精会神地看着棋盘，似乎丝毫没理会他的光临。

那和尚有五十多岁，虽然只穿件灰布大领僧衣，可是气度不凡：头剃得极光，脑门儿极亮，脸上没有一丝五十多岁人所应有的皱纹。那位道士的道袍道冠都很讲究，脸色黄黄的，静中透亮，好像不过五十来岁，可是一部胡须很美很长，完全白了。

牛牧师不由地生了气。他，和他的亲友一样，知道除了自己所信奉的，没有，也不应当有，任何配称为宗教的宗教。这包括着犹太教、天主教。至于佛教、道教……更根本全是邪魔外道，理当消灭！现在，定大爷竟敢约来僧道陪他吃饭，分明是戏弄他，否定他的上帝！他想牺牲那顿好饭食，马上告辞，叫他们下不来台。

一个小丫环托着个福建漆的蓝色小盘进来，盘上放着个青花磁盖碗。她低着头，轻轻把盖碗放在他身旁的小几上，轻俏地走出去。

他掀开了盖碗的盖儿，碗里边浮动着几片很绿很长的茶叶。他喝惯了加糖加奶的稠嘟嘟的红茶，不晓得这种清茶有什么好处。他觉得别扭，更想告辞了。

"回事！"小童在外边喊了一声。

两位喇嘛紧跟着走进来。他们满面红光，满身绸缎，还戴着绣花的荷包与褡裢，通体光彩照人。

牛牧师更坐不住了。他不止生气，而且有点害怕——是不是这些邪魔外道要跟他辩论教义呢？假若是那样，他怎么办呢？他的那点学问只能吓唬眼睛多，他自己知道！

一位喇嘛胖胖的，说话声音很低，嘴角上老挂着笑意，看起来颇有些修养。另一位，说话声音很高，非常活泼，进门就嚷："定大爷！我待会儿唱几句《辕门斩子》①，您听听！"

"那好哇！"定大爷眉飞色舞地说："我来焦赞，怎样？啊，好！先吃饭吧！"他向门外喊："来呀！开饭！"

小童儿在园内回答："嗻！全齐啦！"

"请！请！"定大爷对客人们说。

牛牧师听到开饭，也不怎么怒气全消，绝对不想告辞了。他决定抢先走，把僧、道、喇嘛，和翰林，都撂在后边。可是，定大爷说了话："不让啊，李方丈岁数最大，请！"

那位白胡子道士，只略露出一点点谦让的神气，便慢慢往外走，小童儿忙进来搀扶。定大爷笑着说："老方丈已经九十八了，还这么硬朗！"

---

① 传统戏剧，演杨六郎严正军法，欲斩其子杨宗保的故事。焦赞为该剧中的人物。

这叫牛牧师吃了一惊,可也更相信道士必定有什么妖术邪法,可以长生不老。

和尚没等让,就随着道士走。定大爷也介绍了一下:"月朗大师,学问好,修持好,琴棋书画无一不佳!"

牛牧师心里想:这顿饭大概不容易吃!他正这么想,两位翰林和两位喇嘛都走了出去。牛牧师皱了皱眉,定大爷面有得色。牛牧师刚要走,定大爷往前赶了一步:"我领路!"牛牧师真想踢他一脚,可是又舍不得那顿饭,只好作了殿军。

酒席设在离花厅不远的一个圆亭里。它原来是亭子,后来才安上玻璃窗,改成暖阁。定大爷在每次大发脾气之后,就到这里来陶真养性。假若尚有余怒,他可以顺手摔几件小东西。这里的陈设都是洋式的,洋钟、洋灯、洋磁人儿……地上铺着洋地毯。

(原载《人民文学》1979年3月至5月号)